신의 화살

Arrow of God

ARROW OF GOD

by Chinua Achebe

세계문학전집 276

신의 화살

Arrow of God

치누아 아체베

이소영 옮김

민음사

나의 아버지 아이자이어 오카포 아체베를 추모하며

차례

일러두기

1. 번역에 사용된 원서는 1974년 앵커 북스에서 출판된 *Arrow of God*의 1989년 개정판이다.
2. 모든 각주는 옮긴이의 것이다.
3. 원문에서 이탤릭체로 표기한 부분은 고딕체로 옮겼다.

머리말

    당신의 소설들 중에서 어느 작품이 제일 마음에 드는가? 이런 질문을 받을 때면 나는 언제나 직답을 피했다. 그건 누군가에게 자식들을 사랑하는 순서대로 말해 보라고 하는 것과 별반 다를 바 없는 불공평한 질문이라는 생각이 들었기 때문이다. 그 질문에 꼭 대답해야 한다면, 재치 있는 가장은 자녀 각각의 독특한 매력을 이야기할 것이다.

    『신의 화살』의 경우 그 독특한 특징을 꼽는다면, 아마도 다시 한 번 읽어 보고 싶다는 유혹에 빠질 가능성이 상당히 높은 작품이라는 점이다. 그런 유혹에 빠지는 바람에 나는 또한 이 작품에서 어떤 구조적인 약점을 깨닫게 되었고 이제 이 개정판에서 그런 요소를 제거할 기회를 마련했다.

    『신의 화살』은 격렬한 비방자도 있지만 열렬한 찬미자도 있다. 이 작품을 싫어하는 사람들에게는 더 이상의 말이 필요 없을 것이다. 그 밖의 다른 사람들에게 내가 할 수 있는 말은 이번에 내가 수정한 사안들에 대해 찬성해 주었으면 좋겠다는 것뿐이다. 하지만 일부 독자는 당연히 본래 작품에 대한 변치 않는 사랑으로 이번에 수정한 것들이 불필요하다거나 아니면 심지어 합당하지 못하다고 여길 것이다. 아마도 수정이 필요하거나 합당한 경우는 거의 없을 테지만, 작가들은 계속해서 그런 작업들을 한다. 여하튼 우리는 용서를 바라며 에제울루라는 그 숭고한 사람의 정신적 후손들이라고 할 수 있는, 자신의 입장을 고수하는 사람들에게 경의를 표해야 하리라. 왜냐하면 에제울루는 목숨이 붙어 있었다면 자기 민족의 변절을 자신의 고통으로 성화하고 그런 고통을 하나의 통과의례로 끌어올렸을 가능성이 크기 때문이다. 그러고는 자신의 운명이 희생자라는 고매한 역사적 운명과 완벽하게 일치한다고 생각했을 것이다. 또한 그는 아주 기쁜 마음으로 마을 사람들을 용서해 주었을 것이다.

치누아 아체베
(1974년 개정판에 수록)

1

에제울루*가 초승달이 떠오르는 기미를 찾기 시작한 후로 땅
거미가 벌써 세 차례나 내려앉았다. 오늘 밤에야 달이 떠오르리
라는 걸 알고 있었지만 그래도 위험을 무릅쓰면 안 되겠기에 그
는 항상 사흘 전부터 하늘을 지켜보기 시작했다. 요즘 같은 계절
에는 그런 일이 그다지 어렵지 않았다. 우기 때와는 달리 하늘을
뚫어져라 쳐다보며 유심히 살필 필요는 없기 때문이었다. 우기에
는 때때로 초승달이 몇날 며칠을 비구름 뒤에 그 모습을 감추고
숨어 있다가 마침내 그 모습을 드러낼 때는 벌써 반달로 변해 있
었다. 그리고 초승달이 그렇게 숨어서 몸집을 키우는 동안 대사
제는 매일 저녁 허리를 곧추세우고 앉아 초조하게 기다렸다.

대사제의 오비**는 다른 사람들의 움막과는 다르게 지어졌다.
전면으로 흔히 볼 수 있는 기다란 문지방이 하나 있었지만 바깥

---

* 울루 신의 사제. '에제'는 '사제 또는 왕'이라는 뜻.
** 가장이 거처하는 집 안의 넓은 장소.

에서 볼 때 입구 우측으로 짤따란 문지방이 하나 더 있었다. 추가로 만든 이 출입구에는 지붕 끝으로 아주 짧게 처마를 달아 대사제 에제울루가 마룻바닥에 앉아서도 달이 떠오르는 동쪽 하늘을 지켜볼 수 있게 했다. 날은 점점 어두워지고 있었고 에제울루는 하늘을 너무나 열심히 지켜보는 바람에 생기는 눈물을 없애려고 끊임없이 눈을 껌뻑거렸다.

에제울루는 시력이 예전만 못해져서 그의 할아버지가 그랬던 것처럼 자신도 언젠가 다른 사람의 눈에 의지해야 할 거라는 생각을 아직은 하고 싶지 않았다. 물론 할아버지는 고령에 이르도록 사셨기 때문에 보이지 않는다는 것도 하나의 자랑거리가 되었다. 만일 할아버지처럼 그렇게 나이 먹도록 살게 된다면 에제울루 역시 시력 상실이라는 현실을 받아들여야 할 것이다. 그렇지만 지금 그의 시력은 여느 젊은이 못지않게 좋았다. 젊은이들의 시력이 더 이상 예전과 같지 않으니까 어쩌면 그의 시력이 더 좋을 수도 있다. 에제울루가 아직도 젊은이들에게 즐겨 하는 장난이 하나 있었다. 청년들과 악수할 때마다 에제울루는 팔을 팽팽하게 긴장시킨 다음 온 힘을 손아귀로 집중시키는 것이다. 그러면 느닷없는 공격에 아무런 대비를 못 한 청년들은 고통스러운 나머지 주춤거리고 뒷걸음쳤다.

그날 밤 에제울루가 본 초승달은 가혹한 유모가 쩨쩨하게 먹여 키운 고아같이 몹시 가냘팠다. 새털구름을 초승달로 잘못 본 것은 아닌지 확실하게 해 둘 필요가 있었으므로 그는 더 꼼꼼하게 살폈다. 동시에 그는 초조한 마음으로 오게네*를 향해

---

* 징의 일종인 이보족의 전통 악기.

손을 뻗었다. 초승달이 새로 떠오를 때마다 항상 똑같았다. 이제 그는 노인이었지만 어린 시절 떠오르는 달을 바라볼 때 느끼던 그런 두려움이 아직도 그의 주위를 맴돌았다. 사실 그는 울루의 대사제가 되었을 때 높은 직분을 맡았다는 기쁨으로 인해 종종 이 두려움을 잊은 적도 있지만 그렇다고 두려움이 완전히 소멸된 것은 아니었다. 두려움은 기쁨에 사로잡혀 땅바닥에 웅크리고 있었던 것이다.

그는 오게네를 쳤다. 징, 징, 징, 징……. 그러자 곧이어 사방팔방에서 아이들의 목소리가 그 소식을 전했다. 온와 아투오!* ……온와 아투오! ……온와 아투오! ……. 에제울루는 징을 치는 막대기를 다시 철제 징 속에 집어넣고는 벽에다 기대어 놓았다.

에제울루의 울타리 안에서 뛰놀던 어린아이들도 다른 아이들과 함께 달맞이를 했다. 오비아겔리의 가냘픈 목소리가 북과 피리 속에서도 자기 소리를 내는 조그만 오게네처럼 두드러졌다. 에제울루는 또한 막내아들 은와포의 목소리도 구분해 낼 수 있었다. 여인네들 역시 마당에 나와 이야기를 나누고 있었다.

"달님이시여. 내 얼굴과 마주한 그대여, 행운을 가져다주소서!" 나이 많은 첫째 부인 마테피가 말했다.

"어디 있어요? 나는 안 보여요. 아니, 내 눈이 멀었나?" 나이어린 아내 우고예가 물었다.

"저기 우크와 나무 꼭대기 너머로 안 보여? 아니, 그쪽 말고. 자, 내 손가락 끝을 잘 보란 말이야."

"아하, 이제 보인다. 달님, 내 얼굴과 마주하고 있는 그대여, 나

* '달이 떴다!'라는 뜻.

에게도 행운을 가져다주세요! 그런데 달님이 어떻게 앉아 있는 거지? 앉은 모양이 어딘지 이상한걸요."

"뭐가 어때서 그래?" 마테피가 물었다.

"앉아 있는 게 어째 엉거주춤한 것 같아요, 꼭 사악한 달처럼 말이에요."

"아니야. 불길한 달을 보면 누구라도 금세 알 수 있어. 오쿠아타가 죽었을 때의 달처럼 말이지. 달의 다리가 허공에 매달려 있었다니까." 마테피가 말했다.

"달이 사람을 죽이기도 하나요?" 오비아겔리가 엄마의 옷자락을 잡아당기며 물었다.

"도대체 얘가 왜 이래? 엄마를 빨가벗길 작정이니?"

"엄마, 달이 사람을 죽이기도 하느냐고 물었잖아요."

"달은 어린 여자애들을 죽인다더라." 그녀의 오빠인 은와포가 대꾸했다.

"오빠한테 물어보지 않았잖아, 개미탑 코쟁이!"

"저것 좀 봐, 금방 울음이 터질 것 같은데. 황새 모가지."

달님은 어린 남자애들을 죽인다네.

달님은 개미탑 코쟁이를 죽인다네.

달님은 어린 남자애들을 죽인다네……. 오비아겔리는 모든 걸 노래로 만들어 버렸다.

에제울루는 헛간으로 들어가 열두 개의 신성한 얌을 위해 특별히 만든 대나무 선반에서 얌 하나를 꺼냈다. 얌은 이제 여덟 개가 남았다. 그는 얌이 여덟 개 남았다는 걸 잘 알면서도 조심스레 세어 보았다. 세 개는 벌써 먹었고 네 번째 얌은 그의 손에 들려 있었다. 그는 다시 한 번 남아 있는 얌을 살펴본 뒤 헛간을 나와 문을 조심스럽게 닫고 자신의 오비로 돌아왔다.

방 안에서 타고 있던 통나무에서 연기가 나고 있었다. 그는 방 한쪽 모서리에 쌓아 놓은 장작더미에서 장작 몇 개를 꺼내 조심스럽게 불 위에 얹은 다음 맨 위쪽에 얌을 제물처럼 올려놓았다.

에제울루는 얌이 구워지기를 기다리며 마음속으로 예정된 행사들을 계획했다. 오늘이 오예니까 내일은 아포이고 그다음 날은 큰 장이 열리는 은코지*. 호박잎 축제는 그날로부터 세 번째 돌아오는 은코 날에 열릴 것이다. 내일은 보조원들을 보내 우무아로의 여섯 마을에 호박잎 축제일을 알리라고 말할 참이었다.

에제울루는 절기와 농작물, 그리고 그런 것 때문에 마을 사람들에게 행사하는 자신의 막강한 힘을 생각할 때마다 과연 자기한테 정말로 그런 힘이 있을까 의심스러웠다. 호박잎 축제일과 햇얌 축제일을 정한 사람은 다름 아닌 에제울루였지만, 그것을 선택한 건 그가 아니었다. 그는 단지 파수꾼에 불과했다. 그러니까 그의 힘은 단지 자기가 맡은 염소를 돌보는 어린아이의 힘이나 별다를 게 없었다. 염소가 살아 있는 동안에는 자신의 것이므로 아이는 염소에게 먹을 것을 찾아 주고 염소를 돌봐 줄 것이다. 그렇지만 염소가 도살되는 날 그 아이는 염소의 진짜 주인이 누구인지 곧바로 알게 된다. 아니다! 울루의 대사제는 그 이상이었고 또 그 이상이어야 했다. 만약에 그가 축제일이 어느 날

---

* 이보족의 일주일은 에케, 오예, 아포, 은코의 나흘로 구성되어 있다.

이라고 선포하지 않는다면, 축제가 거행될 수 없을 것이고, 그렇게 되면 파종도 추수도 없을 것이다. 하지만 그가 축제일을 선포하지 않는다는 게 가능한 일일까? 여태껏 대사제가 선포를 거부한 선례는 없었다. 그런 일은 결단코 있을 수 없는 일이었다. 대사제라면 감히 행하지 않을 일이다.

마치 이 말을 자신의 적이 하기라도 한 것처럼 에제울루는 은근슬쩍 화가 치밀어 올랐다.

"'감히'라는 말은 빼 버려." 그는 가상의 적에게 대꾸했다. "그래, 그 말을 빼라고 나는 명한다. 우무아로 전 지역을 통틀어 내 앞에 똑바로 서서 내가 감히 행하지 않을 일이라는 그따위 말을 할 수 있는 사람은 한 명도 없고말고. 이 지역에서 그런 말을 지껄일 놈을 배 속에 넣고 다닐 여자는 아직까지 본 적이 없지."

그렇지만 이런 반박은 단지 순간적인 만족을 가져다줄 뿐이었다. 절대로 얄팍한 만족감에 빠져 있지 못하는 그의 마음이 또다시 살금살금 추리의 언저리로 다가갔다. 만일에 한 번도 써 보지 못할 힘이라면 도대체 그건 어떤 종류의 힘이란 말인가? 차라리 힘이 없다고 말하는 게 더 낫지 않겠는가. 보잘 것 없는 자신의 방귀로 화롯불을 꺼 보겠다고 덤벼드는 오만한 강아지의 똥구멍 힘과 다를 게 무엇인가……. 그는 꼬챙이로 얌을 뒤집었다.

막내아들 은와포가 오비로 들어오더니 에제울루에게 예를 갖춰 인사하고는 방 한쪽 끝, 짤막한 문지방 가까이에 있는 흙침대로 올라가 늘 앉는 자리에 앉았다. 은와포는 아직 어린아이에 불과한데도 신이 벌써 그 아이를 미래의 대사제로 낙점해 놓은 것 같았다. 심지어 몇 마디 말을 배우기 전부터 그 아이는 유별

날 정도로 신을 모시는 의식에 관심을 보였다. 벌써부터 그 아이는 제사 의식에 대해 심지어 맏아들보다도 더 많이 알고 있다고 말할 수 있을 정도였다. 그렇지만 울루 신이 이렇게 또는 저렇게 할 것이라고 공개적으로 말할 경솔한 사람은 한 명도 없을 것이다. 에제울루가 맡고 있는 자리가 공석이 되는 날 울루 신은 어쩌면 그의 아들들 중에서 가망성이 가장 없어 보이는 자식을 그의 후계자로 선택할지도 모른다. 그런 일은 과거에도 있었다.

에제울루는 꼬챙이로 얌을 여러 차례 뒤적이면서 잘 익었는지 아주 세심하게 살폈다. 맏아들 에도고가 자기 움막에서 나와 오비로 들어왔다.

"에제울루!" 에고도가 예를 갖춰 인사했다.

"그래, 그래!"

에도고는 아버지의 거처를 통과해 안채에 있는 그의 누이 아쿠에케의 임시 거처로 들어갔다.

"가서 에도고를 불러오렴." 에제울루가 은와포에게 지시했다.

두 아들이 돌아와 흙침대로 올라가 앉았다. 에제울루는 말을 시작하기 전에 다시 한 번 얌을 뒤집었다.

"예전에 신상을 조각하는 문제에 대해 내가 너한테 말한 적이 있느냐?"

에도고는 아무런 대답도 하지 않았다. 에제울루는 아들이 앉아 있는 쪽을 쳐다보았지만 그쪽이 어두운 탓에 아들의 표정을 정확하게 볼 수 없었다. 에도고가 앉은 자리에서는 신성한 얌을 굽고 있는 불길 덕분에 아버지의 얼굴 표정을 똑똑히 볼 수 있었다.

"에도고는 거기 없느냐?"

"저 여기 있어요."

"예전에 신상을 조각하는 문제에 대해 내가 너한테 뭐라고 말했는지 물었다. 내가 한 질문을 듣지 못했느냐? 입안에 군침이 흘러 내 말이 분명치 않았나 보다."

"아버님은 그런 일을 피하라고 말씀하셨어요."

"내가 분명 그런 말을 한 게 맞지? 그런데 내 귀에 들려오는 이 얘기는 뭐지? 네가 우무아구 사람을 위해 알루시 신상을 조각하고 있다는 말이 들리던데."

"누가 아버님께 그런 말을 했어요?"

"누가 나한테 말해 주었느냐고? 내가 알고 싶은 건 그 말이 사실이냐 아니냐 하는 것이지 누가 나한테 말했느냐가 아니다."

"저는 아버님께 그런 말을 전한 게 누구인지 알고 싶습니다. 그 사람은 신의 얼굴과 탈의 얼굴을 구별하지 못하는 것 같으니까요."

"알겠다. 얘야, 너는 그만 가도 좋다. 그리고 원한다면 우무아로의 신들을 모두 조각하렴. 하지만 내가 만일 너한테 지금과 똑같은 질문을 또다시 하게 될 때는 내 이름을 가져다 개한테나 던져 줘야 한다는 걸 각오해라."

"제가 지금 우무아구 사람을 위해 조각하고 있는 건……."

"그만 됐다. 더 이상 너한테서 들을 말이 없으니 이제 그만 나가 봐라."

은와포는 두 사람이 무슨 말을 하는지 도통 알아들을 수가 없었다. 그는 아버지의 기분이 진정되면 그때 가서 다시 물어봐야겠다고 생각했다. 그 순간 그의 누이인 오비아겔리가 안채에서 나와 오비로 들어오더니 에제울루에게 예를 갖춰 인사한 다음 흙침대에 올라앉았다.

"우슬초 준비는 다 했어?" 은와포가 물었다.

"오빠는 우슬초 만지는 법도 모른단 말이야? 아니면 손가락이 부러졌어?"

"너희는 조용히 하고 앉아 있어라." 에제울루는 꼬챙이로 불 위에 있던 얌을 굴려 내어 재빨리 엄지와 검지로 만져 보더니 잘 익은 것 같아 흡족해했다. 그는 서까래에서 양쪽 날이 선 칼을 끄집어내더니 불에 구운 얌에서 시커멓게 탄 부분을 긁어내기 시작했다. 그 일을 끝냈을 때 그의 두 손은 검댕으로 더러웠다. 몇 차례 탁탁 손뼉을 치자 두 손은 다시 깨끗해졌다. 그는 옆에 있던 나무 쟁반에 얌을 잘라 놓고는 먹기에 알맞을 정도로 식을 때까지 기다렸다.

에제울루가 얌을 먹기 시작하자 오비아겔리는 조용히 노래를 흥얼거리기 시작했다. 이 정도 되었으면 자기 아버지가 초승달이 떠오를 때마다 야자 기름도 바르지 않고 먹는 얌에서 아주 작은 고물 하나도 남겨 주는 법이 없다는 사실을 깨닫고도 남았을 터인데 그 아이는 아버지가 혹시라도 남겨 줄지 모른다는 기대감을 결코 버리지 않았다.

에제울루는 한마디도 하지 않고 얌을 먹었다. 그는 이제 불에서 멀찍이 물러나 등을 벽에 기대고 앉아 바깥을 내다보고 있었다. 이런 날이면 으레 그렇듯이 그의 마음이 가물가물해져서 기억조차 하기 힘든 생각들에 몰두해 있는 것 같았다. 그는 이따금씩 은와포가 호리병에 떠다 놓은 냉수를 들이켰다. 아버지가 마지막 얌 조각을 집어 들자 오비아겔리는 어머니의 거처로 돌아갔다. 은와포는 나무 쟁반과 호리병을 치우고 칼을 다시 서까래 사이에 끼워 놓았다.

에제울루는 염소 가죽 방석에서 일어나더니 집 입구 쪽의 나지막한 중앙 벽 뒤에 평평한 널판지를 깔아 만든 제실로 나갔다. 사람 팔뚝 정도 크기의 몸체에 그 정도로 기다란 동물의 뿔이 붙어 있는 그의 이켄가*가 제물의 피로 새까맣게 물든 조상들의 얼굴 없는 형상인 옥포시와 그가 개인적으로 사용하는 짤막한 오포 지팡이와 함께 놓여 있었다. 은와포의 두 눈은 자신과 연관되어 있는 옥포시를 식별해 냈다. 그것은 은와포가 밤마다 경기를 일으키는 바람에 특별히 그를 위해 조각한 것이었다. 사람들은 은와포에게 그것을 그의 이름으로 부르라고 했고 그는 사람들이 시키는 대로 했다. 그는 점차 경기를 일으키지 않게 되었다.

에제울루는 여러 가지 중에서 오포 지팡이를 끄집어낸 다음 남자들이 앉는 식으로 다리를 벌려 앉지 않고 여자들처럼 제실 한쪽을 향해 두 다리를 앞으로 쭉 내뻗고 앉았다. 그는 짤막한 지팡이의 한쪽 끝을 오른손으로 붙잡고서 기도문의 장단을 맞추기 위해 다른 쪽 끝으로 땅을 쳤다.

"울루 신이여, 나로 하여금 또다시 초승달을 보게 하시니 감사하나이다. 앞으로도 계속해서 초승달을 볼 수 있게 하옵소서. 이 가정이 건강하고 번성하도록 축복하옵소서. 지금은 파종의 달이오니 여섯 마을이 파종을 잘하여 이익이 나게 하소서. 뱀한테 물린다거나 전갈한테 쏘인다거나 관목지에서 무서운 재난을 당하지 않도록 농지의 모든 위험으로부터 보호하소서. 칼과 호미로 정강이를 자르는 일

---

* '생명의 힘'을 뜻하는 조상의 신상.

이 없게 하소서. 아내들이 남자아이를 잉태하게 하소서. 다음번 각 마을의 인구수를 조사할 때 숫자가 증가하여 지난번 햇얌 축제 때와는 달리 당신께 닭이 아니라 소를 제물로 바칠 수 있게 하소서. 자식이 부모보다 먼저 저세상으로 가게 하지 마시고 자녀들이 부모의 장례를 치르게 하소서. 모든 남자들과 여자들의 얼굴에 선함이 나타나게 하소서. 강변 사람들의 땅과 숲 속 사람들의 땅에 동일한 은혜를 베풀어 주옵소서."

에제울루는 오포 지팡이를 다시 이켄가와 옥포시 사이에 놓고 손등으로 입을 닦은 다음 자신의 거처로 돌아왔다. 우무아로를 위해 기도할 때마다 그의 입안에 쓴맛이 올라왔다. 여섯 마을이 분열되면서 적들이 모든 잘못을 그에게 덮어씌우려고 해서 엄청난 분노가 끓어올랐기 때문이다. 무슨 연유에서 그러는가? 그것은 에제울루가 백인 앞에서 진실을 말했기 때문이다. 하지만 울루의 신성한 지팡이를 잡고 있는 사람이 어떻게 거짓이라는 걸 뻔히 알면서 말할 수 있단 말인가? 자기 아버지에게 직접 들어 잘 알고 있는 이야기를 어떻게 하지 않는단 말인가? 윈타보타라는 백인은 어딘지 알지도 못하는 먼 곳에서 왔는데도 이해해 주지 않았던가. 윈타보타는 에제울루만이 유일하게 진실을 증언한다고 말했다. 그래서 그의 적들은 화가 났던 것이다. 아버지가 누군지 어머니가 누군지 알지도 못하는 백인이 별안간 나타나 그들이 알고는 있지만 절대로 인정하고 싶지 않은 진실을 어쩔 수 없이 그들에게 말했다는 사실 때문에 그들은 분노했던 것이다. 그것은 이 세상이 망해 가는 전조였다.

개울에서 돌아오는 아낙네들의 목소리 때문에 에제울루의 생각이 흐트러졌다. 바깥이 어두웠기 때문에 아낙네들의 얼굴은 보이지 않았다. 모습을 드러냈던 초승달이 다시 사라지고 없었다. 하지만 그가 방문한 흔적은 아직도 남아 있었다. 오늘 밤은 지난 며칠 동안과는 달리 칠흑같이 어두워 앞을 전혀 분간할 수 없을 정도는 아니었다. 오히려 덤불을 쳐낸 숲과도 같이 훤히 트였고 바람이 통했다. 아낙네들이 차례로 "에제울루"를 외칠 때마다 그는 그들의 희미한 형태를 바라보며 일일이 대꾸해 주었다. 오비의 왼쪽으로 지나간 그들은 단 하나밖에 없는 다른 출입구, 그러니까 붉은 황토 담에 달아 놓은 무늬가 새겨진 높다란 문을 지나서 안채로 들어갔다.

"방금 본 저 사람들은 해지기 전에 개울에 가지 않았느냐?"

"맞아요. 저 사람들은 은완게네에 갔다 왔어요." 은와포가 대답했다.

"그랬군."

어제 신탁이 선포된 이후로 은완게네 개울보다 가까이에 있는 오타 개울에는 사람들이 접근할 수 없다는 사실을 에제울루는 잠시 잊고 있었다. 개울 수원지 쪽으로 두 개의 돌 위에 얹혀 있는 거대한 바위가 떨어져서 한층 더 부드러운 안식처를 찾을 거라는 계시가 발표된 것이었다. 오타 개울의 주인인 알루시가 진정될 때까지 한 사람도 그곳에 접근할 수 없을 것이었다.

그렇긴 해도 에제울루는 누구 차례인지는 모르지만 오늘밤 저녁 식사를 느지막이 차려 오는 부인에게 자신의 속마음을 서슴없이 말해야겠다고 생각했다. 은완게네까지 가야만 한다는 걸 알고 있었다면 좀 더 빨리 출발했어야만 하지 않은가. 식사를 벌써 끝낸 다른 집 남자들은 자신이 밥을 먹었다는 사실도 잊어버렸을 시간에야 비로소 그에게 식사를 차려 준다는 게 에제울루는 무척이나 짜증스러웠다.

오비카가 집으로 돌아오는지 남자답게 우렁찬 그의 목소리가 밤공기를 가르며 점점 더 커다랗게 들렸다. 심지어는 그의 휘파람 소리도 웬만한 남자들의 목소리보다 더 멀리까지 울려 퍼졌다. 그는 번갈아 가며 노래를 부르고 휘파람을 불었다.

"오비카가 돌아오나 봐요." 은와포가 말했다.

"밤의 새가 오늘은 일찍 귀가하는구나." 에제울루가 거의 동시에 말했다.

"얼마 지나지 않아서 오비카는 이루를 다시 만날 거예요." 은와포는 오비카가 언젠가 밤에 맞닥뜨린 적이 있는 유령을 말하고 있었다. 이 이야기를 얼마나 자주 들었는지 은와포는 자신이 그 자리에 있었던 것 같았다.

"이번에는 이데밀리나 오구구를 만나게 될 거다." 에제울루는 얼굴에 미소를 머금고 말했고 은와포는 행복감에 얼굴이 환히 빛났다.

대략 삼 년 전 어느 날 밤에 오비카는 잔뜩 겁에 질려 몸을 부들부들 떨면서 아버지의 오비로 뛰어들었다. 그날은 칠흑같이 어두웠고 비가 내릴 기세였다. 굵고 나지막한 천둥소리가 우르릉 요란스럽게 울려 나왔고 여기저기서 번쩍번쩍 번개가 치고 있었다.

"얘야, 무슨 일이냐?" 에제울루가 거듭거듭 물었지만 오비카는 벌벌 떨면서 아무 말도 하지 못했다.

"오비카, 무슨 일이야?" 남편의 오비로 달려 나온 그의 어머니 마테피가 아들보다 더 심하게 몸을 떨면서 물었다.

"당신은 잠자코 있구려." 에제울루가 말했다. "오비카, 무엇을 보았기에 그러느냐?"

오비카는 떨리던 마음이 조금 가라앉자 우무아찰라 마을과 우문네오라 마을 사이에 있는 우길리 나무 근처에서 번쩍이는 번갯불 사이로 자신이 목격한 것을 아버지한테 말하기 시작했다. 아들이 장소를 언급하자마자 에제울루는 아들이 목격한 게 무엇인지 알아차렸다.

"네가 그걸 보았을 때 어떤 일이 일어났느냐?"

"전 그게 유령이라는 걸 알아봤어요. 제 머리에 혹까지 생겼다니까요."

"그가 어린 새들을 죽인 덤불 속으로 들어가지 않더냐? 왼쪽으로?"

오비카는 아버지의 자신감에 다시 기운을 차렸다. 그가 고개를 끄덕이자 에제울루는 고개를 두 번 끄덕였다. 다른 아낙네들도 이제 문가로 몰려와 있었다.

"그 유령이 어떻게 생겼더냐?"

"키는 제가 아는 사람들보다 훨씬 더 컸어요." 오비카는 목이 메는 듯 침을 꿀꺽 삼켰다. "피부색은 매우 옅어서 마치…… 마치…… 마치……."

"옷차림이 가난한 사람 같더냐, 아니면 상당한 재산가처럼 보이더냐?"

"옷차림은 상당한 부자처럼 보였어요. 빨간 모자에 독수리 깃털이 꽂혀 있었거든요."

오비카의 이가 또다시 달달 떨리기 시작했다.

"진정하고 가만히 있어라. 너는 아낙네가 아니야. 코끼리 엄니가 있더냐?"

"예. 어깨에 커다란 엄니를 둘러메고 있었어요."

이제 다시 비가 쏟아지기 시작했다. 처음에는 빗방울이 어찌나 굵던지 빗소리가 초가지붕에 자갈이 떨어지는 소리 같았다.

"애야, 두려워할 이유가 하나도 없다. 너는 이루를 본 거야. 그는 자기 마음에 드는 사람한테 재물을 가져다주는 대단히 통이 큰 분이란다. 이런 날씨에 사람들은 이따금씩 바로 그 장소에서 그분을 만나지. 아마도 그는 이데밀리 신이나 다른 신들을 만나고 집으로 돌아가는 중이었을 거야. 이루 신은 단지 자신의 제실 앞에 와서 거짓으로 맹세하는 자들에게만 해를 입힌단다." 에제울루는 흥분한 나머지 재물의 신을 찬양하느라 정신이 없었다. 에제울루가 하는 말을 듣고 있자면 사람들은 그가 이루나 다른 모든 신들보다 훨씬 더 우월한 지위를 차지하고 있는 울루 신보다 이루에 대해 더 큰 긍지를 느끼는 사제라고 생각할 판이었다. "이루 신은 좋아하는 사람이 있으면 그의 집에 재물을 강물처럼 흘려보낸단다. 그러면 그가 키우는 얌은 사람만큼이나 커다랗게 자라고 염소는 새끼를 세 마리씩 낳으며 암탉은 병아리를 아홉 마리씩이나 까게 되지."

마테피의 딸 오지우고가 푸푸 한 사발과 수프 한 사발을 들고 와 아버지께 인사를 드린 다음 가져온 음식을 아버지 앞에 내려놓았다. 그런 다음 그녀는 은와포에게로 몸을 돌리고 말했다. "너는 얼른 네 엄마 방으로 가 봐. 그곳도 음식 준비가 끝났으니까."

"이 아이는 그냥 내버려 둬라." 다른 부인의 아들을 아버지가 편애하는 것에 대해 마테피 모녀가 분개하고 있다는 걸 너무나도 잘 알고 있는 에제울루가 말했다. "어서 가서 네 엄마더러 이리 오라고 하렴." 에제울루가 음식을 먹을 낌새를 전혀 보이지 않았으므로 오지우고는 뭔가 골치 아픈 일이 생길 것임을 알아챘다. 그녀는 엄마의 거처로 돌아가서 엄마를 불러왔다.

"우무아로의 다른 남자들은 모두 잠자리에 들 시간에 저녁 식사를 해야 하다니. 이렇게 하지 말라고 내가 몇 번이나 말했소." 에제울루는 마테피가 들어오자마자 말했다. "당신은 내 말을 전혀 귀담아 듣지 않는구려. 이 집에서 내가 무슨 말을 하든지 간에 당신한테는 그것이 화롯불을 끌 수 있는 개의 방귀 정도로 들리는가 보군……."

"물을 길으려고 그 머나먼 은완게네 개울까지 갔어요……."

"당신이 원한다면 은키사까지는 못 가겠소? 내가 하고 싶은 말은 다른 게 아니고 당신의 그 못된 버릇을 고치고 싶다면 다음번에도 이 시간에 저녁 식사를 내오란 말이오……."

오지우고가 빈 그릇을 가지러 왔을 때 은와포는 수프 그릇을 핥고 있었다. 은와포가 마저 핥을 때까지 그녀는 화가 잔뜩 나서 기다렸다. 그런 다음 그녀는 빈 그릇을 집어 들고 자기 어머니에게로 가서 모두 일러바쳤다. 이런 일은 처음도 두 번째도 세 번째도 아니었다. 날마다 그런 일이 일어났다.

"독수리가 죽은 고기 위에 앉아 있는 걸 뭐라고 하겠어. 제 어미가 생선 대신 구주콩으로 수프를 끓여 주는데 그 아들이 어떤 짓을 하겠니? 그 여자는 생선 살 돈을 아껴서 상아 팔찌를 사잖아. 그래도 네 아버지는 그 여자의 짓거리가 잘못되었다고 절대로 생각하지 않을 게다. 만약 그게 나였다면 벼락이 떨어져도 벌써 떨어졌겠지." 마테피가 말했다.

오지우고는 그들의 거처와 동떨어진 마당 저쪽 끝에 위치한 다른 부인의 움막을 쳐다보았다. 오지우고의 눈에 들어오는 거라곤 단지 낮게 드리운 처마와 문지방 사이로 새어나오는 야자유 등잔불의 노르스름한 불빛뿐이었다. 다른 두 움막과 함께 반달 모양을 이루고 있는 처소가 하나 더 있었다. 그것은 여러 해 전에 죽은 에제울루의 첫 번째 아내 오쿠아타가 살던 움막이었다. 오지우고는 오쿠아타에 대해서 아는 게 별로 없었다. 그녀가 수프를 만들고 있을 때 움막을 찾은 모든 아이들에게 생선 한쪽과 구주콩 몇 개싹을 건네주던 모습이 기억날 뿐이었다. 그녀의 자녀로는 아데제, 에도고, 아쿠에케가 있었다. 그녀가 죽은 후에도 딸들이 결혼할 때까지 자녀들은 그 움막에서 계속 살았다. 딸들이 시집간 다음에는 에도고가 이 년 전 결혼하기 전까지 그곳에서 혼자 살았다. 그러다가 에도고는 아버지 집 옆에 자그마한 살림집을 새로 지었다. 지금은 남편의 집을 나온 아쿠에케가 그곳에 다시 들어와 살고 있었다. 소문에 의하면 아쿠에케의 남편이 아주 못되게 굴었다고들 하는데, 오지우고의 어머니는 그건 다 거짓말이고 아쿠에케가 고집이 세고 거만하여 자기 아버지 집에서 하던 버릇을 남편의 집에 가서도 그대로 행했을 거라고 말했다.

오지우고 모녀가 저녁 식사를 하려는 찰나 오비카가 노래를 부르고 휘파람을 불며 집으로 돌아왔다.

"네 오빠 밥그릇을 가져오렴." 마테피가 말했다. "오늘은 일찍 들어오는구나."

오비카는 나지막한 처마 아래로 몸을 수그려 손부터 먼저 들어왔다. 아들이 어머니에게 인사하자 어머니는 쌀쌀하게 "은노.*"라고 대답했다. 오비카는 흙침대에 털썩 주저앉았다. 오지우고는 내화 점토로 만든 수프 그릇을 들여온 다음 대나무 선반 위에서 오빠 몫으로 남겨 두었던 푸푸를 끄집어 내렸다. 마테피는 수프 그릇을 후후 불어 먼지와 재를 없앤 다음 수프를 국자로 떠서 담아 주었다. 오지우고는 오빠 앞에 수프 그릇을 놓고는 밖으로 나가 바가지에 물을 떠서 들어왔다.

오비카는 수프를 한 모금 삼키더니 불빛 쪽으로 수프 그릇을 기울이고 꼼꼼히 살펴보았다.

"이게 뭐죠? 수프인가요, 아니면 코코얌이 들어간 잡탕죽인가요?"

여자들은 그의 말을 못들은 척하고 그가 들어오는 바람에 중단되었던 식사를 계속했다. 오비카는 이날도 야자 술을 너무 많이 마신 게 분명했다.

오비카는 우무아로를 비롯해 주변에 있는 모든 지역에서 가장 잘생긴 청년 중 하나로 꼽혔다. 얼굴 윤곽이 아주 섬세할 뿐만 아니라 코도 아름다운 징 소리가 나는 보석이라도 박아 놓은 것처럼 오똑했다. 피부색은 아버지를 닮아 적갈색이었다. 사람들은 오비카에 대하여 말할 때(상당히 잘생긴 사람을 보면 늘 그러듯이) 그가 숲에 사는 이보족 사람들 사이에서 태어날 그런 사람이 아니며, 전생에는 이보족 사람들이 올루라고 부르는 강변 마을에서 살았던 게 분명하다고 했다.

그렇지만 오비카를 망치는 게 두 가지가 있었다. 하나는 야

---

* '어서 와라.'라는 뜻.

자 술을 과도할 정도로 마시는 것이었고 또 하나는 갑작스럽게 불같이 화를 내는 것이었다. 그리고 바위와도 같이 단단한 오비카는 항상 다른 사람들에게 해를 입혔다. 그의 아버지는 조용하면서도 생각이 많은 이복형 에도고보다 오비카를 편애하면서도 종종 이런 충고를 해 주었다. "애야, 용감무쌍하고 겁이 없다는 것은 칭찬받아 마땅한 일이지만 때로는 겁쟁이가 되는 게 좋을 수도 있단다. 우리는 종종 겁쟁이의 집에 서서 용감한 사람이 살던 집이 폐허가 된 꼴을 손으로 가리킨단 말이다. 절대로 어느 것에도 굴복하지 않던 사람이 얼마 지나지 않아 무덤에 들어가기 위해 수의에 무릎을 꿇는단다."

그럼에도 에제울루는 느려 터지고 신중한 달팽이보다는 급히 서두르는 바람에 그릇을 깨어 먹는 기민한 아이를 선호했다.

얼마 전에 오비카는 정말이지 살인을 저지를 뻔했다. 그의 이복 누이 아쿠에케는 가끔 가다 집에 와서 자기 남편에게 두들겨 맞았다는 말을 했다. 어느 이른 아침에 그녀가 얼굴이 온통 퉁퉁 부어오른 채 또다시 집으로 왔다. 오비카는 전후사연을 들어볼 생각도 하지 않고 자형의 마을인 우무오구구로 달려갔다. 가는 길에 그는 오포에두를 불러냈는데, 그는 싸움 현장이라면 절대로 빠지는 법이 없는 친구였다. 우무오구구로 가는 길에 오비카는 자신이 아쿠에케의 남편을 두들겨 팰 때 절대로 가담해서는 안 된다고 오포에두에게 신신당부했다.

"그렇다면 나를 왜 불러냈어? 나는 네 가방이나 들고 가란 말이야?" 친구가 화가 나서 물었다.

"자네가 할 일이 있을 거야. 내가 알기로 우무오구구 사람들은 가만히 있지 않고 자기 마을 사람을 보호하기 위해 무력을 쓸 거야. 그런 일이 발생하면 자네가 할 일이 있을 거란 말이지.”

　정오가 되기 조금 전 오비카가 오포에두와 함께 집에 돌아올 때까지 그가 어디에 갔었는지 아는 사람은 에제울루의 집에 한 명도 없었다. 그들은 이불에 싸인 채 거의 실신 상태에 이른 아쿠에케의 남편을 머리에 이고 나타났다. 두 사람은 그를 우크와 나무 밑에 내려놓고는 어느 누구도 감히 그를 옮길 생각도 하지 못하게 했다. 여인들과 이웃 사람들이 오비카에게 간청하면서, 나무에 열린 물동이만큼 커다란 과일이 잘 익어 금방이라도 떨어 질 것 같은 모습을 그에게 가리켜 보였다.

　“맞아요. 제가 일부러 저곳에 놓아둔 거예요. 열매에 맞아 납작해지라고. 짐승 같은 놈.”

　결국에는 집 근처 숲에 나가 있던 에제울루가 이런 소동이 일어난 걸 알고는 서둘러 집으로 돌아왔다. 무슨 일이 있었는지 자초지종을 알게 된 에제울루는 오비카가 자기 집안에 불러들일 폐해를 생각하고 큰 소리로 한탄하며 그에게 자형을 풀어 주라고 지시했다.

　아쿠에케의 남편인 이베는 장날이 세 차례 지나가도록 자리에서 일어날 수 없었다. 그러던 어느 날 저녁에 이베의 친척들이 에제울루에게 사죄를 받아 내기 위해 찾아왔다. 그 일이 일어났을 때 그들은 대부분 밭에 나가 있었다. 그들은 장날이 세 번 지나가도록 누군가 와서 그들의 친척이 어째서 실컷 두들겨 맞고 끌려갔는지 설명해 줄 것을 기대하면서 참을성 있게 기다렸다.

　“우리가 이베에 대해 들은 이야기가 도대체 무슨 소립니까? 어디 한번 속 시원히 말씀해 보시죠.” 그들이 말했다.

　에제울루는 우선 그들의 분노를 진정시키려고 애썼다. 그러면서도 그는 자기 아들이 아주 심각한 잘못을 저질렀다는 사실에 대해서는 인정하려 들지 않았다. 그는 딸아이 아쿠에케를 불러들여 시댁 친척들 앞에 세워 놓았다.

"여러분은 혹시 저 아이가 우리 집에 어떤 모습으로 왔는지 보셨습니까? 그쪽 마을에서는 결혼한 아내한테 대체로 그렇게 대하나요? 혹시 그곳 풍습이 그렇다면 내 딸을 그런 곳으로 시집보낼 수 없다는 걸 분명히 말씀드리고 싶습니다."

이베의 친척들은 이베가 팔을 너무 멀리까지 내뻗었다는 사실을 인정했고, 어느 누구도 자기 누이를 보호하려 한 오비카를 비난할 수 없게 되었다.

"이런 일이 아니라면 어째서 우리가 울루 신과 조상님들에게 후손을 많이 보내 달라고 빌겠습니까?" 그들의 지도자가 말했다. "후손의 수를 줄어들게 할 사람은 없겠지요. 만일 우리 마을에 사람이 많다면 어느 누가 감히 우리를 괴롭히려 들겠습니까. 우리의 딸들도 시댁에서 머리를 들고 다니겠지요. 그러니 우리도 오비카를 심하게 나무라고 싶지는 않습니다. 내가 제대로 말하고 있는가?" 같이 온 사람들이 그렇다고 응수했고 그는 계속해서 말했다.

"사돈총각이 누이를 위해 싸운 게 잘못이었다고 말할 수는 없지만 말입니다. 그래도 우리가 이해할 수 없는 건 말이죠, 어째서 불알 달린 사내 녀석이 자기 집과 자기 마을에서 끌려가야 했는지 도저히 모르겠단 말입니다. 그건 마치 너는 별 볼 일 없는 놈이고 너의 친척들도 별것 아니라고 말하는 것과 진배없지요. 우리는 바로 그 점에 대해 알고 싶은 겁니다. 사돈집에 갈 때는 지혜를 들고 가는 법이 아니기에 우리는 여기 올 때 지혜를 벗 삼아 온 게 아니라 어리석은 자세로 왔으니 어르신께서 한 말씀 해 주시길 바랍니다. 그러니까 당신들이 잘못 알고 있었으며 이건 이렇고 저건 저렇다고 말씀해 주시면 우리는 그것으로 만족하고 집으로 돌아가겠습니다. 혹시 나중에라도 누군가 우리에게 당신네 친척이 실컷 두들겨 맞고 끌려갔다고 비웃을 때 우리도 어떤 답변을 내놓을지 알아야 하지 않겠습니까. 존경하는 사돈 어르신, 경의를 표하는 바입니다."

에제울루는 사돈들의 마음을 진정시키느라 온갖 말솜씨를 동원했다. 결국 그들은 올 때와는 달리 아주 기쁜 마음으로 집으로 돌아갔다. 하지만 그들이 이베에게 어서 야자 술을 들고 장인어른을 찾아가 아내를 돌려 달라고 간청하라는 충고를 해 줄 것 같지는 않았다. 아쿠에케는 아주 오랜 기간을 아버지의 집에서 지낼 것 같았다.

오비카는 저녁 식사를 끝낸 다음 에제울루의 거처로 가서 다른 형제들과 어울렸다. 여느 때처럼 에도고가 모두를 대표해서 말했다. 오비카는 물론 오두체와 은와포도 함께 있었다.

"내일은 아포 날입니다. 아버님께서 우리에게 어떤 일을 시키실지 알고 싶어 이렇게 모였습니다." 에도고가 말했다.

에제울루는 아들의 그런 제안에 대해 미처 준비하지 못한 사람처럼 한동안 생각에 잠겼다. 그런 다음 그는 오비카에게 새로 마련하고 있는 집이 완성되려면 어떤 일이 어느 정도 남아 있는지 물었다.

"아내가 사용할 헛간만 지으면 됩니다. 하지만 그 일은 그렇게 급하지 않아요. 추수 때까지는 그곳에 넣어 둘 코코얌이 하나도 없을 테니까요." 오비카가 대답했다.

"무슨 일이든지 어서 끝내는 게 중요하다. 완성되지 못한 집으로 새댁을 데려올 수는 없는 법이야. 하기야 요즘에는 그런 게 문제되지 않는다는 걸 잘 알지만 말이다. 그래도 우리 늙은이들이 살아 있는 한 계속해서 올바른 길을 알려 줘야겠지……. 에도고, 내일은 나를 위해 일할 생각은 하지 말고 형제들과 아낙네들을 모두 동원해서 오비카의 헛간을 짓도록 해라. 오비카가 수치심을 느끼지 못한다면 우리라도 느껴야지." 에제울루가 말했다.

"아버지, 말씀드릴 게 있어요." 오두체가 나서서 말했다.

"그래, 말해 보아라."

오두체는 말을 꺼내기가 두려운 듯 목청을 가다듬었다.

"아마도 그 사람들은 자기 형제가 헛간 짓는 일을 도와주지 못하게 하나 보군." 오비카가 분명치 않은 목소리로 말했다.

"너는 언제나 바보 같은 말만 하는구나." 에도고가 날쌔게 그의 말을 가로챘다. "네 집을 지을 때 오두체가 너만큼이나 열심히 일했잖아? 내가 보기에는 너보다 더 열심히 일하던걸."

"지금 나는 오두체가 말하기를 기다리고 있다. 너희 둘은 질투심 많은 여편네들처럼 떠들지 말고 가만있어라." 에제울루가 말했다.

"저는 내일 옥페리에 가서 새로 오시는 선생님의 짐을 날라 오기로 되어 있어요."

"오두체!"

"아버지!"

"내가 지금부터 하는 말을 잘 들어라. 악수가 지나쳐서 팔꿈치로 올라가면 말이다, 그건 다른 문제로 바뀐다는 걸 잘 알아야 해. 백인인 윈타보타와의 우정 때문에 그 사람들과 어울리라고 너를 보낸 사람은 나였어. 백인은 나에게 우리 자식 중 한 명을 보내 백인들의 방식을 배우게 하라고 요청했고 나는 너를 보내기로 합의했단다. 그렇지만 우리 집에서 해야 할 의무를 소홀히 하라고 너를 그곳에 보낸 건 아니다. 내 말을 듣고 있니? 너에게 옥페리로 가라고 지목한 그 사람들에게 가서 아버지가 안 된다고 했다고 말해 주렴. 내일은 내 아들들과 내 부인들과 내 며느리들이 모두 나를 위해 일하는 날이라고 말해 주란 말이다. 그들도 이 마을의 관습에 대해 알아야만 한다. 만일 그들이 알지 못하면 네가 그들에게 알려 줘야 해. 알겠느냐?"

"네, 알겠어요."

"가서 네 어머니를 모셔 오렴. 내일은 네 어머니가 요리할 차례인 것 같다."

2

아니-음모*에서 이 세상을 바라보고 있는 우무아로의 죽은 조상들은 요즘 세상 돌아가는 방식을 보고 기절초풍할 것이라고 에제울루는 종종 말했다. 다른 때도 아니고 바로 이런 시기에 어떻게 우무아로는 옥페리에 싸움을 걸 수 있었는지 정말로 기가 찰 노릇이었다. 우무아로가 이토록 심하게 분열되어 있는 상황인데 전쟁에 돌입하리라고 어느 누가 상상이나 했겠는가? 여섯 마을을 규합해 오늘날의 우무아로로 만들어 놓은 울루 사제의 경고가 무시되리라고 누가 감히 생각이나 했겠는가 말이다. 하지만 제 딴에는 지혜롭고 강력해졌다고 우쭐해진 우무아로는 실컷 먹고 마신 후 방자해져서 자신의 신에게 일대일 결투를 신청한 작은 새 은자처럼 행동했던 것이다. 우무아로는 마을의 기초를 세워 놓은 신에게 도전했다. 그리고— 그들은 어떤

---

* 보이지 않는 영적인 세계.

결과를 기대했을까?— 그들의 신은 심할 정도로 그들을 혼꾸멍 냈다! 얼마나 철저하게 혼냈는지 그들은 오늘도 내일도 꼼짝 못하게 되었다.

아주아주 먼 옛날 도마뱀이 매우 드물었을 시절에, 여섯 마을— 우무아찰라, 우문네오라, 우무아구, 우무에제아니, 우무오구구, 우무이시우조— 은 서로 다른 부족으로 살아가면서 각각의 신을 섬겼다. 그 시절에는 아밤의 용병들이 종종 한밤중에 쳐들어와 집에다 불을 지르고 남자와 여자 그리고 어린아이들까지 끌고 가서 노예로 삼았다. 상황이 몹시 악화되었으므로 여섯 마을 지도자들은 함께 모여 대책을 강구하기 시작했다. 그들은 공통의 신을 모시기 위해 강력한 주술사들을 고용해 조를 짰다. 이때 여섯 마을 조상들이 만들어 놓은 신이 바로 울루 신이었다. 당시 사용되던 부적 중 반은 훗날 은코 장터가 된 곳에 묻었고 나머지 반은 밀리 울루가 된 개울에 던졌다. 그런 다음 여섯 마을은 우무아로라는 이름을 선택했고, 울루의 사제가 그들 모두의 대사제가 되었다. 그날부터 그들은 어떤 적이 쳐들어와도 절대로 패배하는 법이 없었다. 그런 사람들이 어떻게 그들 마을의 토대가 되어 그들을 보호해 준 신을 무시할 수 있단 말인가? 에제울루는 그것을 이 세상이 멸망해 가는 징조라고 생각했다.

오 년 전 어느 날 우무아로의 지도자들이 평화를 상징하는 흰색 점토와 전쟁을 상징하는 새로 난 야자나무 잎사귀를 사자(使者)에게 들려서 옥페리로 보내기로 결정했을 때 에제울루가 아무리 그들을 말려도 전혀 소용이 없었다. 에제울루는 우무아로의 지도자들에게 울루 신이 부당한 싸움은 하지 않을 것이라고 말해 주었다.

에제울루가 앞에 나서서 말했다. "우리 마을이 제일 처음 이 곳에 정착하기 시작했을 때 이 땅은 옥페리의 것이었다고 우리 아버님은 말씀하셨습니다. 다름 아닌 옥페리 사람들이 우리가 여기서 살 수 있도록 그들의 땅을 내주었던 겁니다. 그들은 또한 우리에게 자신들의 신인 우도 신과 오구구 신도 기꺼이 내주었지요. 내 말을 잘 들으세요. 옥페리 사람들이 우리 조상들에게 한 말이니까요. 그들은 우리 선조들에게 신신당부했습니다. 당신들에게 우리 우도 신과 오구구 신을 내주지만 당신들은 우리가 당신들에게 주는 신을 우도가 아니라 우도의 아들, 오구구가 아니라 오구구의 아들로 불러야 한다고 말입니다. 나는 이 이야기를 다른 사람이 아니라 우리 아버지한테서 직접 들었습니다. 만약 여러분이 본래 그들에게 속했던 땅덩이를 놓고 그들과 싸우기를 선택한다면, 나는 그 일에 관여하지 않겠습니다." 에제울루는 그들에게 선포했다.

그러나 그날은 은와카의 승리였다. 그는 여섯 마을을 통틀어 이 땅에서 가장 높은 직위인 이루 직을 맡고 있는 세 사람 중 하나였다. '이루'는 재물 신의 이름이었다. 은와카는 우무아로에서 가장 먼저 생겨난 마을의 전통 깊은 부요한 가문에서 태어났다. 마을에 내려오는 소문에 의하면 여섯 마을이 제일 처음 하나로 통합되었을 때 연합한 마을 중 어느 한 마을이 지나칠 정도로 강력해지는 것을 막기 위해 힘이 가장 약한 마을에 울루의 사제 직을 주었다고 했다.

"우무아로 크웨누!" 은와카가 외쳤다.

"에헴!" 우무아로 사람들이 응답했다.

"크웨누!"

"에헴!"

"크웨주에누!"

"에헴!"

큰 소리로 단합의 인사말을 외친 다음 좌중에 침묵이 흐를 때 은와카는 거의 속삭이는 목소리로 말하기 시작했다.

"지혜는 염소 가죽으로 만든 가방과도 같아서 모든 사람들이 자신의 지혜를 지니고 다닙니다. 이 땅에 대한 지식 또한 그와 똑같습니다. 에제울루는 자기 아버지가 그에게 들려준 옛날이야기를 우리에게 말해 주었습니다. 아버지가 아들에게 틀린 말을 하지 않는다는 것은 우리도 압니다. 하지만 땅에 대한 전설은 수많은 아버지들이 갖고 있는 지식을 넘어선다는 것도 사실입니다. 만약 에제울루가 자신이 알고 있고 또 그보다 먼저 그의 선조들이 알고 있던 우무아로의 위대한 신에 대한 이야기를 했다면 나는 그의 목소리에 귀를 기울였을 겁니다. 하지만 에제울루는 우무아로 자체보다도 더 오래된 사건들에 대해 말하고 있습니다. 에제울루건 이 마을에 사는 다른 누구건 간에 이런 사건들에 대한 이야기를 우리에게 할 자격이 없다고 나는 감히 말합니다." 여기저기서 찬성 소리와 반대 소리가 웅성웅성 뒤섞여 들렸지만 원로들이나 직함 있는 사람들이 모여 있는 곳에서는 찬성의 목소리가 더 많았다. 은와카는 말을 하면서 앞뒤로 왔다 갔다 했다. 빨간 모자에 꽂힌 독수리 깃털과 발목에 매단 청동 띠가 은와카가 이 마을의 유지, 그러니까 부요의 신인 이루의 특별한 총애를 받는 사람이라는 사실을 두드러지게 보여 주었다.

"내 아버지는 나에게 다른 이야기를 해 주셨습니다. 옥페리 사람들은 방랑자였다고 아버지는 말씀하셨습니다. 아버지는 그들이 잠깐씩 머물다가 다시 이동한 서너 군데 다른 장소를 지목해 주셨지요. 그들은 우무오피아에서 쫓겨난 다음 아바메와 아닌타에서도 쫓겨났답니다. 이제 와서 그들이 그곳으로 돌아가 그 모든 부지가 자신들의 땅이었으니 돌려 달라고 주장하겠습니까? 백인이 들어와 우리를 엉망진창으로 만들어 놓지 않았다면 그들이 우리의 농경지를 자신들의 것이라고 주장했겠습니까? 우무아로의 원로님들 그리고 은디치에* 여러분, 만약 우리한테 싸울 용기가 없다면 우리 모두 헤어져 각자 집으로 돌아가는 게 좋겠습니다. 우리는 싸움을 피하기 위해 농경지 또는 심지어 집까지도 포기한 최초의 사람이 되지 않을 겁니다. 하지만 우리 자신이나 우리의 후손들에게 이 땅이 다른 사람들의 것이었기 때문에 그런 결정을 내렸다는 말은 하지 맙시다. 차라리 선조들은 싸우지 않기로 결정했다고 후손들에게 말해 줘야 합니다. 우리의 청년들이 옥페리의 딸들과 결혼하고 옥페리 남자들이 우리의 딸들과 결혼했으며 이렇게 뒤섞이다 보면 남자들은 종종 싸울 용기를 잃게 된다고 그들에게 말해 줍시다. 우무아로 크웨누!"

"에헴!"

"크웨주에누!"

"에헴!"

"여러분 모두에게 경의를 표합니다."

은와카가 말을 마치자 한동안 환호성이 이어졌고 그것은 대

---

* '어르신'이라는 뜻.

체로 그의 말에 대한 찬성을 나타내고 있었다. 은와카는 에제울루의 연설을 완전히 압도했다. 마지막으로 에제울루에게 간접적으로 커다란 타격을 준 것은 대사제의 어머니가 옥페리의 딸이라는 사실을 은근히 암시한 대목이었다. 그곳에 모인 사람들은 여러 무리로 나뉘어 가까이 앉은 사람들끼리 수군거렸다. 어떤 사람은 에제울루가 농경지에 대해 말해 준 사람이 아버지였는지 어머니였는지도 잊은 게 아니냐고 말했다. 여섯 마을 사람들이 모두 은와카의 말을 지지한다는 게 분명해질 때까지 이 사람 저 사람 차례로 일어나 한마디씩 했다. 우무아로에서 어머니가 옥페리 출신인 사람이 에제울루 혼자만은 아니었다. 하지만 누구 한 사람 감히 나서서 에제울루를 지지하지 못했다. 사실상 그런 사람들 중 하나인 아쿠칼리아는 입만 열면 "죽이고 약탈하자."라는 말을 빼놓지 않았는데, 얼마나 열렬했던지 그의 어머니가 태어난 옥페리로 흰색 점토와 새로 난 야자나무 잎사귀를 들고 갈 사람으로 그가 뽑혔다.

그날의 마지막 연설은 아쿠칼리아의 마을에서 온 최고령자의 몫이었다. 이제 그의 목소리는 떨렸지만 청중을 향한 그의 인사말은 은코 장터의 구석구석까지 분명하게 울려 퍼졌다. 우무아로 사람들은 노인의 엄청난 노력에 대해 온힘을 다해 커다란 목소리로 에헴! 하고 화답했다. 노인이 숨 좀 돌려야겠다고 조그맣게 말하자 그 말을 들은 사람들은 깔깔대고 웃었다.

"나는 옥페리로 가게 된 사람에게 한마디 하고 싶소. 우리는 상당히 오래전에 전쟁을 한지라 여러분 중 다수가 그 관습을 기억하지 못할 수도 있을 거요. 그렇다고 아쿠칼리아한테 상기시켜 줄 필요가 있기 때문에 말하는 건 아니오. 하지만 나는 늙은

이이고 사실 늙은 사람은 말하기 위해 있는 거라오. 만약 집에 사는 도마뱀이 자기가 마땅히 해야 할 일을 소홀히 한다면 밭에 사는 도마뱀으로 오해받지 않겠소?

아쿠칼리아가 말하는 걸 들어 보니 그가 상당히 격분하고 있다는 게 느껴졌다오. 그가 그렇게 느끼는 게 당연할지 모르지만, 우리는 싸움을 하라고 그 친구를 자기 어머니의 땅으로 보내는 건 아니잖소. 아쿠칼리아, 우리는 옥페리 사람들 앞에 전쟁이냐 평화냐 하는 선택권을 내놓고 오라고 자네를 보내는 걸세. 지금 내가 우무아로의 뜻을 제대로 전하고 있소?" 사람들은 그에게 계속해서 말하도록 힘을 실어 주었다.

"우리는 옥페리가 전쟁을 선택하는 걸 원하지 않소. 어느 누구도 전쟁을 먹고 살 순 없는 법이요. 만약 그들이 평화를 선택한다면 무척 기쁠 거요. 하지만 그들이 무슨 말을 하더라도 자네는 그들과 논쟁을 벌여서는 안 되네. 자네의 임무는 우리에게 그들의 답변을 가져오는 걸세. 자네가 대담무쌍하다는 것을 우리 모두가 잘 알지만 그곳에 머무는 동안 자네의 담대함은 가방에 넣어 두시게. 만일 자네와 함께 가는 젊은이들이 너무 큰 목소리로 떠들어 댄다면 그들의 잘못을 덮어 주는 게 자네 임무라네. 나도 젊었을 때는 그런 역할을 해 봐서 그런 유혹이 얼마나 강한지 너무나 잘 알지. 여러분에게 경의를 표합니다."

이 모든 것을 서글픈 미소로 받아들인 에제울루는 검은 개미한테 엉덩이라도 쏘인 사람처럼 자리에서 벌떡 일어났다.

"우무아로 크웨누!" 에제울루는 소리쳤다.

"에헴!"

"여러분 모두에게 경의를 표합니다." 그것은 마치 격노한 가면이 외치는 인사와도 같았다. "어른이 집에 있으면 암염소가 밧줄에 묶인 채 분만의 고통을 당하도록 그냥 내버려 두지 않을 겁니다. 이 말은 우리 선조들이 해 주신 말씀입니다. 하지만 오늘 우리는 여기서 무엇을 보았습니까? 겁쟁이라는 말을 듣는 게 두려워 말을 하는 사람도 있었고 전쟁에 굶주린 사람처럼 말을 하는 사람도 있었습니다. 이제는 그 모든 걸 무시합시다. 만약 그 농경지가 정말로 우리의 것이라면, 울루 신은 우리 편에 서서 싸울 겁니다. 하지만 만약 그렇지 않다면, 우리는 곧바로 알게 될 겁니다. 집안에서 자신의 의무를 소홀히 하는 어른들을 전혀 보지 못했다면 오늘 나는 또다시 일어나 이야기하지 않았을 겁니다. 우무아로에서 가장 연로한 세 분 중 한 분이신 오그부에피 에고은완네 어르신께서 우리 선조들이 비난받을 전쟁을 하지 않았다는 사실을 상기시켜 주셨으면 좋았을 텐데. 하지만 저분은 그것 대신에 우리의 사자(使者)에게 한 입으로 불과 물을 동시에 나르는 법을 가르쳐 주고 싶으셨나 봅니다. 아버지가 도둑질해 오라고 보낸 아들이 살그머니 들어가지 않고 두 발로 문을 박차고 들어간다는 말을 여러분은 듣지 못하셨습니까? 에고은완네 어르신은 커다란 문제들이 간과되고 있는데 어째서 사소한 일에만 신경을 쓰시는지요? 우리는 전쟁을 원합니다. 아쿠칼리아가 어머니의 친척들한테 가서 어떻게 말하는가는 사소한 문제입니다. 그는 원한다면 그들의 얼굴에다 침을 뱉을 수도 있습니다. 집이 무너졌다는 소식을 들었을 때 여러분은 지붕도 함께 무너졌느냐고 물어보십니까? 여러분 모두에게 경의를 표합니다."

다음 날 아침 닭이 우는 시각에 아쿠칼리아는 두 명의 동반자와 함께 옥페리를 향해 길을 떠났다. 염소 가죽으로 만든 가방 안에는 흰 석회 덩어리와 태양을 향해 펼쳐지기 전에 야자나무 꼭대기에서 잘라 낸 노란 잎사귀 몇 개가 들어 있었다. 그들은 또한 각기 날이 넓은 칼을 칼집에 넣어서 들고 갔다.

그날은 에케 날이었다. 얼마 못 가서 아쿠칼리아 일행은 그 유명한 에케 옥페리 장터로 향하는 모든 이웃 마을의 아낙네들을 지나치기 시작했다. 그들 대부분이 주변에 있는 모든 지역에서 가장 훌륭한 단지를 만들어 내는 엘루멜루와 아바메 마을의 여자들이었다. 여자들은 한 사람도 빠짐없이 심지어 대여섯 개 이상의 물 단지들을 기다란 바구니에 달린 밧줄로 한데 묶은 그 커다란 짐을 나르고 있었는데, 어슴푸레할 때 보니 그들은 마치 이상야릇한 머리가 달린 귀신 같았다.

우무아로 사람들은 장터로 가는 이 아낙네 일행을 계속해서 지나쳐 가며 이보와 올루의 전 지역 사람들이 모여드는 옥페리의 그 거대한 에케 장날에 대해 이야기했다.

"그건 아주 오래된 주술이 가져온 결과야." 아쿠칼리아가 설명했다. "우리 외가 쪽 사람들은 대단한 주술사거든." 그의 목소리에서 자부심이 묻어났다. "에케는 처음에는 아주 조그만 장이었어. 주변 마을의 다른 장들 때문에 점점 찌들어 가고 있었지. 어느 날 강력한 신을 만들어 낸 옥페리 사람들은 그들의 장을 보살펴 달라고 신한테 빌었어. 그날부터 에케가 점차로 커지더니 마침내 이 지역에서 가장 큰 장터가 된 거야. 은와니이에케라고 하는 이 신은 노파인데, 에케 날이면 언제나 닭이 울기 전 오른손에 빗자루를 들고 장터로 나가 드넓은 공터를 빙글빙글 돌면서 사방팔방을 향해 빗자루로 손짓해서 모든 지역에 살고 있는 사람들을 끌어들이는 거지. 그래서 사람들은 닭이 울기 전에는 절대로 장터 근처에 가지 않는 걸세. 만약 그곳에 가게 되면 자기 임무를 수행하고 있는 노파를 만나게 될 테니까 말일세."

"우무루의 커다란 강가에서 열리는 은코 장에 대해서도 사람들은 똑같은 이야기를 하던걸요. 거기서도 주술의 효험이 어찌나 좋은지 장은 더 이상 은코 날에만 서는 게 아니래요." 아쿠칼리아와 함께 가던 젊은이가 말했다.

"주술이라면 우무루 사람들이 우리 외가 쪽을 절대로 따를 수가 없을 걸세. 우무루 장이 커진 것은 백인이 그곳에서 물품을 구입했기 때문이야." 아쿠칼리아가 말했다.

"그들의 주술 때문이 아니라면 어째서 백인이 그곳에서 물품을 사들였겠어요?" 또 다른 젊은이가 물었다. "그 장터의 노파가 빗자루로 온 세상 사람들을 쓸어 간 거지요. 심지어 절대로 태양이 비치지 않는다는 백인들의 땅까지도 말이죠."

"우무루에서 어느 백인 여자가 흰 모자를 쓰지 않고 밖에 나갔다가 햇빛을 받아서 흐물흐물한 야자유처럼 녹아내렸다는 게 사실이야?" 다른 일행 하나가 물었다.

"나도 그런 소리를 들었어. 하지만 백인에 대해서는 너무나 많은 거짓말들이 떠돌잖아. 언젠가는 백인들은 발가락이 하나도 없다는 말도 들었어." 아쿠칼리아가 말했다.

태양이 떠올랐을 때 그들 일행은 문제의 땅에 도착했다. 그 땅은 여러 해 동안 경작되지 않아 새까매진 새포아풀로 무성하게 뒤덮여 있었다.

"우리 집 지붕에 얹을 풀을 베러 아버지와 함께 바로 이곳에 온 적이 있다네. 나로서는 외가 쪽 사람들이 이제 와서 이 땅의 권리를 주장한다는 게 너무나도 놀라울 뿐이야." 아쿠칼리아가 말했다.

"그게 모두 그 백인 때문이잖아요. 그가 마치 싸우고 있는 두 어린아이들을 타이르는 어른처럼 내가 여기 있는 동안은 절대로 싸워서는 안 된다고 하니까 둘 중 더 어리고 나약한 게 의기양양해져서 잘난 척하는 거지요."

"그래, 자네 말이 꼭 맞아. 우리 아버지가 살던 시절은 말할 것도 없고 내가 어렸을 때에도 이런 일은 절대로 일어날 수가 없었지. 그 모든 게 다 기억난다니까." 아쿠칼리아는 땅 위로 손을 흔들어 대며 말했다. "저기 서 있는 저 에베온에베 나무에 언젠가 벼락이 떨어진 적이 있는데, 나무 밑에서 풀을 베던 사람들이 사방팔방으로 나동그라졌다네."

"그러니까 그 사람들한테 물어봐야 할 건 말이죠, 아니, 그들이 우리한테 말해 줘야 할 것은 만약에 이 땅이 정말로 그들 것이라면 어째서 그들은 백인이 와서 환기시켜 줄 때까지 여러 세대에 걸쳐서 우리가 이 땅을 경작하고 풀을 베어 가는데도 가만히 보고만 있었는가 하는 거죠." 길을 떠난 이후로 말이 별로 없던 다른 젊은이가 말했다.

"우리는 우무아로가 그들에게 답을 듣기 원하는 질문 하나만 하면 돼. 그들에게 다른 어떤 질문을 하는 게 우리의 임무는 아니니까." 아쿠칼리아가 말했다. "그리고 자네들에게 다시 한 번 당부하고 싶은 말은, 그곳에 도착하면 자네들은 입을 꼭 다물고 있고 말하는 건 모두 나한테 맡기라는 거야. 이 사람들은 아주 까다롭거든. 우리 어머니도 절대로 예외가 아니었지. 하지만 그들이 알고 있는 사실을 나는 알잖아. 만일 옥페리 사람이 자네 보고 이리로 오라고 하면 그건 온 힘을 다해서 도망가라는 뜻이야. 그 사람들의 방식에 익숙하지 않으면 자네들은 닭이 울 때부터 잠자리에 들 때까지 그들과 함께 앉아 대화도 나누고 음식도 같이 먹더라도 물 표면에 떠 있는 기름 신세란 말이지. 그러니까 그들을 상대하는 건 나한테 맡겨. 약삭빠른 사람이 죽으면 또 다른 약삭빠른 사람이 그를 묻어 주는 법이니까."

세 명의 사자는 대부분의 사람들이 아침 식사를 끝마쳤을 무렵에 옥페리 마을로 들어갔다. 그들은 곧장 아쿠칼리아 어머니의 살아 있는 친척들 중에서 관계가 가장 가까운 우두에주에의 처소로 발걸음을 옮겼다. 아마도 이 사자들의 엄숙한 얼굴에서 우두에주에는 뭔가 심각한 상황을 알아차린 것 같았다. 아니, 어쩌면 옥페리로서는 우무아로에서 사절단이 온 것이 전혀 뜻밖의 일은 아니었는지도 몰랐다. 그럼에도 우두에주에는 그들의 고향 사람들에 대한 안부를 물었다.

"다들 잘 지내고 계십니다." 아쿠칼리아가 성급하게 대답했다. "우리는 옥페리 지도자들에게 긴급하게 전해야만 하는 특별 임무를 맡고 이곳에 왔습니다."

"그런가?" 우두에주에가 물었다. "내 아들 같은 자네가 마을 사람들과 함께 무슨 일이 있기에 이토록 이른 시간에 그 먼 길을 왔을까 마음속으로 의아해하고 있었다네. 자네 어머니인 내 누이가 아직 살아 있다면 나는 누이에게 무슨 일이 일어났는가 보다라고 생각했을 걸세." 그는 잠시 동안 말을 멈추었다. "중대한 임무라고 했겠다. 그래, 두꺼비는 뭔가에 쫓기지 않는 한 대낮에는 뛰는 법이 없다는 속담이 있지. 자네들의 임무를 지연시키고 싶지 않네만 그래도 먼저 콜라 열매부터 대접해야겠지." 그는 자리에서 일어나려고 했다.

"아니, 그런 건 신경 쓰지 마십시오. 아마도 우리의 임무가 끝나면 다시 올 테니까요. 우리 머리에 지고 있는 짐이 무척이나 무겁거든요. 그러니까 그 짐을 내려놓기 전에는 누가 무슨 말을 해도 알아들을 수가 없답니다."

"그게 어떤지는 나도 잘 알지. 여기 백묵 조각이 하나 있네. 그럼 자네들이 돌아올 때까지 자네들의 뜻을 따라 콜라 열매는 여기 그냥 놓아두겠네."

하지만 그들은 심지어 마룻바닥에 백묵으로 줄을 긋는 행위조차 거부했다. 그런 다음에는 더 이상 할 말이 없었다. 그들은 주인과 손님 사이의 선의의 표시마저 거절했던 것이다. 그런 걸 보면 그들의 임무는 정말이지 대단히 심각한 것임에 틀림없었다.

우두에주에는 안채로 들어가더니 곧바로 염소 가죽 가방과 날이 넓은 칼을 칼집에 넣어서 들고 나왔다. "자네들의 전갈을 받을 사람한테 데려다주겠네." 그가 말했다.

우두에주에가 길을 안내했고 그들은 잠잠히 그 뒤를 따랐다. 그들은 점점 더 많아지는 장터의 무리들을 지나갔다. 파종기가 가까웠기 때문에 수많은 사람들이 얌 종자가 든 기다란 바구니들을 들고 갔다. 어떤 사람들의 바구니에는 염소도 들어 있었고, 이따금씩 닭을 움켜쥐고 가는 남자도 눈에 띄었다. 그토록 절박해 보이는 사람이 한때 좋은 시절을 보낸 경우에는 특히나 발걸음이 견고하지 못했다. 수많은 아낙네들이 발걸음을 옮기면서도 시끄럽게 떠들어 댔다. 조용히 걸어가는 사람들은 멀리서 오느라 기진맥진한 사람들이었다. 아쿠칼리아는 물 단지를 머리에 잔뜩 이고 가는 몇몇 사람들이 그들이 아까 지나쳐 간 사람들임을 알 수 있었다.

아쿠칼리아는 지난 삼 년 동안 어머니의 고향을 찾아오지 못했는데 이상스럽게도 마음 한편에 이 땅에 대한 정겨움이 느껴졌다. 어려서 어머니를 따라 이곳에 처음 왔을 때 그는 이곳의 흙과 모래가 어째서 우무아로처럼 적갈색이 아니고 새하얗게 보이는지 참 이상하다고 생각했더랬다. 그건 우무아로 사람들은 일주일인 나흘이 다 지나도록 물에 손도 대지 않는 반면 옥페리 사람들은 날마다 씻어서 매우 깨끗하기 때문이라고 어머니는 그에게 말해 주었다. 어머니는 그에게 아주 엄격했고 성도 잘 냈지만 이제 아쿠칼리아는 어머니를 향해서도 다정한 마음이 들었다.

우두에주에는 세 명의 방문객을 옥페리의 전령사인 오틱포의 집으로 데려갔다. 그는 자기 오비에서 장에 가지고 갈 얌 종자를 고르다가 손님들이 들어가자 자리에서 일어났다. 그는 우두에주에를 이름과 직위로 불렀고 아쿠칼리아에게는 우리 딸의 아들이라고 불렀다. 누군지 잘 알지 못하는 다른 두 사람과는 그저 악수만 했다. 오틱포는 키가 아주 컸지만 골격은 빈약해 보였다. 젊었을 때 훌륭한 달리기 선수였던 그는 그때의 모습을 여전히 유지하고 있었다.

그는 내실로 들어가더니 둘둘 만 매트를 들고 나와 방문객들을 위해 흙침대 위에 펼쳤다. 조그마한 여자아이가 "아버지, 아버지." 하고 불러 대며 안채에서 나왔다.

"옥반제, 들어가 있어라. 손님들이 계시잖니?" 그가 말했다.

"은웨케가 때렸어요."

"나중에 내가 혼내 주마. 어서 가서 아빠가 때려 줄 거라고 말해 주렴."

"오틱포, 우리 밖에 나가서 잠깐 이야기 좀 하세." 우두에주에 가 말했다.

바깥에 나간 두 사람은 오래지 않아 다시 들어왔다. 돌아올 때 오틱포는 나무 쟁반에 콜라 열매를 담아 왔다. 아쿠칼리아는 고맙지만 자신들은 너무나 무거운 짐을 머리에 지고 왔기에 그 짐을 내려놓기 전에는 먹을 수도 마실 수도 없다고 했다.

"그런가? 자네가 말하는 그 짐을 나나 우두에주에 앞에 내려놓을 수 있는가? 아니면 반드시 옥페리의 원로들이어야 하는가?" 오틱포가 물었다.

"원로들 앞에서 직접 말씀드려야 합니다."

"그렇다면 당신들은 좋지 못한 시기에 왔군. 이보 사람이라면 옥페리 사람들이 에케 날에는 다른 일을 하지 않는다는 걸 잘 알 텐데. 어제나 그제, 아니면 내일이나 모레 왔더라면 좋았을 걸 그랬어. 우리 딸의 아들이여, 자네는 우리네 풍습을 잘 알고 있을 텐데."

"여러분의 풍습은 다른 지역 사람들의 풍습과 다를 바가 없지요. 하지만 우리의 임무가 워낙 급해서요." 아쿠칼리아가 말했다.

"그래?" 오틱포는 밖으로 나가더니 목소리를 높여 이웃에 사는 이보를 부른 다음 다시 들어왔다.

"임무가 아주 급하단 말이지. 그럼 어떻게 해야 하나? 내 생각에 오늘은 옥페리에서 자고 내일 원로들을 만나야 할 것 같은데."

이보가 들어와 전체를 향해 인사했다. 그는 이토록 많은 사람들이 모여 있는 것을 보고 깜짝 놀라 잠시 어찌할 바를 몰라 쩔쩔 맸다. 그러더니 그는 돌아가며 악수를 하기 시작했다. 하지만 아쿠칼리아는 자기 차례가 되었는데도 이보의 손을 맞잡지 않았다.

"앉게나, 이보. 아쿠칼리아는 옥페리에 전할 전갈을 들고 왔다네. 그 일로 인해서 그는 콜라 열매도 먹지 않고 악수도 하지 않는 걸세. 그는 원로들을 만나고 싶어 하는데 내가 오늘은 안 된다고 말해 주었다네." 오틱포가 말했다.

"저 사람들은 하필이면 오늘 전갈을 가져왔답니까? 그들이 사는 마을에는 장도 안 서나요? 단지 그 일 때문에 부르신 거라면 나는 집으로 돌아가 장에 갈 준비를 해야 해요."

"아까도 말했지만 우리가 가져온 전갈은 시간을 다투는 문제입니다."

"나는 아직까지 그런 전갈이 있다는 말은 한 번도 들어본 적이 없는데요. 아니면 당신들이 가져온 전갈이란 게 고귀하신 추쿠 신이 이 세상을 지탱하고 있는 발이라도 치우신다는 겁니까? 그게 아니라면 세 사람이 우리 마을에 나타났다고 해서 에케 옥페리의 전통이 중단될 수 없다는 걸 아셔야 해요. 지금이라도 유의해서 귀 기울이면 장에서 나는 소리가 들릴 겁니다. 아직 반도 차지 않았지만요. 장이 사람들로 가득 차면 우무다에서도 그 소리가 들려요. 그런데도 당신들이 가져온 전갈을 듣기 위해 장이 멈출 거라고 생각하십니까?" 이보는 잠시 동안 자리에 앉아 있었고 말을 꺼내는 사람은 한 명도 없었다.

"우리 딸의 아들이여, 내일이 되기 전에는 우리의 원로들을 한 곳에 모을 수 없다는 걸 이제 알겠는가?" 오틱포가 말했다.

"내 어머니의 아버지시여, 만약 이 마을에 갑작스럽게 전쟁이라도 들이닥치면 당신들은 어떻게 사람들을 불러 모으나요? 내 일까지 기다립니까? 이콜로*를 울리지 않나요?"

이보와 오틱포가 웃음을 터뜨렸다. 우무아로에서 온 세 사람은 서로 눈길을 나누었다. 아쿠칼리아의 얼굴이 험상궂게 일그러지기 시작했다. 우두에주에는 이 방에 들어오면서부터 계속해서 왼손으로 턱을 괴고 앉아 있었다.

"부족마다 서로 다른 풍습이 있는 법이지." 웃기를 마친 오틱포가 말했다. "옥페리에서는 장날에 찾아온 손님을 맞으려고 이콜로를 치지는 않는다네."

"내 어머니의 아버지여, 당신은 지금 우리를 장터에 온 아낙네로 취급하시는 겁니까? 지금까지 당신의 모욕적인 언동을 끈기 있게 참았는데, 내 이름이 우무아로의 오케케 아쿠칼리아라는 것을 다시 한 번 말씀드립니다."

"아하, 우무아로에서 오셨다고요." 악수를 거절당한 것 때문에 아직도 화가 나 있던 이보가 말했다. "우무아로에서 왔다는 말을 해 줘서 고맙소. 이 마을의 이름은 옥페리랍니다."

"당신은 당신 집으로 돌아가시오. 그렇지 않으면 내가 혼쭐을 내 줄 테니까." 아쿠칼리아가 소리쳤다.

"거세된 수소처럼 소리 지르고 싶으면 우무아로에 돌아갈 때까지 참아야지. 내가 여기는 옥페리라고 벌써 말했잖아."

---

* 나무로 커다란 징처럼 만든 이보족의 전통 악기.

어쩌면 이 말은 의도적인 것이었을 수도 있고 우발적인 것이었을 수도 있다. 하지만 이보는 방금 어느 누구도 절대로 아쿠칼리아에게 해서는 안 되는 바로 그 말을 내뱉은 것이었다. 아쿠칼리아는 성적 능력이 없는 까닭에 자식을 얻어 보겠다고 아무도 모르게 두 아내를 다른 남자들에게 내주었던 것이다.

잇달아 발생한 싸움은 험악했다. 이보는 절대로 아쿠칼리아의 상대가 되지 못했으므로 곧바로 머리가 터졌고 피가 줄줄 흘러내렸다. 고통과 수치심으로 제정신을 잃은 이보는 칼을 가지러 자기 집으로 달려갔다. 이제 근처에 있는 모든 집에서 여자들과 아이들이 몰려나왔고 몇몇은 무서워서 소리를 질러 댔다. 지나가던 행인들도 달려들었지만 아무런 소용이 없었다.

그다음에 일어난 일들은 악을 가져오는 에크웬수가 한 짓이었다. 아쿠칼리아는 이보의 뒤를 쫓아서 그의 오비로 들어갔고 그의 제실에서 이켄가를 집어 들더니 밖으로 달려 나왔다. 그는 모든 사람들이 혼비백산하여 서 있는 동안 들고 나온 이켄가를 두 동강 냈다.

이보는 그 끔찍스러운 일을 가장 늦게 보았다. 그는 자기 손에서 칼을 빼앗아 유혈 소동을 막으려고 하는 오틱포와 실랑이를 벌이고 있었던 것이다. 하지만 아쿠칼리아가 감행한 짓거리를 목격한 사람들은 오틱포에게 이보를 놓아주라고 소리쳤다. 두 남자가 함께 집 밖으로 나왔다. 이보는 아쿠칼리아를 향해 달려오다가 그가 한 짓을 보고는 너무 놀라 그 자리에 멈춰 섰다. 그는 일순간 이것이 생시인지 아니면 꿈을 꾸고 있는 건지 분간도 못 했다. 그는 왼쪽 손등으로 두 눈을 비볐다. 아쿠칼리아가 자기 앞에 서 있었고, 두 동강이 난 그의 이켄가가 아쿠칼리아의 발에 채여 먼지 속에 나뒹그러져 있었다.

"네가 사나이라면 한 걸음 앞으로 나와 봐. 그래, 내가 그랬다. 이제 어떻게 할 건데?"

그렇다. 그건 현실이었다. 여전히 주변을 둘러보던 이보는 자기의 오비로 들어갔다. 그는 제실 앞에 가서 무릎을 꿇고 자세히 살펴보았다. 그렇다, 조금 전까지도 먼지 하나 없이 나무판 위에 서 있던 그의 오른팔 힘인 이켄가가 사라지고 텅 빈 자리만이 그를 빤히 쳐다보고 있었다. "은나 도! 은나 도!" 그는 죽은 아버지에게 어서 와서 도와달라고 울부짖었다. 그런 다음 그는 자리에서 일어나 침실로 들어갔다. 혹시라도 방에 들어가 자신의 몸에 해를 입히지나 않을지 걱정이 된 오틱포가 방 안으로 뛰어 들어가기까지 그는 잠시 그곳에 서 있었다. 하지만 이미 때는 늦었다. 이보는 장전된 총을 들고 오틱포를 옆으로 밀치면서 오비로 나오더니 문지방에서 무릎을 꿇고 총을 겨냥했다. 위험하다고 느낀 아쿠칼리아가 앞으로 돌진했다. 총알이 가슴을 꿰뚫었는데도 그는 칼을 높이 쳐들고 계속해서 달려갔다. 하지만 아쿠칼리아는 결국 문지방에 이르러 나지막한 초가지붕에 얼굴을 부딪치며 쓰러지고 말았다.

아쿠칼리아의 사체가 우무아로 마을로 운반되었을 때 모두 아연실색했다. 우무아로의 사자가 타지에 나가 살해당하다니, 예전에는 이런 일이 한 번도 일어난 적이 없었다. 하지만 사람들은 시체를 처음 보았을 때의 충격에서 벗어나자 아쿠칼리아가 용서받지 못할 짓을 저질렀다고 조심스럽게 말하기 시작했다.

"자기 눈앞에서 아쿠칼리아에 의해 자신이 송장과 같은 신세가 되는 꼴을 본 사람의 입장에서 한번 생각해 봅시다. 그런 일을 당했는데 누가 참겠습니까? 그런 신성 모독 행위에 대해 어떤 희생 제물이나 속죄 행위로 보상할 수 있을까요? 피해자가 조상들 앞에서 '진정하십시오. 그런 짓을 행한 자가 자기 목숨으로 대가를 치렀습니다.'라는 말을 할 수 없다면 그가 어떻게 머리를 들고 조상님들 앞에 설 수 있겠습니까? 그 정도의 보복은 당연한 겁니다." 사람들은 말했다.

악을 가져오는 에크웬수가 그 일에 관여한 것 같으니 우무아로는 그 정도에서 그 문제를 마무리할 수도 있었다. 그리고 어쩌면 그 문제와 함께 땅에 대한 분쟁도 끝날 수 있었다. 하지만 한 가지 작은 일이 그들을 괴롭혔다. 아주 작은 것이었지만 동시에 상당히 중요한 문제였다. 어째서 옥페리는 이러저러한 일이 발생했다는 전갈을 우무아로에 보내려 들지 않았을까? 아쿠칼리아를 죽인 사람이 몹시 격분했다는 사실에 모두 동의했다. 사실 아쿠칼리아는 우무아로 마을의 아들인 동시에 옥페리 마을에서 온 여인의 아들이기도 했다. 그러니까 당시에 발생한 사건은 숫염소의 머리가 숫염소 가죽으로 만든 가방 속에 들어간 것이라고 비유할 수도 있었다. 하지만 사람이 살해당했는데 무슨 말이든 해야 하는 것이 아닌가. 무슨 설명이 있어야 했다. 사체를 고향으로 돌려보내기만 했을 뿐 옥페리가 더 이상 아무런 설명도 내놓지 않는다는 것은 그들이 지금 우무아로를 멸시하고 있다는 증거였다. 그런 점은 간과할 수 없는 일이었다. 아쿠칼리아가 죽고 나흘 째 되던 날 저물녘에 전령들이 여섯 마을을 돌았다.

아침에 열린 집회는 매우 엄숙했다. 집회에서 발언한 거의 모든 사람들이 죽은 사람을 비난하는 게 옳지 못한 일이긴 해도 아쿠칼리아가 커다란 잘못을 저질렀다는 사실은 인정해야 한다고 말했다. 그들 중 다수, 특히 연배가 있는 사람들은 우무아로가 이 일을 더 이상 문제 삼지 말았으면 좋겠다고 했다. 하지만 속담이 말해 주듯, 그와는 달리 분해서 머리를 쥐어뜯고 잘근잘근 씹어 먹는 사람들도 있었다. 그들은 우무아로가 무시당하는 꼴을 보면서도 가만히 앉아서 참기만 할 수는 없다고 단언했다. 앞서 그랬듯 그런 사람들의 대표는 은와카였다. 그는 평소대로 유창하게 말했고 수많은 사람들의 마음을 흔들어 놓았다.

에제울루는 마지막까지 아무 말도 하지 않고 기다렸다. 마침내 그는 우무아로 사람들을 향해 조용히, 그러면서도 비통한 마음으로 인사말을 했다.

"우무아로 크웨누!"

"에헴!"

"우무아로 오보도네시 크웨누!"

"에헴!"

"크웨주에누!"

"에헴!"

"우리가 불던 갈대 피리는 이제 부서졌습니다. 바로 이 자리에서 암염소 속담을 이야기한 이래로 벌써 두 번의 장날이 지나갔군요. 당시 나는 집안의 어른이신 오그부에피 에고은완네 씨게 말씀드렸습니다. 그분은 우리가 계획하고 있던 일에 대해 반대 발언을 하셨어야 한다고 말입니다. 그런데 그는 오히려 어린아이의 손바닥에 뜨거운 석탄 조각을 올려놓으며 조심스럽게 들고 가라고 했습니다. 우리 모두는 그가 그것을 조심스럽게 들고 가는 것을 보았지요. 당시에 나는 에고은완네 어르신만이 아니라 자신들이 해야 할 일을 내려놓고 엉뚱한 일을 하고 있던 다른 모든 원로들을 향해 이야기했던 겁니다. 그들이 집에 있었는데도 암염소는 출산의 고통을 겪었던 겁니다.

옛날에 대단한 씨름꾼이 한 사람 있었는데 그의 등은 한 번도 땅에 닿은 적이 없었답니다. 그는 이 마을 저 마을로 돌아다니며 씨름을 했고 마침내 이 세상의 모든 사람들을 쓰러뜨렸지요. 그러던 어느 날 그는 귀신들이 살고 있는 땅으로 들어가 귀신들과도 씨름을 하여 그곳에서도 최고가 되겠다는 결심을 했답니다. 그는 귀신들의 땅으로 들어갔고, 싸우겠다고 앞으로 나서는 귀신들을 모두 물리쳤답니다. 어떤 귀신은 머리가 일곱 개였고 어떤 귀신은 머리가 열 개였지만 그들 모두를 물리쳤습니다. 피리로 그를 찬양하던 동료가 씨름꾼에게 어서 가자고 요청했지만, 씨름꾼은 나오려 들지 않았습니다. 그의 피는 끓어올랐고 그의 귀는 막혔던 겁니다. 이제 그만 집으로 가자는 동료의 요청을 존중하기는커녕 그는 귀신들에게 최고로 강한 씨름꾼을 데려오라고 했습니다. 그러자 귀신들은 씨름꾼의 개인 신을 데려왔고, 작고 삐쩍 말랐지만 강인한 그 신은 씨름꾼을 한 손으로 움켜잡고 자갈밭에 내동댕이쳤습니다.

우무아로의 남자들이여, 우리의 선조들이 무엇 때문에 우리에게 이 이야기를 들려주었을까요? 그들이 이 이야기를 해 준 까닭은 인간이 아무리 강하고 훌륭하다 해도 그는 절대로 자신의 치*에 도전해서는 안 된다는 사실을 우리에게 알려 주고 싶었기 때문입니다. 그런데 바로 그런 행동을 아쿠칼리아가 한 겁

---

* 개인 신.

니다. 그는 자신의 치에 도전했던 거예요. 우리는 그를 위해 피리는 불어 주었지만 그에게 죽음을 멀리하라는 간청은 안 한 겁니다. 지금 그는 어디에 있습니까? 죽음을 멀리하라는 충고조차 받지 못하는 파리만이 시체를 따라 무덤으로 들어갑니다. 하지만 이제 그만 아쿠칼리아 문제는 내려놓읍시다. 그는 지금 그의 치가 정해 놓은 길로 갔으니까요.

하지만 이제는 동료 노예가 야트막한 무덤 속으로 던져지는 것을 보고 있는 노예에게 때가 되면 그 역시도 똑같은 방식으로 땅에 묻힐 것이라는 사실을 알려 줍시다. 지금 우무아로는 자신의 치에 도전하고 있습니다. 우무아로에서 살고 있는 남자건 여자건 간에 울루 신을 모르는 사람이 있습니까? 울루 신은 자기 인생이 아주 달콤하다고 여기는 그런 사람을 파멸시키지 않나요? 몇몇 사람들은 아직도 옥페리와의 전쟁을 개시하자는 이야기를 하고 있습니다. 울루 신이 비난받을 싸움을 할 거라고 생각하십니까? 오늘날 이 세상은 타락하여 행해지는 일마다 어디가 앞인지 뒤인지 더 이상 분간할 길이 없습니다. 하지만 울루 신은 이 세상처럼 타락하지 않았습니다. 만약 여러분이 외할아버지 머리에다 똥을 끼얹은 사람에게 원수를 갚기 위해 전쟁을 일으킨다면, 울루 신은 여러분의 뒤를 따라 똥 속으로 들어가 몸을 더럽히지는 않을 겁니다. 우무아로, 경의를 표하는 바입니다."

집회는 혼란 속에 끝났다. 우무아로는 둘로 갈라졌다. 수많은 사람들이 에제울루의 주위로 모여들어 그의 편을 들겠다고 말했다. 하지만 다른 사람들은 은와카의 주변으로 몰려들었다. 그날 밤 은와카는 그들과 함께 자기 집에서 또다시 집회를 열었고 이 문제가 해결되기 위해서는 옥페리 사람 서너 명은 죽여야 한다는 데 의견의 일치를 보았다.

은와카는 그날 밤 모임에 에제울루의 마을인 우무아찰라 사람은 단 한 명도 없다는 걸 분명하게 확인했다. 그는 야자유 등불을 높이 쳐들고 그를 만나러 온 사람들의 얼굴을 똑똑히 확인했다. 그는 모두 합쳐서 열다섯 명의 사람들을 돌려보냈다.

은와카는 집회를 시작하면서 우무아로가 울루의 대사제에게 끌려다니는 걸 그냥 내버려 두면 안 된다고 말했다. "우리 아버님은 우무아로가 전쟁에 나갈 때 울루의 사제에게 허락을 받았다는 말씀을 해 준 적이 없소."라고 그는 말했다. "신을 받드는 사람은 왕이 아니오. 그는 단지 신의 의식을 거행하고 신에게 제물을 바치기 위해 있는 겁니다. 나는 여러 해 동안 이번 에제울루를 유심히 지켜보았는데, 이 사람은 야망이 크더군요. 그는 왕, 사제, 예언자 그 모든 걸 원해요. 소문에 의하면 그의 아버지도 그와 똑같았답니다. 하지만 우무아로는 이보족에게 왕이 전혀 필요 없다는 걸 그에게 알려 주었지요. 그 아들에게도 그런 말을 해 줘야 할 때가 온 겁니다.

우리는 울루 신에 대해서는 아무런 불만이 없습니다. 더 이상 밤마다 아밤의 전사들을 두려워할 필요가 없다고 해도, 울루 신은 여전히 우리의 보호자입니다. 하지만 울루 신의 사제가 우리 위에 군림하는 꼴은 이 두 눈으로 보고 싶지 않아요. 우리 아버님이 많은 것을 알려 주었지만, 에제울루가 우무아로의 왕이라는 말씀은 하신 적이 없습니다. 도대체 그가 누구입니까? 여기 모인 사람들 중에서 자기 집에 들어갈 때 그 사람의 문을 지나는 사람이 있습니까? 만약에 우무아로가 왕을 갖기로 결정한다면, 우리는 왕을 어디서 모셔 와야 할지 잘 압니다. 언제부터 우무아찰라가 여섯 마을의 우두머리가 되었나요? 가장 약한 마을에 사제직을 맡기게 된 것은 힘센 마을 사이의 질서 때문이었다는 것을 우리 모두가 잘 알고 있잖습니까? 우리는 우리의 농토를 위해 그리고 옥페리가 우리에게 쏟아부은 모욕 때문에라도 싸울 겁니다. 울루의 이름으로 우리를 겁먹게 하는 사람들의 말을 귀담아듣지 맙시다. 만일 사람이 그렇다고 말하면 그의 치도 그렇다고 말할 겁니다. 그리고 아닌타 사람들이 자기들을 배신한 그들의 신을 어떻게 처리했는지 우리 모두가 잘 압니다. 그들은 자기들의 신을 이웃 마을과의 경계선까지 끌고 가서 불태워 없애지 않았습니까? 여러분에게 경의를 표하는 바입니다."

전쟁은 어느 아포 날부터 다음 아포 날까지 지속되었다. 전쟁이 시작된 날에 우무아로는 옥페리 사람 두 명을 죽였다. 다음 날은 은코 날이었으므로 싸움은 없었다. 그다음 에케 날과 오예 날에는 싸움이 아주 치열해졌다. 우무아로는 네 명을 죽였고 옥페리는 세 명을 죽였는데, 그중 한 명은 아쿠칼리아의 형제인 오코예였다. 다음 날인 아포 날에 싸움이 갑자기 중단되었다. 윈타보타라는 백인이 우무아로 군인들을 데려와 싸움을 중단시켰다. 아바메에서 이 군인들이 어떤 일을 행했는지에 대해 이야기를 들을 때면 아직도 두려움에 부들부들 떨 정도였다. 그리하여 우무아로는 저항할 생각은 꿈도 꾸지 못한 채 모든 무기를 내려놓았다. 우무아로 사람들은 비록 만족스럽게 여긴 것은 아니었지만 그래도 아쿠칼리아의 죽음에 대해 복수해 주었고 아쿠칼리아에게 그의 머리를 눕힐 수 있는 사람 세 명을 보내 주었다고 부끄럼 없이 말할 수가 있었다. 그리고 전쟁이 중단된 게 어쩌면 다행스러운 일이었다. 한 전쟁에서 아쿠칼리아 형제가 동시에 죽은 것은 에크웬수가 개입했다는 것을 보여 주는 증거였다.

　백인은 전쟁을 중단시킨 사실에 만족하지 않고 병사들에게 우무아로에 있는 총을 모두 다 거두어들인 다음 모든 사람들이 보는 앞에서 그가 가져간 서너 자루의 총을 제외한 나머지 총들을 몽땅 망가뜨리라는 지시를 내렸다. 나중에 백인은 우무아로와 옥페리 지역의 토지 분쟁을 심판하는 자리에서 문제의 땅을 옥페리로 넘겼다.

3

T. K. 윈터바텀 대위는 가번먼트 힐에 있는 자신의 방갈로 베란다에 서서 올해 처음으로 미친 듯이 쏟아지는 빗줄기를 지켜보고 있었다. 지난 한두 달 동안 열기가 참을 수 없을 정도로 기승을 부려 댔다. 풀들은 벌써 오래전에 다 타 버렸고 좀 더 내구력이 강한 나무의 잎사귀들은 이 지역의 흙 색깔인 적갈색으로 변해 있었다. 온 나라가 용광로로 변해 머리와 목에서 땀줄기가 실개울처럼 졸졸 흘러내리기까지 이른 아침 단 두 시간 정도만 간신히 숨을 돌릴 수 있었다. 가장 짜증스러운 것은 파리가 살살 기어가는 것처럼 언제나 귀 뒤로 흘러내리는 땀줄기였다. 서늘한 바람이 부는 해질녘이면 일시적이나마 또 한 차례 한숨을 돌릴 수 있는 순간이 찾아왔다. 하지만 믿을 수 없는 이 현혹적인 바람은 아프리카의 커다란 위험 요소였다. 조심성 없이 이 바람을 맞은 유럽인에게 그것은 죽음의 키스였다.

지난 12월, 건조하고 서늘한 하마탄 바람이 갑자기 멈춘 이후로 윈터바텀 대위는 제대로 잠을 잔 적이 거의 없었다. 지금은 2월 중순이었다. 대위의 창백한 얼굴이 핼쑥하게 여위었고, 더위에도 발은 종종 차가왔다. 마음 같아서는 아침마다 냉수 목욕을 하고 싶었지만(아프리카는 반드시 해야 할 일을 하는 대신 자기 하고 싶은 대로 행동하는 사람을 결코 용서하지 않기 때문에) 살아남기 위해서는 어쩔 수 없기에 윈터바텀 대위는 뜨거운 물로 목욕한 후 거울을 들여다보면서 잇몸이 점차 하얘지는 것을 알게 되었다. 어쩌면 또 한 차례 열병에 걸리려고 그러는지도 모르겠다. 밤이면 그는 바깥에서 흐르는 공기를 모두 차단해 버리는 모기장 속에 틀어박혀 있어야 했다. 그의 침구는 흠뻑 젖었고 베개는 오목하게 파인 채 땀이 흥건하게 고여 있었다. 불안하나마 한 차례 빠져들던 첫잠에서 깨어나면 대위는 멀리서 둥둥 울려오는 북소리에 사로잡힐 때까지 뜬눈으로 뒤척거렸다. 이 밤에 입에 담기도 무서운 어떤 의식이 숲에서 거행되고 있는 걸까? 아니면 저것은 캄캄한 아프리카의 심장박동일까? 그는 잠자리에 누워 생각하곤 했다. 그러던 어느 날 밤 대위는 나이지리아의 어느 지역에 있든지 간에 밤중에 잠을 이루지 못하고 깨어 있을 때마다 항상 북소리가 포착하기 어려운 거리에서 일정하게 들려왔다는 생각이 갑자기 머리에 떠올랐다. 그러자 겁에 질려 꼼짝할 수가 없었다. 그렇다면 심장박동 소리는 열병에 사로잡힌 자신의 머리에서 나온 것일 수도 있단 말인가? 그는 미소로 그런 생각을 떨쳐 버리려고 시도했지만 얼굴 피부가 굳어 버린 것 같았다. 악몽으로 가득한 이 사랑스러운 땅이여!

십오 년 전 윈터바텀은 기후와 음식 때문에 어쩌나 낙담스럽던지 나이지리아 근무에 회의가 들 지경이었다. 하지만 이제 단

런된 연안 사람이 되어 버린 대위는, 기후 때문에 여전히 짜증나고 축 쳐져 있기도 하지만, 이곳 생활을 안락한 유럽 생활과 바꾸고 싶지 않았다. 아프리카에서 영국의 가치 있는 임무를 수행하려는 그의 굳센 신념은 1916년 카메룬 전투에서 독일인들과 맞서 싸울 때 이상할 정도로 한층 더 강화되었다. 그런 연고로 그는 대위라는 칭호를 얻게 되었지만 카메룬 전투에서 적극적으로 활약했던 다른 많은 식민지 통치자들과는 달리 그는 평상시에도 계속해서 그 칭호를 유지하고 있었다.

첫 비가 제때 온 게 아닌데도 사람들은 마침내 비가 내리자 깜짝 놀랐다. 여느 때와 마찬가지로 태양이 하루 종일 불을 뿜어 대는 바람에 온 세상이 충격을 받고 땅바닥에 납작 엎드려 있었다. 아침에 지저귀던 새들도 조용했다. 공기도 열기로 부들부들 떨며 한자리에 머물러 있었고 나무들도 축 늘어져 있었다. 그때 아무런 징후도 없이 거센 바람이 일면서 하늘이 캄캄해졌다. 먼지와 날아다니는 나뭇잎들이 공중을 뒤덮었다. 야자나무들과 코코넛 나무들이 허리부터 흔들렸다. 나무 꼭대기를 올려다보니 마치 기다란 머리채를 흩날리며 바람을 거스르고 도망치는 거인의 모습과도 같았다.

윈터바텀의 시종인 존이 부리나케 이리저리 돌아다니며 문과 창문을 닫고 마룻바닥에 널린 서류들과 사진들을 집어 들었다. 마른 천둥소리가 날카롭게 터져 나왔다. 여러 달 동안 꾸벅꾸벅 졸고 있던 온 세상에 갑자기 활기가 넘쳐흘렀고 새롭게 돋아날 잎사귀 냄새로 가득했다. 베란다 난간에 서 있던 윈터바텀 역시 변했다. 그는 두 눈으로 밀려드는 먼지도 아랑곳하지 않았고 하늘에서 금방이라도 쏟아져 내릴 비를 노래하며 벌거벗은 채로 이리저리 뛰어다니는 원주민 아이들을 이번만은 마냥 부러워했다.

"저 아이들이 뭐라고 노래하는 건가?" 대위가 존에게 물었다. 존은 지금 베란다에 놓인 접의자를 나르느라 정신이 없었다.

"빨랑빨랑 비가 오게 해 달라고 하는 거여요."

윈터바텀의 잔디 위에서 뛰노는 아이들과 합세하기 위해 다른 네 명의 아이들도 남자 숙소 쪽에서 달려 나왔다. 이곳이 유일하게 그들이 신나게 뛰어놀기에 충분할 정도로 널따란 공간이었던 것이다.

"이 아이들이 모두 자네 아이들인가, 존?" 대위의 목소리에서 부러움 같은 것이 배어났다.

"아닙니다, 주인님." 존은 의자를 내려놓더니 손가락으로 가리키며 대답했다. "우리 집 자식 놈은 저기 있는 저 두 사내 녀석이랑 저기 노란색 옷을 입은 계집애고요. 다른 두 명은 요리사네 아이들이고, 저쪽에 있는 저 아이는 정원사 형님네 아이여요."

상대방이 자기 말을 알아들을 수 있도록 그들은 악을 써야 했다. 이제 하늘은 저 멀리 지평선에 남아 있는 얄따란 한 줄기 빛을 제외하고는 쉴 새 없이 움직이는 검은 구름들로 뒤덮였다. 기다란 번개 줄기가 화난 듯 조바심을 떨어 대며 구름을 갈라놓았지만 다음 순간 번개는 흔적도 없이 사라졌다.

일단 내리기 시작한 비는 커다란 조약돌처럼 떨어졌다. 돌덩이처럼 얼어붙은 빗방울이 떨어지기 시작하자 아이들은 한층 더 신이 나서 노래를 불러 댔다. 조약돌 같은 빗방울이 어떤 때는 무척이나 아팠을 텐데도 아이들은 한층 더 깔깔대고 웃을 뿐이었다. 아이들은 돌덩이 같은 빗방울을 서로 잡겠다고 쟁탈전을 벌였고 그것들이 녹기 전에 앞다퉈 입안으로 집어넣었다.

거의 한 시간 동안 쏟아지던 비가 깨끗하게 그쳤다. 비에 씻긴 나무들은 새파랬고 나뭇잎들은 기분 좋게 팔락거렸다. 윈터바텀이 시계를 보니 6시가 다 되었다. 올해 처음으로 비가 내렸다는 사실에 기분이 들뜬 나머지 윈터바텀은 5시가 되기 직전에 존이 갖다 놓은 차와 비스킷도 잊고 있었다. 대위는 비스킷을 하나 집어 입에 넣고 깨물었다. 그 순간 클라크를 저녁 식사에 초대했다는 사실이 머리에 떠오른 대위는 요리사가 무슨 요리를 만들고 있는지 살펴보러 부엌으로 나갔다.

옥페리는 그렇게 큰 주둔지는 아니었다. 가번먼트 힐에서 살고 있는 유럽인은 고작 다섯 명, 그러니까 윈터바텀 대위, 클라크, 로버츠, 웨이드, 라이트뿐이었다. 윈터바텀 대위는 이 지역의 행정관이었다. 그의 방갈로 앞에서 휘날리는 영국 국기는 그가 이 지역에서 영국 왕을 대신한다는 사실을 선포하고 있었다. 그는 대영제국 국경일* 사열식에서 이 지역의 모든 학생들에게 경례를 받았다. 사열식은 그가 흰색 제복을 입고 칼을 차는 몇 안 되는 특별한 의식이었다. 클라크는 그의 행정 보좌관이었다. 이곳에 부임한 지 겨우 사 주 밖에 되지 않은 클라크는 뇌성 말라리아로 죽은 불쌍한 존 맥밀런의 후임이었다.

다른 유럽인들은 행정기관 소속이 아니었다. 로버츠는 지역 파출소를 책임지고 있는 파출소 부소장이었다. 웨이드는 감옥을 책임지고 있었는데, 그도 또한 부소장이라는 칭호로 불렸다.

---

* 빅토리아 여왕의 탄신일인 5월 24일.

또 한 사람 라이트는 사실 주둔지 소속이 아니었다. 그는 우무아로로 연결되는 신도로 공사를 감독하는 공공사업부 사람이었다. 윈터바텀 대위는 벌써부터 그의 행태, 특히 토착민 여자들과의 관계에 대하여 심각한 대화를 나눌 근거들을 갖고 있었다. 대위는 나이지리아에 나와 있는 유럽인들, 특히 옥페리와 같이 외진 전초지에서 근무하는 사람들은 토착민들 앞에서 절대로 체면을 구길 만한 행동을 하면 안 된다고 라이트에게 말해 주었다. 그런 곳에서는 지역 행정관이 학교의 선도 부장과 비슷했다. 그래서 윈터바텀 대위는 자신의 임무를 수행할 마음을 굳게 먹었다. 라이트가 현격한 태도 변화를 보이지 않는다면 클럽에 오는 것까지도 막을 생각이었다.

클럽은 군대가 이 지역에서 진압 작전을 마치고 다른 곳으로 이동하면서 남겨 놓고 간 아주 오래된 연대에 딸려 있던 회식 장소였다. 나무로 지은 그 자그마한 방갈로는 식당, 곁방, 베란다로 구성되어 있었다. 현재 식당은 술집과 휴게실로, 곁방은 회원들이 두세 달 지난 신문을 보거나 일주일에 두 차례 열 글자씩 보내오는 로이터 통신사의 전문을 읽는 도서관으로 이용되고 있었다.

저녁 식사 시간까지는 아직 한 시간 이상 남았는데도 토니 클라크는 정장을 차려입고 있었다. 저녁 식사를 위해 옷을 차려입는다는 게 이런 무더위에는 상당히 번거로운 일이었지만 이것이 반드시 지켜져야 하는 사항이라는 말을 경험이 풍부한 수많은 연안 사람들에게서 들은 터였다. 그들은 이런 것이 도덕적으로 타락한 이 나라에서 살아남기 위해 반드시 들이켜야 하는 통상적인 강장제라고 말했다. 그런 일을 소홀히 하는 것은 한층 더 심각한 절연이라는 미끄러운 비탈길로 들어서는 첫걸음이 될 수 있기 때문이었다. 오늘은 비가 내린 후 어느 정도 서늘해진 까닭에 매우 쾌적하지만, 토니 클라크는 풀을 먹여 빳빳한 셔츠와 타이의 고통을 피하기 위해 예절을 갖춘 저녁 식사를 멀리하기도 했다. 그는 지금 윈터바텀이 빌려 준 조지 알렌의 『니제르 강 하류 원시 종족의 평정』 마지막 부분을 읽고 있었다. 그는 이따금씩 금시계를 힐끔거렸다. 이 시계는 그가 나이지리아 근무를 위해, 아니, 조지 알렌의 표현 방식을 따르자면 소명에 응답하기 위해 집을 떠나올 때 아버지께 받은 선물이었다. 이 책을 받은 지도 벌써 이 주일 이상 지났으므로 읽기를 얼른 끝내고 오늘 저녁에는 돌려줘야 했다. 책 자체가 상당히 지루하고 지나칠 정도로 자기만족에 빠진 것 같아 그의 취향에는 맞지 않는다는 점을 감안하더라도 열대기후는 그의 책 읽는 속도에 상당한 영향을 미치고 있었다. 하지만 지금 읽고 있는 마지막 몇 단락은 상당히 흥미로웠다. 이번 장의 제목은 '소명'이었다.

단지 안락한 주거지와 조용한 직무를 찾는 사람들에게 나이지리아는 문을 닫고 있다. 그리고 앞으로도 이 땅이 극도의 풍요를 어느 정도 잃어버리고 이곳 주민들이 어느 정도 위생적인 상황에서 살게 되는 날까지 나이지리아는 닫혀 있을 것이다. 하지만 나이지리아는 활기찬 인생을 추구하는 사람들, 물질을 다루듯이 사람을 다룰 수 있는 사람들, 그리고 중요한 상황을 움켜쥘수 있고 사건을 잘 다루며 운명을 창조하고 시간의 물마루를 잘 탈 수 있는 사람들을 두 손 벌려 환영한다. 인도에서 영국인을 이 세상의 법률가, 설립자, 기술자로 만들어 놓은 사람들을 위해 이 새롭고도 오래된 땅은 크나큰 보상과 명예로운 일을 비축해 놓고 있다. 우리는 그런 사람들을 찾아낼 수 있을 것이다. 우리의 어머니는 불안한 나머지 우리의 손을 붙잡고 또다시 소년 시절의 난롯가로, 가정의 테두리 안으로, 중년의 무의미한 스포츠로 끌어다 놓지 않는다. 어머니들이 눈물은 흘릴는지 모르지만 두려움 없이 당당하게 가서 미개한 종족을 선 안으로 끌어들이라고 우리를 보낸다는 것은 우리의 엄청난 자부심이다. "분명코 우리가 그런 일을 감당할 민족이다!" 노르만족이 전장에서 색슨족과 맞서 싸운 게 어린애 같은 영국인을 위해서였을까? 궁수들이 크레시와 푸아티에 전투에서 피를 흘리고, 크롬웰이 자기 병사들을 훈련시킨 게 그런 사람들을 위해서였던가? 우리의 젊은이들이 드레이크와 프로비셔, 또는 넬슨, 클라이브 그리고 뭉고 파크와 같은 사람들에 대한 글을 읽는 게 단지 책상머리에 앉기 위해서인가? 그들이 카르타고, 그리스, 로마에 대해 공부하는 게 단지 회계 사무소에 근무하기 위해서인가? 아니, 그렇지 않다. 결코 그렇지 않다! 영국 국민은 그 존재를 인정받을 것이고, 영국인의 피는 말해 줄 것이다. 오늘날 아들들은 대를 이어 부모의 뜻을 따라 강인한 정신으로 머지 강을 떠날 것이고, 기후와 맞서고 위험을 무릅쓰며 인생의 경쟁에서 최선을 다해 과거의 아버지들보다 더 강력한 공적을 이뤄 낼 것이다.

"이 부분은 제법 괜찮은걸." 클라크는 다시 한 번 시계를 힐끗 보며 혼잣말을 했다. 윈터바텀 대위의 방갈로는 걸어서 단 이 분 거리였으므로 시간은 충분했다. 클라크는 옥페리에 오기 전에 훈련을 받기 위해 이 개월 동안 본부에 있었는데, 부총독의 저녁 식사에 초대받은 날을 결코 잊지 못할 것이다. 무슨 까닭인지 그는 너무나도 이상스럽게 초대받은 시간이 8시라고 생각했고 정시에 부총독 관저에 도착했다. 번쩍거리는 응접실은 텅 비어 있었다. 만일 시종 한 명이 다가와 마실 것을 권하지 않았다면 클라크는 앞쪽에 위치한 정원으로 나가 기다렸을 것이다. 그는 셰리 잔을 손에 들고 불편하게 의자 모서리에 앉아 지금이라도 다른 손님들이 도착할 때까지 정원의 나무 그늘로 나가 있는 것이 좋지 않을까 생각하고 있었다. 그렇지만 때는 이미 늦었다. 누군가가 거리낌 없이 휘파람을 불어 대며 층계를 달려 내려오고 있었다. 클라크는 벌떡 일어났다. 부총독은 악수를 하기 위해 앞으로 다가오기 전에 그를 잠깐 노려보았다. 클라크는 자기소개를 한 다음 사과의 말을 하려고 했지만 부총독은 그에게 그럴 기회를 전혀 주지 않았다.

"저녁 식사 시간이 8시 15분이라고 생각했습니다." 바로 그 순간 그의 부관이 들어와 손님을 보더니 걱정스러운 표정으로 시계를 흔들어 째깍거리는 소리에 귀를 기울였다.

"걱정 말게, 존. 이리 와서 조금 일찍 온 클라크 씨와 인사하게나." 부총독은 두 사람을 남겨 놓고 다시 위층으로 올라갔다. 저녁 식사 내내 부총독은 클라크에게 두 번 다시 말을 걸지 않았다. 곧이어 다른 손님들이 도착하기 시작했다. 그런데 그들 모두가 하나같이 연로한 노인들이었고 불쌍한 클라크에게는 아무런 관심도 보이지 않았다. 그중 두 사람은 아내와 함께 왔다. 부총독을 포함해 나머지 사람들은 미혼이거나 아니면 현명하게도 부인들을 영국에다 남겨 두고 혼자서 이곳에 온 사람들이었다.

클라크에게 있어 최악의 순간은 부총독의 안내로 손님들이 식당으로 들어갔을 때였는데 아무리 눈을 씻고 보아도 자신의 이름을 발견할 수가 없었다. 다른 사람들은 그런 사실을 전혀 눈치채지 못했다. 부총독이 자리에 착석하자마자 손님들은 모두 자기 자리로 가서 앉았다. 부관이 상황을 알아채고 시종에게 의자 하나를 가져오라고 시키기까지 클라크로서는 몇 시간이 흐른 것 같았다. 그 순간 부관은 틀림없이 생각을 바꾼 것 같았다. 그는 자리에서 벌떡 일어나 자기 자리를 클라크에게 양보해 주었다.

토니 클라크가 도착했을 때 윈터바텀 대위는 브랜디와 진저에일을 마시고 있었다.

"다행스럽게도 오늘은 아주 서늘해서 참 좋습니다."

"그렇네, 비가 내릴 시기가 무척 지체되었다네." 윈터바텀 대위가 말했다.

"열대의 폭풍우가 어떤 건지 전혀 몰랐거든요. 아마 이제는 선선해지겠지요?"

"글쎄, 꼭 그렇다고 볼 수만은 없지. 앞으로 며칠간은 제법 선선할 테지만 그걸로 끝일세. 그러니까, 우기는 사실 5월, 아니, 심지어 6월이나 되어야 시작된다네. 어서 앉게. 책은 재미있던가?"

"예, 대단히 고마웠습니다. 책이 아주 흥미롭던걸요. 알렌 씨는 조금은 지나칠 정도로 독단적인 것 같았어요. 다소 우쭐거린다고 말할 수도 있겠죠."

윈터바텀 대위의 어린 시종인 보니페이스가 은쟁반을 들고 다가왔다.

"손님께선 뭘 드실까요?"

"글쎄."

"올드 코스터를 한번 들어 보지그래?"

"그게 뭡니까?"

"브랜디와 진저에일."

"좋습니다. 그걸로 하겠습니다." 그는 빳빳하게 풀을 먹인 흰색 유니폼을 입고 있는 어린 시종을 처음으로 쳐다보고는 그가 대단히 잘생겼다는 것을 알았다.

윈터바텀 대위는 그의 마음속 생각을 눈치챈 것 같았다.

"저 아이가 아주 잘생겼지? 우리 집에 온 지 벌써 사 년이나 되었다네. 처음 데려왔을 때 내 계산으로는 한 열세 살 정도의 아주 어린 소년이었지. 이 나라 사람들은 햇수에 대한 개념이 없으니까. 그때는 정말이지 아주 거칠었다네."

"저들이 햇수에 대한 개념이 전혀 없다고 하시는 건……."

"계절은 잘 알고 있다네. 그런 뜻은 아니었어. 하지만 여기 사람에게 나이를 한번 물어보게나. 이들은 그런 개념을 가질 생각이 아예 없으니까."

어린 시종이 마실 것을 들고 다시 들어왔다.

"고맙네." 클라크가 술잔을 받으며 말했다.

"예, 나리."

수천 마리의 날 개미가 저쪽 구석 테이블 위에 올려놓은 틸리 램프 주위로 몰려들었다. 그것들은 곧바로 날개를 잃고 마룻바닥 위로 기어 다녔다. 클라크는 흥미롭게 그것들을 지켜보다가 저 날 개미들이 사람을 쏘는지 물었다.

"아니, 저것들은 전혀 해가 없다네. 비가 오는 바람에 땅에서 쫓겨난 거지."

기어 다니던 놈들이 이따금 두 놈씩 꼬리가 뒤엉키곤 했다.

"조금 전 자네가 알렌에 대해 말한 점이 다소 흥미로운걸. 다소 우쭐거리는 것 같다고 말했던 것 같은데."

"그게 제가 받은 인상이었습니다. 때때로 말입니다. 예를 들어 그 사람은 토착민들의 제도에 어떤 가치가 있다는 걸 전혀 인정하지 않더군요. 사실 그는 선교사일 수도 있잖아요."

"자네는 진보적인 것 같군. 자네도 알렌만큼 이곳에서 오랜 기간 지내면서 토착민들에 대해 좀 더 알게 되면 아마도 약간은 다른 각도에서 사물을 보게 될지도 모르지. 만일 자네가 나처럼 독수리를 유인하기 위해 멀쩡하게 산 사람의 머리 위에 불에 구운 얌 한 조각을 올려놓고 목까지 땅속에 파묻어 놓은 모습을 보게 된다면…… . 글쎄, 그만두세. 우리 영국인은 별난 사람들이야. 모든 일을 건성으로 하거든. 프랑스 사람들을 보게나. 그들은 자신들이 맡고 있는 미개한 종족에게 자신의 문화를 가르치는 걸 부끄러워하지 않는다네. 그러니까 부족 지도자에 대한 그들의 태도는 아주 분명하지. 그들은 부족 지도자에게 말한다네. '당신들은 이 땅을 소유할 수 있을 정도로 힘이 강했기 때문에 이 땅은 당신들의 소유였다. 그와 같은 이유로 이제 이 땅은 우리의 것이다. 그 점이 만족스럽지 않다면 나와서 우리와 싸워라.' 그런데 영국인들은 어떻게 하나? 우리는 한 방편에서 완전히 반대되는 방편으로 바꿔 가며 갈팡질팡하지. 우리는 예전의 야만스러운 폭군들에게 왕좌, 아니, 더러운 짐승 가죽이라고 하는 게 더 맞겠지, 그러니까 우리는 그런 폭군들에게 왕좌를 확보해 주겠다고 약속할 뿐만 아니라 이제는 예전에도 전혀 없던 족장이란 걸 일부러 만들어 내느라 야단이지 않은가. 골치가 지끈

거린다니까." 윈터바텀은 유리잔에 남아 있던 술을 단번에 들이켜더니 시종 보니페이스를 향해 한 잔 더 가져오라고 소리쳤다. "이토록 갈팡질팡하는 꼴이 라고스에 있는 오래된 화석에 남겨진다면 아무런 상관도 하지 않겠네. 하지만 젊은 정치위원들한테 이런 게 전염된다면 나는 그냥 포기하겠네. 현실적인 사람이 나타나면 우리는 그 사람에게 우쭐거린다고 하지."

클라크는 자신의 모든 판단이 무지에서 나온 것임을 인정하면서 잘못된 생각은 언제라도 고칠 용의가 있다고 말했다.

"보니페이스!"

"예, 주인님."

"클라크 씨에게 한 잔 더 가져다드려!"

"아니, 사실 저는 벌써 충분히……."

"쓸데없는 소리. 저녁 식사를 하려면 적어도 한 시간은 더 기다려야 할 걸세. 달리 좋아하는 술이 있으면 그걸로 마시게. 위스키?" 클라크는 마지못해 브랜디 한 잔을 또다시 받아 들었다.

"총기 수집품이 상당히 흥미롭군요." 클라크는 새로운 대화 주제를 찾아내고자 무척이나 애를 썼다. 그 순간 운 좋게도 거실의 나지막한 창문 근처에 트로피처럼 진열해 놓은 이상한 모양의 총기들이 그의 눈에 들어왔다. "토착민들의 총인가요?" 그는 상황을 반전시켜 줄 수 있는 주제를 발견했던 것이다.

윈터바텀 대위의 태도도 바뀌었다.

"저 총들로 말할 것 같으면 길고도 흥미로운 사연이 있지. 옥페리 사람들과 이웃 마을인 우무아로 사람들은 철천지원수 사이일세. 아니, 내가 개입하기 전에는 그런 사이였지. 땅뙈기를 놓고 두 마을 사이에 끔찍한 대규모 전쟁이 일어난 거야. 두 마을 사이의 반목은 옥페리가 선교사들과 식민지 행정부를 환영한 반면 우무아로는 계속해서 뒤쳐져 있었기 때문에 악화되었지. 그곳에서 어떤 인상적인 발전이 이루어졌다면 그건 단지 지난 사오 년 사이에 그렇게 된 걸세. 조심스럽게 말한다면 이런 변화가 오게 된 건 내가 그곳에서 공개적으로 모든 화기를 모아서 전부 다 없애 버렸기 때문이라네. 물론 여기에 있는 것들을 제외하고 말이지. 자네는 앞으로 그곳에 자주 가게 될 걸세. 만약에 온티지-에그베에 대한 이야기를 듣게 되면 그건 나를 두고 하는 말이란 걸 기억하게. 온티지-에그베란 총을 부러뜨린 사람이란 뜻이지. 심지어 그 해에 태어난 아이들 모두가 '총을 부러뜨림'이라는 새로운 동년배 그룹에 속한다는 말도 들었다네."

"그것 참 재미있네요. 우무아로란 마을이 여기서 먼가요?" 클라크는 무지해 보이면 보일수록 유리하다는 걸 본능적으로 알 수 있었다.

"아, 약 10킬로미터 정도 떨어져 있지. 하지만 이곳 사람들에게는 그 정도면 아주 딴 세상일세. 북부 나이지리아나 어느 정도 개화된 서부 나이지리아의 몇몇 부족들과는 달리 이보족은 중앙집권적 세력이 전혀 발달하지 않았어. 바로 그런 점을 본부에서는 인식하지 못한다네."

"그렇군요."

"우무아로와 옥페리 사이의 전쟁은 다소 우습게 시작되었지. 내가 상당히 세세한 부분까지 개입하게 되었는데…… 보니페이스! 어떤가, 클라크? 괜찮은가? 자네는 술을 좀 더 마셔야 해. 말라리아에 아주 좋거든…… 조금 전에 말한 것처럼 이 전쟁은 우무아로 사람 하나가 어느 날씨 좋은 날 아침에 옥페리에 있는 친구를 방문하면서 시작되었지. 글쎄, 그들은 그 끔찍한 야자 술을 어떻게 그토록 많이 마실 수 있는지 정말로 놀랍다니까. 여하튼 이 우무아로 사람은 친구의 야자 술을 4~5리터 마신 다음 그 친구의 이켄가를 집어서 두 동강을 냈단 말일세. 이켄가란 말하자면 이보 사람들에게는 가장 중요한 주물(呪物)이라고 할 수 있는데, 그러니까 그들이 날마다 제물을 바쳐야 하는 조상을 상징하는 거지. 소유주가 죽으면 그것도 둘로 쪼개어 반은 죽은 사람과 함께 묻고 나머지 반은 내버린다네. 그러니 자네도 우무아로에서 온 친구가 주인의 주물을 둘로 잘랐다는 게 어떤 뜻인지 알겠지? 물론 이건 최대의 신성모독 행위였어. 분개한 주인이 총을 가져다가 그 친구의 머리를 날려 버렸지. 그러는 바람에 두 마을 사이에 통상적인 전쟁이 전개되었는데, 마침내 거기에 내가 개입하게 된 걸세. 그래서 나는 이 모든 소요의 간접적 원인인 땅덩이의 소유권 문제에 끼어들었고 한 점 의혹도 없이 그게 옥페리 마을의 소유였다는 걸 밝혀냈지. 여기서 짚고 넘어갈 건 양쪽 마을에서 불려와 내 앞에서 증언한 사람들 모두가 한 사람도 예외 없이 위증을 했다는 걸세. 그러니까 자네도 토착민들을 다룰 때 반드시 명심해 둬야 할 점은 이 사람들이 어린아이들처럼 대단한 거짓말쟁이라는 거야. 그들은 단지 곤경에서 벗어나기 위해 거짓말을 하는 게 아닐세. 어떤 때는 무의미한 거짓말로 좋은 상황을 망치기도 하지. 유일하게 한 사람, 그러니까 우무아로의 사제이자 왕이라고 할 수 있는 단 한 사람만이 마을 사람들과 반대되는 증언을 했다네. 그게 뭔지는 밝혀내지 못했지만 내 생각에 그 사람한테 커다란 영향을 미치는 어떤 강력한 금기 사항이 있는 게 틀림없네. 하지만 그 사람은 상당히 인상적인 인물이었어. 피부색은 밝은 편이었는데 거의 붉은색에 가까웠지. 이따금씩 이보 사람들 가운데서 그런 사람들이 발견된다네. 그래서 난 아주 먼 옛날에 이보 사람들이 아메리칸 인디언과 똑같은 피부색의 니그로가 아닌 어떤 소규모 종족과 융화되었을지도 모른다는 이론을 갖게 되었다네."

윈터바텀이 자리에서 일어나며 말했다. "자, 이제 식사하러 가세."

4

백인이 우무아로의 총을 모두 파기한 후 오 년 동안 우문네 오라의 은와카와 에제울루 사이의 적대감은 점점 더 커졌고, 마침내 우무아로 사람들이 죽여서 머리를 가져오자라는 구호를 외치는 상황에 이르렀다. 예상했던 대로 이런 적대감은 두 마을에 두루두루 퍼져나갔고 머지않아 독살에 대한 이야기도 여러 차례 나돌았다. 그때 이후로 한쪽 마을 사람들은 다른 마을 사람의 손을 거쳐 들어온 야자 술이나 콜라 열매는 아예 건드릴 생각도 하지 않았다.

은와카는 속마음을 직설적으로 표현하는 사람으로 알려져 있었다. 그는 마음속에 있는 말을 참기 위해 한 번도 입을 다문 적이 없었다. 하지만 그날 밤 은와카가 자기 집에서 숭배자들의 기대를 저버린 어느 신이 어떤 운명을 맞이했는지를 상기시키면서 울루 신을 위협하다시피 했을 때 많은 사람들이 얼마나 마음을 졸였는지 모른다. 아닌타 사람들이 자신들의 신상 하나를 불태워 버리고 그 신을 모시는 사제를 내쫓은 것은 사실이었다. 그렇다고 해서 울루 신도 위협이나 치욕을 받아들일 것이라고는 볼 수 없었다. 아마도 은와카는 자기 마을에 있는 개인 신의 보호를 받을 것이라고 생각했던 것 같았다. 하지만 은구 신을 모시더라도 오주쿠 신의 손에 죽을 수도 있다고 원로들이 말할 때는 그들이 어리석어서 그런 말을 하는 게 아니었다.

하지만 은와카는 그토록 경솔한 행동을 저질렀는데도 여전히 살아남았다. 그는 머리도 아프지 않았고 배도 아프지 않았으며 한밤중에 신음도 하지 않았다. 아마도 이런 게 은와카가 그해 이데밀리 축제에서 부른 서창(敍唱)의 의미였는지도 모른다. 그에게는 이런저런 중요한 행사 때 머리에 쓰는 커다란 가면이 있었다. 그 가면은 오갈라냐 또는 재력가라고 불렸고, 이데밀리 축제가 열릴 때마다 온 마을 사람들과 인근 주민들은 거울과 형형색색의 값비싼 천으로 장식한 이 커다란 가면을 보기 위해 우문네오라의 일로*로 구름 떼같이 몰려들었다.

그해에 가면은 호언장담으로 가득한 독백을 늘어놓았다. 조상들의 혼령이 하는 말을 알아듣는 몇몇 사람들은 은와카가 울루 신에게 도전장을 내밀었다고 했다.

여기 모인 사람들이여, 내 말을 귀 기울여 잘 들으시오. 미지의 세계라는 곳이 있는데, 그곳은 오른손으로는 친구를, 왼손으로는 친척을 꼭 붙잡지 않고서는 사람이건 귀신이건 감히 도전하지 못하는 장소라오. 하지만 나, 머리를 통해 몸을 따뜻하게 덥히는 사악한 개 오갈라냐는 친구도 친척도 없이 그곳을 찾아갔다오.

---

* 운동, 토론 등의 모임이 열리는 마을 운동장.

피리가 그를 오갈라냐 아조 음모라고 부르자, 커다란 북이 이에 응수했다.

내가 그곳에 가서 맨 처음 사귄 친구는 알고 보니 마법사였소. 친구를 한 명 더 사귀었는데 그는 독살자였다오. 세 번째 친구는 나병 환자였지요. 팔을 잘라 내고 다리를 물어뜯는 나 오갈라냐는 심지어 독살자도 피해 달아나는 나병 환자와 친구가 되었다오.

피리와 북이 다시 말했다. 덩실덩실 춤을 추던 오갈라냐는 오른쪽으로 몇 걸음 갔다가 다시 왼쪽으로 가고 기민하게 한 바퀴 빙그르 돌더니 칼을 들어 허공을 향해 인사했다.

나는 그곳에서 머물다 다시 돌아왔다오. 아포가 지났고 은코도 지나갔으며 에케도 오예도 지나갔다오. 다시 아포가 돌아왔소. 나는 귀를 기울였지만 머리도 아프지 않았고 배도 아프지 않았으며 어지럽지도 않았다오.

이 자리에 모인 여러분, 말해 보시오. 이런 일을 한 사람의 팔이 강하겠소, 안 강하겠소?

군중은 응답했다. "그의 팔은 참으로 강합니다." 사람들의 응답에 피리와 북들도 모두 가세했다.

이런 일이 있고 나서 오 년이 흘러가는 동안 사람들은 이따금씩 어떻게 인간이 감히 울루 신에게 도전하고 호언장담하며 살아갈 수 있는지 무척이나 궁금해했다. 그 사람이 조롱한 대상이 울루 신이 아니었다고 말하는 편이 나았다. 왜냐하면 그는 신의 이름을 말하지 않았기 때문이었다. 하지만 그게 만약 울루 신이었다면 은와카는 어디서 이런 힘을 얻었단 말인가? 그러니까 작은 새가 길 한가운데서 춤추는 걸 보면 우리는 근처 수풀 속에서 북을 치는 사람이 있다는 걸 알아야 한다.

은와카의 고수이자 추임새 담당은 다름 아닌 우문네오라의 개인적인 신 이데밀리의 사제였다. 에지데밀리*인 이 사람은 은와카의 절친한 친구인 동시에 그의 스승이었다. 은와카를 격려하며 앞으로 나가도록 부추기는 사람은 바로 이 사제였다. 한동안 누구 한 사람 이런 사실을 알지 못했다. 우무아로에서 일어나는 일 중에 에제울루가 알지 못하는 것은 거의 없었다. 여섯 마을이 단합해 울루 신을 세우고 기존의 다른 신들보다 울루 신을 우위에 놓은 이후로 이데밀리, 오구구, 이루, 우도의 사제들은 자신들의 역할이 이차적이라는 사실에 한시도 만족한 적이 없었다는 걸 에제울루는 잘 알고 있었다. 그렇지만 그들 중 어떤 사제도 누군가를 부추겨 울루 신에게 도전하도록 만든다는 것은 꿈에도 생각하지 못했던 일이었다. 신성한 비단뱀 사건이 발생했을 때야 비로소 에제울루의 두 눈이 활짝 열렸다. 하지만 그건 한참 뒤의 일이었다.

은와카와 에지데밀리의 우정은 아주 어릴 때 시작되었다. 두 사람은 종종 함께 어울렸다. 그들의 어머니들에 따르면, 그들은 사흘 간격으로 태어났고 은와카가 에지데밀리보다 사흘 어렸다. 그들은 둘 다 훌륭한 씨름 선수였다. 하지만 그 밖의 다른 점에서는 서로 아주 달랐다. 은와카는 키가 크고 피부색이 옅은 반면, 에지데밀리는 덩치가 아주 작고 피부색이 석탄처럼 새카맸다. 하지만 친구를 줄에 매단 염소처럼 끌고 다니는 사람은 다

---

* 이데밀리 신의 사제.

름 아닌 에지데밀리였다. 크면서 두 사람의 인생길은 아주 달라졌지만 그래도 은와카는 중요한 일을 하기 전에는 여전히 친구에게 충고를 구했다. 은와카는 친구들에게 '언어의 달인'이라고 불릴 정도로 대단한 연설가이자 훌륭한 인물이었으므로 이것은 참 이상한 일이었다.

은와카가 점차적으로 에제울루의 불구대천의 적이 된 것은 순전히 에지데밀리와의 우정 때문이었다. 두 사람 사이를 이간질하기 위해 에지데밀리가 사용한 방법 중 하나는 울루 신이 있기 전에는 각 마을의 진정한 지도자들이 은와카처럼 높은 직위의 사람들이었다고 끊임없이 주장하는 것이었다.

어느 날 은와카가 자신의 오비에서 에지데밀리와 함께 야자술을 마시며 우무아로의 일들을 이야기하던 중 종종 그랬듯이 두 사람의 화제가 에제울루로 바뀌었다.

"울루 신의 사제가 죽으면 어째서 그의 머리를 몸에서 떼어내어 제실에 매달아 놓는지 그 까닭을 생각해 본 적이 있나?" 에지데밀리가 조금은 갑작스럽게 이런 질문을 내놓았다. 그건 마치 수 세대에 걸쳐 나오기를 기다린 질문이었던 것처럼 자연스럽게 터져 나왔다. 은와카는 그 질문에 대해 아무런 답변도 갖고 있지 않았다. 에제울루나 에지데밀리가 죽으면 그들의 머리를 몸에서 분리해 제실에 둔다는 사실은 알고 있었지만, 여태껏 무엇 때문에 그렇게 하는지 그 이유를 말해 준 사람은 한 명도 없었다.

"사실 난 전혀 모르는걸." 그가 말했다.

"내가 장담하는데 심지어 에제울루도 그 이유를 알지 못할걸세."

은와카는 뿔잔에 있던 술을 마저 들이켠 다음 술잔을 바닥에다 두 번 쳤다. 짐작건대 굉장한 이야기가 터져 나올 것 같았지만 지나치게 기대하는 것처럼 보이기는 싫었다. 그는 뿔잔에다 술을 한 잔 더 가득 따랐다.

"그러니까 아주 대단한 이야기지만 나는 지금까지 누구한테도 말한 적이 없었어. 이 이야기는 지난 번 에지데밀리가 죽기 바로 직전에 직접 말해 준 거라네." 에지데밀리는 하던 말을 잠시 멈추더니 뿔잔의 술을 조금 들이켰다. "이 야자 술에는 물이 섞였군. 울루 신은 우리 조상들이 아주 오래전에 만들어 낸 신이라는 사실을 우무아로 사람이라면 누구나 다 알잖아. 하지만 이데밀리는 만물이 시작될 때에도 있었단 말일세. 이데밀리는 인간이 만든 게 아니야. 자네는 이데밀리의 뜻이 무엇인지 알고 있나?"

은와카는 술잔을 입에 대고 있었으므로 고개를 살짝 가로저었다.

"이데밀리는 '물의 기둥'이란 뜻일세. 이 집의 기둥이 지붕을 지탱하고 있는 것처럼 이데밀리는 하늘에 있는 비구름이 떨어지지 못하도록 떠받치고 있지. 이데밀리는 하늘에 속해 있기 때문에 그의 사제인 나는 맨땅에 앉을 수 없는 걸세."

은와카는 고개를 끄덕였……. 에지데밀리가 맨땅에 앉지 않는다는 사실을 우무아로 사람이면 누구나 다 알고 있었다.

"바로 그런 이유 때문에 나는 죽더라도 땅에 묻히지 않는 걸세. 땅과 하늘은 완전히 다르니까. 하지만 울루 신의 사제는 어째서 그와 같은 식으로 하지? 울루 신은 절대로 땅과 다투는 법이 없는데 말이야. 선조들이 울루 신을 만들었을 때 그들은 울루 신의 사제가 땅을 만져서는 안 된다는 말을 한 적이 없었어. 그런데 첫 번째 에제울루는 현재의 에제울루처럼 시샘이 많았던 사람이었지. 그는 자기가 죽으면 옛날부터 이데밀리 사제에게 행해지던 경외심을 일으키는 그런 장례 절차를 거행해 달라고 마을 사람들에게 직접 부탁했던 거야. 현 사제가 언젠가 자신도 잘 알지 못하는 일들에 대해서 말하기 시작하면 그 사람에게 이것도 한번 물어보게나."

은와카는 감탄하여 다시 한 번 고개를 끄덕이면서 손가락을 튀겼다.

기독교인들이 예배할 처소를 짓고 있는 장소가 에제울루의 집에서 그다지 멀지 않았다. 에제울루가 자기 오비에 앉아 호박잎 축제에 대하여 생각하고 있는데, 땡, 땡, 땡, 땡, 땡, 종이 울리는 소리가 들렸다. 그의 생각이 축제에서 새로 들어온 종교로 옮아갔다. 그는 이 종교를 어떻게 생각해야 할지 갈피를 잡을 수가 없었다. 처음에는 백인이 엄청난 힘을 앞세워 정복해 들어왔으므로 일부는 백인의 신에 대해 배울 필요가 있다고 생각했다. 그렇기에 그는 아들 오두체가 새로운 의식을 배울 수 있도록 그곳에 보내는 걸 찬성했던 것이다. 그는 또한 아들이 백인의 지혜를 습득하기를 원했다. 에제울루는 윈타보타를 직접 보았을 뿐만 아니라 백인들에 대하여 들은 이야기도 있었으므로 백인들이 상당히 지혜롭다는 것을 알고 있었다.

하지만 에제울루는 이제 새로운 종교가 마치 나병 환자라도 되는 것처럼 점차 두려운 마음이 들기 시작했다. 나병 환자에게 악수를 허용하면 그는 포옹을 원한다. 날마다 점점 더 낯설게 느껴지기만 하는 아들에게 에제울루는 벌써 강력하게 말해 두었다. 어쩌면 그 아이를 다시 데려와야 할 때가 되었는지도 모르겠다. 그러나 수많은 신탁이 예견한 것처럼 만일 백인들이 들어와 이 땅과 통치권을 빼앗아 간다면 어떤 일이 벌어질까? 그런 경우에는 가족 중 한 사람이라도 그 패거리에 끼어 있는 게 현명할 것이다. 에제울루가 이런 생각을 하고 있는데 오두체가 학교에서 나눠 준 흰색 조끼에 수건 천으로 된 옷을 입고 안채에서 나왔다. 은와포는 형이 입은 조끼를 부러워하며 형을 따라 나왔다. 일요일 아침이었으므로 오두체는 아버지에게 인사를 하고는 교회를 향해 출발했다. 종은 계속해서 슬프고도 단조롭게 울려 댔다.

오비로 돌아온 은와포는 아버지에게 교회 종소리가 뭐라고 말하고 있는지 아느냐고 물었다. 에제울루는 모른다며 고개를 가로저었다.

"그건 '얌을 내려놓고 코코얌도 내려놓고 어서 교회로 오라.' 하고 말하는 거래요. 오두체가 그렇게 말하던 걸요."

"그렇구나." 에제울루가 생각에 잠겨 말했다. "종이 사람들에게 얌도 코코얌도 내려놓으라고 말한단 말이냐? 그렇다면 그건 멸종의 노래를 부르고 있구나."

두 사람의 대화가 안채에서 큰 소리로 시끄럽게 떠들어 대는 말소리 때문에 중단되었다. 은와포는 무슨 일인지 알아보기 위해 뛰어나갔다. 목소리가 점점 더 커졌다. 보통 때 같으면 여자들이 떠드는 소리에 아무런 관심도 보이지 않는 에제울루도 열심히 귀를 기울이기 시작했다. 하지만 은와포가 곧바로 달려 들어왔다.

"오두체의 상자가 움직이고 있어요." 너무 흥분한 나머지 은와포는 숨을 헐떡거리며 말했다. 안채의 소요가 점점 더 커졌다. 언제나 그렇듯이 에제울루의 딸인 아쿠에케의 목소리가 다른 모든 사람들의 목소리를 압도하고 있었다.

"'오두체의 상자가 움직이고 있'다니 그게 무슨 말이냐?" 에제울루는 호기심을 숨기기 위해 자리에서 일부러 천천히 일어나면서 물었다.

"상자가 마룻바닥에서 이리저리 움직이고 있어요."

"요즘엔 별별 이상한 소리를 다 듣는구나." 에제울루는 오비 뒤쪽으로 난 문을 통하여 안채로 들어갔다. 은와포는 아버지를 앞질러 자기 어머니의 움막 바깥쪽에 모여 있는 흥분한 여인들 한테로 달려갔다. 주로 말을 하는 사람은 아쿠에케와 마테피였다. 은와포의 어머니인 우고예는 아무 말도 하지 못한 채 비벼대던 두 손바닥을 이따금씩 하늘을 향해 펼치고 있었다.

아쿠에케는 에제울루를 보자마자 그에게로 돌아섰다. "아버지, 어서 오셔서 저걸 좀 보세요. 이 새 종교는요……."

"입을 다물어라." 에제울루가 말했다. 에제울루가 아들 하나를 새로운 종교에 합세하도록 보낸 게 옳은 처사였는지에 대해 누군가가, 더군다나 자기 딸이 계속해서 의문시하는 걸 그는 원치 않았다.

그들은 벌써 오두체와 은와포가 잠을 자는 방에서 나무 상자를 끄집어내어 낮 동안 시간을 보내는 그들 엄마의 거처인 가운데 방에다 갖다 놓았다.

에제울루의 집에 그렇게 생긴 상자는 하나뿐이었고, 상자에는 자물쇠가 달려 있었다. 그것은 교회 목수가 교인들에게 만들어 준 상자였으므로 오직 교회 사람들만 갖고 있었다. 그런 까닭에 그 상자는 우무아로에서 상당히 귀하게 여겨졌다. 오두체의 상자는 실제로 움직이는 것은 아니었지만 그 안에 들어 있는 뭔가가 밖으로 나오려고 용틀임을 하는 것 같았다. 에제울루는 상자 앞에 서서 어떻게 해야 할지 몰라 한참을 망설였다. 상자 안에 들어 있는 게 뭔지는 몰랐지만 점점 더 난폭해져 상자가 정말로 빙글빙글 돌았다. 에제울루는 그것이 조금 잠잠해질 때까지 기다렸다가 몸을 구부려 상자를 밖으로 들고 나갔다. 여자들과 아이들이 사방팔방으로 흩어졌다.

"이게 나쁜 주술이건 좋은 주술이건 오늘은 내가 꼭 봐야겠군." 에제울루는 그것이 효험이 있는 제물인 것처럼 가급적 상자를 몸에서 멀리해서 들고 나가며 중얼거렸다. 그는 자신의 오비를 통과하는 대신 붉은 흙벽에다 만든 문을 택했다. 방금 들어온 둘째 아들 오비카가 아버지의 뒤를 따랐다. 은와포가 오비카 바로 뒤에서 따라왔고 여자들과 아이들은 겁을 먹고 멀찍이 따라왔다. 에제울루는 돌아보며 오비카에게 날이 넓은 칼을 가져오라고 했다. 그는 상자를 집 바로 밖으로 들고 나가 마침내 사람들이 다니는 소로 한쪽 옆에 내려놓았다. 돌아보니 은와포와 여자들과 아이들이 보였다.

"모두 집 안으로 들어가거라. 호기심 많은 원숭이는 얼굴에 총알을 맞는 법이다."

그들은 집 안으로 들어가는 대신 오비 앞으로 물러났다. 오비카가 칼을 건네주자 아버지는 잠시 생각하더니 칼은 옆에다 내려놓고 얌을 캐낼 때 사용하는 창을 가져오라고 아들에게 일렀다. 상자 안의 몸부림은 이전과 마찬가지로 아주 격렬했다. 에제울루는 잠시 동안 상자 주인이 돌아올 때까지 상자를 그냥 그곳에 내버려 두는 게 현명한 처사가 아닐까 생각해 보았다. 하지만 그런 처사는 뭘 뜻하겠는가? 아들이 상자 속에 가두어 놓은 힘이 어떤 것인지는 모르지만 여하튼 에제울루가 그 힘을 두려워했다는 뜻이 될 것이다. 울루의 사제에 대해 그런 이야기가 나돌아서는 절대로 안 된다.

그는 오비카에게서 창을 받아들고 상자와 상자 뚜껑 사이의 좁은 틈으로 뾰족한 창끝을 밀어 넣었다. 오비카가 아버지에게서 창을 빼앗으려 했지만 그는 아들의 말을 듣지 않았다.

"옆으로 물러서라." 아버지가 아들에게 말했다. "안에서 난리 치고 있는 게 뭐라고 생각하니? 수탉 두 마리일까?" 에제울루는 상자 뚜껑을 열기 위해 이를 악물었다. 그게 쉬운 일이 아니어서 억지로 상자 뚜껑을 열었을 때는 늙은 사제의 온몸이 땀으로 뒤범벅이 되어 있었다. 게다가 눈앞에 나타난 것을 보고는 앞이 캄캄해져서 아무것도 보이지 않을 지경이었다. 에제울루는 말문이 막혀 멍하니 서 있었다. 멀찍이 서서 지켜보던 여자들과 아이들이 달려왔다. 마침 그 옆을 지나가던 이웃 사람 아노시가 끼어들었고 삽시간에 많은 사람들이 몰려들었다. 부서진 상자 안에는 기진맥진한 황제 비단뱀이 누워 있었다.

"위대하신 신이시여, 어떻게 이런 일이 있을 수 있담!" 아노시가 말했다.

"이런 끔찍한 일이 벌어지다니." 아쿠에케가 말했다.

"만약 이게 주술이라면, 그 효력이 없어지게 하소서!" 마테피도 한마디 거들었다.

에제울루의 손에서 창이 떨어졌다. "오두체는 어디 있느냐?"

그가 물었다. 대답하는 사람은 한 명도 없었다. "오두체가 어디 있느냐고 묻지 않느냐?" 그의 목소리가 아주 무시무시했다.

오두체는 교회에 가고 없다고 은와포가 대답했다. 성스러운 비단뱀이 슬그머니 상자 모서리 위로 머리를 치켜들더니 위엄을 갖추고 느긋하게 움직이기 시작했다.

"내 오늘 그놈을 이 두 손으로 죽이고 말겠어." 에제울루는 오비카가 처음에 가져온 칼을 집어 들면서 말했다.

"위대한 신이시여, 제발 그런 일은 일어나지 않게 하소서!" 아노시가 말했다.

"꼭 그렇게 하고 말겠어!"

오두체의 어머니가 울음을 터뜨렸고 다른 여인들도 그녀와 함께 울기 시작했다. 에제울루는 칼을 들고 그의 오비를 향해 천천히 걸어갔다. 황제 비단뱀은 수풀 속으로 미끄러지듯 사라졌다.

"운다고 무슨 소용이 있겠습니까? 당신 아들이 어디에 있는지 알아내어 오늘은 집으로 돌아오지 말라고 말하시지 그래요?" 아노시가 우고예에게 말했다.

"저분 말이 맞아, 우고예. 그 아이를 친정집으로 보내도록 해. 비단뱀이 죽지 않았으니 얼마나 다행인지 모르겠네." 마테피가 말했다.

"당신들은 정말로 운이 좋았소." 아노시는 친구에게서 얌 종자를 사기 위해 우문네오라로 발길을 재촉하면서 혼잣말을 했다. "새로 들어온 이 종교가 우무아로로 뭘 가져올지는 그게 머리에 모자를 쓰고 있어서 무엇인지 아무도 모른다고 내가 벌써 말했잖아." 그는 길을 가면서 사람을 만날 때마다 발걸음을 멈추고 에제울루의 아들이 어떤 짓을 했는지 말해 주었다. 정오가 되기도 전에 이 이야기는 벌써 에지데밀리의 귀에도 들어갔다. 그의 신 이데밀리는 황제 비단뱀의 소유주였다.

에제울루가 백인에게 아들 한 명을 교회에 보내겠다고 약속한 지도 어느덧 오 년이 흘렀다. 그렇지만 겨우 이 년 전에야 그는 비로소 그 약속을 이행했다. 그는 백인들이 잠깐 동안 방문하러 온 게 아니라 아예 집을 짓고 살기 위해 이곳에 왔다는 사실을 받아들이려 했다.

처음에 오두체는 교회에 가고 싶어 하지 않았다. 하지만 에제울루는 아들을 자신의 오비로 불러들인 다음 가장 친한 친구에게 말하는 것처럼 그를 설득했다. 그래서 오두체는 자부심을 가지고 교회로 갔다. 그는 아버지가 어느 누구한테도 자신과 대등한 사람처럼 대우해서 말하는 걸 한 번도 들어 본 적이 없었다.

"세상이 변하고 있단다." 아버지가 아들에게 말했더랬다. "그런 게 나도 싫다. 하지만 나는 에네케-은티-오바라는 새와도 같단다. 그 새에게 친구들이 어째서 날마다 날아다니느냐고 물었더니 새가 답했단다. '요새 사람들은 총을 쏠 때 절대로 실수하는 법이 없다고 해서 나는 나뭇가지에 앉아 있지 않고 날아다니는 법을 습득했어.'라고 말이다. 내 아들 중 하나가 이 사람들과 함께 지내면서 그곳에서 내 눈이 되어 주었으면 좋겠다. 그곳에서 배울 게 하나도 없다면 너는 다시 돌아올 거야. 하지만 뭔가 배울 게 있다면 너는 내 몫을 집으로 가져오렴. 이 세상은 탈춤과도 같단다. 네가 만약 그것을 잘 보고 싶어 한다면 한자리에 머물러 있어서는 안 된단다. 오늘 백인을 사귀어 두지 않은 사람이 내일이면 진작 알아 둘걸 하고 후회할 거라고 나의 혼령이 말해 주고 있단다."

오두체의 어머니 우고예는 자기 아들이 백인의 희생물로 선택되어야만 한다는 사실이 아주 불만스러웠다. 그녀는 이런 저런 말로 남편을 설득해 보려고 애썼지만 에제울루는 그녀의 말을 참을성 있게 들어 주지 않았다.

"내가 내 아들들을 데리고 무슨 일을 하든 당신이 무슨 상관이오? 당신은 오두체가 낯선 방식을 따르는 게 싫다고 하는데, 훌륭한 사람의 집에는 온갖 종류의 낯선 방식을 따르는 사람이 반드시 있어야 한다는 사실을 당신은 모르는 거요? 좋은 사람과 나쁜 사람, 정직한 노동자와 도둑, 조정자와 파괴자가 모두 있어야 한단 말이오. 그게 바로 훌륭한 오비의 표지요. 그런 곳에는 북으로 어떤 음악을 연주하든지 간에 그 장단에 맞추어 춤을 출 수 있는 사람이 있는 법이오."

아버지의 이야기를 들은 후에도 혹시 오두체에게 꺼리는 마음이 조금이라도 남아 있었다면 그것은 교회에 발을 들여놓자마자 말끔히 사라졌다. 자신이 아주 빨리 배울 수 있다는 걸 알게 되면서 오두체는 교회에서 자신들을 가르치는 몰로쿠가 홀트와 대화하던 것과 똑같이 자신도 백인의 말을 할 수 있게 될 날을 손꼽아 기다리기 시작했다. 하지만 오두체의 마음에 한층 더 깊은 인상을 남긴 사람이 한 명 있었다. 그의 이름은 블랙케트로, 서인도제도 출신의 선교사였다. 소문에 의하면 이 사람은 흑인이지만 백인들보다 더 많은 지식을 갖고 있다고 했다. 오두체는 만일 블랙케트가 가진 지식의 10분의 1만 얻을 수 있어도 우무아로에서 훌륭한 사람이 될 것이라고 생각했다.

오두체는 발전 속도가 무척 빨라서 선생님과 교회 사람들의 귀여움을 독차지했다. 15~16세에 불과했던 오두체는 대부분의 다른 개종자들보다 나이도 어렸다. 그의 선생님인 몰로쿠 씨는 이 아이에게 큰 기대를 걸고는 세례를 줄 준비를 하고 있었는데 옥페리로 전근을 가게 되었다. 새로 온 선생님은 니제르 델타 지역 출신이었고 백인의 말을 마치 모국어인 양 말했다. 그의 이름은 존 굿컨트리였다.

굿컨트리는 우무아로의 개종자들에게 자기 부족민의 좋지 못한 관습과 맞서 싸운 니제르 델타 지역의 초기 기독교도들에 대해 말해 주었다. 그들은 제실을 부수고 신성한 이구아나를 죽였다. 그는 자신의 동족이며, 보니 지역에서 순교를 당한 조슈아 하트에 대한 이야기도 해 주었다.

"만약 우리가 기독교도라면 우리는 믿음을 위해 죽을 각오가 되어 있어야 합니다. 강가의 부족들이 이구아나를 죽인 것처럼 여러분은 비단뱀을 죽일 각오를 해야 한단 말입니다. 여러분은 비단뱀을 아버지라 부르지만, 그것은 단지 뱀에 불과해요. 우리의 첫 번째 어머니인 이브를 꼬여 낸 뱀 말입니다. 만약 비단뱀을 죽이는 게 두렵다면 자신을 기독교도라고 생각하지 마세요." 굿컨트리는 말했다.

우무아로에서 맨 처음 비단뱀을 잡아 죽인 다음 그것을 먹은 사람은 우무아구 마을의 조시아 마두였다. 그 이야기는 일단의 기독교도들만 알고 있을 뿐 외부로는 퍼져 나가지 않았다. 하지만 대부분의 기독교도들은 조시아의 선례를 따르려 들지 않았다. 앞장서서 그들을 인도한 사람은 모제스 우나추쿠였는데, 그는 우무아로에서 제일 먼저 개종하여 그를 모르는 사람이 없을 지경이었다.

우나추쿠는 그 지역 전체를 통틀어 유일한 목수였다. 그는 오니차 산업 선교단을 설립한 백인 선교사들 밑에서 목수 일을 배웠다. 청년 시절에 그는 백인을 살해한 것에 대한 앙갚음으로 아바메 지역을 파괴하기 위해 파견된 군인들의 짐을 나르도록 차출되었다. 우나추쿠가 토벌 작전을 통해 알게 된 것은 백인이 결코 웃어 넘길 대상이 아니라는 점이었다. 그래서 그는 백인들에게서 풀려난 후 우무아로로 돌아가지 않고 오니차로 가서 목수이자 선교사였던 J. P. 하그리브스의 심부름꾼이 되었다. 우나추쿠는 낯선 땅에서 십 년 이상을 체류한 후 일단의 선교사들과 함께 우무아로로 돌아왔고, 이들은 과거에 경험한 두 번의 실패를 거울삼아 이 마을 사람들에게 새로운 믿음을 심어 주는 데 성공을 거두었다. 우나추쿠는 이 세 번째 선교 활동의 성공이 대체로 자신의 공덕이라고 생각했다. 자신이 오니차에서 보낸 시절을 구약에 나오는 모세의 이집트 생활과 유사하다고 생각한 것이다.

이 지역의 유일한 목수였던 모제스 우나추쿠는 우무아로에 거의 혼자 힘으로 교회를 새로 세웠다. 우무아로에는 아직 목회자 없이 전도사뿐이었는데도 우나추쿠는 평신도 예배 봉사자였을 뿐만 아니라 목회자의 후견인이었다. 그런 사실은 모제스 우나추쿠가 새로 생긴 교회에서 상당한 위치에 올라섰다는 것을 말해 주고 있었다. 지난번 전도사였던 몰로쿠는 무슨 일을 하든지 그의 조언을 구했다. 반면 굿컨트리는 처음 왔을 때부터 우나추쿠를 무시하려 들었다. 하지만 모제스는 쉽게 무시당할 사람이 아니었다.

신성한 비단뱀에 대한 굿컨트리의 가르침은 모제스가 공개적으로 도전할 수 있는 첫 번째 기회였다. 이를 위해 모제스는 성경을 이용했을 뿐만 아니라, 개종자로서는 이상한 일이지만 우무아로의 신화도 활용했다. 그는 이데밀리의 사제직을 떠맡은 마을에서 태어났기 때문에 비단뱀이 어떤 의미를 지녔는가에 대해 아마도 자신이 다른 사람들보다 더 많이 알고 있다고 생각했던 것 같다. 그러므로 그는 아주 강력하게 말했다. 게다가 성경에 대한 해박한 지식과 새로운 종교의 근원지인 오니차에서의 체류 경험 덕분에 그에게는 확신이 있었다. 그는 새로 온 전도사에게 성경에도 교리에도 개종자들에게 불길한 징후로 가득한 짐승인 비단뱀을 죽이라고 요청한 대목은 없다고 대놓고 말했다.

"신이 뱀의 머리에 저주를 퍼부은 게 아무런 이유 없이 그런 겁니까?"라고 물은 다음 모제스는 갑작스럽게 우무아로의 전통으로 말머리를 돌렸다. "오늘날 우무아로에는 여섯 마을이 있습니다만 계속 그랬던 건 아닙니다. 우리 조상들은 예전에는 일곱 마을이 있었다고 말합니다. 그리고 일곱 번째 마을의 이름은 우무아마였지요." 일부 개종자들이 지지한다는 뜻으로 고개를 끄덕였다. 굿컨트리 씨는 참을성 있게 그리고 거만한 자세로 그의 말에 귀를 기울였다.

"어느 날 우무아마의 여섯 형제는 비단뱀을 죽인 다음 그중 하나인 이웨카에게 그것을 넣어 얌 죽을 끓이라고 했습니다. 그들은 각기 얌 하나와 물 한 대접을 이웨카에게 갖다 주었죠. 이웨카가 얌 죽을 다 끓였을 때 사람들이 하나씩 들어와 자기 얌을 꺼냈습니다. 그런 다음 그들은 표시한 데까지 대접에다 얌 죽을 따랐지요. 그런데 글쎄, 단 네 사람만 자신들의 몫을 받았는데 죽이 떨어지고 만 겁니다."

모제스 우나추쿠의 말을 듣고 있던 사람들이 미소를 지었다. 굿컨트리만 바위처럼 가만히 앉아 있었다. 오두체는 어릴 때 이 이야기를 들은 적이 있지만 여태까지 잊고 있었던 터라 미소를 지었다.

"형제들 사이에 격렬한 말다툼이 일어나더니 큰 싸움으로 번졌습니다. 곧이어 싸움은 우무아마 전체로 번져 나갔고 어찌나 죽기 살기로 싸웠는지 마을이 거의 다 파괴되고 말았답니다. 몇몇 살아남은 사람들은 마을을 빠져나가 커다란 강을 건너 올루의 땅으로 들어가 지금은 여기저기 흩어져서 살고 있습니다. 나머지 여섯 마을 사람들은 우무아마에서 일어난 일을 보고 그 이유를 알기 위해 점쟁이를 찾아갔답니다. 점쟁이는 그들에게 황제 비단뱀이 이데밀리에게 성스러운 짐승이며, 바로 이 신이 우무아마를 벌준 것이라고 말해 주었습니다. 그날부터 앞으로 비단뱀을 죽이는 사람은 어느 누구라도 자기 동족을 죽인 것으로 간주할 것이라는 법령이 여섯 마을에 선포되었지요." 모제스는 뱀을 죽이는 것 역시 금하고 있는 마을과 가문을 손가락으로 하나하나 헤아리며 말을 끝마쳤다. 그러자 굿컨트리가 입을 열고 말하기 시작했다.

"당신이 방금 우리들에게 들려준 그런 이야기는 여호와의 집에서 듣기에는 적절치 않은 이야깁니다. 하지만 나는 그 이야기가 얼마나 어처구니없는 것인지 모든 사람들이 알 수 있도록 끝까지 듣고 있었던 겁니다." 그 말에 대해 찬성 또는 반대를 나타내는 소리들로 회중이 웅성거렸다.

"당신 이야기에 대한 답변은 당신 동족들이 하도록 맡기겠습니다." 굿컨트리가 그곳에 모인 얼마 되지 않는 사람들을 둘러보았지만, 얼른 나서서 말하는 사람은 한 명도 없었다. "이 자리에 주님을 위해 강력하게 나서서 말할 수 있는 사람이 한 명도 없습니까?"

여태까지 우나추쿠의 주장에 동조하는 쪽으로 기울어져 있던 오두체는 갑자기 온몸을 찌르는 것 같은 날카로운 통찰력이 생겼다. 그가 들어 올린 손을 다시 내리려던 참이었는데, 굿컨트리는 그 순간을 놓치지 않았다.

"네, 말씀하세요."

"성경에서 우리에게 뱀을 죽이라고 명령하지 않았다는 말은 사실이 아닙니다. 뱀이 아담의 아내를 속인 후 여호와는 아담에게 뱀의 머리를 밟아 으깨라고 말씀하시지 않았나요?" 많은 사람들이 오두체에게 박수를 쳐 주었다.

"모제스, 잘 들으셨지요?"

모제스가 답변하려고 했지만, 굿컨트리는 그에게 또다시 말할 기회를 주려 들지 않았다.

"당신은 자신이 우무아로에서 첫 번째 기독교도이고 성찬식에도 참여한다고 말은 하는데, 당신의 입이 벌어질 때마다 이교도의 불결한 것들만 쏟아져 나오는군요. 오늘 어머니의 젖을 빠는 어린아이가 당신에게 성경 말씀을 가르쳐 주었군요. 그게 바로 우리 주님이 말씀하신 먼저 된 자로서 나중 되고 나중 된 자로서 먼저 될 자가 많을 거라는 경우가 아닐까요? 온 세상은 사라져도 우리 주님의 말씀은 단 하나도 없어지지 않을 겁니다." 굿컨트리는 오두체에게로 몸을 돌렸다. "때가 되어 세례를 받게되면 너는 베드로라는 이름으로 불릴 것이다. 이 반석 위에 내가 나의 교회를 세울 것이다."

이 말이 끝나자 한쪽에서 더 큰 박수 소리가 터져 나왔다. 이제 모제스는 극도로 화가 나 있었다.

"내가 당신에게는 당신 가방 속에 집어넣은 다음 그냥 가 버려도 될 그런 사람처럼 보입니까?" 모제스가 물었다. "나로 말할 것 같으면 이 새로운 종교의 근원지에 가서 내 두 눈으로 이 종교를 가져온 백인들을 직접 본 사람입니다. 그러니까 내가 이 자리에서 당신에게 똑똑히 해 주고 싶은 말은 상주보다 더 큰 소리로 울어 대기로 작정한 외부인들에게 앞으로 나는 절대로 미혹당하지 않을 생각이란 겁니다. 당신은 내가 만난 첫 번째 교사가 아닙니다. 두 번째도 아니고 세 번째도 아니에요. 만일 당신이 지혜롭다면 이곳에 와서 당신이 직면해야 하는 일이나 하고 비단뱀에 대해서는 손을 뗄 겁니다. 내가 그렇게 말했다고 소문내도 좋아요. 여기 모인 사람들 중에서 비단뱀이 교회로 오는 길을 중간에서 방해했다고 당신에게 한 번이라도 불평한 사람이 있었습니까? 당신이 평화롭게 사역하고 싶다면 지금 내가 해 준 말에 유의하시오. 하지만 당신이 만일 자기 어머니의 장례식을 망친 도마뱀이 되고 싶다면 지금 하는 대로 계속하십시오." 모제스는 오두체 쪽으로 몸을 돌렸다. "너는 말이지, 사람들이 너를 부를 때 베드로라 할지 바울이라 할지 바나바라 할지 모르겠지만, 그래 봤자 너는 내 머리칼 하나 건드리지 못해. 어머니에게 가져다줄 야자열매나 따고 있어야 할 어린아이한테 내가 무슨 말을 하겠니. 하지만 너 또한 우리의 교사가 되었으니 하는 말인데, 네가 이 우무아로에서 비단뱀을 죽일 수 있는 용기를 갖게 될 날을 기다리고 있으마. 겁쟁이는 그럴듯한 말로 땅을 덮을는지 모르지만 싸울 때가 되면 도망치는 법이니까."

바로 그 순간 오두체는 굳게 결심했다. 큰 것과 작은 것, 두 마리의 비단뱀이 오두체의 어머니가 거처하는 움막의 지붕을 지탱해 주는 벽 꼭대기에서 거의 대부분의 시간을 보내고 있었다. 그것들은 아무런 해도 끼치지 않았고 오히려 쥐를 쫓아 주었다. 단 한 차례 닭을 겁주어 쫓아 버리고 달걀을 삼켰다는 의심을 받은 적이 있을 뿐이다. 오두체는 그중 한 마리를 골라 커다란 막대기로 머리를 내려쳐야겠다고 마음먹었다. 그 일을 아주 조심스럽고도 은밀하게 수행할 것이므로 마침내 비단뱀이 죽게 되면 사람들은 제명에 죽었다고 생각할 것이었다.

오두체가 좋은 기회를 잡기까지 엿새가 흘렀다. 그동안 오두체의 마음은 많이 약해졌다. 그는 작은 비단뱀을 죽이기로 결심하고 막대기로 그것을 밀쳐서 벽에서 떨어뜨리기는 했는데 차마 그 대가리를 후려칠 수가 없었다. 그 순간 사람들이 다가오는 발소리를 들은 것 같아 오두체는 재빠르게 움직여야 했다. 이웃에 사는 아노시가 여러 차례 하는 것을 본 적이 있던 터라 그는 번개처럼 재빨리 비단뱀을 집어 들고 침실로 들어갔다. 그 순간 흥미진진한 생각이 새롭게 떠올랐다. 그는 모제스가 그를 위해 만들어 준 상자를 열고 조끼와 수건 옷을 꺼낸 다음 비단뱀을 그 안에 넣고 자물쇠로 잠갔다. 그는 마음속으로 커다란 안도감을 느꼈다. 비단뱀은 공기가 부족해서 죽을 것이고 그렇게 되면 자신은 비단뱀을 제 손으로 죽였다는 죄책감 없이 죽음에 대한 책임만 지게 될 것이다. 오두체가 생각하기에 이것은 상당히 훌륭한 타협안이었다.

에제울루의 큰아들 에도고는 그날 조상의 혼령을 위한 새 탈을 마저 새기기 위하여 일찌감치 집을 나섰다. 이 혼령이 깊은 땅속에서 돌아와 탈의 형태로 사람들 앞에 나타나리라고 기대되는 호박잎 축제일까지는 이제 닷새밖에 남지 않았다. 그날 혼령의 시종 역할을 담당할 사람들은 그가 나타날 것에 대비해 대단한 계획을 세워 놓고 있었다. 그날 출 춤을 이미 익힌 그들은 이제 에도고가 그들을 위해 새기고 있는 탈을 초조하게 기다리고 있었다. 우무아로에는 에도고 외에도 다른 조각가들이 있었다. 몇몇 사람은 에도고보다 조각 솜씨가 훨씬 더 좋았다. 하지만 에도고는 최고의 조각가 오비아코와 달리 약속한 날짜에 맞춰 일을 끝내 주는 사람으로 정평이 나 있었다. 오비아코는 손님들이 들이닥치는 것을 보고서야 비로소 연장을 들었다. 만약 이것이 다른 종류의 조각품이었더라면, 에도고는 손이 놀 때마다 그것에 매달려 벌써 오래전에 작업을 끝마쳤을 것이다. 하지만 탈은 달랐다. 집에서 불경스러운 여인네들과 아이들의 시선을 받으면서 그 일을 할 수는 없었기 때문에 그는 그 일을 위해 은코 장터 한쪽 모퉁이 외진 곳에 세워 놓은 사당으로 돌아와야만 했다. 그곳은 탈의 비밀에 대해 전수받지 않은 사람이라면 감히 접근도 하지 못할 그런 장소였다.

시간이 조금 지나면 눈이 익숙해지기는 해도 움막 안쪽은 컴컴했다. 에도고는 작업을 시작하기 위해 새하얀 오크웨 나무를 내려놓은 다음 연장을 넣어 가지고 다니는 염소 가죽 가방을 풀었다. 비밀을 지켜야 할 필요성 말고도 탈을 만드는 데는 이 움막의 분위기가 적합하다고 에도고는 늘 생각했다. 사방 여기저기에 아주 오래된 조상 혼령의 탈들과 함께 여러 표장들이 널려 있었는데, 심지어는 그의 아버지보다도 나이가 더 많은 분들의 것도 몇 개 있었다. 그것들은 그의 손가락에 힘과 솜씨를 부여하는 어떤 분위기를 자아냈다. 대부분의 탈은 뿔과 손가락 크기의 치아를 지닌 잔인하고 공격적인 혼령들을 위한 것이었다. 하지만 그중 네 개는 처녀 귀신의 탈이었고 그것들은 섬세한 아름다움을 지니고 있었다. 에도고는 그가 처음 결혼했을 때 은와니인마가 그에게 해 준 말을 기억하고는 미소를 지었다. 은와니인마는 그가 총각 시절에 알고 지내던 과부였다. 그녀는 나이 어린 경쟁자에 대해 질투심을 느낀 나머지 세월이 흘러도 젖가슴이 처지지 않는 여자는 처녀 귀신뿐이라고 에도고에게 말했더랬다.

에도고는 빛이 가장 많이 들어오는 입구 가까이에서 바닥에 주저앉아 일하기 시작했다. 이따금씩 사람들이 우무아로의 한 마을에서 또 다른 마을로 가는 길에 장터를 지나며 떠들어 대는 소리가 들렸다. 하지만 그는 마침내 조각 일에 몰두한 뒤로는 아무 소리도 듣지 못했다.

나무에서 탈의 모습이 드러나기 시작할 무렵 에도고는 갑자기 일손을 멈추고 그의 작업을 방해하는 목소리가 들려오는 쪽으로 귀를 기울였다. 그중 하나는 아주 친숙한 목소리였다. 그렇다, 그건 이웃에 사는 아노시의 목소리였다. 에도고는 열심히 귀를 기울이며 자리에서 일어나 장터 중앙에 가장 가까운 벽으로 다가섰다. 이제는 아주 분명하게 들을 수가 있었다. 아노시는 방금 만난 두세 사람에게 이야기하고 있는 것 같았다.

"그래. 내가 그 자리에 있었기 때문에 이 두 눈으로 똑똑히 보았다니까. 만일 다른 사람이 말해 주었더라면 나도 그 말을 믿지 못했을 거야. 글쎄, 상자를 여는데 보니까 그 안에 비단뱀이 들어 있더란 말이지." 아노시가 그렇게 말했다.

"자꾸 말하지 마쇼. 그게 사실일 리가 없잖아." 다른 한 사람이 말했다.

"다들 그렇게 말한다니까. 사실일 리가 없다고. 하지만 나는 이 두 눈으로 똑똑히 보았단 말이야. 지금 당장 우무아찰라로 가서 온 마을이 완전히 뒤집어진 걸 보란 말이야."

"그 사람 에제울루가 우무아로로 불러들이는 것은 임신과 동시에 아이를 돌보는 일이라니까."

"지금까지 살아오면서 수많은 이야기를 들었지만, 그런 끔찍한 일은 한 번도 들어 본 적이 없소."

에도고가 집에 도착했을 때도 그의 아버지는 여전히 화가 나 있었다. 다만 이제 그의 분노는 오두체를 향한 것이라기보다 겉으로는 동정 어린 말을 하는 것 같으면서도 마음속에 숨겨 놓은 악의를 드러내는 이중적인 이웃들과 행인들을 향한 것이었다. 그리고 그들이 설령 진심에서 우러나서 그런 말을 했다 해도 에제울루는 자신을 연민의 대상으로 삼고 있는 사람들에 대해 여전히 분개했을 것이다. 처음에 그는 분노를 마음속에 쌓고 있었다. 하지만 그의 부인들을 만나기 위해 마지막으로 안채로 들어간 일단의 여인네들이 마치 죽음의 장소를 찾아온 조문객과도 같은 얼굴을 하고 있는 걸 보자 그는 격분했다. 그들이 안채에서 외쳐 대는 소리가 들렸다. "에우우! 요즘은 애들을 어떻게 다뤄야 하는지 모르겠단 말이야." 안채로 성큼성큼 걸어 들어간 에제울루는 그들에게 어서들 가라고 말했다.

"내가 나갔다 다시 들어왔을 때 아직도 이곳에 남아 있는 사람이 있다면 내가 얼마나 사악한 사람인지 보여 주겠소."

"여자가 여자를 위로하러 왔는데 우리가 무슨 해를 끼쳤다고 그러세요?"

"당장 이 집에서 나가라고 했소이다!"

여인네들은 서둘러 나가면서 웅얼거렸다. "용서하세요. 우리가 잘못했으니까요."

그런데 에도고는 그날 은코 장터에서 들은 이야기를 매우 화가 나 있는 에제울루에게 말했다. 에도고가 말을 마치자 그의 아버지는 무뚝뚝하게 물었다.

"그래, 너는 그 이야기를 들었을 때 어떻게 했느냐?"

"제가 어떤 행동을 했어야 하나요?" 아버지의 말투에 에도고는 깜짝 놀란 동시에 조금은 분노가 치밀었다.

"저 아이가 하는 말을 들으셨나요?" 에제울루는 대상도 없는데 묻고 있었다. "큰애야, 누군가 네가 듣는 데서 네 아버지가 끔찍한 일을 저질렀다고 말하는데, 너는 나한테 네가 어떤 행동을 했어야 되느냐고 묻는구나. 내가 네 나이였다면, 어떤 행동을 해야 할지 알았을 게다. 나였다면 말이지, 사당에 들어가 숨어 있는 대신 앞으로 나서서 그렇게 말하는 사람의 머리통을 깨부쉈을 게다."

에도고는 이제 정말로 화가 치밀어 올랐지만 조심스럽게 말했다. "아버지가 제 나이였을 때 할아버지는 백인의 신을 숭배하라고 자기 아들을 보내지 않았잖아요." 집에서 무슨 일이 일어났는지 알아보기 위해 탈을 만들던 것도 중단하고 달려왔는데 기껏 모욕만 당하다니 에도고는 비통한 심정으로 자신의 움막을 향해 걸어가 버렸다.

에제울루는 생각했다. '성미가 격하다고 오비카를 나무라지만, 냉혹한 재 같은 이놈보다는 그래도 격한 성미가 백배는 더 낫구나!' 그는 뒤쪽으로 몸을 기울여 벽에다 머리를 기대고는 이를 부드득부드득 갈기 시작했다.

그날은 대사제에게는 무척 짜증나는 날이었다——왼편으로 누워 자다가 잠에서 깨어난 날 같았다. 그가 아직도 성가신 일을 충분히 당하지 않았다는 듯이 해질 무렵 이번에는 우문네오라 마을에서 젊은이 하나가 그를 찾아왔다. 에제울루의 마을과 우문네오라 마을 사이의 적대감 때문에 그 친구가 혹시 나중에라도 배가 아프다고 하면서 그 원인을 에제울루가 대접한 음식에 돌리지 못하도록 그는 젊은이에게 콜라 열매를 내놓지 않았다. 그 젊은이는 별로 시간을 낭비하지 않고 가지고 온 메시지를 전했다.

"에지데밀리가 보내서 왔습니다."

"그런가? 그 사람이 잘 지내리라고 믿네."

"잘 지내십니다. 하지만 동시에 그렇지 않다고도 볼 수 있습니다." 전령이 답변했다.

"무슨 말인지 통 모르겠군." 에제울루는 이제 경계 태세를 취했다. "전해 줄 말이 있으면 어서 전하게. 나는 수수께끼로 말하는 법을 배우고 있는 소년의 말에 귀를 기울일 여유가 전혀 없으니 말일세."

젊은이는 사제의 무례한 말투를 무시했다. "에지데밀리는 어르신의 집에서 발생한 그 끔찍한 사태에 대해 어르신이 어떤 조처를 취할 생각이신지 알고 싶다고 하셨습니다."

"발생한 일이라고?" 대사제는 끓어오르는 분노를 두 손으로 단단히 붙잡고 되물었다.

"제가 방금 한 말을 되풀이해야 합니까?"

"그러게나."

"좋습니다. 에지데밀리는 어르신의 아들이 저지른 그 끔찍한 일에 대해서 어르신이 어떤 식으로 이 집을 정화할 생각이신지 알고 싶어 하십니다."

"어서 가서 에지데밀리에게 똥이나 먹으라고 전하게. 내가 하는 말을 듣고 있나? 어서 가서 에지데밀리에게 입안에다 똥이나 잔뜩 처넣으라고 에제울루가 말하더라고 전하게. 젊은이, 자네는 말이지, 이 세상은 더 이상 예전과 똑같지 않으니까 아무 일 없이 편안히 가시게. 만일 이 세상이 예전과 똑같았다면, 표범의 아가리 속에 자네 머리를 집어넣을 날을 언제나 떠올리게끔 자네에게 뭔가를 주었을 걸세." 젊은이는 무슨 말을 더 하고 싶어 했지만 에제울루는 그가 말하는 걸 더 이상 허용하지 않았다.

"만약에 살아가면서 뭔가 이루어 내고 싶은 꿈이 있다면, 자네는 지금 이 자리에서 내 충고를 받아들이고 더 이상 아무 말도 하지 말게." 에제울루는 결연한 자세로 자리에서 험악하게 일어났다. 젊은이는 그의 충고를 존중하기로 마음을 먹고는 자리에서 일어났다.

5

T. K. 윈터바텀 대위는 자기 앞에 놓인 비망록을 짜증스럽게 그리고 조금은 경멸스럽다는 듯이 쳐다보았다. 그것은 부총독이 사무관을 거치고 선임 행정관을 거쳐서 그에게 내려보낸 것이었는데, 사무관과 선임 행정관은 계통을 밟아 그것을 내려보내면서 각기 자신의 소견을 덧붙여 놓았다. 윈터바텀 대위가 특히 화가 난 것은 선임 행정관이 써 놓은 메모의 어조 때문이었다. 그는 '대(代) 족장 임명 문제에 대한 윈터바텀의 지연 상황'이라고 표현해 놓긴 했지만 사실상 그것은 질책이었다. 이 소견서를 다른 사람이 써서 보냈다면 아마도 윈터바텀 대위는 이토록 골치를 썩이지는 않았을 것이다. 그러나 왓킨슨은 그보다 삼 년이나 어린데도 그를 앞질러 승진했던 것이다.

"어떤 바보라도 승진은 할 수 있겠지. 그토록 승진하겠다고 기를 쓰면 말이지. 그렇지만 우리처럼 할 일이 많은 사람들은 그런 노력을 기울일 시간이 어디 있어야지." 윈터바텀은 자기 자신이나 보좌관들에게 항상 말했다.

　대위는 파이프에 불을 붙인 다음 널찍한 사무실을 천천히 걷기 시작했다. 이 사무실은 대위 자신이 직접 설계한 것으로 훤히 트여서 통풍이 아주 잘되었다. 사무실을 이리저리 왔다 갔다 하던 윈터바텀은 항상 있던 일인데도 죄수들이 바깥에서 풀을 깎으며 노래를 부르는 모습에 처음으로 주목하게 되었다. 연이어 내린 두 차례 강우로 잡초가 그토록 많이 자랐다는 게 놀라웠다. 그는 창문으로 다가가 한동안 죄수들을 지켜보았다. 죄수 한 명이 돌멩이처럼 생긴 것으로 박자를 맞춰 빈 병을 두드리면서 단독으로 짧은 노래를 불렀다. 다른 죄수들은 합창을 하면서 박자에 맞추어 칼날을 휘둘렀다. 윈터바텀 대위는 입에서 파이프를 빼서 창틀에다 놓은 다음 양손을 오므려 입에 갖다 대고 소리쳤다. "거기 조용히 하지 못해!" 누가 소리쳤나 보려고 그들 모두가 위를 올려다보더니 노래를 멈추었다. 그 후로 그들의 칼날은 아무렇게나 위아래로 움직였다. 그러자 조금 떨어져서 망고 나무 그늘에 서 있던 교도관은 행정관을 방해하지 않을 장소로 죄수들을 이동시키는 게 안전하겠다고 생각하고, 죄수들을 대충 이열 종대로 세워 가번먼트 힐의 또 다른 장소로 데려갔다. 그들 모두가 면직으로 된 칙칙한 흰색 잠바를 입고 옷에 맞추어 테두리 없는 모자를 쓰고 있었다. 그들 중 두 사람은 커다란 쟁반들을 날랐고 독창을 하던 사람은 자신의 병과 돌을 꼭 움켜쥐고 있었다. 새로운 장소로 옮겨 가 자리를 잡자마자 그는 목소리를 높여 노래를 불렀고 칼날은 박자에 맞춰 위아래로 움직였다.

나도 풀을 베고 너도 베는데

너는 무슨 권리로 나한테 욕을 해 대냐?

책상 앞으로 돌아온 윈터바텀 대위는 부총독의 비망록을 다시 읽었다.

내가 이 글을 쓰는 목적은 단지 진정한 지도자가 없는 부족들 사이에서 근무하는 모든 행정관들에게 더 이상의 지체 없이 현지 제도에 근거한 효과적인 '간접 통치' 제도를 발전시킬 중대한 필요성을 각인시켜 주기 위한 것이다.

수많은 식민지 국가에서 토착민 행정이란 백인의 통치를 의미한다. 영국 정부는 이런 정책을 잘못된 것으로 간주하고 있다는 사실을 여러분 모두가 잘 알고 있을 것이다. 행정 관료들을 통해 직접적으로 지배하는 대신 다른 방식을 시도해 볼 수 있다. 그런 한편으로 우리는 주민들의 마음과 정신 그리고 사고에 기반을 두고 건전하게 뿌리내린 토착민들의 비축물 위에 더 높은 문명을 세워 나가기 위해 토착민들의 제도에서 악습들을 뿌리 뽑고자 노력할 것이다. 그렇게 함으로써 우리는 그들의 고유한 문화가 현대적인 사고와 더 높은 기준에 모순되지 않게 확립시켜 훨씬 더 용이하게 그것들을 정착시킬 수 있을 것이다. 하지만 그렇게 하는 동안 우리들은 언제나 토착민들의 정신에 깃든 진정한 힘을 모두 다 없애고 새롭게 시작하고자 노력하는 대신 그것들을 활용할 것이다. 우리는 아프리카의 정서, 아프리카의 정신, 아프리카 종족의 전체 기반을 파괴해서는 안 된다…….

말, 말, 말, 말의 잔치로군. 문명, 아프리카의 정신, 아프리카의 정서. 각하는 과연 독수리를 유인하기 위해 살아 있는 사람의 머리에 구운 양을 얹은 채 땅속에다 그를 목까지 파묻어 놓은 광경을 목격하고 그 사람을 구조해 본 적이 있기나 한가? 윈터바텀 대위는 또다시 방 안을 서성거리기 시작했다. 하지만 어째서 누군가 이 형편없는 인간에게 빌어먹을 그 모든 게 얼마나 어리석고 쓸모없는 짓인지를 말해 줄 수 없단 말인가? 그는 그 이유를 알았다. 그들 모두는 진급하지 못할까 봐, 아니면 훈장을 받지 못할까 봐 두려웠던 것이다.

클라크가 첫 번째 지역 시찰을 나간다고 말하려고 사무실로 걸어 들어왔다. 윈터바텀 대위는 그를 거의 쳐다보지도 않은 채 "잘 다녀오시게."라는 말과 함께 어서 가라는 손짓을 했다. 하지만 대위는 클라크가 나가려고 돌아서는 순간 그를 다시 불러 세웠다.

"우무아로에 가거든 가능한 한 자세하게 라이트와 그가 맡고 있는 새 도로에 대해 알아보시게. 물론 조심스럽게 해야겠지. 매질을 비롯해 온갖 종류의 추악한 이야기들이 들려온단 말일세. 그런 논란에 대해 미리 판단하지는 않겠지만 그래도 내 생각에 라이트는 토착민 여자와의 동침에서부터 그 남편들을 회초리로 때리는 일까지 못 할 짓이 없을 것 같거든…… 좋소, 그럼 일주일 후에 봅시다. 몸조심하게. 그리고 물은 절대로 조심해야 한단 걸 꼭 명심하고 잘 다녀오시게."

윈터바텀 대위가 부총독의 비망록으로 돌아왔을 때 이전에 느낀 분노는 클라크와의 짧은 대화로 조금은 누그러져 있었다. 대신 이제 그는 지쳐서 체념하는 마음이 앞섰다. 영국의 식민지 통치의 커다란 비극은 현장에서 아프리카 사람들과 직접적으로 접촉하며 자신이 무슨 소리를 하고 있는지 잘 아는 사람들이 언제나 본부에 앉아 비현실적으로 이상만 꿈꾸는 친구들의 통제를 받는다는 점이었다.

삼 년 전 윈터바텀 대위는 자신의 보다 나은 판단과는 달리 옥페리에 임명 족장을 세우라는 압력을 받았다. 장기간의 교섭 끝에 그는 제임스 이케디라는 사람을 선출했는데, 제임스는 이 지역에서 최초로 선교 교육을 받은 사람들 중 하나로 지성인이었다. 그렇지만 어떤 일이 벌어졌던가? 이 사람이 임명장을 받고 세 달도 채 지나지 않아서 윈터바텀 대위는 그가 위압적으로 군림한다는 소문을 듣게 되었다. 그는 불법적으로 법원와 사설 감옥을 설치했으며 자기 마음에 들면 아무 여자나 통상적인 신붓값도 지불하지 않고 데려왔다. 윈터바텀 대위는 그 모든 사태를 철저하게 파헤쳐 훨씬 더 많은 심각한 부정행위들을 밝혀냈다. 윈터바텀 대위는 그 친구를 육 개월 동안 정직시키기로 마음먹고는 그의 임명을 철회했다. 하지만 삼 개월 후 휴가에서 갓 돌아와 이 사건에 대한 직접적인 지식이 전혀 없던 선임 사무관이 그 작자를 복직시키라는 지시를 내렸다. 그리고 그 작자는 권력을 다시 쥐게 되자마자 대규모 착취 체계를 조직했다.

그 당시 천연두 전염병이 돌고 난 후에 대규모의 도로 및 배수로 공사 계획이 진행되었다. 제임스 이케디 족장은 토착민들에게 주택 파괴자라고 불리는 악명 높은 술주정뱅이 도로 감독관과 한패를 이루었다. 도로 및 배수로 계획안은 윈터바텀 대위가 오래전에 직접 완성해 승인까지 받아 낸 것이었으며 가능한 한 주민들의 가옥에 피해가 가지 않도록 주의를 기울인 것이었다. 그런데 이 감독관은 여기저기 돌아다니며 마을 사람들에게 돈을 내놓지 않으면 새로운 도로가 그들의 집 한가운데로 통과할 것이라고 협박했다. 몇몇 주민들에게 그런 사실을 보고받은 족장은 자신이 할 수 있는 일이 하나도 없다고 그들에게 말했다. 감독관은 백인의 지시를 따르고 있으므로 내놓을 돈이 없는 사람들은 이웃에게 빌리거나 아니면 염소나 양을 팔아서 내야 한다고 했다. 감독관은 자기 몫을 챙겼고 또 다른 동네로 옮겨 가서는 부유한 마을 사람들만 찾아다녔다. 그리고 자기 말이 진심임을 사람들에게 확인시키기 위하여 그는 실제로 미적거리면서 돈을 내지 않는 세 사람의 집을 부숴버렸다. 물론 그들의 집에서 반경 1킬로미터 내에는 계획된 도로나 배수로 공사가 전혀 없었다. 두말할 필요도 없이 이케디 족장은 이 불법적인 세금의 상당액을 할당받았다.

원터바텀 대위는 그 사건을 떠올리면서 감독관이 내놓을 만한 변명거리를 찾아낼 수 있었다. 그는 다른 부족 출신이었다. 그러니까 토착민들의 눈에는 이방인이었다. 하지만 피를 나눈 그들의 동포이자 족장인 사람은 어떤 변명을 내놓을 수 있을까? 원터바텀 대위로서는 그것이 오로지 아프리카만이 만들어 낼 수 있는 어떤 잔인성이라고 생각할 수밖에 없었다. 토착민의 심리적인 구조 속에 들어 있는 바로 이 근원적인 잔인성은 공상에 빠져 있는 유럽인들이 이해하기에는 너무도 힘든 속성이었다.

물론 족장 이케디는 상당히 영리한 사람이었으므로 원터바텀 대위가 이 두 번째 추문을 조사하기 시작했을 때는 족장이 이 사건에 연루되어 있다는 사실을 밝혀낸다는 게 거의 불가능했다. 그는 모든 흔적을 완벽하게 덮어 버렸다. 여하튼 원터바텀 대위는 당분간은 주요한 추적 대상을 놓쳐 버렸다. 그렇지만 의심할 여지 없이 얼마 있지 않아 꼬리가 잡힐 것이다. 감독관의 경우는 18개월의 징역형이 선고되었다.

의심할 여지없이 윈터바텀 대위의 마음속에서 족장 이케디는 여전히 부패했고 고압적인 인물이었다. 다만 예전보다 더 교활해졌을 뿐이다. 그가 최근에 마을 사람들에게 행한 짓거리는 자신을 오비 또는 왕으로 추대하게끔 만든 것이었다. 그리하여 지금 그는 옥페리의 왕 이케디 1세로 불리고 있었다. 왕을 혐오하던 사람들 사이에 이런 일이 일어나다니! 영국 정부가 이보족들 가운데서 하고 있는 일이 바로 이런 것이었다. 이전에는 하나도 없던 왕이 갑자기 버섯처럼 십여 명씩이나 튀어나온 것이다.

윈터바텀 대위는 자나 깨나 계속해서 부총독의 비망록을 숙고한 끝에 이 어리석은 추세를 중단하기 위해 자신이 할 수 있는 일은 별로 없다는 결론을 내렸다. 자신의 속마음을 너무나 자주 표현한 까닭에 그는 이미 승진의 기회들을 놓쳤다. 실제로 그와 함께 나이지리아에서 근무한 행정관들은 이제 모두 사무관이 되었는데 그는 아직 선임 행정관도 되지 못했다. 윈터바텀이 그런 일에 대해 특별히 신경 쓰는 것은 아니었지만, 이런 간접 통치 문제에 있어서 지금까지는 그와 함께 반대 의사를 표명하던 친구들도 갑자기 태도가 돌변해 이제는 그것을 이행하지 않는다고 대위를 비난하는 판국이니 그가 계속해서 반대해 봤자 아무런 의미도 없을 것 같았다. 지금 그는 족장을 찾아내라는 명령을 받았으니 그의 임무는 분명했다. 그렇긴 해도 이제는 선교 단체로부터 교육을 받았답시고 저 잘난 맛에 거들먹거리는 바보 멍청이를 찾아내는 그런 실수를 반복해서는 안 된다. 우무아로에 관해서는 사실 이미 마음이 정해져 있었다. 그는 강한 인상을 주던 그 물신 사제를 뽑을 것이다. 옥페리 대 우무아로의 땅 문제로 자기 앞에 와서 증언한 사람들 중에서 오로지 그 사제만이 유일하게 진실을 말했다. 물론 그가 아직도 살아 있다면 말이다. 윈터바텀 대위는 우무아로를 정기적으로 방문했을 때 한두 차례 그를 본 기억이 있지만 그것은 적어도 이 년 전 일이었다.

6

에제울루의 아들이 신성한 비단뱀에게 가한 폭행은 상당히 심각한 문제였다. 그렇다는 것을 누구보다 먼저 에제울루가 인정했다. 하지만 이웃 사람들의 악감정 그리고 특히 이데밀리 사제가 보내온 건방지기 짝이 없는 전갈에 에제울루는 어쩔 도리 없이 그들 모두에게 도전적인 태도를 보일 수밖에 없었다. 그는 자신이 친구라고 부르던 사람들조차 그에게 불리한 중상모략을 퍼뜨리고 있다는 말을 들었을 때 대경실색했다.

"이와 같은 불행이 이따금씩 발생하는 것도 괜찮은 일이로군. 그래야 친구나 이웃 사람들이 마음속으로 어떤 생각을 품고 있는지 알 수가 있거든. 바람이 불지 않으면 닭 똥구멍을 볼 수가 없잖아." 그가 말했다.

그는 아내를 불러다 놓고 아들을 어디로 빼돌렸는지 캐물었다. 그녀는 팔짱을 끼고 서서 아무런 대꾸도 하지 않았다. 지난 이틀 동안 그녀는 온통 남편을 원망하면서 지냈다. 그녀가 그토록 반대하는데도 오두체를 교회 사람들에게 보낸 게 다름 아닌 남편이었기 때문이었다. 그런데 남편은 이제 와서 그 아이가 교회에서 배운 대로 했다고 해서 아이를 죽이겠다고 칼날을 갈고 있으니, 도대체 이게 말이나 되는가?

"지금 내가 사람에게 말하고 있는가, 아니면 조각해 놓은 은 쿠에게 말하고 있는가?"

"그 아이가 어디에 있는지 나도 몰라요."

"당신이 모른다? 하, 하, 하, 하, 하, 하." 에제울루는 기계적으로 웃어 대더니 또다시 심각해졌다. "필경 당신은 나한테 이런 말을 하고 싶을 거야. 개미 떼가 잔뜩 붙은 나뭇단을 집안으로 끌어들인 주제에 도마뱀이 나타난다고 불평한다는 게 말이나 돼? 하고 말이지. 당신이 옳아. 하지만 제발 당신 아들이 지금 어디에 있는지 모른다는 말은 하지 마시게……."

"그 아이가 지금 내 아들이에요?"

에제울루는 아내의 말을 무시했다.

"거짓말이라는 게 너무나도 빤하니까 그 아이가 어디 있는지 모른다는 말은 제발 나한테 하지 말라니까. 괜찮으니까 그 아이를 어서 불러오시게. 지금까지 내가 사람을 죽이는 걸 본 적이 없을 텐데, 내가 제일 처음으로 내 아들을 죽일 것 같소?"

"하지만 앞으로는 두 번 다시 그 아이는 교회에 가지 않을 거예요."

"그 말도 거짓말이야. 그 아이는 그곳에 갈 거라고 내가 계속 말했잖아. 그 아이는 간다니까. 만약 그걸 싫어하는 사람이 있다면 얼마든지 나한테 와서 항의하라고 해."

그날 오후 오두체는 비에 흠뻑 젖은 생쥐 같은 모습으로 집으로 돌아왔다. 그는 겁에 잔뜩 질린 표정으로 아버지에게 와서 인사를 했지만 아버지는 그를 완전히 무시했다. 안채에서는 여인들이 그를 반색하며 맞아들이지 않았다. 어린아이들, 특히 오비아겔리는 오빠한테 조금이라도 달라진 게 있는지 알아보느라 그를 꼼꼼히 살폈다.

에제울루는 어느 누구한테도 자기가 고민하고 있다는 걸 들키고 싶지 않았다. 또한 그는 연민의 대상처럼 보이는 것도 싫었다. 그렇긴 해도 오두체가 저지른 행동의 종교적인 의미를 아주 무시하는 것도 아니었다. 그는 사건이 벌어진 날 밤에 그 문제에 대해 진지하게 생각했다. 우무아로의 관습은 너무나도 잘 알려져 있었으므로 이데밀리의 사제가 일부러 그에게 알려 줄 필요는 없었다. 만일 비단뱀을 무심코 죽였다면 사람의 장례식만큼이나 정성 들여 뱀의 장례식을 거행해 이데밀리의 마음을 달래 주어야 한다는 사실을 우무아로의 아이들까지도 모두 알고 있다. 하지만 뱀을 상자에 집어넣은 사람에 대한 규칙은 우무아로의 관습에 전혀 없었다. 에제울루는 그것이 죄가 아니라고 말하는 것은 아니었지만, 그렇다고 해서 이데밀리의 사제가 그에게 모욕적인 전갈을 보낼 만큼 심각한 사안도 아니었다. 그것은 일을 저지른 사람이 자기 자신과 자신의 개인적인 신 사이에서 바로잡아야 할 위반 행위였다. 게다가 며칠 있으면 새로운 호박잎 축제가 벌어질 것이다. 그날 이 죄를 비롯해 그 밖의 다른 수많은 죄를 파종 시기가 되기 전에 말끔하게 씻어 내야 할 사람은 다름 아닌 에제울루였다.

오두체가 집으로 돌아오고 얼마 지나지 않아 우무오구구 마을에서 사돈 한 사람이 에제울루를 찾아왔다. 이 사람 오누주릭보는 일 년 전 지금과 같은 파종기에 자신들의 친족이자 에제울루의 사위가 무슨 이유로 실컷 얻어맞고 그들의 마을에서 끌려왔는지를 알아내기 위해 에제울루를 찾아왔던 사람이었다.

"내가 죽을 날이 임박했나 봅니다." 에제울루가 말했다.

"무슨 말씀이세요, 사돈 어르신? 제가 죽음의 사자처럼 보입니까?"

"사람이 못 보던 걸 보게 되면 죽음이 다가오고 있다고 하잖습니까?"

"사돈 어르신, 옳은 말씀이십니다. 정말 오랜만에 사돈 어르신을 찾아왔네요. 하지만 어미 쥐를 죽이면 새끼 쥐들도 눈을 뜨기 힘들다는 속담이 있잖습니까. 모든 일이 잘 풀려서 우리도 다른 사돈들처럼 다시 왕래하기를 바란답니다."

에제울루는 아들 은와포를 그의 어머니에게 보내 콜라 열매를 가져오도록 했다. 그러는 동안 그는 흰색 점토 덩어리가 든 자그마한 나무 그릇을 끄집어냈다.

"여기 은주 조각이 있습니다." 에제울루는 손님 쪽으로 백묵을 굴려 보내며 말했다. 그러자 손님은 그것을 집어 들고 자기 다리 사이의 마룻바닥에다 직선 세 개를 내리긋고 그 밑에다 네 번째 선을 가로로 그었다. 그런 다음 그는 엄지발가락 하나를 칠한 다음 에제울루에게 백묵을 돌려주었고 주인은 그것을 다시 나무 그릇에 넣었다.

두 사람이 콜라 열매를 먹고 난 다음 오누주릭보는 목청을 가다듬어 에제울루에게 감사의 말을 하고 나서 물었다.

"우리의 아내는 잘 있습니까?"

"여러분의 아내요? 잘 지내고 있지요. 배고픈 것 외에 그 아이를 괴롭힐 일은 하나도 없으니까요. 은와포, 가서 아쿠에케에게 시댁 쪽 사람이 왔으니 어서 와서 인사드리라고 해라."

은와포는 곧바로 돌아와 아쿠에케가 오고 있다고 말했다. 그 말이 끝나기가 무섭게 아쿠에케가 들어왔다. 그녀는 아버지에게 인사를 드린 후 오누주릭보와 악수를 나누었다.

"당신 아내 에진마도 잘 지내나요?" 아쿠에케가 물었다.

"오늘은 잘 지내고 있소. 내일은 어찌 될지 모르지만 말이오."

"아이들은요?"

"배고픈 것 외에 무슨 걱정거리가 있겠소."

"무슨 그런 말씀을! 그럴 리가 없어요. 당신 얼굴을 보니 잘 먹고 지내신 것 같군요." 아쿠에케가 말했다.

아쿠에케가 다시 안채로 돌아가자 오누주릭보는 자기네 사람들이 다음 날 아침에 사돈 어르신을 방문하고 싶다는 뜻을 전하라고 자기를 미리 보냈다고 말했다.

"나는 내 집에서 도망치지는 않을 겁니다." 에제울루가 말했다.

"사돈 어르신과 싸우려는 게 아닙니다. 사돈과 사돈으로 함께 의논하고 싶어서 오는 겁니다."

한 주일을 걱정과 짜증으로 보낸 에제울루는 경사스러운 이 사건이 무척이나 반가웠다. 그는 큰부인 마테피에게 들어오라고 한 다음 내일 방문할 사돈들을 위해 음식을 미리 장만해 두라고 말했다.

"어느 사돈들이오?" 그녀가 물었다.

"아쿠에케의 남편과 그의 친척들 말이오."

"내 처소에는 카사바도 하나 없는데, 게다가 오늘은 장날이 아니잖아요."

"그럼 당신은 내가 어떻게 해 주기를 바라는 거요?" 에제울루가 물었다.

"당신 보고 어떻게 하라는 게 아니에요. 하지만 당신이 직접 물어보시면 어쩌면 아쿠에케에게 카사바가 조금 있을지도 몰라서요."

"이런 정신 나간 소리. 당신도 이제는 내가 언제까지 그 미친소리를 참아 줄지 알아야 하지 않겠소? 지금 나한테 카사바를 구해다 달라는 거요? 아쿠에케가 그것과 무슨 상관이 있소? 그아이가 내 아내요? 당신은 정말이지 아주 돼먹지 못한 여자인게 분명한 것 같구려. 당신 자신이나 당신 자식들을 위한 일이 아니면 무엇 하나 즐겁게 웃으면서 하는 걸 볼 수가 없으니. 내가 오늘은 긴말하지 않겠소." 에제울루는 말을 잠시 멈췄다. "우리 두 사람이 이 집에서 함께 살기를 원한다면 당신은 어서 가서 내가 말한 대로 하시오. 아쿠에케의 어머니가 살아 있다면 그녀는 자기 아이들과 당신 아이들을 구분하지 않았을 거요. 그건 당신도 잘 알지 않소. 내가 일어나기 전에 얼른 여기서 나가시오."

에제울루는 그의 딸 아쿠에케가 남편에게로 돌아가기를 무척이나 바랐지만, 그가 그런 말을 아주 공공연하게 말하리라고 생각하는 사람은 한 명도 없었다. 시집간 딸이 친정집에서 언제나 환영받는 것은 아니라는 사실을 인정한다든지 혹은 딸의 존재를 성가시게 생각하는 아버지는 사실상 사위에게 그가 하고 싶은 대로 딸한테 함부로 대하라고 말하는 것과 똑같았다. 그러므로 마침내 아쿠에케의 남편이 찾아와 자기 아내를 집으로 데려가겠다는 의사를 밝혔을 때 에제울루는 반대하는 시늉을 했다.

"남자가 자기 아내를 집으로 데려가는 것은 당연한 일이지. 그렇지만 파종 시기가 오면 저 아이가 우리 집에 온 지 벌써 일 년이 된다는 사실을 자네가 기억해 주길 바라네. 그런데 자네는 저 아이와 저 아이의 자식이 먹을 얌이나 코코얌이나 카사바를 가져온 적이 있었나? 아니면 저 아이들이 작년에 자네 집에서 먹은 음식이 아직도 배 속에 들어 있다고 생각하는가?" 에제울루가 말했다.

이베와 그의 친척들은 무슨 말인지 알아듣지 못할 정도로 애매모호하게 사과의 말을 늘어놓았다.

"내가 알고 싶은 것은 말이지, 지난 일 년 동안 자네 아내를 돌봐 준 것에 대해 자네는 어떻게 갚을 건가 하는 걸세." 에제울루가 말했다.

"사돈 어르신, 무슨 말씀을 하시는지 잘 압니다. 모든 걸 우리한테 맡겨 주십시오. 사위가 장인어른에게 진 빚을 어떻게 다 갚을 수 있겠습니까. 염소나 소를 살 때는 값을 치르면 그게 우리 것이 되지요. 하지만 아내와 결혼하는 경우에는 죽을 때까지 계속 갚아도 다 못 갚습니다. 우리가 어르신의 은혜를 입었다는 사실에 대해서는 의심의 여지가 없어요. 어르신께서 말씀하시는 것보다도 훨씬 더 크지요. 따님이 태어난 순간부터 우리가 데려간 날까지 그 세월이 얼마입니까? 우리는 정말로 어르신께 큰 빚을 지고 있습니다만 우리에게 시간을 주십사고 간청을 드립니다." 오누주릭보가 말했다.

"사돈 말에 동의합니다. 하지만 내가 소심한 탓에 동의하는 겁니다." 에제울루가 말했다.

그 자리에는 에제울루의 다 자란 두 아들 에도고와 오비카 외에도 에제울루의 동생 역시 함께 있었다. 동생의 이름은 오케 케 오네니이였다. 여태까지 그는 말을 거의 하지 않았다. 하지만 그가 보기에 형이 너무나 순순히 양보를 하는 것 같았으므로 자신이 나서기로 마음을 먹었다.

"사돈어른들, 인사드립니다. 나는 말재주가 없는지라 다른 친척들이 꼭 해야 할 말을 하겠거니 하고 잠자코 있었죠. 그런데 지금까지 사돈께서 하시는 말씀을 열심히 들어 보았지만 꼭 들어야 할 말이 안 나오는 것 같네요. 사람마다 결혼하는 이유가 다 다르겠죠. 우리 모두가 원하는 자식 문제는 제쳐 놓고라도 어떤 사람은 아내가 음식을 만들어 주기를 바랄 것이고, 어떤 사람은 여자가 농사일을 도와주기를 원할 것이며, 또 다른 사람은 두들겨 팰 대상이 필요할 겁니다. 사돈의 입을 통해 내가 꼭 듣고 싶은 말이 있다고 했죠? 그건 말이죠, 혹시 우리 사돈은 요즈음 아침에 눈을 뜨면 때려 줄 상대가 없어서 우리한테 온 건 아닌가요?"

오누주릭보는 이베를 대신해서 앞으로 아쿠에케가 매 맞는 일은 절대로 없을 거라고 약속했다. 그러자 에제울루는 딸이 남편에게로 돌아가기를 원하는지 알아보기 위해 그녀를 불러들였다. 딸은 머뭇거리더니 아버지가 좋다고 하시면 가겠다고 했다.

"사돈들이여, 인사를 드립니다." 에제울루가 말하기 시작했다. "아쿠에케는 돌아갈 겁니다. 하지만 오늘은 아닙니다. 저 아이가 돌아가려면 준비할 시간이 조금은 필요할 겁니다. 오늘이 오예 날이니, 다음다음 오예 날에 저 아이를 보내드리겠습니다. 저 아이가 가거든 잘 대해 주십시오. 남자가 아내를 때리는 것은 용감한 게 아닙니다. 물론 부부는 싸울 수 있습니다. 부부 싸움이 혐오할 일은 아니라고 봅니다. 심지어 같은 엄마 배에서 나온 형제자매들도 의견이 다르잖습니까. 남남끼리 만났는데 오죽하겠어요. 그래요, 다툴 수는 있어요. 하지만 그게 주먹싸움으로 이어지면 안 되지요. 이제 더 이상 말하지 않겠습니다."

에제울루는 뜻밖에 아쿠에케와 그녀의 남편 사이의 불화가 해결된 것에 대해 울루 신께 감사했다. 땅에다 농작물을 심기 전에 그가 온전한 마음으로 여섯 마을을 정화할 수 있도록 울루 신이 이 문제를 해결해 준 것이었다. 바로 그날 저녁 여섯 명의 보조원들이 그들이 해야 할 일을 알기 위해 에제울루를 찾아왔고 그는 돌아오는 은코 날에 호박잎 축제가 열린다는 소식을 각기 자기 마을에 알리라고 보조원들에게 지시했다.

알림꾼의 오게네가 울려 퍼질 때 우고예는 아직도 저녁 식사를 준비하고 있었다. 우고예는 저녁밥을 늦게 짓기로 소문이 나 있었다. 에제울루는 저녁 준비가 늦는다고 마테피를 종종 야단쳤지만 사실 그런 책망은 우고예가 더 많이 받아야 마땅했다. 그렇지만 우고예는 나이 많은 마테피보다 지혜로워서 남편에게 저녁 식사를 들여보내는 날에는 저녁밥을 늦게 짓는 법이 없었다. 하지만 다른 날에는 언제나 그녀가 절구를 찧는 소리가 밤이 깊도록 들려왔다. 지금처럼 생리로 인해 청결하지 못해서 성인 남자를 위해 요리하는 게 금지된 때에는 특히나 꾸물거렸다.

우고예의 딸 오비아겔리와 아쿠에케의 딸 은케치는 서로에게 옛날이야기를 해 주고 있었고, 은와포는 움막 한가운데 집을 받치고 있는 기둥 밑 자그마한 흙 자리에 앉아 시건방진 태도로 그들을 지켜보며 이따금씩 그들이 저지르는 실수를 지적하고 있었다.

우고예는 불 위에 올려놓은 수프를 젓다가 국자 뒤를 혀로 핥아 수프 맛을 보았다. 그 순간 오게네 소리가 들려와 그녀는 주춤했다.

"얘들아, 조용히 좀 해 봐. 어디 무슨 말을 하는지 들어 보자."

징, 징, 징, 징. "오라 오보도, 잘 들으시오! 돌아오는 은코 날에 호박잎 축제가 열린다는 소식을 알리라고 에제울루께서 지시하셨소." 징, 징, 징, 징. "오라 오보도! 에제울루께서 지시하셨소……."

오비아겔리는 어머니가 알림꾼의 전갈을 들을 수 있도록 하던 이야기를 중단했다. 초조하게 기다리는 동안 그녀의 두 눈이 국자에 가 있었다. 오비아겔리는 하고 있던 이야기를 잊어버리지 않기 위해 애쓰면서 나무 대접에 놓인 국자를 집어 들어 깨끗하게 핥아먹었다.

"저 돼지. 여자들의 턱수염이 자라지 않는 건 그렇게 핥고 핥고 핥아서야." 은와포가 말했다.

"그럼 이 애늙은이야, 네 턱수염은 어디 있어?" 오비아겔리가 맞받아쳤다.

징, 징, 징, 징. "마을 사람들이여, 울루의 대사제께서 돌아오는 은코 장날에 첫 번째 호박잎 축제가 열린다는 소식을 남녀를 불문하고 모든 사람들에게 알리라고 지시했소이다." 징, 징, 징, 징.

알림꾼이 우무아찰라의 큰길을 따라 내려가면서 전하고 있어서 그의 목소리는 벌써 희미해지고 있었다.

"처음부터 다시 할까?" 은케치가 물었다.

"그러자." 오비아겔리가 답했다. "커다란 우크와 열매가 은와카 딤크폴로에게로 떨어져 그가 죽었어. 내가 그 노래를 부를 테니 너는 응답해."

"하지만 아까도 내가 응답했잖아. 이번에는 내가 노래할 차례야." 은케치가 항변했다.

"너는 지금 모든 걸 망치려고 그러니. 알림꾼이 오기 전에 우리 이야기가 끝나지 않았잖아."

"알았다고 말하지 마, 은케치. 너보다 조금 더 크다고 오비아겔리가 널 속이려는 거야." 은와포가 끼어들었다.

"우리는 오빠 끼워 준 적 없거든, 이 개미탑 코쟁이."

"네가 지금 맞고 싶은 모양이구나."

"오빠 말 듣지 마, 은케치. 다음번에는 네가 노래 부르고 내가 응답할게." 그 말에 은케치는 동의했고 오비아겔리가 또다시 노래를 부르기 시작했다.

그러면 누가 나 대신 이 물을 혼내 줄까요?
　　에-에 은와카 딤크폴로
땅이 날 위해 이 물을 말라붙게 할 거예요.
　　에-에 은와카 딤크폴로

누가 나 대신 이 땅을 혼내 줄까요? …….

"아냐, 아냐, 틀렸어." 은케치가 끼어들었다.

"땅에 무슨 일이 일어날 수 있겠어, 이 바보야?" 은와포가 물었다.

"은케치를 시험해 보려고 일부러 그렇게 말한 거란 말이야." 오비아겔리가 말했다.

"거짓말하지 마. 그 나이 먹도록 너는 그토록 간단한 이야기 조차 못 하잖아."

"그게 그렇게 짜증나면 어서 와서 잔소리나 실컷 해 보시지, 이 개미탑 코쟁이야."

"어머니, 오비아겔리가 한 번만 더 나한테 욕하면 저 아이를 때려 줄 거예요."

"때릴 수 있으면 어디 한번 때려 봐라. 오늘 밤 내가 혼꾸멍내 서라도 네 미친 짓을 고쳐 줄 테니."

"그럼 우리 다른 이야기로 바꾸자. 이번 것은 끝이 없어." 오비아겔리가 말했다. 그와 동시에 그녀는 불 위에 놓인 솥에 또다시 들어갔다 나온 국자로 손을 내뻗었다. 하지만 그녀의 어머니가 그것을 낚아챘다.

7

장터는 사방팔방에서 계속해서 몰려드는 사람들로 점점 더 붐볐다. 이날은 특별히 여자들을 위해 만들어진 날이었으므로 그녀들은 가장 좋은 옷을 입고 남편의 재력에 따라 또는 몇몇 예외적인 경우에는 자신의 팔뚝 힘에 따라 상아와 구슬로 만든 장식들을 주렁주렁 달고 있었다. 대부분의 남자들이 머리에 이고 온 단지나 옆구리에 밧줄로 매단 호리병에는 야자 술이 들어 있었다. 제일 처음 도착한 사람들은 나무 그늘 아래에 자리를 잡고서 친구들, 친척들, 사돈들과 함께 술을 들이켜기 시작했다. 나중에 온 사람들은 아직은 뜨겁지 않은 공터에 앉았다.

혹시 이방인이 올해의 축제 광경을 보았더라면 그는 아마도 우무아로가 생겨난 이래로 이처럼 단합된 적은 없었다고 생각하며 그곳을 지나쳤을지도 모를 일이었다. 이날 모임의 분위기를 보면 일시적으로 우문네오라와 우무아찰라 사이의 심각한 불화도 별 의미가 없는 것 같았다. 만약에 두 마을 출신의 두 사람이 어저께 만났더라면 그들은 서로의 움직임을 의심의 눈초리로 주의 깊게 지켜보았을 것이다. 그들은 내일도 그렇게 행동할 것이다. 하지만 오늘 그들은 함께 앉아 마음 놓고 야자 술을 들이켰다. 왜냐하면 제정신을 가진 사람이라면 정화 의식에 독을 지니고 올 사람이 한 명도 없을 것이기 때문이었다. 그렇게 하느니 차라리 효험이 큰 파괴적인 부적을 몸속에 지니고서 빗속으로 뛰어드는 편이 나을 것이다.

에제울루의 젊은 부인은 넓적다리 사이에 거울을 끼고 앉아 자신의 머리를 살폈다. 그녀는 아쿠에케가 자기 머리를 매만져 준 것보다 자신이 아쿠에케의 머리를 더 잘 만져 준 것 같은 아쉬움을 떨쳐낼 수가 없었다. 하지만 그녀는 자신의 몸에 그린 까만색 울리 무늬와 연노랑 오갈루 선들이 무척이나 마음에 들었다. 예전 같았으면 그녀도 장터에 제일 먼저 도착한 사람들 틈에 끼어서 근심 걱정 하나 없이 태평하고 유쾌하기만 했을 터였다. 하지만 올해는 마음의 짐 때문에 두 발이 천근만근처럼 질질 끌리는 것 같았다. 그녀는 오두체가 더럽혀 놓은 자신의 움막을 깨끗하게 정화해 달라고 빌 참이었다. 이제 그녀는 전체적으로 모든 것을 포용하는 의식에 참여하는 셀 수 없이 많고도 많은 우무아로 여자들 사이에 더 이상 낄 수 없었다. 오늘 그녀는 특별히 절박한 심정이었다. 이 무거운 마음의 짐 때문에 남편의 큰부인인 마테피에게서 그토록 심한 질투와 적대심을 끌어낸 새 상아 팔찌를 끼게 되는 즐거움도 모두 다 사라질 판이었다. 오늘이 오기를 얼마나 오랫동안 손꼽아 기다렸던가.

마테피가 은코 장터를 향해 출발할 때도 우고예는 여전히 상아 팔찌를 닦고 있었다. 마테피는 떠나기 전에 마당 한가운데 서서 소리쳤다.

"오비아겔리 엄마, 갈 준비 다 했어?"

"아직 못 했어요. 곧 따라갈 테니까 기다리지 마세요."

장터 갈 준비가 모두 끝난 우고예는 움막 뒤로 돌아가 첫 비가 내린 후 특별히 심어 놓은 호박 덩굴로 갔다. 그녀는 그곳에서 딴 잎사귀 네 개를 바나나 줄로 묶어 가지고 움막으로 돌아왔다. 잎사귀를 의자에 내려놓은 그녀는 대나무 선반으로 가서 오비아겔리와 은와포가 한낮에 점심으로 먹을 수프 냄비와 푸푸를 살펴보았다.

아쿠에케가 문지방에 서서 허리를 굽히고 우고예의 움막을 들여다보았다.

"그래, 아직도 갈 준비가 안 됐어요? 둥우리를 찾는 닭처럼 무슨 법석을 그렇게 떨어요?" 그녀가 물었다. "이런 식으로 가다간 장터에서 서 있을 자리도 못 찾겠어요." 그런 다음 그녀는 호박잎을 한 다발 들고 움막으로 들어왔다. 두 사람은 서로의 옷을 보며 감탄했고 아쿠에케는 다시 한 번 우고예의 상아 팔찌가 멋있다고 말해 주었다.

두 사람이 길을 나서자마자 아쿠에케가 물었다.

"오늘 아침 마테피가 짜증낸 걸 어떻게 생각해요?"

"내가 묻고 싶었던 질문인걸. 마테피는 당신 아버지의 부인이잖아?"

"얼굴이 절구통만큼이나 커졌던데요. 갈 준비가 끝났냐고 마테피가 물어보던가요?"

"물었지. 하지만 그냥 인사치례로 물어본 거야."

"그동안 고약한 사람들을 많이 만나 봤지만요, 마테피 같은 사람은 보질 못했어요. 그녀의 심술은 윙윙 소리가 난다니까요. 그저께 아버지가 내 남편과 그의 친척들을 위해 음식을 마련하라고 부탁했을 때부터 배 속이 부글부글 끓었나 봐요." 아쿠에케가 말했다.

보통의 은코 날에는 장터에서 말하는 소리가 큰바람이 다가오는 것처럼 사방팔방 멀리까지 울려 퍼졌는데, 오늘은 이 세상 벌들이 모두 나와 머리 위로 날아다니는 것 같았다. 그리고 우무아로에 있는 모든 샛길에서 여전히 사람들이 쏟아져 나오고 있었다. 우고예와 아쿠에케는 집에서 나오자마자 그런 흐름에 끼어들었다. 우무아로의 여자들은 누구나 오른손에 호박잎 다발을 들고 있었다. 호박잎을 들고 있지 않은 여인들은 이 장관을 구경하기 위해 이웃 마을에서 온 사람들이었다. 두 사람이 은코 장터에 다다르자 그곳에서 나는 소리가 점점 더 커져서 더 이상 대화를 이어갈 수 없을 지경이었다.

두 사람은 은와카의 다섯 부인이 도착하면서 일으킨 커다란 소동을 보기에 딱 알맞은 시간에 도착했다. 그들은 각기 발목만이 아니라 발목에서부터 거의 무릎에 이르기까지 상아로 만든 거대한 원통형 장식을 두 개씩이나 끼고 있었다. 중대한 의식에 알맞게 각각의 발을 올렸다 내렸다 하는 이첼레 탈의 걸음걸이처럼 그들의 걸음걸이는 부득이하게 느리고 조심스러울 수밖에 없었다. 게다가 은와카의 부인들은 형형색색의 벨벳으로 만든 옷을 입고 있었다. 우무아로에서 상아와 벨벳을 처음 보는 것은 아니었지만 한 사람의 집에서 저토록 풍성하게 펼쳐 보인 적은 지금까지 한 번도 없었다.

오비카와 그의 친한 친구 오포에두는 우무아구에서 온 다른 젊은이 셋과 함께 땅 밖으로 나온 오그부 나무뿌리 옆 땅바닥에 투박한 깔개를 깔고 앉았다. 한복판에는 검정색 야자 술 단지가 두 병이나 놓여 있었다. 그들이 앉아 있는 자리 바로 옆에는 빈 단지 하나가 엎어져 있었다. 그중 한 사람은 벌써 만취 상태였지만, 오비카나 오포에두는 술을 한 방울도 마신 것 같지 않았다.

"그게 사실인가, 오비카? 새로 결혼한 자네 아내가 첫 번째 친정 나들이에서 아직 돌아오지 않았다는 말이 있던데." 그들 중 한 명이 물었다.

"그렇다네, 친구여. 내 일은 항상 다른 사람들과 다른 결과를 몰고 온다니까. 물을 마셔도 잇새에 달라붙고 말이지." 오비카가 가벼운 마음으로 대꾸했다.

"저 친구가 하는 말은 귀담아듣지 말게. 장모님이 편찮으셔서 장인어른이 딸에게 당분간 머물면서 어머니를 돌보라고 부탁하신 거니까." 오포에두가 말했다.

"그럼 그렇지, 내가 들은 이야기가 사실일 리 없다고 생각했어. 어떻게 어린 신부가 오비카처럼 잘생긴 우고나촘마*를 놔두고 머뭇거릴 수 있겠어?"

"아, 이 친구, 그 이야기는 집어치우라니까. 저 친구 거시기가 새색시 마음에 들지 않는 것일 수도 있잖아." 반쯤 취한 사람이 말했다.

"하지만 내 색시는 아직까지 그걸 보지도 못했는걸." 오비카가 말했다.

"자넨 우리를 어떻게 보고 그런 소릴 하는 거야. 우리가 무슨

---

* '새신랑'이라는 뜻.

고릿적 사람인 줄 알아? 그녀가 그걸 못 보았다고!"

얼마 지나지 않아 커다란 이콜로 소리가 울려 퍼지며 우무아로의 여섯 마을을 오래된 순서대로 하나씩 불렀다. 우문네오라, 우무아구, 우무에제아니, 우무오구구, 우무이시우조, 우무아찰라. 각 마을의 이름을 부를 때마다 엄청난 함성이 장터를 뒤흔들었다. 이 절차가 다시 한 번 이루어졌는데 이번에는 앞서와 달리 마을 이름을 늦게 생긴 순서대로 불렀다. 사람들은 대사제가 도착하기 전에 술을 다 마시려는 듯 서두르기 시작했다.

이제 이콜로는 쉬지 않고 울려 댔다. 그것은 이따금씩 은와카, 은워시시, 이보네메, 우두에주에같이 우무아로의 중요한 인물들의 이름을 불러 댔다. 그렇지만 대체로 마을의 이름과 그들의 신들을 불렀다. 마지막으로 이콜로는 우무아로 전체의 신인 울루 신을 열심히 찬양했다.

오비오조 에지콜로는 이제 노인이었다. 하지만 지금도 모든 북 중에서 최고의 북인 이콜로를 다루는 그의 솜씨는 어느 누구도 따라갈 수 없었다. 오래전 그가 아직 청년이었을 때 여섯 마을은 전시에 모든 사람들의 마음을 그토록 강력하게 뒤흔들어 놓은 그 대단한 솜씨로 말미암아 그에게 오조 칭호를 내리기로 결정했다. 이제 그는 노년인데도 어디서 저토록 훌륭하게 북을 칠 수 있는 힘이 나오는지 불가사의한 일이었다. 심지어는 이콜로를 치러 올라가는 것만 하더라도 그의 나이에 절반밖에 되지 않는 사람이 하기에도 대단한 묘기였다. 이제 이콜로 근처에 있던 사람들은 북을 둘러싸고 서서 위를 쳐다보며 나이 많은 고수를 감탄해 마지않았다. 오비오조와 친하게 지내는 사람이 목소리 높여 인사했다. 그도 소리쳐 화답했다. "노파라도 자기가 잘 아는 춤이 나오면 결코 늙었다고 할 수 없지." 무리가 깔깔대고 웃었다.

이 이콜로는 옛날에 거대한 이로코 나무가 쓰러진 바로 그 자리에서 만든 것이었다. 울루 신의 명령에 따라 이로코 나무를 벤 다음 나무줄기의 속을 파내고 만든 이 이콜로는 울루 신만큼이나 오래된 것이었다. 그때부터 이것은 비가 오나 햇볕이 쨍쨍 내리쬐나 같은 자리를 지키고 있었다. 북의 몸통에는 사람들과 비단뱀을 새겨 넣었고 한쪽에 작은 계단을 만들었다. 이 계단이 없으면 고수가 이콜로 꼭대기까지 올라가 북을 칠 수 없었다. 전쟁을 위해 이콜로를 두드릴 때는 과거 전쟁에서 획득한 해골들로 그것을 장식했다. 하지만 지금 이 이콜로는 평화의 노래를 부르고 있었다.

울루의 사당에서 커다란 오게네 소리가 세 차례 울렸다. 이콜로는 그 소리를 받아 신에 대한 끝없는 칭송을 계속 흘려보냈다. 동시에 에제울루의 전령들이 장터 중앙을 정리하기 시작했다. 그들 모두가 야자 잎을 휘두르며 사람들을 쫓았지만 무척이나 애를 먹고 있었다. 군중들이 흥분한 상태였으므로 전령들은 한동안 옥신각신한 다음에야 장터 한가운데 조그만 공간을 만들 수 있었다. 그들은 야자 잎을 회초리 삼아 맹렬하게 휘둘러 가며 강제로 모든 사람들을 장터 가장자리로 몰아내어 빽빽한 원을 만들었다. 호박잎을 들고 있는 여인들은 하나같이 앞쪽 자리를 확보하려고 난리법석을 떨어 댔으므로 제일 많이 애를 먹였다. 남자들은 굳이 앞쪽에 서 있을 필요가 없었으므로 바깥쪽에서 원을 이뤘다.

오게네가 다시 울렸다. 이콜로가 대사제에게 경의를 표하기 시작했다. 여인들은 잎사귀를 얼굴 앞쪽에서 이쪽저쪽으로 흔들어 대며 생사를 주관하는 울루 신을 향해 소원하는 바를 중얼거렸다.

에제울루가 나타나자 사람들은 주변에 있는 모든 마을에서 듣고도 남을 커다란 함성으로 환호했다. 대사제는 앞으로 달려가다가 갑자기 발걸음을 멈추고 이콜로와 마주 섰다. "계속해서 말하시게. 에제울루는 그대가 하는 말을 듣겠노라." 그가 이콜로에게 명했다. 그런 다음 그는 몸을 구부리고 서너 걸음 춤을 추더니 다시 똑바로 섰다.

에제울루는 라피아야자 잎을 그을려서 만든 옷을 허리에서부터 무릎까지 내려오게 입고 있었다. 이마에서부터 발끝까지 그의 왼쪽 몸은 백묵으로 칠해져 있었고 머리에는 뒤쪽을 향해 독수리 깃털을 꽂아 놓은 가죽 띠를 두르고 있었다. 대사제는 우무아로에서 권위의 상징이자 모든 지팡이의 어머니인 은네 오포를 오른손에 쥐고 있었고, 왼손으로는 뾰족한 끝을 땅에 내리칠 때마다 계속해서 덜컹대는 기다란 쇠막대기를 잡고 있었다. 에제울루는 발걸음을 뗄 때마다 잠깐씩 쉬어 가며 성큼성큼 몇 걸음을 길게 떼었다. 그러다가 그는 마치 허공에서 동료라도 본 것처럼 또다시 앞으로 내달렸다. 그는 팔을 뻗어 지팡이를 좌우로 흔들어 댔다. 그리고 아주 가까이에 서 있던 사람들은 에제울루의 지팡이와 사람들 눈에 보이지 않는 또 다른 지팡이가 맞부딪치는 소리를 들었다. 이 소리에 놀라 많은 사람들이 대사제와 그를 둘러싸고 있는 보이지 않는 존재들 앞에서 공포에 떨며 달아났다.

에제울루는 장터 한가운데로 다가가면서 울루 신이 처음 왔을 때 그가 가는 길에다 네 날이 각기 장애물을 갖다 놓는 모습을 재연했다.

"당시에는 도마뱀이 아직 하나씩 둘씩 살고 있었는데, 사람들은 모두 모여 그들의 새 신을 떠받들라고 나를 뽑았다네. 내가 그들에게 말했지.

'맨머리로 이 불을 날라야 하는 나는 도대체 누구란 말이오? 자기 항문이 작다는 것을 아는 사람은 우달라 씨앗을 삼키지 않는 법인데.'

그들이 나에게 말했지.

'두려워하지 마시오. 뒤쥐를 잡으라고 어린아이를 보내는 사람은 그에게 손 씻을 물도 줄 테니까.'

내가 말했지. '그렇다면 좋소이다.'

그래서 우리는 본격적으로 일하기 시작했네. 그날은 에케 날이었지. 일을 하다 보니 오예 날이 되었고 또 아포 날이 되었어. 은코 날이 밝아오고 태양이 자신의 제물을 나를 때 나는 내 알루시를 모셨고 모든 사람들이 내 뒤를 따르는 가운데 여행길에 올랐다네. 내 오른편에서는 한 사람이 피리를 불었고 내 왼편에서 또 다른 사람이 그 노래에 응답했지. 내 뒤를 따르는 모든 사람들의 무거운 발걸음 소리가 나에게 힘을 주었다네. 그러던 중 갑자기 뭔가가 내 얼굴을 뒤덮어 버렸다. 한편에서는 비가 내리는데 다른 한편은 햇볕이 쨍쨍하더군. 내가 다시 바라보니 그것은 에케였어.

내가 물었지. '에케, 당신이십니까?'

그가 답변했다네. '그렇소, 나는 에케요. 치아로 대지를 깨무는 강

한 남자를 만들어 내는 에케란 말이오.'

나는 달걀 하나를 집어서 그에게 주었지. 그는 그것을 받아먹더니 나에게 길을 양보해 주었다네. 우리는 계속해서 개울을 건너고 숲을 지나갔어. 그런데 연기가 모락모락 나는 잡목 숲이 내 길을 가로막았고 두 사람이 물구나무선 채로 씨름을 하고 있더군. 나를 따르던 사람들이 한번 바라보더니 걸음아 나 살려라 하면서 모두 내뺐다네. 다시 보니 그것은 오예였어.

내가 그에게 물었지. '오예, 내 길을 가로막는 게 당신인가요?'

그가 대답했지. '그래. 난 오예다. 누구보다도 먼저 밥을 짓기 시작했고 그래서 누구보다도 깨진 단지가 더 많은 오예다.'

나는 하얀 수탉을 집어서 그에게 주었지. 그는 그것을 받더니 나에게 길을 내주더군. 계속해서 농경지와 황무지를 지나가는데 머리가 너무나 무겁다는 것을 깨닫게 되었지. 침착하게 살펴보니까 그게 아포라는 것을 알 수 있겠더군.

나는 물었지. '아포, 당신입니까?'

그가 말했어. '그럼, 내가 아포지. 바다처럼 짜질 수 없는 커다란 강일세.'

내가 대답했지. '저는 문둥이보다도 더 끔찍한 곱사등이 에제울루랍니다.'

아포는 어깨를 으쓱하더니 말하더군. '통과하시게. 당신 것이 내 것보다 더 나쁘구먼.'

나는 지나갔지. 태양이 내려와 나를 두들겨 팼고 비가 내려와 나를 흠뻑 적셨지. 그러다가 은코를 만난 거야. 그의 왼편을 바라보니 언덕 위에서 지쳐 빠진 노파가 이상한 걸음으로 춤을 추고 있었고, 오른편을 바라보니 말 한 마리와 새끼 양이 있더군. 나는 말을 죽인 다음 새끼 양의 털로 칼을 깨끗이 닦아 냈지. 그렇게 해서 그 악이 제거된 것일세."

이제 에제울루는 장터 한가운데 서 있었다. 쇠막대기를 땅에 꽂은 후 대사제가 나타났을 때부터 한순간도 쉬지 않고 울려 대는 이콜로 소리에 맞추어 그가 몇 걸음 더 나아가며 춤을 추는 동안 땅에 꽂힌 쇠막대기는 부들부들 떨었다. 모든 여인들이 호박 잎사귀를 앞으로 내밀고 흔들어 댔다.

에제울루가 다시 한 번 모든 우무아로 사람들을 둘러보았지만 특별히 누군가를 바라보는 것은 아니었다. 그런 다음 그는 땅에서 막대기를 뽑아내어 왼손에 들고 오른손에는 어머니 오포를 들고서 앞으로 껑충 뛰어나가더니 빠르게 장터를 돌기 시작했다.

모든 여자들이 흥분해 기다랗게 소리를 질러 댔고 앞줄에서는 또다시 서로를 밀쳐 대고 있었다. 재빠른 대사제가 군중의 어느 한쪽에 도달하면 그곳에 서 있던 여인네들이 머리 위로 빙글빙글 돌리던 호박잎을 대사제를 향해 던졌다. 그건 마치 수천, 수만 마리의 거대한 날벌레들이 그에게로 몰려드는 모습을 연상시켰다.

사람들을 밀어젖히며 마침내 맨 앞줄에 다다른 우고예는 대사제가 그녀가 서 있는 쪽으로 다가왔을 때 되풀이해서 그녀의 소원을 웅얼거렸다.

"죽이기도 하고 살리기도 하시는 위대하신 울루 신이여, 우리 집의 모든 더러움을 깨끗이 씻어 주시기를 간청하나이다. 만일 내가 내

입으로 더러운 말을 했거나 내 눈으로 더러운 것을 보았거나 내 두 귀로 더러운 말을 들었거나 내 발로 더러운 것을 밟았거나 내 자녀들이나 내 친구들이나 내 친척들을 통해 더러운 게 우리 집으로 들어왔다면 이 잎사귀들을 따라서 모두 다 떠나가게 하옵소서."

우고예는 조그마한 잎사귀 다발을 머리 위로 빙글빙글 돌려 대다가 대사제가 그녀가 서 있는 위치로 달려올 때 온힘을 다해 그것을 던졌다.

여섯 명의 전령들이 사제의 뒤를 바짝 따랐다. 그리고 이따금 그중 한 전령이 재빨리 허리를 굽혀 마구잡이로 잎사귀 한 다발을 집어 들고 계속해서 달렸다. 이콜로 북은 대사제가 달려가는 동안, 특히 그가 장터를 한 바퀴 다 돌고 난 후 전령들이 뒤따르는 가운데 속력을 더해 신성한 사당 안으로 달려 들어가는 마지막 단계에서 점점 더 발광하듯 울려 댔다. 그들이 사당 안으로 사라지자마자 이콜로를 두드리던 소리도 마지막 쿵 소리와 함께 갑자기 중단되었다. 온 장터를 한 손으로 그러잡고는 그 숨소리를 위로, 위로, 위로 올려 보내는 것만 같던 고조된 긴장감이 이 마지막 북소리와 함께 폭발해 거대하고도 깊은 숨을 내뿜었다. 하지만 안도의 순간은 매우 짧았다. 군중은 재빨리 정신을 차리고 그들의 대사제가 사당 안에서 안전하고 의기양양하게 여섯 다발의 잎사귀들과 함께 우무아로의 모든 죄악을 땅속에다 깊숙이 파묻고 있다는 사실을 인식한 것 같았다.

마치 누군가 그들에게 신호라도 보낸 것처럼 우문네오라의 모든 여인네들이 무리에서 빠져나와 발을 쾅쾅 구르며 온 장터를 둥그렇게 달리기 시작했다. 처음에는 되는 대로였지만 곧바로 모두가 일제히 발을 쾅쾅 굴러 대기 시작했다. 그러자 거대한 흙먼지가 구름처럼 그들의 발아래서 솟아올랐다. 나이가 많거나 상아 장식 때문에 발을 구르기 힘든 사람들만이 보조를 맞추지 못했다. 한 바퀴를 다 돌고 난 그들은 서 있는 무리와 다시 합류했다. 그러자 이번에는 우무아구 마을의 여인들이 커다란 원의 여기저기서 튀어나오더니 그들만의 달리기를 시작했다. 다른 사람들은 차례를 기다리며 그들에게 박수쳐 주었다. 어느 하나 순서를 어기고 달리는 사람은 없었다. 여섯 번째 마을의 여인들이 달리기를 마치자 사방에 수북이 쌓여 있던 호박잎들이 모두 다 뭉개지고 으깨져서 먼지로 바뀌었다.

달리기가 끝나자마자 군중은 또다시 친구들, 친척들과 어울려 작은 무리로 흩어지기 시작했다. 아쿠에케는 아데제 언니를 찾아 나섰다. 언니가 다른 우무에제아니 마을의 여인들과 함께 달리는 것을 본 뒤로는 아직 보지 못했다. 아데제는 어느 무리에 섞여 있어도 눈에 뜨이기 때문에 멀리까지 찾지 않아도 되었다. 그녀는 키가 크고 피부는 청동색이었다. 아데제가 남자였더라면 오비카보다도 훨씬 더 아버지를 닮았을 것이다.

"네가 벌써 집에 간 줄 알았어. 방금 전에 마테피를 만났는데 너를 한 번도 보지 못했다고 하더라." 아데제가 말했다.

"그 사람이 나를 어떻게 보겠어? 내가 크지도 않은데 그 사람 눈에 띄겠어?"

"두 사람은 또 싸우는 거야? 그 사람 얼굴에 그렇다고 쓰여 있는 것 같더라니. 이번에는 네가 또 어떻게 했기에 그러는 거야?"

"언니, 마테피와 그녀의 걱정거리는 신경 쓰지 말고 우리는 더 좋은 얘기를 하자."

그때 우고예가 그들이 있는 곳으로 다가왔다.

"자네들 두 사람을 찾느라 온 장터를 헤매고 다녔잖아." 우고예가 말했다. 그녀는 내 남편의 어머니 같은 사람이라고 부르며 아데제를 껴안았다.

"아이들은 잘 있죠? 아이들에게 비단뱀을 잡아먹으라고 가르치셨다던데 그게 사실이에요?" 아데제가 물었다.

"자네는 사람들이 그 말을 들으면 웃을 거라고 생각해?" 우고예의 말투로 볼 때 마음이 몹시 상한 것 같았다. "하기야 우무아로에서 날 직접 찾아와 무슨 일이냐고 묻지 않은 사람이 자네 하나뿐이라는 건 조금도 이상한 일이 아니지."

"무슨 일이 있었어요? 아무도 나한테 말해 주지 않던데. 불이 났어요, 누가 죽었어요?"

"우고예, 아데제 언니 말에 신경 쓰지 말아요. 아버지보다도 더 못됐으니까요." 아쿠에케가 말했다.

"그럼 표범이 표범 새끼 말고 뭘 낳았겠니?"

아무도 대꾸하지 않았다.

"나한테 화내지 말아요, 우고예. 다 들었어요. 하지만 우리의 적들이나 우리를 시기하는 사람들은 우리가 당황해서 이리저리 뛰어다니기를 기다리고 있단 말이에요. 아데제가 그런 사람들한테 그런 만족감을 줄 것 같아요? 그 미친년 아쿠에니 은워시시 있잖아요. 그 집 사람들은 우무아로에서 온갖 추행은 다 저지르면서 동정한답시고 우리 집으로 달려왔더군요. 그래서 내가 이렇게 물었죠. 네 생각에 상자에다 비단뱀을 집어넣은 사람하고 집 뒤에서 암염소와 붙어 있다 붙잡힌 네 친척하고 누가 더 낫니?"

우고예와 아쿠에케가 깔깔대고 웃었다. 그들은 공격적인 아데제가 이런 질문을 던지는 장면을 마음속에서 생생하게 그려 낼 수 있었다.

"우리하고 같이 갈 거지?" 아쿠에케가 물었다.

"그럼, 아이들을 봐야지. 그리고 어쩌면 우고예와 마테피한테 벌금을 한두 푼 받아 낼 수도 있고. 우리 아버지를 건성으로 모시는지 가서 살펴봐야지."

"서방님, 제발 살려 주시어요." 우고예가 무서워 죽겠다는 듯이 울부짖었다. "나는 최선을 다하고 있어. 나한테 함부로 대하는 사람은 다름 아닌 당신의 아버지야. 그리고 아버지와 이야기할 때 말이지, 그 나이에 어째서 영양처럼 뛰어다녀야 하는지 그것 좀 꼭 물어봐. 작년에는 축제가 끝난 후 며칠 동안 자리에서 일어나지도 못했다니까." 우고예는 진지하게 말했다.

"그것도 몰라요?" 아쿠에케가 혹시 근처에 남자라도 있는지 살펴보려고 뒤를 흘끔 돌아다보면서 물었다. 주변에 남자는 한 명도 없는데도 그녀는 목소리를 낮추었다. "아버지가 젊었을 때에는 옥바줄로보도 역할을 맡아 달렸다는 걸 몰라요? 지금 오비카가 하는 것처럼요."

"아버지를 잘못된 방향으로 이끄는 건 바로 당신들, 특히 자네 두 사람이야. 아버지는 요즘의 어느 젊은이보다도 당신이 힘이 더 세다고 생각하고 싶어 하는데 자네들이 그걸 부추기고 있잖아. 만일 내 아버지라면 나는 그분께 진실을 말해 줄 것 같은데."

"그분은 당신의 남편이 아닌가요? 그분이 내일이라도 돌아가

시면 장날이 일곱 번 지나가도록 부엌 잿더미에 앉아 있어야 할 사람은 다른 사람이 아니라 바로 당신이 아닌가요? 일 년 동안 상복을 입을 사람이 당신이에요, 나예요?" 아데제가 물었다.

"내가 뭘 이야기하려고 했지?" 아쿠에케가 화제를 바꾸면서 물었다. "일전에 내 남편하고 그의 친척들이 왔더랬어."

"그 사람들이 왜 왔어?"

"그들이 무엇 때문에 왔겠어?"

"그러니까 그들은 기다리는 데 지쳤구나, 숲에 사는 별 볼 일 없는 짐승들 같으니. 그들은 네가 야자 술을 들고 가서 제발 용서해 달라고 애걸복걸하기를 기다리는 줄 알았는데."

"내 시댁 사람들을 욕하지 마. 계속 그러면 우리가 싸우게 될 거야." 아쿠에케가 화를 내는 척했다.

"제발 용서해 줘. 네가 네 남편하고 갑자기 야자유와 소금 같은 관계가 되었을지 누가 알았겠어. 그럼 너는 남편한테 언제 갈 거야?"

"장날 지나고 다음번 오예 날에 갈 거야."

8

사이가 좋지 않은 옥페리와 우무아로를 연결하기 위해 라이
트가 새로 만들고 있는 도로는 이제 거의 완성 단계에 이르렀다.
그렇기는 해도 그가 지금 부리고 있는 임금노동자들에게 맡겨
놓으면 우기가 시작되기 전에 도로는 완공되지 못할 터였다. 라
이트는 노동자를 더 많이 고용하는 방안도 생각해 봤지만 윈터
바텀 대위는 노동력 증가를 허가해 주기는커녕 바로 그때 이번
회계연도의 주요 공사 비용이 이미 과다 지출되었으므로 긴축
재정을 고려하고 있다고 했다. 그래서 라이트는 장난삼아 근로
자들의 임금을 하루 3펜스에서 2펜스 정도로 줄이는 방안도 생
각해 보았다. 하지만 그렇게 해 봐야 노동력을 충분히 증가시키
지는 못할 것이었다. 심지어 노동자들의 임금을 절반으로 깎는
다 해도 라이트는 마음속으로 노동자들을 그토록 비열하게 취
급하고 있다는 자괴감을 느낄 수는 있을지 몰라도 결코 바람직
한 결과는 얻어 내지 못할 것이었다. 사실상 그는 이 노동자들에

게 상당한 애착심을 갖게 되어 이제 십장들의 이름까지 알 정도였다. 물론 대다수 노동자들은 아주 게을러서 혹독하게 다룰 때만 겨우 반응했다. 하지만 일단 익숙해지면 그들은 상당히 재미있는 친구들이었다. 그들은 애완견처럼 아주 충성스러웠고 노래를 즉흥적으로 불러 대는 능력은 믿기 힘들 정도였다. 첫날 등록을 하고 급료를 얼마 받을 것이라는 이야기를 듣자마자 그들은 즉석에서 작업 노래를 만들어 냈다. 그들의 리더가 '레불라 토로 토로'라고 선창하면 나머지 사람들은 모두 칼이나 호미를 휘두르면서 '하루에'라고 응답했다. 그것은 상당히 효과적인 일 노래였고 여러 날 동안 그 노래를 불렀다.

> 레불라 토로 토로
> 　하루에
> 레불라 토로 토로
> 　하루에

그리고 그들은 그 노래를 영어로도 불렀다!

여하튼 6월 전에 이 도로를 완성시켜 놓고 이 답답한 땅에서 벗어나려면 라이트에게 남은 대안은 단 한 가지밖에 없었다. 그는 무보수 노동력을 활용해야 했다. 그는 이렇게 할 수 있도록 허가를 요청했고 윈터바텀 대위는 충분한 고려 끝에 승인해 주었다. 이런 내용을 담은 편지에서 대위는 상당히 예외적인 상황에서만 이런 방법에 의존하는 것이 행정부의 정책임을 지적했다…… "노동자는 임금을 받을 권리가 있다는 경구에 토착민들도 예외가 될 수 없다."

이 답변을 얻기 위해 8킬로미터 정도 떨어진 공공사업부의 도로 공사 현장에서부터 가번먼트 힐까지 온 라이트는 편지를 죽 훑어보더니 그것을 구겨서 카키색 반바지 호주머니에 쑤셔 넣었다. 다른 모든 실무자들처럼 라이트 역시 행정부의 형식적인 절차를 그다지 중요하게 생각하지 않았다.

우무아로의 지도자들은 널따란 도로를 새로 건설하는 데 필요한 노동력을 제공하라는 백인의 요청을 받고 회합을 가져, 완전한 성인으로 인정받은 가장 나이 어린 두 개의 동년배 그룹, 즉 오타카구라는 그룹과 그 바로 밑의 오무마와라는 별명을 지닌 그룹을 보내기로 결정했다.

이 두 동년배 그룹은 결코 사이좋게 지내는 법이 없었다. 연달아 태어난 두 형제처럼 이들은 항상 다퉜다. 사실상 떠도는 소문에 의하면 성년이 되어 표범과 같은 파괴자라는 이름을 갖게 된 형 그룹은 나이 어린 동생들을 얼마나 멸시했던지 이 년 후 동생 그룹이 성년이 되었을 때 동생 그룹에게 그들이 다리 사이에 묶은 형겊은 어린 소년들의 음경을 감추기 위한 속임수다, 라는 뜻을 지닌 오무마와라는 별명을 붙여 주었다는 것이다. 그것은 대단히 못된 장난이었으며, 새로 성인이 된 그룹이 좀 더 나은 이름을 가지려는 시도를 확실하게 제압해 버렸다. 이런 이유로 동생 그룹은 오타카구 그룹에 대해 원한을 품었다. 두 그룹의 만남은 종종 불과 화약의 만남과도 같았다. 그러므로 가능한 한 그들은 서로 다른 길을 택했다. 백인이 진행하는 새 도로 공사의 경우도 마찬가지였다. 라이트가 요청한 것은 그저 일주일에 이틀만 일해 달라는 것이었으므로 두 그룹은 번갈아 가며 에케 날에 일하기로 합의를 보았다. 그리하여 이 날이 되면 백인은 질서 있고 제법 숙련된 노동력으로 변화된 유급 노동자들은 그들끼리 일하도록 내버려 두고 우무아로에서 차출한 무보수 비숙련 노동자들을 감독하러 왔다.

목수인 모제스 우나추쿠는 이 두 동년배 그룹보다 나이는 훨씬 더 많았지만 백인의 언어를 잘 알기 때문에 앞장서서 젊은이들을 조직하고 백인의 말을 그들에게 전달했다. 라이트는 다른 모든 주제넘은 토착민들을 대할 때처럼 처음에는 모제스를 불신하는 경향이 있었지만 곧바로 이 친구가 매우 유용하다는 것을 알게 되었다. 그리하여 이제는 도로가 완공되면 그에게 약간의 보상을 해 줘야겠다는 생각까지 하게 되었다. 반면 우무아로에서 우나추쿠의 명성은 전례가 없을 정도로 높아졌다. 백인의 말을 한다고 주장하는 것과 실제로 남들 앞에서 백인과 말을 주고받는 것은 차원이 전혀 달랐다. 이 이야기는 여섯 마을로 퍼져 나갔다. 에제울루가 한 가지 안타까워한 것은 우문네오라 사람이 이런 명성을 가질 수밖에 없었다는 점이었다. 하지만 얼마 지나지 않아 자기 아들이 그와 똑같은, 아니, 그보다 더 큰 명예를 얻게 될 것이라고 에제울루는 생각했다.

호박잎 축제 다음 날은 오타카구 그룹이 신도로 공사 현장에서 일할 차례였다. 에제울루의 둘째 아들 오비카와 그의 친구 오포에두는 이 그룹에 속했다. 하지만 이들은 전날 야자 술을 너무 많이 마신 까닭에 다른 사람들은 모두 다 일하러 갔을 때 여전히 잠에 취해 있었다. 닭이 울 무렵이 되어서야 비틀거리며 집에 돌아온 오비카를 어머니와 누이가 합세해서 일으켜 보려고 애썼지만 아무 소용이 없었다.

축제일에 어떤 일이 있었는가 하면, 오비카와 오포에두는 다른 세 사람과 함께 장터에서 술을 마시고 있었다. 그러던 중 한 사람이 그들에게 도전장을 내밀었다. 그들의 대화는 술을 잘 마시는 사람이라면 정신을 잃지 않고 어느 정도의 야자 술을 마실 수 있는가 하는 문제로 흘러갔다.

"그건 모두 야자나무와 수액 채취자에 달린 것 아냐?" 다른 한 사람이 대답했다.

"맞아. 그건 야자나무와 수액을 채취하는 사람에게 달려 있어." 그의 친구 마두카가 맞장구쳤다.

"그렇지 않아. 그건 술을 마시는 사람에게 달린 문제야. 우무 아로에 있는 어떤 나무건 어떤 채취자건 무슨 상관이 있겠어. 나는 어떤 술이라도 배불리 마시고도 여전히 초롱초롱한 눈으로 집에 갈 수 있을 테니까." 오포에두가 말했다.

"어떤 나무는 다른 나무보다 더 강하기도 하고 어떤 채취자는 다른 사람들보다 채취를 더 잘할 수도 있겠지. 하지만 술꾼한테 그런 게 무슨 문제가 되겠어." 오비카는 친구의 말에 동의했다.

"그럼 자네는 우리 마을에 있는 옥포살레보라는 야자나무 이야기를 들어 본 적 있나?"

오비카와 오포에두는 들어 보지 못했다고 대답했다.

"옥포살레보에 대한 이야기를 들어 본 적도 없으면서 자신이 대단한 술꾼이라고 장담하는 사람은 잘못 생각하는 거지."

"진정코 마두카의 말이 맞아. 이 나무에서 채취한 술은 지금까지 한 번도 장에 내다 판 적이 없었어. 이 술을 뿔잔으로 석 잔 마신 사람 중에 자기 집을 똑바로 찾아간 사람은 한 명도 없었으니까." 다른 친구 하나가 말했다.

"이 옥포살레보는 아주 오래된 나무지. 아무리 형제라고 해도 이 나무에서 나온 술을 두 잔 마신 후에는 서로 모르는 사람처럼 싸운다고 해서 친족을 헤어지게 만드는 술이라는 별명이 붙었다니까."

"또 다른 이야기는 없어?" 오비카가 뿔잔에 술을 채우며 말했다. "술을 채취하는 사람이 만약 자기 술에다 약품을 첨가한다면 그건 다른 문제지. 하지만 만일 그 나무에서 나오는 수액을 말하는 거라면 또 다른 이야기도 해 보시게."

그러자 마두카가 도전장을 내밀었다. "말만 많이 해 봐야 하나도 이로울 게 없어. 그 나무는 머나먼 강변 지역에 있는 게 아니라 여기 우무아로에 있단 말이지. 지금 당장 은워카포의 집으로 가서 이 나무에서 채취한 술을 호리병으로 한 병만 달라고 하는 게 어때? 술값은 상당히 비싸. 호리병 한 병에 에고 네세*를 내라고 할지도 몰라. 하지만 돈은 내가 내겠네. 자네들 둘이 각자 세 잔씩 마시고도 집에 갈 수 있다면 내가 진 걸로 하지. 하지만 그렇게 하지 못했을 경우에는 자네들이 다시 제정신을 찾았을 때 나한테 에고 넬리**를 줘야 해."

마두카가 말한 대로 되었다. 두 허풍쟁이는 앉은 자리에서 곯아떨어졌고 밤이 되자 마두카는 두 사람을 그 자리에 남겨 놓고 잠을 자러 들어갔다. 그가 밤중에 두 차례나 나와 보았는데 그들은 여전히 코를 골고 있었다. 아침이 되어 마두카가 잠에서 완전히 깨어나 보니 두 사람은 집에 가고 없었다. 두 사람이 돌아가는 꼴을 보았더라면 좋았을걸. 아마도 그들은 앞으로 그들과

---

* 이보족 화폐 단위로, 자패 다섯 개.

** 자패 열 개.

내기한 친구들이 야자 술에 관한 이야기를 하는 걸 듣더라도 입도 벙긋하지 못할 것이다.

오포에두는 오비카만큼 심하게 취했던 것 같지는 않았다. 눈을 떠 보니 해가 이미 중천에 떠 있어서 그는 오비카를 부르려고 서둘러 에제울루의 집으로 달려갔다. 하지만 그의 이름을 아무리 큰 소리로 외쳐 대고 몸을 흔들어 대도 오비카는 옴짝달싹도 하지 않았다. 결국 오포에두는 차가운 물을 한 바가지 떠다가 그에게 쏟아부었고 그제야 오비카는 잠에서 깨어났다. 두 사람은 신도로 현장에서 일하고 있는 동년배 동료들과 합세하기 위해 집을 나섰다. 그들은 마치 한낮에 집 밖에 나왔다가 붙잡힌 한 쌍의 밤도깨비 같았다.

축제가 끝난 후 기진맥진한 나머지 자기 오비에 누워 있던 에제울루는 안채에서 들려오는 온갖 소동 때문에 잠에서 깨어났다. 은와포에게 무슨 일로 이토록 시끄러운지 묻자, 오비카를 깨우느라 그런 것이라는 답변이 나왔다. 그는 더 이상 아무 말도 하지 않았지만 화가 치밀어 올라 이를 악물었다. 오비카의 행태는 아버지의 머리에 얹힌 무거운 짐과도 같았다. 며칠 있으면 오비카의 새색시가 도착할 텐데. 에제울루는 속으로 생각했다. 새색시는 그녀의 어머니가 병에 걸리지 않았더라면 벌써 와 있었을 것이었다. 시집이라고 왔는데 남편이란 작자가 저런 꼴인 걸 알게 되면 그 마음이 어떨까! 야자 술에 잔뜩 취해 밤에 자기 거처도 지키지 못하다니. 저런 남편이라면 어디에서 남자다움을 찾겠는가? 밤중에 약탈자들이 와서 방문을 두드린다면 자기 아내를 지켜 줄 수 있겠는가 말이다. 아침에 여인네가 깨워야 일어나다니. 퉤! 늙은 사제는 침을 뱉었다. 혐오감을 억누를 수가 없었다.

에제울루는 자세한 상황을 물어보지 않았지만 듣지 않아도 이 사건 뒤에 오포에두가 있다는 게 훤히 보였다. 오포에두라는 친구는 온몸을 샅샅이 뒤져 봐도 인간다운 면모라고는 단 한 방울도 갖고 있지 않다고 아버지는 아들에게 이미 여러 차례 되풀이해서 말해 주었다. 그가 거짓말로 불이 났다고 하는 바람에 사람들이 모두 다 그의 아버지 집으로 달려간 게 이 년도 채 되지 않았다. 그 일로 부유하지도 않은 그의 아버지는 염소 한 마리를 벌금으로 내놓았다. 그런 사람은 살았을 때 뭔가를 이뤄 보고자 하는 사람에게는 적합한 친구가 아니라는 말을 에제울루는 오비카에게 수도 없이 말했다. 하지만 오비카는 아버지의 충고를 전혀 귀담아듣지 않았고 이제 두 사람은 썩은 야자열매와 깨진 사발 사이에서 하나를 고르는 것처럼 별 차이가 없었다.

두 친구가 그들의 동년배 그룹과 합류하기 위해 길을 떠났을 때 처음에는 아무 말 없이 걷기만 했다. 밤새도록 이슬을 맞아 머리에 마비라도 온 것처럼 오비카는 위쪽으로 아무 것도 없는 것 같았다. 하지만 걷는 게 어느 정도 도움이 되었는지 머리가 자기 몸의 일부라는 느낌이 차츰 돌아오고 있었다.

예전부터 있던 좁다란 오솔길을 한 번 더 돌아가니 얼마 떨어지지 않은 곳에 신도로가 시작되는 널따란 공터가 나타났다. 그것은 칠흑같이 어두운 밤이 지난 다음에 맞이하는 새벽처럼 눈앞에 활짝 펼쳐져 있었다.

"마두카가 우리에게 준 게 무엇인 것 같니?" 오포에두가 물었다. 이 질문은 전날의 사건에 대해 두 사람 사이에서 처음으로 나온 말이었다. 오비카는 아무런 대꾸도 하지 않고, 다만 안도의 한숨인지 아니면 신음인지 구분하기 힘든 소리를 내뱉었다.

"그건 절대로 야자 술이 아니었어. 강력한 효과가 나타나는 약초를 조금 집어넣은 것 같아. 이제 와서 생각해 보니까, 그런 위험한 친구를 따라 그의 집까지 가다니 우리가 참 어리석었어. 그 친구는 단 한 모금도 마시지 않았잖아, 기억나?" 오포에두가 말했다.

오비카는 여전히 한마디도 하지 않았다.

"난 그 친구한테 에고 넬리를 주지 않을 거야."

"그럼 언제는 돈을 줄 생각이었던 거야?" 오비카는 놀란 것 같았다. "우리가 어제 한 말들은 야자 술을 기념하기 위해 내뱉은 말이었던 것 같은데."

그들은 이제 신도로의 완성된 부분을 걷고 있었다. 그 길을 걷고 있자니 마치 텅 빈 염소 가죽 가방 속에 든 옥수수 알갱이처럼 길을 잃고 헤매는 것 같았다. 오비카는 왼손에 들고 있던 칼을 오른손으로, 오른손에 있던 팽이를 왼손으로 옮겼다. 앞이 툭 터져 자신이 노출되었다는 느낌이 들자 경계하게 된 것이었다.

신도로는 개울이나 장터로 향해 있지 않았기 때문에 오포에두와 오비카는 마을 사람들과 별로 마주치지 않았고 이따금씩 무거운 땔감을 이고 가는 여인들만 몇 명 보았다.

"지금 들려오는 저 소리는 뭐지?" 오비카가 물었다. 지금 그들은 오래되고 삐죽삐죽한 에그부 나무에 다가가고 있었다. 그 나무는 오네쿨룸이라는 밤의 정령들이 추수가 끝나고 한가로운 시기가 되면 노래와 소문을 잔뜩 들고 여행길을 떠나는 출발점이었다.

"나도 방금 자네에게 물어보려던 참이었어. 장송곡 같은데."

작업장에 더 가까이 다가가자, 더 이상 의심할 여지가 없었다. 그것은 시체를 매장할 숲으로 옮겨갈 때 부르는 장송곡이었다.

조심해! 비단뱀이야!
조심해! 비단뱀!
그래, 비단뱀이 길 한가운데 누워 있어.

두 사람은 이제 노래 가사를 분간해 냈고 또 그 노래를 부르는 사람들이 그들의 동년배 그룹이라는 것도 알게 되었다. 그들은 함께 웃음을 터뜨렸다. 누군가가 불손하게도 옛날 노래를 새롭게 비틀어 친숙하면서도 생소하며 웃음을 자아내는 유쾌한 일노래로 바꿔 놓은 것이었다. 오포에두는 분명 은웨케 우크파카의 짓거리라고 확신했다. 그것은 그의 장기라고 할 수 있는 악의에 찬 익살이었다.

오비카와 그의 친구가 나타나자 일을 하던 젊은이들 사이에 갑작스러운 변화가 일어났다. 노랫소리가 중단되고 그와 함께 다 같이 나무줄기를 베느라 휘두르던 수십 개의 칼 소리도 끊어졌다. 나무를 잘라 낸 땅을 괭이로 고르느라 몸을 앞으로 구부렸던 사람들도 동작을 멈추고 시뻘건 흙으로 뒤덮인 두 발을 널찍이 벌린 채 몸을 일으켰다.

은웨케 우크파카가 목소리를 높여 소리쳤다. "쿼쿼쿼쿼쿼!" 그러자 모든 사람들이 응답했다. "쿼어어어어어, 어!" 선물을 받고 감사의 뜻을 표현하는 여인네의 목소리를 이런 식으로 흉내

낸 것에 대해 모두 웃음을 터뜨렸다.

라이트는 화가 머리끝까지 치밀어 올랐다. 그는 오른손에 들고 있던 채찍을 더 힘껏 움켜쥐고 다른 손은 위협적으로 엉덩이에 갖다 붙였다. 흰색 헬멧을 쓴 탓인지 그는 실제보다 훨씬 더 작달막해 보였다. 모제스 우나추쿠는 신이 나서 그에게 말하고 있었지만 그는 듣고 있는 것 같지 않았다. 그는 가까이 다가오고 있는 두 명의 지각생을 꼼짝도 하지 않고 응시했다. 모제스가 보기에 그의 두 눈이 점점 더 작아지는 것 같았다. 다른 사람들은 무슨 일이 일어날까 궁금해하며 쳐다보고 있었다. 백인은 언제나 채찍을 들고 다니긴 했지만 그것을 사용한 적은 거의 없었다. 그리고 그가 채찍을 휘두를 때는 반은 장난조로 그러는 것처럼 보였다. 하지만 오늘 아침 그는 잠자리에서 나올 때 왼쪽으로 일어난 게 분명했다. 그의 얼굴을 보니 화가 머리끝까지 나 있었다.

백인의 기분을 알아챈 오비카는 한층 더 으스대며 걸어왔다. 이걸 본 사람들이 한층 더 큰 소리로 웃어 댔다. 오비카가 자신을 지나치는 순간 더 이상 화를 참을 수 없었던 라이트는 채찍을 거칠게 내리쳤다. 채찍이 다시 한 번 번쩍였고 이번에는 오비카의 귀 옆으로 떨어졌다. 그러자 오비카는 격렬한 분노 상태로 빠져들었다. 그는 칼과 괭이를 내동댕이치고 돌진했다. 하지만 모제스 우나추쿠가 두 사람 사이로 몸을 내던지다시피 끼어들었다. 동시에 라이트의 조수 두 명이 재빨리 뛰어들어 오비카를 붙잡고 있는 동안 라이트는 오비카의 맨등에 대여섯 차례나 매질을 가했다. 오비카는 조금도 몸부림치지 않았다. 그는 장례식에서 목이 잘려 나가기 전에 춤꾼들의 주먹다짐을 묵묵히 받아들여야만 하는 희생양과도 같이 그저 몸을 부들부들 떨 뿐이었다. 오포에두도 역시 몸을 부들부들 떨었다. 하지만 평생에 단 한 번 그는 자기 눈앞에서 벌어지고 있는 싸움을 속수무책으로 바라볼 수밖에 없었다.

"백인을 공격하다니 너 미쳤어?" 모제스 우나추쿠가 너무 놀라 악을 썼다. "네 아버지 집에 제정신을 가진 사람이 한 명도 없다는 소리를 듣긴 했지만 말이다."

"당신, 무슨 생각으로 그런 말을 하는 거요?" 오비카와 같은 마을 청년이 우나추쿠의 말 속에서 우무아찰라와 우문네오라 사이의 적대감을 감지하고 물었다.

지금까지 아무 말 없이 지켜만 보던 무리들이 서둘러 싸움에 끼어들었고 오래지 않아 큰 소리로 위협하는 말들이 사방에서 터져 나왔으며 적어도 한 사람은 또 다른 사람의 얼굴에 대고 손가락을 까딱거렸다. 전례 없는 새로운 사건보다는 해묵은 싸움에 대처하는 게 훨씬 더 쉬운 것 같았다.

"입 닥쳐, 이 검은 원숭이들아. 어서 일하지 못해!" 라이트의 목소리는 거슬렸지만 멀리까지 퍼져 나갔다. 즉각적으로 휴전 상태가 성립되었다. 라이트는 우나추쿠에게로 몸을 돌리더니 말했다. "더 이상 게으름을 피우면 절대로 용납하지 않는다고 말해."

우나추쿠가 통역을 했다.

"이 빌어먹을 공사가 6월까지는 끝나야 한다고 말해."

"백인이 말하는데 자네들이 이 일을 제때 끝내지 못하면 자기가 어떤 사람인지 맛을 보여 준다는군."

"더 이상 지각은 안 돼."

"뭐라고요?"

"뭐긴 뭐야? 자네는 쉽고 간단한 영어도 알아듣지 못해? 더 이상 늦게 나타나면 가만두지 않겠다잖아."

"아하. 저 사람이 그러는데 다들 열심히 일하고 이런 똥 먹는 짓거리는 하지 말아야 한다는군."

"저 백인이 대답해 줬으면 하는 질문이 하나 있소." 이 말을 한 사람은 은웨케 우크파카였다.

"그게 뭔데?"

우나추쿠가 머뭇거리더니 머리를 긁적거렸다. "저 사람이 나리께 질문할 게 있답니다."

"질문은 없어."

"알겠습니다." 그는 은웨케 쪽으로 몸을 돌렸다. "백인이 그러는데 오늘 아침 자기 집에서 나오면서 자네 질문에 대답하리라고는 꿈에도 생각지 않았다는군."

무리가 투덜거렸다. 라이트는 모두 지금 당장 일을 시작하지 않으면 혼꾸멍날거라고 소리쳤다. 이 말은 너무나 분명했으므로 통역할 필요가 전혀 없었다.

또다시 나무줄기를 쳐 대는 칼날 소리가 들리기 시작했다. 호미를 가지고 일하는 사람들은 다시 몸을 구부렸다. 하지만 그들은 일을 하면서 모임을 갖기로 약속했다.

아무런 결론도 나오지 않았다. 첫 번째 의견 차이는 모제스 우나추쿠의 참석에 관한 것이었다. 우무아찰라 출신 대다수가 나이대도 같지 않은 사람이 그들이 토론하는 자리에 무엇 때문에 참가해야 하는지 그 이유를 전혀 찾을 수가 없다고 했다. 다른 사람들은 이 모임이 특별히 백인에 대해 논의하는 자리이므로 백인들의 풍습을 잘 알고 있는 유일한 동족을 배제하는 것은 어리석은 짓이라고 지적했다. 이런 시점에 오포에두가 벌떡 일어나더니 모제스가 머물기를 원하는 사람들 편에 가세하는 바람에 모두가 깜짝 놀랐다.

"하지만 내 이유는 좀 달라." 그가 덧붙여 말했다. "나는 모제스가 오비카의 가족에 대해 백인 앞에서 무슨 말을 했는지 우리 앞에서 말해 주었으면 좋겠어. 나는 또한 그가 우리 친구를 매질하라고 백인을 부추긴 게 사실인지 아닌지 그것도 우리 모두가 있는 자리에서 말해 주길 원해. 모제스가 우리에게 이것에 대해 답변해 준 다음에는 가도 좋을 것 같아. 자네들은 나한테 그가 어째서 가야 하는지 묻겠지. 그래, 내가 답변해 주지. 이건 오타카구 동년배 그룹의 모임이야. 그런데 모제스는 아카칸마 그룹에 속해 있잖아. 그러니까 자네들 모두에게 상기시켜 주고 싶은 건, 특히 내 얘기에 토를 달며 말하지 못하게 방해하는 사람들은 잘 기억해 둬, 모제스는 또한 백인의 종교에 속해 있단 말일세. 하지만 지금은 그 문제에 대해 이야기하고 싶지 않아. 내가 하고자 하는 말은 우나추쿠가 내 질문에 답변해야 한다는 거야. 그런 다음 그는 가도 좋아. 그리고 갈 때 그가 알고 있는 백인의 풍습들도 몽땅 가지고 갔으면 좋겠군. 그 사람이 어떻게 이런 지식을 갖게 되었는지는 모두 잘 알잖아. 우무아로를 떠났을 때 그는 여인네처럼 백인의 부엌에서 요리하고 그의 접시를 핥았다잖아……."

오포에두의 나머지 말은 갑자기 터져 나온 커다란 소동에 파묻혔다. 입을 열자마자 한 번도 멈추지 않고 할 말을 몽땅 쏟아내는 걸 보니 정말이지 오포에두답다고 많은 사람들이 떠들어 대고 있었다. 다른 사람들은 그가 사실을 말했다고 했다. 여하튼 평온을 되찾기까지는 아주 오랜 시간이 걸렸다. 모제스 우나추쿠가 뭔가를 말하고 있었지만 듣는 사람은 한 명도 없었다. 마침내 소동은 가라앉았고 그때쯤 모제스의 목소리는 쉿소리를 내고 있었다.

"자네들이 나에게 가라고 하면 당장에 그렇게 하겠어."

"가지 마요!"

"당신에게 머물러도 좋다고 했잖소!"

"하지만 만일 내가 가더라도 저 미친개가 짖어 댔기 때문은 아니라네. 이 세상에 수치심이라는 게 남아 있다면 자기 아버지의 두 번째 매장식도 치러 줄 수 없었던 저 숲 속의 짐승이 어떻게 자네들 앞에 서서 그 입으로 똥을 내뿜을 수 있느냐는 거지……."

"됐어요, 이제 그만해요!"

"우리가 지금 우리 자신을 욕하고 망신 주기 위해 모인 건 아니잖아!"

또다시 논의가 시작되자 누군가 우무아로의 원로들에게 가서 더 이상 백인의 도로를 위해 일할 수 없다고 말하면 어떻겠느냐고 제안했다. 하지만 한 사람 두 사람 차례대로 일어나 그런 조치에 함축되어 있는 의미를 말하자 그 의견을 지지하는 사람이 한 명도 없게 되었다. 모제스는 그럴 경우 백인이 모든 지도자들을 옥페리 감옥으로 끌고 갈 것이라고 그들에게 말했다.

"자네들은 우리와 옥페리의 관계가 어떤지 잘 알 거야. 그곳에 있는 감옥에 들어가면 우무아로 사람이 살아서 돌아올 것 같은가? 또한 그건 그렇다 치고 자네들은 지금이 파종 시기라는 걸 잊었나? 자네들은 우리 조상들이 소 한 마리를 빚진 땅에 세운 감옥에서 올해 농작물을 재배하고 싶은가? 여러분의 선배로서 한마디 하겠네. 나는 올루를 여행해 보았고 이보 지방도 돌아보았지만 백인에게서 도망칠 길은 전혀 없다네. 백인들이 찾아왔어. 고통이 찾아와 문을 두드릴 때 앉을 자리가 하나도 없다고 말하면, 고통은 자기가 앉을 의자를 가져왔으니 걱정은 붙들어 매라고 말할 걸세. 백인들이 바로 그렇다네. 이 자리에 모인 자네들이 다리 사이를 천으로 묶을 나이가 되기도 전에 나는 내 두 눈으로 백인이 아바메에 무슨 짓을 했는지 똑똑히 보았다네. 그때 나는 피할 길이 전혀 없다는 걸 알았지. 새벽이 어둠을 몰아내듯이 백인들은 우리의 모든 관습을 없앨 걸세. 내가 지금 하는 말이 자네들 귓등으로 스쳐 지나가겠지만 그런 일은 반드시 일어날 거야. 백인들은 진정한 신에게서 힘을 받고 있고 그게 불길처럼 타오르고 있단 말일세. 그게 바로 우리가 여덟 번째 날마다 선포하는 여호와일세……."

우나추쿠의 반대 세력들은 이건 동년배 그룹의 모임이고, 그들은 지금 새 종교라고 부르는 어리석음의 씨앗을 우나추쿠와 함께 씹기 위해 이 자리에 모인 건 아니라고 소리치고 있었다.

"우리는 지금 백인의 도로에 대하여 이야기하는 중이잖아요." 다른 목소리들을 압도하는 목소리가 들렸다.

"맞아, 우리는 지금 백인의 도로에 대해 이야기하는 중이야. 하지만 지붕과 벽이 무너져 내리는데 천장이 그대로 서 있지는 못하잖아. 백인, 새로운 종교, 군인들, 신도로, 이게 모두 다 같은 거란 말이야. 백인한테는 총, 칼, 활이 있고 입에는 불을 넣고 다니지. 그들은 한 가지 무기만으로 싸우는 게 아니야."

은웨케 우크파카가 그다음으로 말했다. "사람이 알지 못하는 게 그 자신보다 더 크단 말일세. 우나추쿠가 이 자리에 없기를 바라는 사람들은 우리 중 한 사람도 백인의 언어로 오라는 말 하나도 할 수 없다는 걸 잊은 거야. 우리는 저 사람의 충고를 귀담아 들어야 해. 만일 우리가 원로들한테 가서 백인이 만드는 도로에서 더 이상 일하지 않겠다고 말한다면 그들이 과연 뭘 할 것 같나? 우리는 집에 앉아 있고 그 대신 우리 아버지들이 괭이와 칼을 집어 들고 몸소 일하러 나갈 건가? 우리 중 대다수가 백인과 싸우고 싶어 한다는 걸 잘 알지만 어리석은 자만이 맨손으로 표범을 따라갈 수 있지. 백인은 뜨거운 수프와 같아서 그릇 가장자리에서부터 천천히, 아주 천천히 먹어야 하는 거라네. 백인들이 우리를 찾아내기 위해 자기 나라를 떠나오기 전에도 우무아로는 여기에 있었지. 우리는 백인에게 우리를 찾아와 달라고 부탁하지 않았잖아. 그는 우리의 동족도 사돈도 아니지. 우리는 백인의 염소도 닭도 훔친 적이 없고 그의 땅도 아내도 빼앗지 않았어. 여하튼 우리가 백인에게 잘못한 게 뭐가 있는가. 그러나 백인은 말썽을 일으키려고 우리에게 온 걸세. 우리가 아는 거라고는 그저 우리의 오포 지팡이가 우리와 백인 사이에 높이 들려 있다는 것뿐이야. 이방인은 주인을 방문해 그를 죽이려 들지는 않겠지. 돌아갈 때 등이 부어오른 채 가지 않으려면 말이야. 백인은 우무아로가 잘되길 바라는 것 같지는 않아. 그러니까 우리는 그들에게서 우리의 오포를 잘 지켜야 하고 그들에게 우리가 이건 하고 저건 하지 않았다는 말을 할 구실을 주지 말아야 해. 우리가 만약 그에게 그런 구실을 주면 그는 기뻐 날뛸 거야.

왜냐고? 무너뜨릴 방법을 모색하고 있던 바로 그 집이 자진해서 불길에 휩싸이는 격일 테니까 그렇지. 이런 이유로 우리는 도로를 만드는 일을 계속해야 할 거야. 아마 그 일이 끝난 다음에는 우리가 자진해서 일거리가 더 없느냐고 물어봐야 할지도 모르지. 하지만 우리를 바보로 생각하는 사람을 대할 때는 그가 알고 있는 걸 우리도 알고 있지만 다만 평화를 위해 바보처럼 보이기로 마음먹었다는 걸 이따금씩 상기시켜 주는 것도 좋을 거야. 이 백인은 우리를 바보라고 생각하는 것 같아. 그러니 그에게 우리가 질문을 하나 하는 게 어떻겠어? 오늘 아침 내가 그 백인에게 물어보고 싶었던 질문인데 그는 들으려 하지 않더군. 사람은 요청받은 걸 해 주지 않겠다고 거절할 수는 있지만 요청받는 것 자체를 거절할 수는 없다는 말이 있잖아. 그런데 백인의 나라에는 그런 종류의 속담이 없는 것 같네. 여하튼 백인에게 물어봐 달라고 우나추쿠에게 부탁할 질문은 어째서 우리는 도로 만드는 일을 하면서 임금을 받지 못하는가 하는 걸세. 올루나 이보 지역을 통틀어 이런 일을 하는 곳마다 백인이 돈을 지불한다는 말을 들었거든. 어째서 우리가 하는 일만 달라야 하는 거지?"

우크파카의 말은 설득력이 있었다. 그가 말한 다음에는 누구도 말하려 들지 않았다. 그리고 이번 모임에서 유일하게 한 가지 결의 사항이 채택되었다. 오타카구 동년배 그룹은 우나추쿠가 백인에게 안전하게 접근할 수 있는 순간을 잘 선택해 어째서 백인의 길을 만드느라 일하는 그들에게 돈을 하나도 지불하지 않는지 알아내 달라고 부탁했다.

"자네들의 전갈을 백인에게 전하겠네." 우나추쿠가 말했다.

"그 전갈은 완전한 게 못 돼. 어째서 우리에게는 임금을 지불하지 않느냐고 묻는 것만으로는 충분치 않아. 그 사람도 우리도 그 이유는 알잖아. 옥페리에서는 이런 일을 하는 사람들이 돈을 받는다는 것을 그 사람도 알고 있어. 그러니까 당신이 물어야 할 질문은 이거란 말이지. 다른 사람들은 이런 일에 돈을 받는데 어째서 우리는 받지 못하는가? 아니면 우리가 하는 일은 다른가? 그러니까 우리가 하는 일이 다른지 아닌지 묻는 게 아주 중요하단 말일세." 은워예 우도라가 말했다.

모두 이 말에 동의했고 모임은 끝이 났다.

"자네 말이 아주 훌륭했어. 어쩌면 백인은 우리가 그의 아버지나 어머니를 죽였다고 말해 줄지도 모르지." 그들이 장터를 떠날 때 누군가 은워예 우도라에게 말했다.

에제울루는 그의 젊은 아내가 걱정했던 것만큼 건강을 해치지는 않았다. 발과 넓적다리가 쑤시고 입안에서 쓴맛이 올라오는 것은 사실이었다. 하지만 그는 집에 돌아오자마자 몸에다 캠우드 연고를 가볍게 문지르고 밤새도록 나지막한 대나무 침상 옆에 통나무 불을 지펴 놓음으로써 힘든 작업 후에 오는 최악의 결과를 미리 막았다. 캠우드 연고나 불만큼 좋은 약은 어디에도 없었다. 머지않아 사제는 불에서 갓 구워 낸 진흙처럼 온전하게 일어날 것이었다.

만일 누가 에제울루에게 젊은 아내의 걱정거리를 이야기해 주었다면 그는 웃어넘겼을 것이다. 그런 걱정은 부인들이, 특히 우고예처럼 남편의 첫아이만큼도 나이를 먹지 않은 경우에는 자기 남편에 대해 얼마나 아는 게 적은지를 보여 주었다. 만일 우고예가 사제직을 처음 맡았을 때 자기 남편이 어땠는지를 알았더라면 남편이 축제 이후에 느끼는 기진맥진함이 나이를 먹은 것과는 아무런 상관이 없다는 걸 깨달았을지도 모를 일이었다. 만일 그렇다고 하더라도 에제울루는 그런 사실을 받아들이지 않았을 것이다. 에제울루의 딸들은 더 현명했고 그의 딸들이었으므로 어린 부인의 걱정거리를 가볍게 생각했다. 딸들은 이것이 축제를 끝낸 다음 어쩔 수 없이 겪어야만 하는 결과라는 걸 잘 알았다. 그게 바로 희생의 일부였다. 온 우무아로의 죄악과 추한 것들을 먼지 속으로 짓밟아 넣었는데 어떻게 발에서 피 한 방울도 흘리지 않을 수 있단 말인가? 심지어 에제울루만큼 강력한 사제조차도 그런 것은 바랄 수가 없었다.

오타카구 그룹이 장터의 오그부 나무 그늘 밑에서 모임을 갖는 동안 백인이 오비카를 채찍으로 때렸다는 이야기가 우무아루 마을 전체로 퍼져 나갔다. 이 소식은 머리에 땔감 더미를 잔뜩 이고서 수풀에서 돌아오던 에도고의 아내 아모게가 에제울루의 집으로 갖고 돌아왔다. 에제울루는 오비카의 어머니와 누이가 울어 대는 소리에 잠에서 깨어났다. 그는 문득 누가 죽었다는 소식이라도 온 게 아닐까 해서 몸에 덮고 자던 자리를 걷어치우고 벌떡 일어났다. 하지만 그 순간 에도고의 아내가 말하는 소리가 들렸다. 이건 누군가가 죽었다면 있을 수 없는 일이었다. 그는 침상의 가장자리에 앉아 목소리를 높여 에도고의 아내를 불렀다. 그녀는 곧바로 오비로 들어왔고 그 뒤를 따라 아내가 집에 돌아왔을 때 직위가 높은 사람을 위해 이로코 문을 조각하던 에도고도 들어왔다.

"지금 무슨 얘기를 하고 있었지?" 에제울루가 아모게에게 물었다. 그녀는 자신이 들은 이야기를 되풀이했다.

"매질이라고?" 도저히 이해할 수 없는 에제울루가 되물었다. "그렇다면 그 아이가 무슨 잘못을 저질렀다더냐?"

"그 이야기를 해 준 사람들이 그런 말은 하지 않았어요."

생각에 잠긴 에제울루의 얼굴이 잔뜩 찌푸려졌다. "내 생각으로는 그 아이가 늦게 간 것 같던데. 하지만 백인이 그런 일로 내 아들이기도 한 다 큰 어른을 때리지는 않을 텐데. 늦었다면 동년배 그룹에게 벌금을 내라는 말은 들을지 모르지만 매질을 당하지는 않을 텐데 말이다. 아니면 그 아이가 먼저 백인을 때렸거나……"

에도고는 그의 아버지가 느끼는 고통에 감동받았지만 내색하지 않으려고 애썼다. 그런 아버지의 모습을 보고 어린 동생에 대한 질투심이 일어날 만도 한데 전혀 그렇지 않았다.

"제 생각에 그들이 모임을 갖고 있는 은코로 가 봐야 할 것 같군요. 이 이야기의 의미를 전혀 모르겠어요." 에도고가 말했다. 그는 자기 거처로 돌아가 칼을 집어 들고 집을 나설 채비를 했다.

그의 아버지는 도대체 그런 일이 어떻게 일어날 수 있는지 아직도 납득할 수가 없어 고민하면서 큰아들을 불러 세웠다. 에도고가 아버지의 오비로 다시 들어가자 에제울루는 경솔하게 행동하지 말라고 충고했다.

"네 동생의 성향을 미루어 보건대 그 아이가 먼저 주먹을 날렸을 가능성이 많아. 특히 집을 나설 때 보니 그 아이가 많이 취했더라." 아버지의 어조가 벌써 변했으므로 에도고는 웃음을 터뜨릴 뻔했다.

에도고는 작업복만 입은 채로 다시 길을 나섰다. 작업복은 두 다리 사이로 지나가는 기다랗고 가느다란 헝겊 띠로, 한쪽 끝은 앞으로 다른 한쪽 끝은 뒤로 가게끔 허리에서 단단히 묶었다.

오비카의 어머니가 흐느껴 울다가 손등으로 눈을 문지르며 집 밖으로 쫓아 나왔다.

"저 사람은 어디로 가는 거야?" 에제울루가 물었다. "백인과 싸울 사람들이 줄지어 서 있구먼그래." 그가 무슨 말을 하는지 들으려고 마테피가 뒤를 돌아보자 에제울루는 껄껄대고 웃었다. "이 여자야, 어서 당신 방으로 들어가게!" 에도고는 벌써 큰길에 이르러 왼쪽으로 꺾어 들었다.

에제울루는 그의 집으로 들어오는 통로를 볼 수 있도록 등을 벽에 기댄 채 이로코 나무판자 위에 앉았다. 아들이 매질당한 이야기를 이해하려고 그의 마음이 이리저리 여러 갈래로 부산하게 움직였지만 허사였다. 이제 그는 매질을 했다는 백인에 대해 생각해 보았다. 에제울루는 백인이 신도로에 대해 우무아로의 원로들에게 설명할 때 그 남자를 본 적이 있고 그의 목소리를 들은 적도 있다. 백인이 원로들에게 이야기하기 위해 올 거라는 이야기가 처음 퍼졌을 때 에제울루는 그 사람이 '총을 파괴한' 그의 친구 윈타보타일 거라고 생각했다. 그런데 그는 또 다른 백인이 나타난 걸 보고는 무척이나 실망했다. 윈타보타는 키가 크고 자세가 바르며 훌륭한 인물처럼 처신했다. 그의 목소리는 천둥소리 같았다. 그런데 이 다른 사람은 키가 작고 우둔해 보였으며 원숭이만큼이나 털이 많았다. 그는 입을 열지도 않고 기이하게 말했다. 에제울루는 그가 분명 윈타보타 밑에서 일하는 육체 노동자 정도에 불과할 거라고 생각했다.

몇몇 사람들이 큰길과 에제울루의 집으로 들어가는 통로가 서로 만나는 교차점에 나타났다. 그는 고개를 앞으로 쑥 내밀었지만 그 사람들은 지나갔다.

에제울루는 마침내 자기 아들에게 잘못이 없다면 자신이 직접 옥페리로 가서 그 백인을 그의 상사에게 고발해야겠다는 결론에 도달했다. 그때 갑자기 오비카와 에도고가 나타나는 바람에 에제울루의 생각은 중단되었다. 그들 뒤로 제3의 인물이 따라왔는데 에제울루는 그가 바로 오포에두라는 걸 곧바로 알아차렸다. 에제울루는 시체를 쫓는 독수리처럼 자기 아들의 꽁무니를 따라다니는 이 쓸모없는 젊은이에게 결코 익숙해질 수가 없었다. 그는 화가 잔뜩 나 있었는데 그 분노가 얼마나 컸던지 자기 아들까지도 삼켜 버릴 것만 같았다.

"어쩌다가 매질을 당한 거냐?" 그는 다른 두 사람은 무시하고 에도고에게 물었다. 오비카의 어머니와 집에 있던 모든 다른 사람들이 서둘러 에제울루의 오비로 몰려들었다.

"저 아이들이 작업 시간에 늦었어요."

"어째서 늦었지?"

"누구 질문이건 간에 대답이나 하려고 집에 온 게 아니에요." 오비카가 소리쳤다.

"대답을 하든 말든 그건 너 좋을 대로 해라. 하지만 너한테 해 주고 싶은 말은, 이게 야자 술 때문에 발생한 첫 번째 사건이지만 이건 그저 시작에 불과하다는 거야. 사람을 죽이는 죽음도 작은 욕망에서 시작하는 법이란다."

오비카와 오포에두는 밖으로 걸어 나갔다.

9

에도고의 집은 아버지의 집과 담 하나를 공유하도록 아버지 집의 한 면과 잇대어 지었다. 그것은 아주 작은 규모로, 에도고의 움막과 그의 아내 아모게의 움막 두 채로 이루어졌다. 이 집은 일부러 소규모로 지었는데, 수많은 맏아들의 집들이 다 그렇듯이 단지 아버지의 집을 물려받을 때까지 기다리는 동안에 머물게 될 임시 거처에 불과하기 때문이었다.

최근에 에제울루의 집 다른 한쪽에 둘째 아들 오비카를 위한 조그마한 집이 한 채 들어섰다. 하지만 이 집은 에도고의 집만큼 작지는 않았다. 이 집에도 움막이 두 채 있었는데, 하나는 오비카가 지낼 곳이었고 다른 하나는 곧 오게 될 신부를 위한 것이었다.

마을의 큰길에서 꺾어 들어가 에제울루의 집으로 가다 보면 에도고의 거처는 왼편에, 오비카의 거처는 오른편에 서 있는 것이 보였다.

오비카가 친구와 함께 나가 버린 후 에도고는 그동안 작업 중이던 문 장식을 계속하기 위해 자신의 거처 앞에 있는 오그부나무 그늘로 돌아갔다. 그 문은 거의 완성 단계였으므로 에도고는 이 일을 끝낸 뒤에는 한동안 조각은 내려놓고 농사일을 할 작정이었다. 그는 도제들이나 고객들이 대신해서 농토를 경작해 주는 아구에그보와 같은 장인이 무척이나 부러웠다.

문 장식을 새기면서도 에도고의 마음은 계속해서 하나밖에 없는 아이의 울음소리가 새어 나오는 아내의 거처로 향했다. 첫 아이는 태어난 지 석 달 만에 죽었으므로 이 아이는 둘째 아이였다. 죽은 아이는 태어날 때부터 병이 있었고, 머리 한가운데 혹 같은 게 튀어나와 있었다. 하지만 둘째 아메치는 첫아이와 달리 태어났을 때는 생기가 넘치는 것 같았다. 그런데 약 육 개월이 지났을 무렵 아이가 하룻밤 사이에 바뀌었다. 아메치는 더 이상 엄마의 젖을 빨려 들지 않았고 피부는 시들어 가는 코코얌 이파리 색으로 변했다. 몇몇 사람들은 어쩌면 아모게의 젖이 쓴맛으로 변했는지도 모른다고 했다. 그녀에게 대접에다 젖을 조금 짜내어 혹시 개미가 그걸 먹고 죽는지 살펴보라고 했다. 그렇지만 대접에 빠진 조그만 개미는 계속 살아서 움직거렸다. 그러니까 아이가 아픈 원인이 엄마의 젖에 있는 건 아니었다.

에도고의 마음은 아메치로 인해 고통스러웠다. 몇몇 사람들은 벌써부터 이 아이가 어쩌면 다름 아닌 첫째 아이일지도 모른다고 쑤군대고 있었다. 하지만 에도고와 아모게는 한 번도 그런 이야기를 한 적이 없었다. 아내는 특히나 두려워했다. 입 밖으로 나온 말에는 두려움을 살아 있는 진실로 바꿀 수 있는 힘이 있기 때문에 이 부부는 꼭 해야 할 때가 되기 전에는 감히 아무 말도 꺼내지 않았다.

아모게는 자신의 움막에서 낮은 의자에 앉아 발뒤꿈치가 서로 닿도록 두 발을 모아 만든 모서리에 울어 대는 아이를 올려놓았다. 잠시 후 그녀는 마룻바닥의 한 지점에 아이의 초록색 설사 자국을 둥그렇게 남겨 놓고 또 다른 지점으로 두 발과 아이를 함께 들어 옮겼다. 방을 둘러보았지만 그녀는 자신이 원하는 걸 찾지 못한 것 같았다. 그러자 그녀는 소리쳤다. 은완쿠! 은완쿠! 은완쿠! 깡마른 검은 개가 바깥에서 쏜살같이 뛰어 들어오더니 곧바로 아이의 설사 똥이 있는 지점으로 달려가 네댓 차례 시끄럽게 혀를 날름거리자 똥이 모두 사라졌다. 그런 다음 검은 개는 꼬리를 흔들면서 마룻바닥에 주저앉았다. 아모게는 다시 한 번 발과 아이를 옮겼지만 이번에는 작은 초록색 방울 하나밖에 없었다. 은완쿠는 그것이 일어날 필요가 있을 정도로 크지 않다고 생각했는지 그저 목을 쭉 내뻗어 혀끝으로 핥더니 다시 똑바로 앉아서 기다렸다. 하지만 아이의 설사가 더 이상 나오지 않자 검은 개는 곧바로 턱 주위로 날아다니는 파리를 잡으려고 헛된 노력을 했다.

에도고의 생각은 그가 작업 중인 문에만 머무르지 않았다. 그는 다시 한 번 망치를 내려놓고 왼쪽 손에 들려 있던 끌을 오른손으로 옮겼다. 아들은 이제 울음을 그쳤으므로 에도고의 생각은 조금 전에 아버지와 동생이 주고받던 언쟁으로 흘러갔다. 아버지의 문제점은 뭔가를 보게 되면 절대로 그것에서 눈을 돌리지 못한다는 데 있었다. 오포에두와의 우정이 오비카에게 좋은 결과를 가져오지 않을 거라는 점에는 모든 사람들이 동의했다. 그렇지만 오비카는 더 이상 어린아이가 아니니까 그가 만일 아버지의 충고를 받아들이지 않겠다면 그냥 내버려 두는 수밖에 없었다. 바로 그런 점을 아버지는 절대로 받아들이지 못했다. 에제울루는 다 큰 자식들을 계속해서 어린아이처럼 취급해야만 성이 찼다. 그리고 혹시라도 자식들이 싫다고 말하면 큰 말다툼이 벌어졌다. 그런 까닭에 자식들이 커 갈수록 아버지는 자식들을 점점 더 싫어하는 것 같았다. 에도고는 자신이 어린아이였을 때 아버지의 사랑을 독차지했는데 해가 갈수록 아버지의 애정이 맨 먼저 오비카에게로 그다음에는 오두체와 은와포에게로 옮겨갔다는 걸 생각해 냈다. 이제 와서 그런 생각을 하다 보니 아버지가 오두체에게 많은 애정을 쏟아 부은 적이 있었는지 에도고는 정말이지 기억할 수가 없었다. 아버지의 애정은 (아들들 중에서 아버지를 가장 많이 닮은) 오비카에게 상당히 오랜 기간 머물러 있다가 오두체는 건너뛰고 은와포에게로 넘어간 것 같았다. 만약에 내일이라도 노인네에게 또 다른 아들이 생겨난다면 어떤 일이 벌어질까? 그렇게 되면 은와포는 아버지의 총애를 잃게 될까? 어쩌면 그럴지도 모를 일이었다. 아니면 그보다 더 중요한 의미가 숨어 있을까? 마침내 사제직의 후임자가 나타났다는 걸 아버지에게 말해 주는 어떤 요소가 그 아이한테 있었나? 몇몇 사람들은 은와포가 모든 면에서 에제울루의 아버지를 꼭 닮았다고 말했다. 사실상 에도고는 아버지가 돌아가신 후 예언자의 구슬 줄이 은와포에게 유리하게 떨어진다면 상당한 안도감을 느낄 것이다. "나는 대사제가 되고 싶지 않아." 에도고는 이 말을 큰 소리로 외치고 있는 자신의 목소리를 들었다. 그는 혹시 누군가 가까이에 서 있다가 그가 하는 말을 듣지나 않았는지 본능적으로 사방을 둘러보았다. '오비카는 사제직 같은 건 생각조차 해 보지 않았을 거야.' 하는 생각이 들었다. 그렇다면 남는 사람은 오두체와 은와포뿐이었다. 그렇지만 에제울루가 오두체를 새로운 종교에 넘겼으니 그는 더 이상 고려 대상이 될 수 없었다. 그러자 이상한 생각이 에도고를 사로잡았다. 아버지는 오두체에게서 울루 신의 사제가 되는 자격을 박탈하기 위해 그 아이를 의도적으로 백인의 종교로 보낸 것일까? 정말로 그런 일이 가능할까? 그는 넋을 잃고 이로코 문에다 격자선들을 똑바로 내리긋던 조각칼을 손에서 내려놓았다. 그게 모든 걸 설명해 줄지도 모르겠군! 그렇다면 사제직은 아버지의 사랑을 독차지한 막내아들한테로 돌아가겠네. 그런 이상한 결정을 내릴 때 에제울루가 내놓은 이유를 어느 한 사람도 납득하지 못했다. 만일 그가 말한 대로 아들 중 한 명이 이 새로운 모임에 들어가 그의 눈과 귀가 되어 주기를 원했다면 어째서 그는 그의 생각에 더 근접한 은와포를 보내지 않았을까? 아니, 그게 이유가 아니었다. 사제는 후임자 선택에 관여하기를 원했던 것이었다. 에제울루를 잘 아는 사람이라면 그가 그렇게 하리라고 예상할 수 있었다. 하지만 그것은 아버지의 도를 넘은 처사가 아니었을까? 사제 선택은 신에게 속한 일이었다. 늙은 사제가 그의 속셈을 드러내도 신은 그냥 두고 볼까? 에도고나 오비카가 사제직에 아무런 관심도 없는 것처럼 보인다 해도 신이 심술로라도 그들 둘 중 한 사람 또는 심지어 오두체를 선택하는 걸 미리 막을 수는 없었다. 이제 에도고의 머릿속이 혼란스러워졌다. 만일 울루 신이 그를 대사제로 선택한다면 그는 어떻게 할 것인가? 이전에는 이런 생각으로 고민한 적이 한 번도 없었다. 왜냐하면 그는 언제나 울루 신이 자신을 원하지 않을 것을 당연시했기 때문이었다. 하지만 이제 그가 사물을 바라보는 방식대로라면 그 점에 대한 확신이 전혀 서지 않았다. 예언자의 구슬 줄이 자기를 지목한다면 그는 행복할까? 그는 자신의 속마음을 알 수가 없었다. 어쩌면 그런 결과로 단 한 가지 확실하게 얻을 기쁨은 동생들에 대한 아버지의 편애가 신에 의해 좌절되었다는 것을 알게 된다는 점이었다. 죽은 자들이 가는 아니-음모에서 에제울루는 이 땅을 내려다보며 자신의 모든 계획이 헛수고였음을 알게 될 것이다.

에도고는 자신의 마음속 깊은 곳에 아버지에 대한 이런 악의가 자리 잡고 있다는 걸 알고 깜짝 놀라 그 마음을 다소 누그러뜨렸다. 에제울루의 단 한 가지 잘못은 모든 사람들이, 그러니까 아내, 친족, 자녀, 친구, 심지어는 적들까지도 자기처럼 생각하고 행동하기를 기대하는 것이라고 살아생전 어머니는 늘 말씀하셨다. 에제울루에게 감히 아니라고 말하는 사람은 누구라도 그의 적이 되었다. 만약 자신과 아주 똑같이 행동하는 친구를 찾는 사람이 있다면 그는 고독하게 살 것이라고 했던 원로들의 말을 에제울루는 잊고 있었다.

에제울루는 오비카와 다투고 난 후 오랫동안 같은 자리에 앉아 있었다. 그는 벽에다 등을 기댄 채 집으로 들어오는 길에 시선을 고정하고 있었다. 이따금씩 그는 자기 앞의 나지막한 담장을 등지고 서 있는 집 안의 제실을 눈여겨 살피는 것 같았다. 그의 왼쪽으로 흙을 다져 만든 기다란 자리 위에는 염소 가죽이 깔려 있었다. 에제울루가 초승달을 찾기 위해 하늘을 지켜볼 수 있도록 그쪽 처마는 짧게 절단되어 있었다. 낮에는 빛이 대체로 그쪽에서 움막으로 들어왔다. 은와포는 흙 자리에 쪼그리고 앉아 아버지를 마주 보고 있었다. 에제울루의 오른쪽, 그러니까 방의 다른 쪽 끝에는 그의 나지막한 대나무 침대가 놓여 있었고 그 옆의 우크와 통나무 불에서는 연기가 났다.

에제울루는 고정된 시선을 떼지 않은 채 갑작스럽게 은와포에게 말을 하기 시작했다.

"사람들은 자기 아들한테는 거짓말을 하지 않는 법이란다. 이 말을 항상 명심해라. 우리 아버지가 말씀해 주셨는데라는 말은 크나큰 맹세를 할 때 쓴단다. 너는 아직 어린아이에 불과하지만, 네 할아버님이 나한테 속마음을 털어놓기 시작할 때 내 나이도 너만 했다. 내가 하는 말을 듣고 있느냐?"

은와포가 그렇다고 대답했다.

"네 형에게 어떤 일이 일어났는지 너도 보았지. 며칠 있으면 새색시가 올 것이고 그러면 형은 더 이상 어린아이라고 말할 수 없게 된단다. 남들이 형을 보면 더 이상 저 아이는 누구의 아들인가? 하고 묻지 않고 저 사람이 누구지? 하고 물을 게다. 형의 아내에 대해서도 사람들은 더 이상 누구의 딸이지? 하고 묻지 않고 누구의 아내지? 하고 물을 거란 말이다. 내 말을 알아듣겠니?"

은와포는 아버지의 얼굴이 땀으로 번득이기 시작하는 걸 보았다. 누군가 움막을 향해 다가오고 있었으므로 아버지는 말하는 걸 중단했다.

"저 사람이 누구냐?" 에제울루는 누군지 보기 위해 눈을 가늘게 떴다. 은와포는 밖을 내다보기 위해 흙 자리에서 뛰어내려와 움막 한가운데로 왔다.

"오그부에피 아쿠에부에 아저씨예요."

아쿠에부에는 우무아로에서 에제울루가 귀담아 말을 듣는 몇 안 되는 사람들 중 하나였다. 두 사람은 같은 동년배 그룹에 속해 있었다. 그는 가까이 다가오면서 목소리를 높여 물었다.

"이 집의 주인장 아직도 살아 있는가?"

"이 사람이 누구시더라? 다음 아포 날이면 죽은 후로 두 번의 장날을 보내게 된다는 바로 그 사람 아닌가?" 에제울루가 물었다.

"혹시 자네의 동년배 친구들이 모두 오래전에 죽고 없다는 걸 모르는 것 아닌가? 아니면 자네는 자네 시절이 끝났다는 것을 알기도 전에 머리 위에서 버섯이 피어나기를 기다리는 중인가?" 아쿠에부에는 이제 움막 안으로 들어왔는데도 낮은 처마를 지나오면서 취한 그런 자세, 즉 오른손은 무릎 위에 얹고 허리를 구부린 자세를 여전히 유지하고 있었다. 몸을 완전히 펴지 않은 채 그는 대사제와 악수를 나누었다. 그런 다음 그는 흙 자리 근처 바닥에 염소 가죽을 펼치고 앉았다.

"식구들은 다들 잘 있는가?"

"모두 조용하네." 이건 아쿠에부에가 가족들의 안부에 대해 답변할 때 늘 사용하는 말이었다. 은와포는 그 말이 무척 재미있었다. 그는 마음속으로 아쿠에부에의 부인들과 자녀들이 무릎 사이에 두 손을 집어넣고 가만히 앉아 있는 모습을 떠올렸다.

"자네 집안은 어떤가?" 그는 에제울루에게 물었다.

"죽은 사람이 한 명도 없었다네."

"오비카가 백인한테 채찍으로 맞았다는 소문이 있던데?"

에제울루는 하늘을 향해 양쪽 손바닥을 펼칠 뿐 아무 말도 하지 않았다.

"그 아이가 잘못한 게 뭐라고들 하던가?"

"여보게, 우리 다른 이야기나 합세. 이런 일이 일어나면 극도

로 흥분하는 날들이 있었지. 하지만 그런 날은 지나갔다네. 이제
는 어떤 일이 일어나도 나는 아무렇지도 않아. 은와포, 어서 가
서 어머니께 콜라 열매를 가져오라고 해라."

"오늘 아침에 콜라 열매가 다 떨어졌다고 말씀하시던데요."

"그럼 가서 마테피에게 말하렴."

"자네는 매번 콜라 열매 때문에 걱정해야 하는가? 나는 손님
이 아닐세."

"나는 콜라 열매가 손님들한테만 대접하는 음식이라고 배우
지 않았다네. 게다가 형제를 손님보다 소홀하게 대하는 사람이
야말로 바보라는 말도 있지 않은가? 하지만 자네가 뭘 걱정하는
지 나는 잘 알지. 그러니까 자네는 이가 다 빠졌다던데?" 에제울
루가 말했다. 이 말을 하면서 그는 도마뱀의 머리처럼 생긴 사각
나무 그릇에서 백묵 덩어리를 집어 들더니 그것을 아쿠에부에
쪽으로 굴렸다. 그러자 아쿠에부에는 그것을 집어 들어 마룻바
닥에다 수직으로 네 개의 선을 그린 다음 오른쪽 엄지발가락을
칠하더니 그것을 다시 에제울루에게 굴려 보냈고 에제울루는
그것을 나무 그릇에 집어넣었다.

은와포는 곧바로 쟁반에 콜라 열매를 담아 들고 돌아왔다.

"아쿠에부에 아저씨께 보여 드려라." 그의 아버지가 말했다.

"보았네." 아쿠에부에가 대답했다.

"그럼 그걸 깨트리게나."

"아닐세. 왕의 콜라 열매는 왕의 손으로 돌아가는 법일세."

"진심에서 그런 말을 하는 건가?"

"진정으로 그렇게 말하는 걸세."

에제울루는 은와포에게서 쟁반을 받아서 다리 사이에 내려

놓았다. 그런 다음 그는 오른손으로 콜라 열매를 집어 들고 기도를 올렸다. 그는 각 문장을 말할 때마다 손을 앞으로 툭 내밀었는데, 손바닥은 위쪽을 향해 펼치고 네 손가락 위에 올려놓은 콜라 열매를 엄지손가락으로 꼭 잡고 있었다.

"오그부에피 아쿠에부에, 자네의 장수와 자네 가족 모두의 장수를 비네. 나 역시 내 모든 가족과 함께 살아갈 걸세. 하지만 목숨만으로는 충분치 않아. 우리가 살아가는 데 필요한 것들도 풍성하기를 기도하네. 왜냐하면 죽음보다도 좋지 못한 느리고 피곤한 인생길도 있으니까 말일세."

"옳은 말일세."

"꼭대기에 있는 사람이나 저 아래에 있는 사람이나 모두 좋은 일을 만나기를 바라네. 하지만 다른 사람의 지위를 시샘하는 사람은 시기심으로 숨이 막혀도 어쩔 수 없지."

"그렇다면 어쩔 수 없지."

"이보의 땅과 강변 사람들의 땅에도 좋은 일이 찾아오기를 바라네."

그런 다음 그는 양쪽 손바닥으로 눌러서 콜라 열매를 깨트렸고 바닥에 놓여 있던 쟁반에다 모든 알갱이를 쏟았다.

"휘, 휘휘, 휘휘, 휘, 휘휘." 그는 휘파람을 불었다. "여보게, 여기 좀 보게나. 귀신들도 먹고 싶은 모양일세."

아쿠에부에도 목을 길게 내뽑고 그것을 보았다. "하나, 둘, 셋, 넷, 다섯, 여섯. 정말로 귀신들도 먹고 싶은가 보군."

에제울루는 알갱이 하나를 집어서 밖으로 내던졌다. 그런 다음 또 하나를 집어 자기 입속에 넣었다. 은와포가 앞으로 나와 바닥에서 쟁반을 집어 들고 아쿠에부에게 내밀었다. 콜라 열매가 잇새에서 부서지는 소리만 들릴 뿐 두 사람 모두 잠깐 동안 아무 말도 하지 않았다.

"콜라 열매가 아주 특이한 것 같구먼." 에제울루는 두 번을 나누어 삼킨 후에 입을 열었다. "알갱이가 여섯 개 들어 있는 걸 마지막으로 본 게 언젠지 기억도 나지 않아."

"그런 건 정말로 드물지. 그리고 그런 건 찾지 않을 때만 보게 되는 법일세. 심지어 다섯 개도 흔한 건 아니야. 몇 년 전에 나는 제물로 바칠 알갱이 다섯 개짜리 콜라 열매를 구하느라 네다섯 광주리를 사야만 했지. 은와포, 어머니의 움막으로 가서 찬물을 커다란 바가지로 하나만 떠 오렴……. 이런 열기는 사람을 그냥 두지 않는다니까."

"공중에 물기가 있는 것 같은데. 비가 쏟아지려고 이렇게 푹 푹 찌는 것 같아." 에제울루가 말했다. 이 말을 하면서 그는 몸을 사분의 삼 정도 일으키더니 대나무 침대가 있는 쪽으로 몇 걸음 걸어가 염소 가죽 가방을 집어 들었다. 이 가방은 바느질 솜씨가 아주 대단해서 껍질에서 달팽이를 잡아 빼듯이 마치 살아 있는 염소를 가죽만 쏙 빼낸 것 같았다. 가방은 네 개의 짧은 다리에다 꼬리까지 본 모습 그대로 붙어 있었다. 에제울루는 자기 자리로 가방을 들고 와 팔을 쑥 집어넣고 코담배 병을 찾기 시작했다. 그는 병을 찾아내 바닥에 내려놓고 조그만 상아 스푼을 찾기 시작했다. 그것도 곧바로 찾아낸 뒤 가방을 자기 옆에다 치워 놓았다. 그는 자그마한 흰색 병을 다시 집어 높이 치켜들고 코담배가 얼마나 남아 있는지 살펴본 다음 무릎뼈에 대고 톡톡 두들겼다. 그런 다음 병뚜껑을 열고 왼쪽 손바닥에다 내용물을 조금 따랐다.

"머리 좀 맑아지게 나한테도 조금만 주게나." 물을 막 마신 아쿠에부에가 말했다.

"자네가 이리로 와서 받게나. 설마 자네는 내가 그걸 가져다 주려고 자리에서 다시 일어나리라고 기대하는 건 아니겠지. 부인도 얻어 주고 둘이 누워 잘 잠자리까지 마련해 주어야 해?" 에제울루가 말했다.

아쿠에부에는 오른손을 무릎에 대고 왼쪽 손바닥을 에제울루를 향해 벌린 채 몸을 반 정도 일으켰다. "자네와 다퉈 봐야 무슨 소용이 있겠나. 자네한테 얌도 있고 칼도 있는데 말일세." 그가 말했다.

에제울루는 아쿠에부에의 손바닥에다 자기 손바닥에 있던 코담배를 두 스푼 정도 덜어 준 다음 자기 몫으로 병에서 조금 더 꺼냈다.

"담배 맛이 아주 좋구먼." 아쿠에부에가 말했다. 그의 한쪽 콧구멍에 갈색 담배 가루 자국이 남아 있었다. 그는 다시 오므리고 있던 왼쪽 손에 있던 가루를 오른쪽 엄지손톱으로 약간 떠서 다른 쪽 콧구멍으로 가져가더니 머리를 뒤로 젖히고 서너 차례 들이마셨다. 그의 양쪽 콧구멍에 흔적이 남았다. 에제울루는 엄지손톱 대신 상아 스푼을 사용했다.

"나는 코담배를 장에서 구입하지 않는다네. 그래서 그런 걸세." 에제울루가 말했다.

에도고가 야자 술이 든 호리병의 목을 짧은 줄로 묶어서 흔들어 대며 들어왔다. 그는 아쿠에부에와 아버지에게 인사를 한 다음 호리병을 내려놓았다.

"너한테 야자 술이 있는지 몰랐구나." 에제울루가 말했다.

"제가 지금 만들고 있는 방문의 임자가 지금 막 보내왔어요."

"그런데 너는 어째서 죽은 친척들의 배퉁이를 몽땅 물려받은 이 친구가 있는데 그걸 갖고 오냐?"

"하지만 그걸 자네에게 주려고 에도고가 갖고 들어왔다는 소리도 듣지 못했는걸." 아쿠에부에는 에도고에게로 몸을 돌리더니 물었다. "아니면 네가 그런 말을 했느냐?" 에도고는 크게 웃으면서 두 분 모두 드시라고 가져왔다고 말했다.

아쿠에부에는 자기 가방에서 커다란 소뿔 잔을 꺼내더니 그것을 바닥에 대고 세 번 쳤다. 그런 다음 그는 손바닥으로 술잔의 가장자리를 문질러 먼지를 쓸어 냈다. 에제울루는 옆에 있던 가방에서 뿔잔을 꺼내 에도고에게 가득 채우라고 내밀었다. 에도고는 아버지에게 술을 따라 드린 다음 호리병을 아쿠에부에 쪽으로 가져가 그의 잔도 가득 채웠다. 두 사람은 마시기 전에 마룻바닥에 술을 약간 따르고 들릴까 말까 한 목소리로 조상님께 초대의 말을 중얼거렸다.

"아직도 온몸이 욱신욱신 아프다네. 야자 술을 마시는 게 나한테는 아직 좋을 것 같지는 않아." 에제울루가 말했다.

"좋은지 안 좋은지는 내가 말해 줄 수 있지." 첫 번째 술잔을 벌컥 들이켠 아쿠에부에는 그게 좋은 술인지 아닌지를 알아내기 위해 머릿속에서 나는 소리를 기다리는 사람처럼 얼굴을 잔뜩 찡그린 채 말했다.

에도고는 아버지의 잔을 받아 자신이 마실 술을 따랐다. 그때 오두체가 들어와 아버지와 아쿠에부에에게 인사를 한 다음 은와포와 함께 흙 자리에 앉았다. 그는 백인의 종교로 들어간 후로는 다리 사이에 묶는 가느다란 헝겊 끈 대신 수건을 만드는 천으로 된 허리옷을 항상 입고 다녔다. 에도고는 술잔을 다시 채워 오두체에게 내밀었지만 그는 마시지 않았다. "은와포, 너도 마셔 볼래?" 에도고가 물었다. 그도 역시 싫다고 했다.

"옥페리에는 언제 가느냐?" 에제울루가 물었다.

"모레요."

"얼마 동안 있을 거지?"

"장날이 두 번 지나갈 동안이래요."

에제울루는 마음속으로 이리저리 생각해 보는 것 같았다.

"무엇 때문에 가는 거지?" 아쿠에부에가 물었다.

"그분들이 우리의 성경 지식을 시험해 보고 싶대요."

아쿠에부에는 무슨 소린지 모르겠다는 듯 어깨를 으쓱했다.

"네가 가게 될지는 두고 봐야겠다. 하여튼 내가 차차 결정하마." 에제울루가 말했다. 아무도 이 말에 대꾸하지 않았다. 오두체는 아버지에 대해 충분히 알고 있었으므로 저항하지 않았다. 아쿠에부에는 술을 한 잔 더 마시더니 이를 갈기 시작했다. 머릿속에서 나기를 기다리던 소리가 마침내 말문을 열고 술이 아주 좋다고 했다. 그는 술잔으로 마룻바닥을 몇 차례 두드리면서 기도를 했다.

"이 술을 채취한 사람이 이런 좋은 일을 계속할 수 있도록 건강을 주소서. 이 술을 마신 우리들도 만수무강하게 하소서. 올루 지방과 이보 지방을 축복하소서." 그는 술잔을 가방에 집어넣기 전에 가장자리를 문질렀다.

"한 잔 더 하시죠." 에도고가 말했다.

아쿠에부에는 대답을 하기 전에 손등으로 입을 문질렀다.

"야자 술에 대항하는 유일한 처방은 그만 마시겠다고 거절하는 힘이라네." 이 말을 들은 에제울루는 다시금 주위에 있는 사람들이 눈에 들어오는 것 같았다.

"자네가 들어오기 직전에 말일세, 나는 저기 있는 저 어린아이에게 이 세상에서 가장 큰 거짓말쟁이도 자기 아들한테는 진실을 말하는 법이라고 말해 주던 참이었네." 그는 아쿠에부에게 말했다.

"그럼, 그렇고말고. 사람은 가장 두려운 신 앞에서도 자기 아버지가 해 준 말에 대해서는 맹세할 수 있지." 아쿠에부에가 말했다.

"만일 자기 땅과 이웃집 땅의 경계선이 확실치 않은 경우에는 말이다. 아버지는 아들한테 내 생각에는 여기인 것 같은데, 만일 그 문제로 논쟁이 벌어지면 신 앞에서는 맹세하지 말라고 충고한단다." 에제울루가 말했다.

"아무렴, 그렇지." 아쿠에부에가 말했다.

"하지만 어떤 사람이 진실을 말해 주었는데도 그의 자녀들이 거짓말하기를 선호한다면……." 에제울루의 목소리는 한 단어 한 단어 말할 때마다 위험한 수준의 저주를 향해 치솟아 올랐다. 그러더니 그는 머리를 세차게 흔들며 말을 뚝 끊었다. 다시 시작했을 때 그는 좀 더 차분하게 말했다. "그렇기 때문에 이방인이 내 아들을 채찍으로 때리고도 털끝 하나 다치지 않고 그냥 넘어갈 수 있었던 거지. 내 아들놈이 내 말에 귀를 막아 버렸으니 어쩌겠느냐 말일세. 그렇지 않았다면 그놈의 이방인은 에제울루를 거역하는 게 어떤 건지 벌써 알고도 남았을 텐데. 개들이 벌써 그의 두 눈을 핥아 댔을 거야. 나도 그놈을 통째로 삼켰다가 다시 내뱉었을 것이고. 머리에 물도 바르지 않고 머리털을 몽땅 밀어 버렸을 텐데."

"그렇다면 오비카가 먼저 주먹질을 했단 말인가?" 아쿠에부에가 물었다.

"내가 어찌 알겠나? 내가 할 수 있는 말은 그저 그 아이가 아침에 집을 나설 때 야자 술에 취해 눈이 멀었다는 것뿐일세. 그리고 조금 전에 집에 돌아왔을 때도 술기운이 그의 눈에서 완전히 사라지지 않았던걸."

"하지만 그 아이가 먼저 주먹을 날린 건 아니라던데요." 에도고가 말했다.

"네가 그 자리에 있었냐?" 아버지가 물었다. "아니면 너는 술에 취한 사람이 너한테 하는 말에 신빙성이 있다고 신 앞에서 맹세라도 할 거야? 내게 아들에 대한 확신이 있다면 내 눈에 손가락을 찔러 넣은 사람이 집에 가서 편안히 누워 있는데 내가 그냥 여기 한가하게 앉아 너한테 이야기나 하고 있을 것 같으냐? 다른 건 안 해도 그에게 몇 마디 말이라도 선포해서 내 입의 위력을 보여 줄 수 있었을 거다." 그의 이마에 땀방울이 맺히고 있었다.

"자네 말이 다 옳네." 아쿠에부에가 말했다. "하지만 내 생각에는, 오비카가 먼저 때렸는지 아닌지 일단 그때 상황을 목격한 사람들에게 확인해 본 다음에 우리가 할 수 있는 일이 있을 것 같아……." 에제울루는 친구의 말이 끝나기를 기다리지 않았다.

"어째서 내가 밖에 나가 모르는 사람들을 찾아다니며 우리 아들이 어떤 짓을 했고 어떤 짓을 하지 않았는지 알아봐야 한단 말인가? 내가 그들에게 말해 주어야 하잖아."

"자네 말이 맞아. 하지만 먼저 들고양이를 쫓아 버리고 그다음에 암탉을 혼내 주기로 하세." 아쿠에부에가 에도고에게 말했다. "오비카는 어디 있느냐?"

"내가 한 말이 아직 자네 귀에 들어가지 않은 것 같구먼." 에제울루가 말했다. "어디……"

에도고가 아버지의 말을 가로막았다. "오비카는 오포에두와 함께 나갔어요. 아버지께서 꾸중하기에 앞서 먼저 그 아이에게 무슨 일이 있었는지 자초지종을 묻지 않으시니까 그 아이는 화가 났지요."

이런 예기치 못한 비난이 나오자 에제울루는 검은 개미한테 찔린 것처럼 얼얼했다. 하지만 그런 말을 듣고도 그가 조금도 흐트러지는 일 없이 마음을 다잡고 잠자코 온몸을 벽에 기댄 채 두 눈을 감고 있는 모습에 모든 사람들이 놀랐다. 에제울루는 다시 눈을 뜬 다음 조용히 휘파람을 불기 시작했다. 아쿠에부에는 예상치 못한 사실을 알아낸 사람처럼 고개를 네댓 차례 끄덕였다. 에제울루는 들릴까 말까 하는 휘파람 소리에 맞추어 고개를 좌우로 위아래로 가볍게 움직였다.

"우리 집 아이들한테 내가 늘 하는 말이 있단다." 아쿠에부에가 에도고와 다른 두 아이들을 향해 말했다. "자식들보다는 아버지의 사리 분별 능력이 더 뛰어난 법이란 말이지." 그는 이 말을 하여 에제울루의 마음을 달래 주고 싶었던 것이겠지만 사실 그건 진실임에 틀림없었다. 하지만 그는 동시에 진실을 말한 게 분명했다. "너희 중에 아버지보다 더 현명하다고 생각하는 아들이 있다면, 그건 아버지가 아들들에게 물려주는 축적된 지혜 덕분이라는 사실을 잊고 있는 거지. 그렇기 때문에 아버지와 씨름하려는 아들은 늙은 아비의 허리옷만으로도 눈이 머는 거란다. 내가 왜 이런 말을 하는지 아니? 그건 말이지, 나는 네 아버지 집에서 이방인이 아니니까 내 생각을 말하는 게 두렵지가 않아서야. 네 아버지가 오비카에게 오포에두와의 교제를 끊으라고 얼마나 자주 타일렀는지 나도 잘 안단다. 그런데 오비카는 어째서 귀를 기울이지 않느냐 말이다. 그건 너희 모두, 그러니까 오비카뿐만 아니라 저기 있는 저 어린아이도 포함해 너희 모두가 자신이 아버지보다 더 현명하다고 생각하기 때문이지. 우리 집 아이들도 마찬가지란다. 하지만 너희 모두가 잊고 있는 게 한 가지가 있지. 그러니까 말이다, 남들보다 먼저 음식을 만들기 시작한 여자는 분명 깨진 그릇이 남들보다 더 많다는 걸 너희들은 잊고 있단다. 우리 늙은이들이 말할 때는 입안에 달콤한 말이 들어 있어서가 아니다. 그건 말이지, 너희들이 보지 못하는 걸 우리들은 보기 때문이야. 우리 선조들이 만들어 놓은 속담이 하나 있단다. 늙은 여자가 춤을 추다 말고 손가락으로 자꾸자꾸 같은 방향을 가리키면 그 순간 우리는 오래전에 거기 어디선가 그녀의 인생을 뿌리째 흔들어 놓은 어떤 일이 발생했다는 것을 확신해도 좋다는 거야. 에도고, 오비카가 돌아오면 내가 한 말을 그에게도 말해 주렴. 내 말 듣고 있니?" 에도고는 고개를 끄덕였다. 아버지가 자식들한테는 절대로 거짓말을 하지 않는다는 말이 과연 사실인지 그는 궁금했다.

아쿠에부에는 자리에 앉은 채로 방향을 바꾸어 에제울루를 마주 보고 말했다. "우무아로의 자랑이라면 말일세. 우리는 결코 한쪽만 옳고 다른 한쪽은 틀렸다고 생각하지 않는다는 점이지. 저 아이들한테 방금 말했지만, 난 자네한테 말하는 것도 두려워하지 않을 걸세. 내 생각에 자네가 오비카에게 너무 심하게 대한 것 같아. 대사제로서의 높은 직위는 제쳐 놓고, 자네는 큰 집안의 가장이라는 축복도 받았지 않은가. 하지만 집안이 번성하다 보면 어느 집을 막론하고 온갖 종류의 사람들이 있게 마련이지. 어떤 사람은 착하고 어떤 사람은 못되었고, 어떤 사람은 겁이 없고 또 어떤 사람은 겁쟁이가 아닌가. 또 부를 불러들이는 사람이 있으면 재산을 마구 흩뿌리는 사람도 있고, 좋은 말로 충고해 주는 사람이 있는가 하면 그저 야자 술을 먹고 주정만 하는 사람도 있지. 그러니까 훌륭한 사람의 집에는 어떤 곡조의 노래를 연주하더라도 언제나 그 곡에 맞춰 춤추는 사람이 있다고들 하는 게 아닌가. 자네에게 경의를 표하네."

10

토니 클라크는 옥페리에서 거의 육 주를 보냈는데도 질그릇을 포함한 그의 짐은 대부분 이 주 전에야 비로소 도착했다. 사실상 그날은 그가 숲으로 순회를 떠나기 바로 전날이었다. 그래서 그는 여태껏 집으로 식사하러 오라고 윈터바텀 대위를 초대할 수가 없었다.

클라크는 손님이 도착하기를 기다리면서 마음이 상당히 불안했다. 이런 오지에서 오로지 네 명의 다른 유럽인들(이들 중 세 명은 행정관들의 관심조차 끌지 못하는 별 볼일 없는 사람들이었다.)과 함께 살아가면서 부닥치는 문제 중 하나는 윈터바텀 같은 사람을 완전히 혼자서 상대해야 한다는 점이었다. 물론 그들이 사무실 밖에서 만나는 게 이번이 처음은 아니었다. 그들은 얼마 전에도 함께 저녁 식사를 했기에 전체적으로 볼 때 그들의 만남이 완전히 중단된 것은 아니었다. 지난번 식사 때는 클라크가 아무런 책임감을 느낄 필요가 없는 손님에 불과했다. 하지만 오늘은 그가 주인 노릇을 할 것이므로 장시간의 힘든 의식을 치르는 것처럼 술, 음식, 커피를 준비하고, 밤이 깊도록 더 많은 술을 마시며 대화를 활기 있게 유지하는 무거운 짐을 져야 할 것이다. 최근에 순회를 하는 동안 우정 비슷한 것을 느끼게 된 존 라이트 같은 사람을 초대할 수 있었다면 얼마나 좋았을까! 하지만 그런 일이 불행한 결과를 가져올지도 모를 일이었다.

클라크는 시찰 여행 중에 지붕을 짚으로 엮어 만든 우무아로 외곽 지역의 호젓한 휴게소에서 라이트와 함께 하룻밤을 지냈다. 당시에 라이트는 휴게소의 반을 차지하고 이 주 이상 지내고 있었다. 휴게소에는 커다란 방이 두 개 있었는데 각 방에 캠프용 침대, 낡은 모기장, 거친 나무 탁자와 의자, 그리고 붙박이장이 있었다. 본 건물 바로 뒤에 있는 초가지붕을 얹은 헛간이 부엌으로 사용되었다. 또한 27미터 정도 떨어진 곳에 또 다른 움막이 있었는데 그것은 앉는 부분이 나무로 된 재래식 변소였다. 같은 방향으로 조금 더 떨어진 곳에 손질이 전혀 되지 않은 세 번째 움막이 있었는데 그곳에는 하인들과 종종 '해먹 소년들'로 불리는 짐꾼들이 살았다. 휴게소 본관은 클라크가 여태까지 다른 곳에서는 한 번도 본 적이 없는 이 지방 특유의 야생식물 울타리로 둘러싸여 있었다.

그곳의 전체적인 외양을 볼 때 마지막 관리인이 캠프용 침대 두 개를 가지고 숲 속으로 도망친 이후로는 건물 관리인이 없었다는 것을 알 수 있었다. 그 후로 침대는 보완되었지만 본관과 화장실의 열쇠는 본부에서 맡았다. 그러다가 시찰 여행을 하는 유럽인이 그곳에 머물 필요가 생길 때면 원터바텀 대위 사무실의 토착민 서기장이 잊지 않고 짐꾼 대표나 시종에게 열쇠를 줘야 했다. 예전에 경찰 간부인 웨이드 씨가 우무아로에 갔을 때 서기장은 열쇠 주는 것을 잊은 탓에 그것을 전달하기 위해 한밤 중에 10~11킬로미터를 걸어가야만 했다. 다행스럽게도 웨이드 씨는 그곳을 치워 놓으라고 하루 전에 하인들을 미리 보냈기 때문에 개인적인 불편은 하나도 겪지 않았다.

토니 클라크는 휴게소 경내를 돌면서 가번먼트 힐에서 수백 킬로미터는 떨어져 있는 것 같다는 느낌이 들었다. 여기가 10~11킬로미터밖에 떨어지지 않은 곳이라고는 도저히 믿을 수 없었다. 심지어 태양조차 다른 방향으로 지는 것만 같았다. 토착민들이 10킬로미터 정도 떨어진 곳에 가는 것을 외국 여행으로 여긴다는 말이 전혀 놀랍지 않았다.

그날 저녁 늦게 클라크는 라이트와 함께 휴게소 베란다에 나와 앉아 라이트가 내놓은 술을 마셨다. 윈터바텀이 군림하는 가번먼트 힐의 딱딱한 분위기와는 완전히 동떨어진 이런 외딴 곳에 있으니 클라크는 라이트와도 마음이 통한다는 걸 알 수 있었다. 그는 또한 어떤 상황에서는 오랫동안 이곳에 머문 여느 관리 못지않게 자신도 술을 많이 마실 수 있다는 사실을 깨닫고 다소 놀라면서도 기분은 좋았다.

두 사람은 이전에 아주 잠깐 만났을 뿐이지만, 이제 그들은 오래 사귄 친구들처럼 대화를 나누었다. 클라크는 라이트가 키가 작달막하고 외모가 거칠어 보이긴 하지만 선량하고 정직한 영국인이라는 생각이 들었다. 우쭐거린다든가 아니면 너무 진지하게 말하는 것 같은 인간이 쉽게 빠질 수 있는 그런 죄악이 발견되지 않는 라이트와 대화를 나눈다는 게 상당히 신선하게 여겨졌다.

"토니, 만약 자신과 함께 일하는 젊은 행정관이 별 볼일 없는 도로 건설자에게 상냥하고 친절하게 대하는 것을 본다면 윈터바텀 대위가 뭐라고 말할 것 같소?" 라이트의 시뻘게진 큰 얼굴이 청년다워 보였다.

"난 잘 모르겠지만 별로 개의치도 않아요." 클라크가 말했다. 술기운이 벌써 머리까지 올라갔기 때문에 그는 말수가 많아졌다. "난 말이죠, 아프리카에서 지내는 동안 당신이 닦아 놓은 도로만큼이나 뭔가 훌륭한 일을 이루어 낸다면 더 이상 바랄 게 없을 겁니다……."

"그렇게 말해 주다니 정말로 고맙소."

"도로 개통 시에 축하 행사가 열립니까?"

"대위는 안 한다고 하더군요. 도로 건설 예산액이 벌써 과다 지출되었다던데요."

"그게 무슨 상관이죠?"

"나도 바로 그걸 알고 싶소. 게다가 내가 알기로는 전 구역에 걸쳐서 아무도 원하지 않는 현지인 법원를 세우느라 수백 파운드를 사용하고 있거든요."

"그러나 그게 대위의 잘못이 아니라는 건 나도 잘 압니다." 윈터바텀을 언급할 때 조금은 얕보는 것 같은 라이트의 태도를 클라크도 이미 흉내 내고 있었다. "그것은 본부 정책인데, 내가 알기에 대위도 그 정책에 전적으로 동의하지는 않아요."

"빌어먹을 본부 같으니."

"대위도 그와 같은 심정일 거예요."

"그러니까 대위는 사실 그렇게 나쁜 친구는 아니죠. 아마 본

심을 살펴보면 그는 상당히 괜찮은 사람일 거요. 그가 거친 세월을 보냈다는 점을 감안해 줘야겠지요."

"승진 문제 말인가요?"

"소문에는 그 문제에서 그 친구가 상당히 좋지 못한 대우를 받았다더군요. 사실 나는 그 점은 전혀 생각해 보지 않았어요. 단지 그의 가정생활을 생각한 거죠. 아, 그래요. 그러니까 전시에 그 불쌍한 친구가 카메룬에서 독일인을 상대로 싸우는 동안 고국에서는 어떤 약삭빠른 친구가 그의 아내를 데리고 도망을 갔답니다." 라이트가 말했다.

"정말이에요? 나는 그런 이야기는 듣지 못했는데요."

"사실이오, 그 일로 인해 대위가 상당한 충격을 받았다고 들었소. 그 친구가 어째서 이 우스운 대위 일에 그토록 매달리는가 생각해 보니 바로 전쟁 때 경험한 그런 개인적인 상실 때문인 것 같더군요."

"그럴 가능성이 크네요. 그러니까 대위는 아내가 그를 버리고 간 것을 아주 심각하게 받아들이는 그런 사람이로군요. 안 그래요?" 클라크가 말했다.

"바로 그거요. 그 친구처럼 융통성 없는 사람은 그런 일을 받아들일 수가 없지요."

저녁 시간 내내 윈터바텀 대위가 겪은 결혼 생활의 위기에 대해 아주 상세한 이야기를 들은 클라크는 대위가 정말로 불쌍하게 여겨졌다. 라이트 역시 그런 이야기를 해 주다 보니 마음속에서 동정심이 일어나는 것 같았다. 의식적으로 계획한 것은 아닌데 두 사람은 그를 언급할 때 대위라는 경멸조의 호칭 대신 윈터바텀이라는 이름을 사용했다.

깊은 생각 끝에 라이트가 말했다. "윈터바텀의 진짜 문제는, 그가 토착민 여자들과의 잠자리를 너무 심각하게 생각한다는 점이오." 혼자만의 생각에 빠져 있던 클라크는 깜짝 놀랐다. 그는 잠시 동안 윈터바텀에 대해 완전히 잊고 있었다. 이번 여행을 하면서 그는 여러 차례 '백인 남자들의 토착민 여자들과의 동침 관행이 얼마나 널리 퍼져 있는가?'라는 문제에 대해 진지하게 생각해 온 터였다.

"그 사람은 심지어 총독들에게도 피부가 거무스름한 정부들이 있다는 사실을 인식하지 못하는 것 같다니까요." 라이트는 입맛을 다셨다.

"그건 아느냐 알지 못하느냐의 문제는 아니라고 생각해요. 그는 상당히 높은 원칙을 지닌 사람이지요. 일종의 선교사라고나 할까요. 그의 부친이 영국 성공회 목사였다죠? 그러니까 예를 들면 영국 은행 직원이었던 우리 아버지 같은 사람과는 상당히 다르겠죠." 클라크가 말했다. 두 사람은 이 말을 생각하며 실컷 웃었다. 다음 날 아침에 이 말을 다시 떠올린 클라크는 그런 유치한 농담을 그토록 재미있어했다니 자신이 술을 무척 많이 마신 게 틀림없다고 생각했다.

"선교사처럼 행동한다는 당신 말이 옳은 것 같구려. 그렇다면 자신이 선교 단체에 소속되어 있든지 아니면 그와 유사한 사람이라는 걸 고백했어야지요. 그건 그렇고, 그는 최근에 은키사에서 선교 일을 하는 여의사와 어울리던걸요. 물론 우리 모두가 취향이 다르긴 하지만 이토록 황량한 곳에서 선교회 소속 여의사가 남자에게 위안을 줄 수 있다고는 생각하지 못했을 것 같은데."

클라크는 토착민 여자들에 대해, 그들이 백인 여자보다 더 나은지 등 이런저런 것들에 대해 상세하게 묻고 싶었지만 술의 힘을 빌린다 해도 차마 그런 질문을 꺼낼 용기가 없었다. 오히려 그는 화제를 바꾸어 자신이 이 좋은 기회를 놓치고 있다는 걸 알았다. 다 자란 흑인 처녀들이 벌거벗은 채로 돌아다니는 것을 맨 처음 목격한 이후로 품고 있었던 생각들을 그는 또다시 잠재우고 있었다. 그는 나중에 입술을 깨물며 후회할 게 뻔했다.

"본부에서 윈터바텀에 대한 소문을 들었을 때는 익살꾼 같은 기이한 사람이려니 생각했어요." 클라크가 말했다.

"알아요. 그는 에누구에서는 완전히 조소의 대상이지요. 그렇죠?"

"내가 오페리에 갈 거라고 말할 때마다 그들은 뭐라고! 늙다리 톰과 일하게 되었다고? 하면서 나를 불쌍하다는 듯이 쳐다보았어요. 나는 늙다리 톰이 뭐가 어때서 저러나 궁금했지만 아무도 그 이상은 말하려 들지 않았어요. 그러던 어느 날 선임 사무관이 다른 사무관에게 늙다리 톰은 자신이 1910년에 나이지리아로 왔다는 걸 항상 상기시키면서 자신이 그동안 하루치 일도 하지 않았다는 말은 한 번도 언급하는 법이 없지, 라고 말하는 걸 우연히 들었죠. 에누구에서 얼마나 많은 험담이 오가는지 그저 놀라울 뿐이라니까요."

"글쎄요." 라이트가 하품을 하면서 말했다. "늙은 톰이 내가 만난 사람 중에서 가장 열심히 일하는 사람이라고 말할 수는 없지만, 그렇다면 어느 누가 열심히 일하죠? 에누구에서 일하는 그 무리들은 분명 아닌데."

윈터바텀이 오기를 기다리는 동안 이 모든 말들이 클라크의 마음속에 떠올랐다. 마치 외부인과 마주 앉아 자기 무리에 속한 사람의 험담을 늘어놓다 들키기라도 한 것처럼 죄책감이 들었다. 하지만 그는 자기네가 윈터바텀에 대해 무자비할 정도의 험담은 한마디도 하지 않았다고 자신을 변호했다. 정작 그날 일로 대위의 개인사에 대해 몇 가지를 상세히 알게 되었고 그를 안쓰러워하는 마음이 생겼다. 그리고 그런 감정을 품게 되었으니 그런 사실을 알게 된 것은 용서할 만하지 않은가.

클라크는 요리사가 장작불로 닭고기를 잘 굽고 있는지 살펴보기 위해 그날 저녁 열 번째로 부엌에 들어갔다. 만일 닭고기가 지난번 클라크가 먹은 것처럼 질기면 낭패였다. 물론 이 지방에서 자란 닭들은 모두 질기고 아주 작았다. 어쩌면 이런 걸 불평해서는 안 될는지도 모르겠다. 다 자란 수탉 한 마리 값이 2펜스 정도에 불과했다. 그렇긴 해도, 이따금씩 돈을 더 주는 한이 있더라도 맛있고 부드러운 영국 닭을 살 수만 있다면 얼마나 좋을까 싶었다. 요리사의 얼굴에 떠오른 표정을 보니 클라크가 너무 자주 부엌에 들어온다고 말하는 것 같았다.

"잘되어 가는가?"

"이데는 조금씩 조금씩 노력하고 있어요." 요리사는 연기로 달아오른 두 눈을 팔뚝으로 문지르며 말했다. 클라크는 막연하게 사방을 둘러본 다음 방갈로의 베란다로 돌아왔다. 그는 자리에 앉아 또다시 시계를 들여다보았다. 7시 십오 분 전이었다. 아직도 삼십 분은 더 있어야 했다. 그는 무슨 대화를 나눌지 이런저런 주제를 생각해 보았다. 최근에 다녀온 여행 이야기만으로도 저녁 시간을 보내기에 충분했을 텐데, 그는 그것에 대한 총괄적인 보고서를 막 써서 제출한 터였다.

"하지만 참으로 우습군." 그는 혼잣말을 했다. 윈터바텀이 저

녁 식사를 하러 오는데 어째서 내가 이토록 안절부절못하고 초
조해하는 거지? 그 사람을 두려워하는 걸까? 분명 그렇지는 않
다! 그럼 어째서 이토록 흥분했을까? 라이트는 단지 누구나 알
고 있는 상식에 불과한 배경 설명을 몇 가지 해 주었을 뿐인데
어째서 윈터바텀을 만나는 것에 대해 이토록 격앙되었단 말인
가? 그런 점에서 클라크는 뭘 안다는 것이 어떤 것인지 잠깐이
나마 숙고해 보았다. 친구나 동료에 대해 뭔가 안다는 게 그 사
람에게 장애가 된단 말인가? 어쩌면 그럴 수도 있었다. 만일 그
렇다면, 다른 사람들에 대해 더 많은 사실을 알면 알수록 그 사
람에 대한 지배력이 더 커진다는 통상적인 가정이 얼마나 잘못
된 것인지 알 수 있다. 어쩌면 많은 사실을 알면 알수록 엄청나
게 불리한 것일는지 모른다. 많은 사실을 알게 되면 마음이 약
해지고 심지어 책임감까지 느낄 수도 있었다. 클라크는 자리에
서 벌떡 일어나 다소 자의적으로 이리저리 왔다 갔다 했다. 어
쩌면 이런 점이 바로 영국과 프랑스의 식민지 통치의 진정한 차
이일 수도 있었다. 프랑스 사람들은 그들이 하고 싶은 일을 정한
다음 그 일을 실행에 옮겼다. 반면 영국인들은 무슨 일을 하건
간에 먼저 조사 위원단을 파견하여 사실부터 알아냈다. 그런 까
닭에 영국인들은 무기력해 보였던 것이다. 그는 만족감으로 가
슴이 뿌듯해져서 자리에 다시 앉았다.

저녁 식사는 거의 완벽할 정도로 만족스러웠다. 저녁 내내 어
색한 순간은 단 두세 차례뿐이었다. 예를 들면 윈터바텀 대위가
초반에 "자네가 제출한 여행 보고서를 지금 막 다 읽고 왔는데
말이지, 자네가 자네 임무에 아주 잘 적응하고 있다는 걸 알 수

있겠더군."과 같은 말을 했을 때였다.

"모든 게 아주 흥미롭던걸요." 클라크는 성공 이야기에서 자신의 역할을 최소화하려는 시도로 그렇게 말했다. "참으로 멋지게 구분되어 있더라고요. 대위님의 지휘 아래, 그런 행복한 구역들이 성장하는 걸 보면서 대위님의 심정이 어땠을지 상상되더군요." 클라크는 대위님의 현명한 지휘 아래, 라고 말하려다가 때맞춰 자제했다. 하지만 대위의 칭찬에 대해 다소 노골적인 칭찬으로 응수하는 자신의 이런 시도가 과연 잘한 것인지는 의문스러웠다.

"그런데 한 가지 염려스러운 점이 보이더군." 윈터바텀은 클라크의 말을 들었다는 기색조차 내비치지 않고 계속해서 말했다. "보고서를 보니 자네가 신중하게 조사해 본 결과 라이트가 토착민들을 채찍으로 때렸다는 이야기가 모두 사실이 아니라는 점이 만족스럽다고 적었더군." 클라크의 가슴이 철렁했다. 이것은 보고서 전체를 통틀어 유일한 거짓말이었다. 비록 그가 그 일을 어떻게 착수해야 할지 알고 있었다고 하더라도 사실상 그는 조사해야 한다는 사실조차 완전히 잊고 있었다. 옥페리로 돌아온 직후에야 클라크는 비로소 자신의 여행 기록 노트 두 번째 페이지에 연필로 간단하게 라이트와 토착민이라고 휘갈겨 적은 항목을 뒤늦게 발견했던 것이다. 처음에는 그 문제를 놓고 고민했지만 그는 만약 라이트가 이례적인 방법을 정말로 사용했다면 조사하지 않더라도 그 자체로 자기 귀에 그런 소문이 들어왔을 것이라는 결론을 내렸던 것이다. 그러니까 아무런 이야기도 듣지 못했으므로 그 이야기가 사실이 아니라고 말해도 안전했다. 여하튼 그런 걸 어떻게 조사한단 말인가? 첫 번째로 만난 토착민에게 다가가 라이트에게 매질을 당했는지 물어본단 말인가? 아니면 라이트에게 직접 물어보나? 클라크가 만나 본 바에 의하면 라이트는 그런 종류의 사람이라는 생각이 전혀 들지 않았다.

"내 시종이 우무아로의 토착민일세." 윈터바텀이 계속해서 말했다. "그리고 그는 지난 이틀 동안 고향에서 지내다 방금 돌아왔는데, 그 친구 말에 의하면 다소 중요한 사람이 라이트에게 채찍으로 맞은 탓에 마을 전체가 발칵 뒤집혔다더군. 하지만 어쩌면 별일 아닐 수도 있겠지."

클라크는 당황스러워하는 자신의 모습이 겉으로 드러나지 않기를 바랐다. 여하튼 그는 재빨리 정신을 차리고 "현지에서는 아무 말도 듣지 못했습니다."라고 말했다. 현지에서는이라는 말이 말벌처럼 윈터바텀을 쏘았다. 저 친구 뻔뻔스러운 얼굴 좀 보게! 그곳에서 단 일주일도 지내지 않았으면서 자신이 벌써 그 지역을 다 소유하고 있고 윈터바텀은 새로 온 시종 아니면 본부에서 책상머리에나 붙어 있는 천치 바보처럼 취급하는군. 현지에서라니, 정말! 하지만 대위는 이 문제에 대해 더 이상 다그치지 않기로 마음먹었다. 윈터바텀은 그 구역에 두 명의 대 족장을 새로 임명할 계획에 푹 빠져 있었으므로 저녁 식사를 하는 내내 다른 이야기는 입에 올리지도 않았다. 클라크는 윈터바텀이 더 이상 강력하게 감정적으로 대응하지 않는 것을 보고 놀랐다. 클라크는 식탁 너머로 윈터바텀을 지켜보면서 그가 상당히 지친 것 같고 늙어 보인다고 생각했다. 그러나 그런 기색은 순식간에 사라지고 그의 목소리에 열정의 기색이 되살아났다.

"옥페리와 우무아로 사이에 토지 분쟁이 일어났을 때 감동스럽게도 진실을 말해 준 주물 사제에 대한 이야기를 내가 자네에게 이야기한 걸로 생각하는데."

"네, 말씀하신 것 같습니다." 클라크는 윈터바텀이 닭고기 한 조각을 가지고 쩔쩔매는 모습을 불안하게 지켜보고 있었다. 제기랄, 이런 고약한 야생 닭들 같으니!

"그러니까 말일세, 나는 그 사람을 우무아로의 대 족장으로 임명할 생각이라네. 그 사건 기록을 다시 한 번 훑어보았더니 그 친구의 직위가 에제울루라더군. 이보 말로 에제라는 접두사는 왕이란 뜻이지. 그러니까 그 사람은 일종의 제사장이자 왕이란 말일세."

"그렇다면 그 말은 새롭게 임명해도 그에게는 전혀 낯선 일이 아닐 거란 말이군요." 클라크가 말했다.

"바로 그거라네. 물론 나는 권위적인 태도를 새롭게 습득하는 데 뒤처지는 이보 사람을 한 번도 본 적이 없다고 말하는 게 옳지만 말일세. 우리가 이곳의 족장으로 임명한 망나니를 한번 예로 들어 볼까. 그는 지금 자신을 옥페리의 왕 오비 이케디 1세 폐하라고 부른다네. 그래도 아직은 신앙의 수호자이신 폐하라는 존칭은 사용하지 않는 것 같더군."

클라크는 직함을 사랑하는 게 보편적인 인간의 약점이라는 말을 하려고 입을 열었다가 마음을 고쳐먹었다.

"그 친구는 우리가 족장으로 삼을 때까지 철저하게 별 볼 일 없는 사람이었다네. 그런데 이제는 자기가 마치 태어났을 때부터 족장이었던 것처럼 처신한다니까. 그건 법원 서기나 심지어 전령들도 마찬가지일세. 그들 모두가 본의 아니게 자신의 동족 위에 군림하는 작은 폭군들로 변신하고 있다는 말이지. 그게 깜둥이들의 속성인 것 같더군."

번쩍거리는 흰옷을 입은 시종이 한손에는 감자튀김과 콜리 플라워, 다른 손에는 닭고기를 들고 균형을 잡으면서 어두운 부엌 쪽에서 나타났다. 시종이 걸어와 아무 말 없이 윈터바텀 대 위의 오른쪽에 섰을 때 풀을 심하게 먹인 그의 옷에서 바삭대는 소리가 들렸다.

"스티븐, 반대편으로 가야지." 클라크가 짜증스럽게 말했다. 스티븐은 히죽거리며 다른 쪽으로 걸어갔다.

"아닐세, 그만 먹겠네." 윈터바텀이 말했다. 그는 클라크 쪽으로 몸을 돌리며 덧붙여 말했다. "아주 맛있군. 통상적으로 맨 처음 만나는 요리사가 마음에 들기는 힘든 법이지."

"알로이셔스는 일급은 아닙니다만, 제 생각으로는……. 스티븐, 나도 그만 먹겠네."

윈터바텀은 파파야, 바나나, 오렌지로 만든 신선한 과일 샐러드를 먹으면서 화제를 다시 최고 권한을 지닌 대 족장 문제로 돌렸다.

"우무아로에 관한 한 내가 그들의 족장을 발견해 냈지." 그는 보기 드문 미소를 지으며 말했다. "그들은 앞으로 행복하게 살아갈 걸세. 여하튼 상당히 거칠기만 한 아바메 사람들에 대해서는 그다지 낙관할 수 없지만 말일세."

"그들이 맥도널드를 살해한 사람들이죠?" 클라크는 마음 한편으로 약간 시큼해진 샐러드에 신경을 쓰며 물었다.

"맞아. 사실 그들은 더 이상 골칫거리는 아니야. 여하튼 우리한테는 그렇다네. 토벌로 인해 그들은 잊지 못할 교훈을 얻게 되었지. 하지만 그들은 아직도 상당히 비협조적일세. 전 지역을 통틀어 그들이 토착민 법정에 대해 가장 비협조적이라네. 작년 한

해 동안 법정에서 다룬 사건이 십여 개 정도밖에 안 되는데 토착민들이 제기한 사건은 하나도 없었지."

"그렇다면 상당히 암울하군요." 클라크는 빈정대는 말인지 아닌지 확신하지 못한 채 그렇게 대꾸했다. 하지만 윈터바텀이 두 개의 토착민 사법 지역에 대한 계획을 상세하게 설명하기 시작했을 때 클라크는 대위의 새로운 속성을 발견하고 감동하지 않을 수 없었다. 대 족장 제도에 대한 그의 반대 의견이 묵살되었기 때문에 그는 이제 이 정책의 성공을 위해 모든 노력을 기울이고 있었다. 캠브리지에 있을 때 클라크의 윤리학 교수는 문명의 결정 과정이라는 문구를 무척이나 좋아했는데, 이게 바로 그것이었다.

커피를 마신 후 위스키소다를 마시면서 윈터바텀 대위의 적대감이 순간적으로 머리를 치켜들긴 했지만 그건 단지 대위에 대한 클라크의 새로운 소견을 강화해 주었을 뿐이다.

"내가 비통하게 생각하는 것은 말이지, 우리 행정부의 정책들이 잘못되었다기보다는 일관성이 결여되어 있다는 점일세. 대 족장 문제만 해도 그래. 휴 맥더모트 경은 맨 처음 총독으로 부임했을 때 모든 일을 조사하기 위해 토착민 문제 담당관을 파견했지. 그 친구는 이곳에 와서 그동안 내가 계속해서 지적한 그 제도의 불합리한 사항들을 알아내기 위해 상당 시간을 소모했단 말일세. 여하튼 그 사람과 사적인 대화를 나누며 분명히 확인한 건 그 제도가 완전히 실패작이라는 점에 대해 그 사람도 우리와 같은 의견이라는 점이야. 그게 1919년의 일이지. 내가 휴가에서 막 돌아온 때였으니까……." 윈터바텀이 말했다. 클라크는 대위의 목소리에 어떤 특이한 감정이 드러나면서 그의 얼굴에 피가 몰리는 것을 목격했다. 그는 자신의 감정을 제어하고는 계속해서 말했다. "이 년이 훨씬 지났는데 아직도 그 사람의 보고서에 대한 말은 한마디도 나오지 않았다네. 그와는 반대로 부총독은 지금 우리에게 과거의 정책을 계속 추진하라고 요구하고 있는 걸세. 어느 입장을 취해야 할까?"

"실망스럽군요." 클라크가 말했다. "그러니까 저는 일전에 조사 위원단에 대한 우리 영국인들의 애정에 대해 생각해 보았거든요. 제 생각으로는 그게 바로 우리와 프랑스 사람들의 진정한 차이인 것 같았어요. 프랑스인들은 자신들이 무엇을 원하는지 분명히 알고서 그것을 실행에 옮기잖아요. 우리는 모든 사실을 알아내려고 위원단을 만들죠. 마치 사실이 뭔가를 의미하는 것처럼 말이에요. 우리는 아프리카 사람들에 대하여 더 많은 사실을 알게 될수록 그들을 지배하기가 더 쉬울 것이라고 생각한다는 겁니다. 하지만 사실은……."

"사실은 중요하지." 윈터바텀이 끼어들었다. "그리고 조사 위원단은 유용할 수도 있다네. 우리 행정부의 잘못은 그들이 항상 사람을 잘못 임명하고 이곳에서 수년 간 근무한 우리 같은 사람들의 충고를 무시한다는 거야."

클라크는 대위가 말도 끝내지 못하게 자기 말을 가로막는 데에는 화가 치밀어 올랐지만 어쩔 수 없다는 무력감에 사로잡혔다. 그리고 처음에 스스로에게 한 것처럼 요점을 아름답게 표현해 내지 못한 것에 대해 자신의 부족한 능력을 절감했다.

11

　호박잎 축제 후 에제울루가 집에서 처음으로 나온 것은 친구 아쿠에부에를 방문하기 위해서였다. 친구는 자기 오비의 마룻바닥에 앉아 다음 날 아침 일꾼들을 고용해 파종할 얌 종자를 준비하고 있었다. 아쿠에부에는 수북이 쌓인 두 개의 얌 더미 사이에 자루가 나무로 된 짤막한 칼을 들고 앉아 있었다. 둘 중 더 커다란 무더기는 그의 오른편 바닥에 쌓여 있었고, 작은 무더기는 기다란 바구니에 담겨 있었는데 그는 얌을 한 번에 하나씩 꺼내 자세히 살펴보고 칼로 손질한 다음 커다란 무더기에다 올려놓았다. 잘라 낸 것들은 그의 바로 앞 두 무더기 사이에 있었는데, 얌 종자의 꼬리 부분에서 둥글게 깎아 낸 상당량의 갈색 껍질과 서둘러 나온 윗부분의 회색 덩굴을 다듬어 낸 것들이었다.

　두 사람이 악수를 나눈 다음 에제울루는 둘둘 말아 팔에 끼고 온 염소 가죽을 바닥에 펴고 그 위에 앉았다. 아쿠에부에는 가족의 안부를 물어본 뒤 얼마 동안 계속해서 얌을 다듬었다.

"모두 잘 있네." 에제울루가 대답했다. "자네 집 식구들은 어떤가?"

"모두 조용하네."

"아주 크고 튼실한 종자들이로군. 자네 곳간에서 나왔나, 아니면 장에서 사왔나?"

"자네 모르나, 아니에티티 땅에 있는 내 몫을……? 그래, 이것들은 그곳에서 거두어들인 걸세."

"정말 좋은 땅이로군." 에제울루가 고개를 몇 차례 끄덕이며 말했다. "그런 땅은 게으른 사람도 노련한 농부인 것처럼 만들어주지."

아쿠에부에가 미소를 지었다. "자네는 나를 꾀어서 무슨 말을 하게끔 만들고 싶은가 본데, 어림없는 일이지." 그는 칼을 내려놓고 목소리를 높여 아들 오비엘루에를 불렀다. 그러자 안채에서 아들의 대답이 들리더니 그가 곧바로 땀을 뻘뻘 흘리며 들어왔다.

"에제울루님!" 그가 인사를 했다.

"그래, 잘 있었느냐."

오비엘루에는 자기를 오라고 한 용건을 알기 위해 자기 아버지 쪽으로 돌아섰다.

"어머니에게 가서 에제울루가 인사를 전한다고 말하고, 콜라 열매가 있거든 어머니께 이리로 가져오라고 일러라." 오비엘루에는 안채로 돌아갔다.

"지난번 친구 집에 갔을 때는 콜라 열매도 안 내오더군." 아쿠에부에는 혼잣말을 하는 것처럼 이 말을 내뱉었다.

에제울루가 껄껄대고 웃었다. "음식을 다 먹고 나서 음식이라 곤 생전 구경도 못한 사람처럼 입을 싹 씻어 버리는 사람한테 어떤 일이 일어난다고 하더라?"

"그걸 내가 어찌 알겠나?"

"똥구멍이 바짝 말라붙는다잖아. 자네 어머니는 그런 말도 해 주시지 않았나?"

아쿠에부에는 허리 통증 때문에 아주 천천히 일어났다.

"늙으면 그저 안 아픈 데가 없어." 그는 한 손을 엉덩이에 올려놓고 몸을 똑바로 세워 보려고 애를 쓰면서 말했다. 사분의 삼 정도 몸을 일으키다가 단념했다. "좀 오래 앉아 있기라도 하면 어린아이처럼 걷는 연습을 다시 해야 한다니까." 그는 자기 오비의 나지막한 입구 쪽 벽으로 어정어정 걸어가 백묵 덩어리가 든 나무 쟁반을 꺼내더니 손님에게 백묵을 권하며 미소 지었다. 에제울루는 백묵을 집어 들고 마룻바닥에 선 다섯 개를 그렸는데, 수직으로 세 개를 긋고, 수평으로 위쪽에 하나 아래쪽에 또 하나를 그렸다. 그런 다음 그는 엄지발가락 하나를 백묵으로 칠하고 왼쪽 눈 둘레도 백색으로 얇게 칠했다.

아쿠에부에의 두 부인 중 한 명만 집에 있었는데, 그녀는 곧바로 오비로 나아와 에제울루에게 인사하고는 큰부인은 잘 익은 열매가 달렸는지 야자나무를 살펴보러 나가고 없다고 말했다. 오비엘루에가 콜라 열매를 들고 돌아왔다. 그는 아버지에게서 나무 쟁반을 받아들더니 입김을 불어서 먼지를 털어 냈다. 그런 다음 거기에 콜라 열매를 담아서 에제울루에게 권했다.

"고맙다. 아버님께 깨트리시라고 드리렴." 에제울루가 말했다.

"아닐세. 자네가 깨트리게나." 아쿠에부에가 말했다.

"그런 법은 없네. 무시하는 사람의 집에는 들어가지 않잖아."

"그건 나도 알지. 하지만 내 꼴을 보게나. 양손에 일거리가 잔뜩 있잖은가. 그러니 나 대신 그 일을 해 달라고 자네에게 부탁하는 걸세." 아쿠에부에가 말했다.

"사람이 아무리 바쁘다고 해도 자기 집에서 그날의 첫 번째 콜라 열매도 깨트리지 못한단 말인가. 그러니 얌은 내려놓게나. 어디로 도망가지는 않을 테니."

"하지만 이게 오늘 처음 깨트리는 콜라 열매가 아닌걸. 벌써 여러 개를 깨트렸다네."

"그럴 수도 있겠지. 하지만 내 앞에서 깨트린 건 아니잖아. 사람이 눈을 뜨는 시간이 그 사람에게는 아침인 게야."

"알았네. 자네가 그렇게 말하니 내가 깨트리지." 아쿠에부에가 말했다.

"진심에서 우러나오는 말이라네. 눈에다 귀이개를 사용하는 법은 없지."

아쿠에부에는 손으로 콜라 열매를 받아서 "우리 둘 다 건강하게 살기를 바라네."라고 말하고는 콜라 열매를 깨트렸다.

에제울루가 이 집에 들어온 후 벌써 두 발의 총성이 근처에서 울려 퍼졌다. 이제 세 번째 총성이 들렸다.

"저기서 무슨 일이 있는 거지? 요즘은 사람들이 숲에서 나와 인가에서 사냥을 하는가?" 에제울루가 물었다.

"아, 자네 아직 듣지 못했나? 오그부에피 아말루가 몹시 아프다네."

"그래? 총을 쏠 단계까지 갔단 말인가?"

"그렇다네." 아쿠에부에가 좋지 못한 소식에 대해 존중하는 의미에서 목소리를 낮추었다. "어제가 무슨 날이었지?"

"에케였지." 에제울루가 대답했다.

"그래, 일이 벌어진 건 지난 번 에케 날이었어. 그가 밭으로 땅을 갈러 나갔다가 집으로 돌아오는 길에 병에 걸린 거라네. 집에 도착하기도 전에 그는 대낮의 열기 속에서도 오한으로 부들부들 떨기 시작했다는 거야. 손가락이 갈고리처럼 뻣뻣해지는 바람에 그는 더 이상 칼을 들 수도 없었다더군."

"그게 무슨 병이라던가?"

"내가 오늘 아침과 어저께 본 바로는 아루-음모인 것 같더군."

"제발 그 말은 반복하지 마시게."

"하지만 은워콘쿼나 은워카포가 나한테 해 준 말을 자네한테 전해 주는 게 아니라 내 두 눈으로 직접 보았단 말일세."

에제울루는 이를 갈기 시작했다.

"오늘 아침 그를 보러 갔는데, 숨소리가 꼭 뭉뚝한 면도날로 옆구리를 긁어 대는 소리 같더군."

"누구를 데려다 약을 짓게 했지?" 에제울루가 물었다.

"우무오피아에 사는 은워디카라는 사람이야. 오늘 아침 내가 그 사람들한테도 말해 주었네만, 그들이 그런 결정을 내릴 때 나도 만약 그 자리에 있었더라면 곧장 아닌타로 가 보라고 말해 주었을 걸세. 그곳에 가면 엄지와 검지로 아픈 데를 꼭 집어내는 의사가 있거든."

"하지만 그것이 자네가 말한 대로 귀신들이 가져다준 병이라면 캠우드와 불을 제외하고는 약이 전혀 없잖은가."

"그게 그렇긴 하지만, 그렇다고 십이 일 동안 두 손을 무릎 사이에 집어넣고 아픈 사람을 멍하니 지켜보고 있을 수만은 없잖은가. 결말이 날 때까지 할 수 있는 일은 다 해 봐야 하잖아. 그래서 아닌타의 주술사를 말했던 걸세."

"자네가 말하는 사람은 아냐나품모라고 불리는 아가디케 같구먼."

"자네도 그 사람을 아는군. 바로 그 사람일세."

"올루와 이보 지방 전역에 있는 사람들은 내가 많이 알지. 아가디케는 대단한 의사이자 점쟁이야. 하지만 그 사람도 위대한 신의 영역에서는 주도권을 잡을 수가 없다네."

"그럴 수 있는 사람은 한 명도 없겠지."

총성이 또다시 울렸다.

"저렇게 총을 쏴 봐야 어리석은 암중모색에 불과할 텐데. 우리가 어떻게 시끄러운 총소리로 혼령들을 위협해서 쫓아낼 수 있겠나? 만일 그게 그토록 쉽다면 화약 한 통을 살 돈이 있는 사람은 누구라도 머리에서 버섯이 돋아날 때까지 오래도록 살고 또 살겠지. 만일 내가 아픈데 약초보다 사냥에 대해 더 잘 아는 주술사를 데려온다면 나는 그 사람을 보내 버리고 다른 사람을 찾아보겠네." 에제울루가 말했다.

두 사람은 잠시 동안 아무 말 없이 앉아 있었다. 그러다가 아쿠에부에가 말했다.

"오늘 아침 내가 본 바로는 동이 다시 트기 전에 무슨 기별이 올 것 같더군."

에제울루는 여러 차례 고개를 아래위로 끄덕였다. "상당히 슬픈 이야기지만 그렇다고 온 세상에 불을 지를 수는 없겠지."

얌을 다듬던 일을 중단했던 아쿠에부에는 추운 하마탄 시기에는 인사도 난롯가에서 받는 법이라는 속담을 핑계로 내놓으며 다시 하던 일로 돌아갔다.

"그게 바로 우리 부족 사람들이 하는 말일세. 또한 작업을 하고 있는 명장을 찾아가는 사람은 주인의 무뚝뚝한 대접을 받게 마련이라는 말도 있지." 에제울루가 말했다.

총성이 또다시 울렸다. 에제울루는 총성 때문에 짜증이 나는 것 같았다.

"환자에게 줄 약이 전혀 없다면 적어도 장례식에 쓸 화약이라도 남겨 둬야 할 것 아니냐고 저 집에 가서 말해 주어야겠어."

"아마도 저 사람은 화약이 나뭇재만큼이나 싸다고 생각하는 모양일세." 아쿠에부에가 말했다. 그러더니 그는 좀 더 진지하게 덧붙여 말했다. "자네가 혹시 집에 가는 길에 저 집에 들르더라도 그들의 친족이 나쁘게 되기를 바라는 것으로 오해할 만한 말은 절대로 하지 말게. 인간의 목숨에 비하면 그깟 화약이 대수냐고 말할 수도 있잖은가?"

에제울루는 귀신들이 병에 걸린 사람에게 준다는 십이 일을 환자가 버티지 못하리라는 것을 한눈에 알 수 있었다. 아쿠에부에가 말했듯이, 내일이 와도 아무런 소식이 없으면 그것이야말로 화젯거리일 터였다.

환자의 몸통에는 온통 캠우드 연고가 두껍게 발려 있었는데 연고가 떡처럼 단단하게 굳어서 여기저기 무수히 갈라져 있었다. 그가 누워 있는 대나무 침상 옆에는 커다란 통나무 장작불이 타고 있었고 약초를 태우는 강한 냄새가 온 방에 가득했다. 그의 숨소리는 단단한 나무가 쪼개지는 소리 같았다. 에제울루는 방 안으로 들어가자마자 그곳에 모인 사람들에게는 눈인사

만 하고 곧장 침대 곁으로 다가가 한동안 아무 말 없이 환자를
내려다보며 서 있었다. 환자는 에제울루를 전혀 알아보지 못했
다. 그런 다음 에제울루는 매우 낮은 목소리로 이야기를 나누고
있는 몇 명의 친척들에게로 다가가 그들 틈에 끼어 앉았다.

"이런 병을 얻다니 도대체 웬일인가?" 그가 물었다.

"우리도 어찌하여 이런 일이 생겼는지 궁금하답니다. 이런 일
이 생길지 예상도 못했네요. 어느 날 아침에 눈을 떠 보니 정강
이뼈가 뒤틀어져 있는 꼴이지요." 한 사람이 답을 했다.

약초의는 사람들에게서 조금 떨어져 앉아 있었고 대화에는
전혀 끼어들지 않았다. 에제울루는 방을 둘러보면서 귀신들의
침입을 막기 위해 어떤 방어책을 썼는지 살펴보았다. 햇볕에 말
린 바나나 잎사귀 뭉치로 주둥이를 틀어막은 기다란 호리병 세
개가 지붕에 달려 있었다. 네 번째 호리병은 야자 술을 담아 다
닐 때 종종 사용되는 몸통이 불룩한 것이었다. 그것은 환자 바
로 위쪽에 매달려 있었다. 호리병 목에는 자패(紫貝) 줄이 감겨
있었고 병에 꽂혀 위쪽 반만 보이는 앵무새 깃털 한 뭉치가 춤
을 추듯 흔들거리고 있었다. 마치 깃털 밑쪽에서 뭔가 끓어올라
호리병의 입구 쪽에서 깃털이 빙빙 돌게끔 만드는 것 같았다. 새
롭게 제물로 바쳐진 병아리 두 마리가 모가지를 아래로 늘어뜨
린 채 병의 양 옆에 매달려 있었다.

숨소리 외에는 아무 소리도 내지 않고 가만히 누워 있던 환자
가 갑작스럽게 신음 소리를 내기 시작했다. 다들 하던 이야기를
중단했다. 한쪽 눈 주위를 백묵으로 둥글게 칠하고 왼쪽 손목에
깃털로 뒤덮인 커다란 부적을 차고 있던 주술사가 자리에서 벌
떡 일어나더니 밖으로 나갔다. 그의 수석총(燧石銃)이 밑바닥은

땅을, 총신은 움막을 향한 채 문지방에 놓여 있었다. 그는 총을 집어 들고 장전하기 시작했다. 화약은 한때 은제-은제라고 불리는 백인의 뜨거운 음료가 담겨 있던 네모난 병에 들어 있었다. 그는 총을 장전한 다음 집 뒤쪽으로 나가 발사했다. 근처에 있던 모든 암탉과 수탉들이 야생동물이라도 본 것처럼 깜짝 놀라 즉시 소리를 질러 댔다.

움막으로 돌아온 주술사는 환자가 헛소리를 해 대며 한층 더 안절부절 못하는 것을 발견했다.

"그의 오포를 가져다주시오." 주술사가 말했다.

환자의 동생이 제실 안 서까래에 밧줄로 매달아 놓은 짤막한 나무 지팡이를 가져왔다. 이제 침대 옆에 웅크리고 앉아 있던 주술사는 그것을 받아 환자의 오른손을 펴고 그 위에 지팡이를 올려놓았다.

"이걸 꼭 잡아요!" 주술사는 지팡이를 감싸고 있는 메마른 손가락을 꼭꼭 눌러 대며 명령했다. "이걸 움켜 쥐어요. 그리고 그들에게 아니라고 말해요. 내 말이 들려요? 싫다고 하세요!"

주술사가 알려 주는 명령의 의미가 먼지로 가로막힌 수많은 여과지를 뚫고 마침내 환자의 마음속으로 스며든 것 같았다. 환자의 손가락이 동물의 발톱처럼 천천히 지팡이를 조이기 시작했다.

"좋아요!" 주술사는 자신의 손을 떼고 오포가 아말루의 손아귀에 있게끔 하면서 또다시 말했다. "그들에게 싫다고 말해요!"

그렇지만 주술사가 손을 완전히 떼자마자 아말루의 손가락들이 확 펴지면서 오포가 마룻바닥으로 떨어졌다. 움막에 있던 몇 안 되는 사람들은 의미심장한 눈길을 주고받았지만 입은 열지 않았다.

잠시 후 에제울루는 가려고 자리에서 일어섰다. "저 사람을 잘 보살펴 주시오." 그가 말했다.

"안녕히 가십시오." 다른 사람들이 대답했다.

오비카의 새색시가 그녀의 친척들과 함께 도착했다. 신부의 얼굴을 다시 본 오비카는 지난번에 그녀가 왔을 때 자신이 어떻게 손도 대지 않고 그녀를 돌려보낼 수 있었는지 상당히 놀랐다. 자기 또래의 청년들 중에서 옛날 풍습이 요구하는 그런 자제력을 보일 사람은 거의 없을 거라는 사실을 그는 잘 알고 있었다. 그렇지만 옳은 것은 옳은 것이었다. 오비카는 관습의 지지자라는 자신의 새로운 이미지에 대해 자부심을 느꼈다. 마치 높다란 이로코 나무에서 떨어진 도마뱀처럼 남들이 칭찬해 주지 않는다 해도 스스로는 칭찬할 자격이 충분하다고 생각했다.

신부는 병에서 막 회복한 어머니, 그녀 또래의 여러 아가씨들, 어머니의 여자 친구들과 함께 시댁으로 왔다. 대부분의 여인들은 그들 모두가 선물해 마련한 신부의 혼수품, 그러니까 솥단지, 나무 쟁반, 빗자루, 절구, 절굿공이, 바구니, 깔개, 국자, 야자유 단지, 코코얌 바구니, 훈제 생선, 발효한 카사바, 구주콩 나무, 다량의 소금과 후추를 조금씩 머리에 이고 왔다. 그 외에 옷감 두 폭, 접시 두 개, 무쇠솥도 있었다. 마지막에 말한 것들은 백인들이 만든 상품이었는데 옥페리에 새로 생긴 교역장에서 구입한 것들이었다.

에제울루와 그 아들들의 집 세 채에는 신부 일행이 도착하기도 전에 벌써 친척들과 친구들이 가득했다. 신부와 동행한 이십여 명의 젊은 처녀들도 모두 화려하게 치장을 하고 있었지만 그래도 신부가 유독 돋보였다. 신부가 다른 처녀들보다 키가 더 크기 때문만은 아니었다. 그녀는 용모나 행동거지를 통틀어 상당히 매력적이었다. 신부는 곧 있을 완전한 여성으로의 변신에 어울리게끔 다른 아가씨들과는 다른 머리 장식을 쓰고 있었다. 그것은 보통 면도칼로 만드는 머리 모양이 아니라 땋은 머리였다.

처녀들은 이페오마라는 노래를 불렀다. 경사가 났으니 좋은 물건이 있는 사람들은 모두 그것들을 갖고 나와 신부에게 선물하라는 내용이었다. 그들은 신부를 둘러싸고 원을 만들었고 신부는 그들의 노래에 맞춰 춤을 췄다. 신부가 춤을 출 때 신랑과 에제울루 집안의 다른 구성원들이 원의 한두 곳을 뚫고 들어가 신부의 이마에 돈을 붙였다. 신부가 미소를 지으며 이마에 붙여 준 선물이 발밑으로 떨어져도 계속해서 춤을 추면 처녀 하나가 그것을 집어 그릇에 넣었다.

신부의 이름은 오쿠아타였다. 그녀는 거인 부족 출신인 아버지를 닮아 키가 컸다. 얼굴 윤곽이 섬세한 데다 남편인 오비카처럼 아주 잘생겨서 어떤 사람들은 벌써부터 그녀를 오일리디에라고 불렀다. 그녀의 성숙한 젖가슴은 약간 위쪽으로 곡선을 이루고 있어서 너무 일찍 쳐지거나 늘어지지 않을 것 같았다.

신부의 머리는 새로운 오티밀리식으로 손질해 놓았다. 목덜미에서 머리 앞쪽에 이르기까지 머리칼을 촘촘하게 땋아 만든 여덟 개의 머리 고랑이 완벽한 선을 이루며 흘러가다가 한쪽 귀에서 다른 쪽 귀까지 이르는 머리 선을 따라 빳빳한 털로 만든 화환처럼 위쪽을 향해 짧은 머리뭉치를 올려붙였다. 그녀는 허리에 열다섯 개나 되는 많은 줄로 만든 지기다*를 차고 있었다. 대부분의 줄이 핏빛이었지만 두세 개는 검은색이었다. 그리고 핏빛을 띠는 몇몇 줄에는 드문드문 검정색 원반이 몇 개씩 섞여 있었다. 내일이면 그녀는 성숙한 여인처럼 무지기를 두를 것이고 앞으로 그녀의 몸매는 사람들의 눈길로부터 감춰질 것이었다. 그녀가 춤을 출 때마다 지기다 줄들이 짤랑거렸다. 뒤로는 그 줄들이 그녀의 허리 전체와 엉덩이 윗부분을 가리고 있었고 앞에는 배꼽 아래에서부터 국부에 이르기까지 줄 위에 줄을 늘어뜨려 대부분을 가렸으며 나머지 부분에는 검은 그늘이 드리워지게 했다. 대부분의 처녀들이 차고 있는 지기다 줄은 신부의 것보다 적긴 했지만 다른 처녀들도 신부와 같은 식으로 입고 있었다.

잔치는 해가 질 때까지 계속되었다. 얌 죽, 푸푸, 쓰디쓴 수프와 에구시 수프가 담긴 단지들, 물에 넣고 푹 삶은 염소 다리 두 개, 수프에서 통째로 꺼낸 아사 생선 요리가 담긴 커다란 그릇 두 개 그리고 라피아야자에서 추출한 달콤한 야자 술이 든 술통들이 있었다.

특별히 맛있어 보이는 음식이 여인들 앞에 놓일 때마다 선창자는 아주 오래된 감사의 노래를 소리 높여 불렀다.

쿼-쿼-쿼-쿼-쿼!
쿼-어-어-어어!
우리는 예전처럼 또다시 먹을 거예요!
누가 주나요?

---

* 구슬 허리띠.

그게 누구일까요?

　누가 주나요?

그게 누구일까요?

　오비카 에제울루, 그가 주지요.

아요-오-오-오-오-오오!

하지만 결국 신부의 어머니와 신부를 보호하려고 함께 온 마을 사람들은 신부만 남겨 놓고 모두 다 집으로 돌아갔다. 오쿠아타는 고아가 된 것 같아 눈물이 얼굴을 타고 주르륵 흘러내렸다. 시어머니는 자신의 움막으로 새색시를 데리고 들어갔고 갈림길에서 제물을 드리는 의식이 거행될 때까지 그곳에 머물게 했다.

곧이어 갈림길 의식을 거행하기 위해 고용한 주술사 겸 점쟁이가 도착하자 일행은 출발했다. 오비카, 그의 이복형, 그의 어머니, 그리고 신부가 일행이었다. 에제울루는 그들과 함께 가지 않았다. 어둠의 장막이 내린 후에는 에제울루가 오비를 떠나는 법이 거의 없었기 때문이었다. 오두체는 제사 의식을 반대하는 전도사의 설교에 어긋나게 행동하지 않기 위해 함께 가는 것을 거부했다.

일행은 신부의 마을인 우무에제아니로 통하는 큰길을 향해 갔다. 이제 사방이 온통 캄캄해졌고 달도 뜨지 않았다. 오비카의 어머니가 들고 간 야자유 램프의 불빛은 아주 희미했다. 바람 때문에 불이 꺼지는 걸 막기 위해 심지 둘레를 한 손으로 가려서 불빛이 아주 약했다. 그렇게 주의를 기울였는데도 램프가 두 번이나 꺼지는 바람에 그녀는 근처에 있는 집, 처음에는 아노시의 집에, 다음에는 멤볼루의 과부가 사는 움막에 들어가 불을 다시 붙여야만 했다.

아니에그보카라는 이름의 주술사는 일행의 맨 앞에 서서 말 없이 걸어갔다. 그는 몸집이 자그마했지만 말을 할 때는 담 너머 이웃집에 사는 귀가 어두운 사람에게 말하는 것처럼 목소리를 드높였다. 아니에그보카는 그 부족에서 이름난 주술사는 아니 었지만 에제울루 집안과 사이가 좋은 데다 오늘 거행할 제사 의 식이 특별한 기술을 요하지 않기 때문에 선택된 것이었다. 동네 아이들도 모두 그 사람을 알았으며 그가 가까이 다가오면 다들 도망쳤다. 왜냐하면 이 사람이 엉덩이를 때려 사람을 개로 바꿔 놓을 수 있다는 소문이 나 있었기 때문이었다. 그러나 사람들은 그가 없는 자리에서는 그의 한쪽 눈이 흉한 자패처럼 생겼다고 놀려 댔다. 소문에 의하면 아니에그보카가 아주 어렸을 때 바나 나 줄기를 공중에 던졌다가 다시 받는 놀이를 하던 중 날카로운 줄기 끄트머리에 눈이 찔려서 그렇게 된 것이라고 했다.

일행은 어둠 속을 걸어가면서 몇몇 사람을 지나쳤지만 오로 지 인사를 건네는 이들의 목소리로만 누군지 인식했다. 기름 램 프의 희미한 불빛이 그들 주변을 한층 더 어둡게 만들어 다른 사람들이 그들을 보는 것만큼 그들이 다른 사람들을 보는 게 쉽지 않은 것 같았다.

아니에그보카가 어깨에 멘 커다란 가죽 가방에서 부드럽긴 해도 끊임없이 덜커덕거리는 소리가 들렸다. 신부는 한 손으로 불에 구운 질그릇을, 다른 손으로는 암탉 한 마리를 붙잡고 있 었다. 닭은 이따금씩 밤중에 우리 안으로 침입자가 들어왔을 때 처럼 큰 소리로 꼬꼬댁거렸다. 일행의 중간에서 걸어가는 오쿠아타의 마음속에 행복감과 두려움이 동시에 밀려들어와 서로 싸웠다. 앞장선 오비카와 에도고는 칼을 들고 있었다. 두 사람은 때때로 이야기를 주고받긴 했지만 오비카의 마음은 그들의 대화에서 아주 동떨어져 있었다. 그는 신부의 지기다가 부드럽게 짤랑거리는 소리를 붙잡으려는 듯 귀를 쫑긋 세웠다. 심지어 그는 자기 뒤를 따라오는 모든 사람들의 발걸음에서 신부의 발걸음을 구분해 낼 수도 있었다. 오비카 역시 걱정스러웠다. 제사 의식을 끝낸 후 아내를 자신의 움막으로 데려갔을 때 그는 사람들이 말하는 것처럼 순결한 아내를 발견할 것인가? 아니면 다른 작자가 이미 침입해 보배를 훔쳐 달아났다는 사실을 분노와 치욕감을 느끼며 알게 될 것인가? 절대로 그럴 리가 없었다. 신부를 아는 사람들은 누구나 다 그녀의 정숙한 태도를 증언했다. 오비카는 자기 아내가 순결한 처녀였다는 게 증명될 경우 장모에게 보낼 선물로 벌써부터 커다란 염소를 골라 놓았다. 만약에 그 선물을 장모에게 가져다줄 수 없다는 걸 알게 되면 자신이 어떤 행동을 할지 스스로도 알 수 없었다.

오비카는 왼손으로 아주 조그만 물 단지의 목 부분을 붙잡고 있었고 그의 이복형인 에도고는 나무 꼭대기에서 잘라 낸 부드러운 야자나무 잎사귀 한 뭉치를 들고 있었다.

얼마 가지 않아서 일행은 그들이 걸어온 큰길과 바로 그날 신부가 걸어온 그녀의 마을로 통하는 또 다른 길이 만나는 교차로에 이르렀다. 그들은 그 길을 따라 조금 더 걸어가다가 발걸음을 멈췄다. 주술사는 길 한가운데 어떤 한 지점을 고르더니 오비카에게 그곳에 구멍을 파라고 지시했다.

"램프를 여기에 내려놓으시오." 주술사는 오비카의 어머니에

게 말했다. 그녀는 지시를 따랐고 오비카는 웅크리고 앉아 흙을
파기 시작했다.

"더 넓게 파시오. 그렇지, 그렇게 하시오." 주술사가 말했다.

남자 세 명이 모두 다 웅크린 자세를 취하고 있었다. 여자들
은 상체를 똑바로 세우고 양 무릎을 꿇었다. 이제 야자유 램프
에서 불이 활활 타올랐다.

"더 이상 파지 마시오. 그 정도면 충분합니다. 흘러내린 흙은
모두 다 긁어내시오." 주술사가 말했다.

오비카가 뻘건 흙을 양손으로 퍼내는 동안 주술사는 가방에
서 제물을 꺼내기 시작했다. 맨 먼저 네 개의 자그마한 얌을 꺼
냈고 다음으로는 백묵 네 조각과 야생 백합꽃을 꺼냈다.

"오무를 이리 주시오." 에도고가 부드러운 야자나무 잎사귀
를 그에게 건넸다. 그는 잎사귀 네 개를 뜯어내고 나머지는 치웠
다. 그런 다음 주술사는 오비카의 어머니에게로 몸을 돌렸다.

"에고 나노를 주시오." 그녀는 옷감 한 모퉁이에서 자패를 한
다발 끄집어내어 그에게 건네주었다. 그는 여자들이 장터에서
물건을 사고팔기 전에 하듯이 땅바닥에 놓고 자패를 정성들여
세면서 여섯 개씩 무더기를 지었다. 네 무더기가 지어지자 그는
고개를 끄덕였다.

주술사는 일어서서 오쿠아타에게 그녀의 마을 쪽을 바라보
고 구멍 옆에 무릎을 꿇고 앉으라고 했다. 그런 다음 그는 구멍
의 다른 편, 오쿠아타와 마주 보는 곳에 자기 자리를 잡고는 제
물을 자기 오른편에 놓았다. 다른 사람들은 약간 뒤쪽에 서 있
었다.

그는 얌을 하나 집어서 오쿠아타에게 주었다. 그녀는 그것을

머리 주위로 한 바퀴 돌린 다음 구멍 속에 집어넣었다. 주술사가 나머지 세 개를 집어넣었다. 그런 다음 그는 오쿠아타에게 백묵 한 조각을 주었고 그녀는 얌을 들고 한 것처럼 똑같이 행했다. 다음은 야자나무 잎사귀와 야생 백합꽃이었고, 마지막으로 그가 자패 여섯 개로 이루어진 무더기 하나를 건네주자 그녀는 그것들을 손바닥에 올려놓고 앞서 한 것처럼 했다. 그것이 끝나자 주술사는 면죄를 선포했다.

"당신의 눈으로 보았을지도 모르고 입으로 말했을지도 모르며 귀로 들었거나 발로 밟았을지도 모르는 모든 악, 당신의 아버지가 당신에게 전해 주었거나 당신의 어머니가 당신에게 전해 주었을지도 모르는 모든 악, 나는 그것들을 모두 여기에 묻노라."

주술사는 마지막 말을 하면서 불에 구운 질그릇으로 구멍 속에 든 물건들을 모두 덮었다. 그런 다음 그는 파낸 흙으로 구멍을 다시 메우기 시작했다. 그는 두 차례나 그릇을 살짝 움직여 흙을 다 메우고 난 뒤 그릇 아래쪽 둥그런 부분이 길바닥 위로 살짝 보이게 했다.

"물은 어디 있소?" 주술사가 물었다.

오비카의 어머니는 조그만 물 단지를 내밀었다. 이제 자리에서 일어서 있던 신부가 다시 허리를 굽히고 물을 손바닥에 따라 얼굴, 두 손과 팔 그리고 두 발에서 무릎까지 씻기 시작했다.

신부가 다 씻고 나자 주술사가 말했다. "절대로 잊으면 안 됩니다. 혹시 오늘 밤 아밤의 용사들이 쳐들어와 당신이 목숨 걸고 도망치는 일이 생기더라도 아침이 되기 전에는 절대로 이 길을 지나가면 안 된다는 사실을 기억하란 말이오."

"위대한 신이 계시니 저 아이가 오늘도 내일도 절대로 목숨

걸고 도망칠 일은 없을 겁니다." 시어머니가 말했다.

"신부가 그러지 않을 거라는 사실을 우리는 잘 압니다. 하지만 우리는 여전히 정해진 규칙대로 실행해야 합니다." 아니에그보카가 말했다. 그런 다음 그는 오비카에게로 몸을 돌리며 말했다. "당신이 해 달라는 대로 다 해 드렸습니다. 당신의 아내는 앞으로 아홉 명의 아들을 낳을 겁니다."

"감사합니다." 오비카와 에도고가 함께 말했다.

"이 닭은 나를 따라 우리 집으로 갈 겁니다." 주술사는 가방을 한쪽 어깨에 둘러메고 바나나 줄기로 묶어 놓은 닭의 다리를 잡으며 말했다. 그는 분명 사람들의 눈길이 계속해서 닭한테로 가는 것을 알아차린 것 같았다. "이 고기는 나 혼자 먹을 겁니다. 고기를 나눠 줄 일은 전혀 없으니 당신들 중 어느 누구도 아침에 나를 찾아오지 마십시오." 그는 술에 취한 사람처럼 큰 소리로 웃어 댔다. "점쟁이들도 이따금씩 보답을 받아야지요." 그는 다시 한 번 껄껄대고 웃었다. "피리 부는 사람도 콧물을 닦기 위해 이따금씩 피리 부는 걸 멈춰야 한다는 말이 있잖습니까?"

"그런 말이 있지요." 에도고가 대답했다.

돌아오는 길 내내 주술사는 계속해서 큰 소리로 떠들어 댔다. 그는 멀리 사는 다른 부족들 사이에서 자신이 상당한 존경을 받고 있다고 자랑을 해 댔다. 다른 사람들은 건성으로 듣다가 이따금씩 참견했다. 유일하게 입을 열지 않은 사람은 오쿠아타였다.

일로 아그바시오소에 도착했을 때 주술사는 그들과 헤어져 오른쪽 길로 접어들었다. 그가 그들의 말이 들리지 않는 데까지 가자마자 오비카는 곧바로 점쟁이가 닭을 집으로 가져가는 게 관습에 맞는 일인지 물었다.

"어떤 사람들은 그렇게 한다고들 하더라. 하지만 지금까지는 그렇게 하는 걸 한 번도 본 적이 없었어. 내가 시집왔을 때는 다른 제물들과 함께 닭도 땅에 묻었거든." 어머니가 말했다.

"나도 그런 말을 한 번도 들어보지 못했어요. 내 생각에 저 사람은 우리의 관습을 충분히 알지 못하고 보는 것마다 모두 움켜쥐는 것 같아요." 에도고가 말했다.

"우리의 역할은 닭을 제공하는 것이었고 우리는 그 일을 했으니 됐다." 오비카의 어머니가 말했다.

"그 사람한테 물어보고 싶었는데 참았어요."

"아니다, 아들아. 묻지 않은 게 잘한 거야. 지금은 다투거나 따질 때가 아니란다."

오비카는 아내 오쿠아타를 데리고 신혼 방으로 들어가기 전에 먼저 에제울루에게 인사를 드리러 갔다.

"아버님, 제물로 산 닭을 점쟁이가 자기 집으로 가져가는 게 우리의 관습인가요?" 오비카가 물었다.

"아니다, 아들아. 아니에그보카가 그렇게 했느냐?"

"그랬어요. 저는 그 사람한테 한마디 하고 싶었지만 어머니께서 하지 말라는 신호를 보내셨어요."

"그게 관습은 아니다. 다른 어느 분야보다 주술을 좋는 사람들 중에 탐욕스럽고 기다란 목을 지닌 사람이 더 많다는 걸 알아 둬야겠지." 에제울루는 아들의 얼굴에서 불안한 표정을 눈치챘다. "아내를 집으로 데려가고 이런 일로 고민하지 마라. 만일 점쟁이가 독수리처럼 제물의 내장을 먹고 싶어 한다면, 그것은 그 사람과 그의 치가 해결할 문제다. 너는 동물을 제공하는 것으로 네 역할을 다한 거야."

그들이 방에서 나간 후 에제울루는 여러 날 동안 느껴 보지 못한 기쁨으로 마음이 흐뭇해졌다. 오비카가 벌써 사람이 달라졌단 말인가? 아버지한테 와서 그토록 근심 어린 얼굴로 묻다니 전혀 오비카 같지 않았다. 일단 오비카에게 부양할 아내가 생기면 그의 행동거지가 변할 거라고 아쿠에부에가 늘 말했더랬다. 어쩌면 그런 일이 일어날 것 같았다. 그것을 확인할 수 있는 또 다른 생각이 머리에 떠올랐다. 옛날 같았으면 오비카는 억지로라도 닭을 땅에 묻으라고 점쟁이에게 강요했을 것이었다. 에제울루의 얼굴에 흐뭇한 미소가 번졌다.

12

오쿠아타는 새벽녘에 방에서 나오면서 평소에 입지 않던 무지기를 입은 터라 다소 어색하고 부끄러웠지만 상당히 자랑스러운 마음도 들었다. '혼전에 정숙했다.'라는 게 밝혀졌기에 그녀는 수치심 없이 시부모님께 문안 인사를 드리러 갈 수 있었다. 그녀의 남편은 지금 정결한 아내를 보내 준 데 대한 감사의 표시로 우무에제아니의 장모에게로 염소와 다른 선물들을 보낼 채비를 하고 있었다. 오쿠아타는 자신이 처녀라는 사실을 알고 있긴 했지만 그래도 때때로 그녀의 귀에 대고 속삭이며 섬뜩한 느낌이 들게 했던 비밀스러운 두려움이 있었던 터라 오늘 아침 크게 안도의 한숨을 내쉴 수 있었다. 오비오라가 그녀의 넓적다리 사이에다 그의 음경을 집어넣던 순간에 어른거리던 달빛이 생각났기 때문이었다. 오비오라는 단지 입구에서 장난치는 것으로 끝냈지만 그래도 그녀는 확신할 수가 없었던 것이다.

오쿠아타는 잠을 많이 자지 못했다. 남편인 오비카와는 달리

숙면을 취할 수가 없었다. 그래도 그녀는 지금 행복했다. 이따금 씩 그녀는 자신의 행복감을 잊고 상황이 이와 다르게 전개되었다면 지금 어땠을지 생각해 보려고 했다. 앞으로 여러 해 동안 대지가 자신을 물어뜯을까 두려워하는 마음으로 길을 걸어 다녀야만 했을 것이다. 모든 처녀들이 오그반제 오메니이가 당한 일을 잘 알고 있었다. 그녀의 남편은 아내의 친정 부모에게 길 양쪽으로 나 있는 덤불을 자르는 데 필요하니 칼을 보내 달라고 했고 오그반제는 남편이 잘라 낸 덤불을 넓적다리 사이에 끼고 걸어 다녀야 했다는 소문이 파다하게 퍼졌기 때문이다.

그날 아침 에제울루의 집에 사는 아이들은 모두 개울에 가서 물을 길어오고 싶어 했다. 새색시가 개울에 갈 것이기 때문이었다. 가는 길에 있는 뾰족한 돌멩이들 때문에 개울에 가는 걸 아주 싫어하는 어린 오비아겔리조차 재빨리 물 단지를 꺼내 들었다. 그녀의 엄마가 집에 남아 아모게의 아이를 돌보라고 하자, 이 번만은 오비아겔리가 울음을 터뜨렸다.

오비카의 여동생 오지우고는 새색시에 대해 무슨 특별한 권리라도 주장할 수 있다는 듯이 이리저리 부산하게 뛰어다녔다. 왜냐하면 집에서 가장 어린 꼬맹이라도 자기 엄마의 움막과 다른 사람의 움막 정도는 구별할 수 있기 때문이었다. 오지우고의 어머니인 마테피도 딸과 똑같은 태도를 취했지만 애써 자제하려는 모습이 그것을 훨씬 더 분명하게 드러내고 있었다. 말할 필요도 없이 마테피는 아이들을 굶기면서까지 상아 팔찌를 사는 것보다는 며느리를 얻는 게 훨씬 더 명예스러운 일이라는 사실을 남편의 어린 아내에게 말해 주고 또 그것을 증명해 보이고 싶어

했다.

"너희들 빨리 돌아와야 해." 마테피는 어린 딸과 새로 얻은 며느리에게 당부했다. "바닥에 뱉은 이 침이 다 마르기 전에 말이다." 그녀는 침을 탁 뱉었다.

"멱만 감지 않으면 늦지 않을 거예요." 은와포가 말했다. "이번에는 그냥 물만 길어 오고 멱은 다음번에……"

"네가 미쳤구나." 그때까지 남편의 큰부인에게 무관심한 척서 있던 은와포의 엄마가 말했다. "개울에 가서 몸도 씻지 않고 어제 묻은 먼지를 그대로 달고 돌아오기만 해 봐라. 그때는 너와 나 두 사람 중 누가 더 미쳤는지 알게 될 테니까." 그녀가 이 말을 어찌나 격렬하게 하던지 그녀를 짜증나게 만든 원인보다도 훨씬 더 커다란 분노가 그녀에게서 느껴졌다. 사실상 우고예는 아들이 그런 제안을 해서가 아니라 들떠서 허둥대는 다른 집 소동에 합세한 아들의 불충한 태도 때문에 화가 나 있었다.

"어째서 너희들은 노래기처럼 아직도 꾸물대고 있는 거지? 개울에 갔다 오는 데 하루를 다 소비할 참이니?" 마테피가 딸에게 소리쳤다.

오두체는 통상적으로 교회나 학교에 갈 때만 입는 줄무늬 수건 천으로 만든 허리옷과 흰색 조끼를 입었다. 이것을 본 그의 엄마는 은와포의 제안을 들었을 때보다도 한층 더 화가 났지만 꾹 참고 아무 말도 하지 않았다.

물을 길러 가는 일단의 무리들이 떠난 다음 오비아겔리는 곧바로 아모게의 아이를 등에 업고 에제울루의 거처로 들어갔다. 아기는 분명 그녀가 업기에는 너무 컸다. 아이의 다리 하나가 땅에 질질 끌릴 판이었다.

"이 사람들이 미쳤구먼. 누가 이 아픈 아이를 너한테 맡겼지? 지금 당장 제 엄마에게 데려다 주렴." 에제울루가 말했다.

"내가 업을 수 있어요." 오비아젤리가 말했다.

"누가 누구를 업고 다니는지 모르겠군. 지금 당장 제 엄마에게 데려다 주지 못해."

"아기 엄마는 개울에 갔어요." 아이가 등에서 미끄러지는 걸 막기 위해 오비아젤리는 발끝으로 강중강중 뛰면서 대답했다. "하지만 내가 이 아이를 업어 줄 수 있어요. 보세요."

"물론 너는 할 수 있지. 그래도 이 아이는 아프니까 그렇게 흔들어 대면 안 된단다. 아기를 네 엄마에게 데려다 주렴." 에제울루가 말했다.

오비아젤리는 고개를 끄덕이고는 안채로 들어갔다. 하지만 에제울루는 그 아이가 아직도 아기를 업고 있다는 걸 알았다.(아기가 이제 막 울기 시작했다.) 오비아젤리는 용감하게도 그 가냘픈 목소리로 아기의 울음소리를 삼켜 버릴 수 있는 노래를 불러서 아기를 잠들게 하려고 애쓰고 있었다.

아기가 울고 있다고 엄마에게 전하세요.
아기가 울고 있다고 엄마에게 전하세요.
그런 다음 우지자 죽을 만들어 봐요.
그리고 우지자 죽과 함께
싱거운 후추 국도 만들어요.
그러면 그걸 마신 작은 새들이
딸꾹질하다가 모두 죽겠죠.

엄마의 염소가 헛간에 있어요.

그러니 얌은 안전하지 못할 거예요.

아버지의 염소가 헛간에 있어요.

그러니 얌을 모두 먹어 버릴 거예요.

저기 사슴 한 마리가 다가오는 게 보이나요?

보세요! 한 발을 물에 담갔어요.

뱀이 그를 공격했어요!

사슴이 움찔하네요!

자-자, 자 쿨로 쿨로!

여행자 독수리,

집에 돌아온 걸 환영해요.

자-자, 자 쿨로 쿨로!

하지만 당신이 가져온 기다란

옷감은 어디에 있나요.

자-자, 자 쿨로 쿨로!

"은와포! ……은와포!" 에제울루가 불렀다.

"은와포는 개울에 갔어요!" 그의 엄마가 자기 움막에서 대꾸
했다.

"은와포가 어쨌다고?" 에제울루가 다시 소리쳤다.

우고예는 남편의 오비로 직접 가서 은와포가 제멋대로 개울
에 갔다고 설명하기로 마음먹었다.

"아무도 은와포에게 가라고 하지 않았어요." 그녀가 말했다.

"아무도 은와포에게 가라고 하지 않았다고?" 에제울루는 어
린아이처럼 우고예의 말을 그대로 흉내 내며 아내의 말에 응수

했다. "은와포에게 가라고 한 사람이 없다고 했소? 그 아이가 아침마다 내 방을 빗자루로 쓴다는 걸 당신은 모르오? 아니면 빗자루로 쓸지도 않은 곳에서 내가 콜라 열매를 깨트리거나 사람들을 맞아들이기를 바라는 거요? 당신 아버지는 어제의 나뭇재가 잔뜩 있는 데서 아침이 되면 콜라 열매를 깨트리셨소? 이 집에서 당신들이 저지르는 이 끔찍한 잘못들이 모두 당신들의 머리로 돌아갈 거요. 만일 은와포가 힘이 너무 세져서 당신 말을 듣지 않게 되었다면 당신은 어째서 오두체에게 내 방을 치우라고 시키지 않았던 거요?"

"오두체도 함께 간걸요."

에제울루는 더 이상 아무 말도 하지 않기로 마음먹었다. 우고예가 나가더니 곧바로 빗자루 두 개를 들고 돌아왔다. 그녀는 야자수 잎사귀로 만든 빗자루로 움막을 쓴 다음 더 길고 단단한 오케악파를 묶어 만든 빗자루로 오비의 바로 앞쪽을 쓸었다.

우고예가 바깥을 쓸고 있는데 오비카가 자신의 거처에서 나오더니 물었다. "요즘에는 이루-에지*를 직접 쓰세요? 은와포는 어디 있어요?"

"날 때부터 빗자루를 손에 쥐고 태어난 사람은 어디에도 없지." 그녀는 퉁명스럽게 대꾸하고는 노랫소리를 드높였다. 우고예가 들고 휘두르는 빗자루가 어찌나 긴지 마치 노를 젓는 것과도 같았다. 에제울루는 마음속으로 미소를 지었다. 그녀는 청소를 끝낸 다음 빗자루로 쓸어 낸 것을 한 무더기로 모아 때가 되면 코코얌을 심으려고 생각해 둔 오른쪽 부지로 날랐다.

---

* '더러워진 마당'이라는 뜻.

아쿠에부에는 둘째 며느리를 맞아들인 친구와 기쁨을 나누기 위해 아침 식사가 끝나기 무섭게 곧바로 에제울루를 찾아갈 마음을 먹고 있었다. 하지만 그것 말고도 그와 함께 논의해야 하는 다른 중대 사안들도 있었다. 사실은 그것 때문에 일찌감치 친구의 집을 가려 했던 것이다. 다른 손님들이 야자 술을 마시려고 들이닥치기 전에 말이다. 아쿠에부에가 친구와 나누려 하는 이야기는 새로운 건 아니었다. 두 사람은 이전에도 그 문제에 대해 여러 차례 이야기했다. 하지만 지난 며칠 동안 아쿠에부에의 귀에 들려온 이야기들은 그의 마음을 한층 더 심란하게 했다. 그건 모두 에제울루가 백인의 은밀한 마법을 배워 오라고 보낸 그의 셋째 아들 오두체에 관한 이야기였다. 아쿠에부에는 맨 처음부터 에제울루가 취한 행동의 진의를 의심했다. 하지만 에제울루는 자신의 행동이 지혜에서 나온 선택이었다고 그를 설득했던 것이다. 그러나 지금 에제울루의 적들은 그의 이름에 해를 입히려고 그 사실을 이용하고 있었다. "울루 신의 대사제가 신성한 비단뱀을 잡아먹고 그 밖에 다른 사악한 짓도 저지르는 사람들한테 자기 아들을 보낼 수 있다면 그는 보통 사람들에게서 어떤 행동을 기대할 수 있단 말인가? 자기 어머니의 장례식에서 소동을 일으키는 도마뱀이 돌아가신 자기 어머니에게 다른 사람들이 경의를 표하리라고 기대할 수 있을까?"

게다가 이제는 은밀하게나마 에제울루의 첫째 아들까지 아버지의 반대파들에 합세했다. 그 전날 에도고는 아버지의 가장 가까운 친구인 아쿠에부에를 찾아와 자기 아버지를 만나서 숨김없이 말해 달라고 부탁을 해 왔다.

"그래, 뭐가 문제인가?"

"사람은 자기 집안 단속부터 잘해야 하잖아요. 그러니까 제 말은 자녀들 사이에 불화를 심어서는 안 된다는 거죠." 에도고는 감정이 깊어질 때면 고통스러울 정도로 말을 더듬었다. 지금이 바로 그런 때였다.

"그래, 천천히 말하게나. 내가 귀담아들을 테니."

에도고가 생각하기에는 에제울루가 오두체를 새로운 종교에 보낸 게 은와포를 대사제로 만들기 위한 길을 말끔하게 터놓기 위해서였다.

"누가 그렇게 말하던가?" 아쿠에부가 물었다. 그러고서 그는 에도고가 대답도 하기 전에 또다시 물었다. "자네는 지금 은와포와 오두체에 대해 말하고 있는데, 그럼 자네하고 오비카는 어떤가?"

"오비카의 마음은 그런 것에 가 있지 않아요. 저도 마찬가지고요."

"하지만 울루 신은 사람의 마음이 어떤 일에 가 있는지 아닌지를 묻지 않아. 만일 신이 자네를 원한다면 자네를 얻게 될 거야. 심지어 새로운 종교로 간 사람이라도 마찬가지지. 만일 울루 신이 원한다면 그 아이를 택할 걸세."

"그 말씀은 맞습니다. 하지만 제가 우려하는 점은 아버지께서 은와포로 하여금 자신이 선택될 걸로 생각하게 만든다는 거지요. 만일 어르신 말씀대로 내일이라도 울루 신이 다른 사람을 택한다면 가족 간에 투쟁이 일어날 겁니다. 그때는 아버지가 그 자리에 없으실 테니 그 일이 모두 제 머리 위로 떨어질 거란 말이죠." 에도고가 말했다.

"자네가 하는 말은 모두 맞는 말일세. 발목 위로 차오르기 전

224

에 물을 퍼내고 싶어 하는 자네를 나무랄 생각은 전혀 없네." 아쿠에부에는 잠시 동안 그 문제를 생각해 보더니 이런 말을 덧붙였다. "그런데 내 생각에 투쟁은 일어날 것 같지 않아. 은와포와 오두체는 어머니가 같지 않은가. 자네나 오비카가 그런 데 마음을 두지 않는 것도 다행스러운 일이고 말일세."

"그렇지만 오비카가 어떤지는 어르신도 잘 아시잖아요. 오비카는 내일 아침 잠자리에서 일어나면 그걸 원할지도 모르니까요." 에도고가 말했다.

노인은 친구의 아들과 장시간 이야기를 나누었다. 마침내 에도고가 가려고 자리에서 일어섰을 때(마침내 자리에서 일어서기까지 그는 이미 서너 차례 가겠다는 의사를 밝혔다.) 아쿠에부에는 에제울루와 이야기해 보겠다고 약속했다. 그는 에도고에 대해 안쓰러운 마음도 들었지만 조금은 멸시하는 마음도 생겼다. 어째서 이 아이는 오두체와 오비카의 뒤에 숨는 대신 사나이처럼 나서서 사제가 되고 싶다는 말을 하지 못할까? 저러니까 에제울루가 큰아들을 사람들 앞에 내세우지 못했던 것이다. 그러니까 저 친구는 때가 되면 아파 신탁이 자신의 이름을 불러 줄지도 모른다는 희망을 품고 있단 말인가? 저 아이는 넘어지더라도 자기 몸을 붙잡아 줄 곳으로 쓰러지진 못하겠다고 아쿠에부에는 생각했다. 저 아이가 대사제가 될 인물이 못 된다는 것은 굳이 신탁이 말하지 않더라도 알 수 있었다. 잘 익은 옥수수는 그냥 보기만 해도 알 수 있는 법이다.

그렇긴 해도 아쿠에부에는 에도고에 대해 동정심이 생겼다. 어린 동생들이 아버지의 사랑을 받을 수 있도록 자신은 뒤로 밀려날 수밖에 없을 때 맏아들이 느끼는 심정을 그는 잘 알고 있었다. 의심할 여지없이 그런 까닭에 우무아로의 초창기 시절에는 울루 신이 일곱 대에 걸쳐서 대사제에게 아들을 하나씩만 주었던 게 아닌가.

지금까지 흰색 조끼 입은 사람을 볼 기회가 별로 많지 않았던 새색시는 그날 아침 개울로 가는 길에 오두체와 그런 놀라운 사건들을 일으키는 새로운 종교에 대해 지나칠 정도로 관심을 표현했다. 질투심이 강한 오지우고는 새색시의 관심을 돌리려고 그녀의 귀에다 이 새로운 종교의 열성분자들이 비단뱀을 잡아먹었다고 속삭였다. 우무아로의 다른 사람들과 마찬가지로 새색시는 오두체의 비단뱀 모험에 대한 이야기를 이미 전해 들은 터라 불안한 마음으로 물었다.

"오두체가 정말로 비단뱀을 죽였어? 그가 단지 상자 속에 가둬 둔 거라고 들었는데."

불행하게도 오지우고는 절대 작은 목소리로 속삭일 수 있는 사람이 아니었기에 그녀의 목소리는 오두체의 귀에도 들어왔다. 그는 곧바로 오지우고에게 달려들었고, 나중에 은와포가 이 사건에 대해 전한 바에 따르면 오두체가 그녀의 얼굴을 벼락같이 내리쳤다. 이에 오지우고는 실제로 물동이를 내던지고 한층 더 날카로운 일격을 가하기 위해 손목에 찬 금속 팔찌를 이용해 오두체에게 달려들었다. 그러자 오두체는 더욱 거세게 오지우고의 뺨을 때렸고 최종적으로 오지우고의 배를 악랄하게 무릎으로 걷어찼다. 이 마지막 행동 때문에 오두체는 그들을 떼어 놓으려고 몰려든 수많은 사람들에게 심한 비난과 함께 욕까지 얻어먹었다. 하지만 오지우고는 울면서 이복오빠에게 매달렸다. "그래,

오늘은 날 죽여. 날 죽이라니까. 비단뱀을 먹은 나쁜 놈, 내 말 안 들려? 어서 날 죽여." 오지우고는 그녀를 뜯어말리려는 사람들 중 한 명을 물어뜯었고 다른 한 명을 할퀴었다.

"그냥 내버려 둬. 죽고 싶다는 사람 내버려 두라니까." 여자하나가 분개해 소리쳤다.

"그렇게 말하지 마요. 저놈이 배를 차는 바람에 저 여자애가 죽을 뻔했잖아요?"

"하지만 저 여자애도 이미 때릴 만큼 충분히 때렸잖아?" 세 번째 사람이 말했다.

"아니, 그렇지 않아요. 저놈은 여자만 보면 용감해지는 못된 놈인 것 같다고요." 두 번째 여자가 말했다.

무리는 즉시 오지우고를 편드는 사람과 그 아이가 이미 충분할 정도로 앙갚음했다고 생각하는 사람으로 나뉘었다. 후자는 오두체에게 어서 개울로 가서 오지우고가 내뱉는 욕설을 더 이상 귀에 담지도 말고 대꾸도 하지 말라고 타일렀다.

"새끼 매도 반드시 병아리를 삼킨다니까. 이 아이는 억센 게 자기 엄마를 빼닮았어." 오지우고한테 물어뜯긴 오일리디에가 말했다.

"그럼 저 여자애가 당신 엄마를 닮았겠소?" 이 말은 예전에 오일리디에와 말다툼을 벌인 적이 있는 넓적한 얼굴의 오지니카의 입에서 나왔다. 오지니카는 겉모습은 거칠어 보이고 싸움이 났다 하면 재빨리 끼어들긴 해도 힘은 단지 입으로만 몰렸을 뿐 두 살짜리 어린아이도 단번에 그녀를 쓰러뜨릴 수 있다고 사람들은 말했다.

"내 옆에서 그 썩어 문드러진 입은 열지 마쇼, 알아들었어?"

오일리디에가 말했다. "그렇지 않으면 그 주둥아리에서 오크로 씨앗을 받아 낼 테니까. 혹시 잊었나……."

"가서 똥이나 먹어라." 오지니카도 지지 않고 소리쳤다. 두 사람은 이미 발끝으로 서서 가슴을 쑥 내밀고 서로 겨루고 있었다.

"이것들은 도대체 왜 이래?" 또 다른 여자가 물었다. "저리들 비켜. 나 좀 지나가자."

오지우고는 집에 와서도 여전히 흐느끼고 있었다. 은와포와 오두체는 더 일찍 집에 도착했지만 오지우고의 어머니는 그들을 업신여겨 다른 사람들에 대해서는 묻지도 않았다. 오지우고가 울며 들어오는 것을 보았을 때 그녀는 그들이 집에 돌아오기 위해 개울가에서 물이 줄기를 기다려야 했는지 아니면 잠자다가 깨어났는지 묻고 싶었다. 하지만 그런 말은 입안에 말라붙었다.

"무슨 일이야?" 대신 그녀는 이렇게 물었다. 엄마의 목소리를 들은 오지우고는 한층 더 훌쩍거렸다. 그녀의 어머니는 오지우고가 물동이를 내려놓는 것을 도와주며 무슨 일이 있었는지 다시 물었다. 오지우고는 아무 말도 하지 않고 얼른 움막으로 들어가 마룻바닥에 주저앉아 눈물을 닦았다. 그런 다음 그녀는 말문을 열었다. 딸의 얼굴을 살펴보던 마테피는 오두체의 다섯 손가락이 남긴 것 같은 자국을 보았다. 모든 이웃 사람들이 들을 수 있도록 그녀는 즉각적으로 목소리를 높여서 불만과 한탄을 늘어놓았다.

에제울루는 가능한 한 아주 느긋하게 안채로 걸어 들어가 무엇 때문에 이토록 시끄러운지 물었다. 마테피가 한층 더 큰 소리로 울부짖었다.

"입 좀 다무시오." 에제울루가 명령했다.

"나보고 입을 다물라고요?" 마테피가 소리쳤다. "오두체가 내 딸을 개울로 데려가 죽도록 팼는데요? 저 아이를 시체가 되도록 때려서 데려왔는데 어떻게 내가 입을 다물 수 있단 말이에요. 어서 가서 저 아이의 얼굴을 보세요. 그놈의 다섯 손가락이……" 그녀의 목소리가 머릿속에서 울릴 정도로 높아졌다.

"입 좀 다물라고 하잖아! 당신 미쳤소?"

마테피는 격하게 외치던 소리를 멈췄다. 그녀는 체념한 듯이 신음 소리를 냈다. "그래요, 당신 말대로 입을 다물었어요. 어째서 입을 다물지 않겠어요? 결국 오두체는 우고예의 아들인데요. 그래요, 마테피는 입을 다물어야죠."

"거기서 내 이름을 들먹이지 못하게 하세요!" 집 안에서 나는 이 모든 소음이 마치 먼 동네에서 들려오는 것처럼 잠자코 앉아 있던 에제울루의 다른 아내가 자기 움막에서 나오며 소리쳤다. "누구 한 사람 내 이름을 들먹이지 못하게 하시란 말이에요."

"당신도 입 다물어." 에제울루가 우고예 쪽으로 몸을 돌리며 말했다. "당신 이름을 부른 사람이 어디 있다고 그래."

"저 사람이 내 이름을 불렀잖아요?"

"그래, 그랬다면 어떻게 할까? ……할 수 있으면 어서 가서 그녀의 등에라도 올라타시게."

우고예는 투덜대면서 자신의 움막으로 돌아갔다.

"오두체!"

"예에에."

"어서 이리로 나오너라!"

오두체가 자기 어머니의 거처에서 나왔다.

"이 모든 소란이 도대체 어떻게 된 거냐?" 에제울루가 물었다.

"오지우고와 그 아이 어머니에게 물어보세요."

"지금 나는 너한테 묻고 있다. 다른 사람한테 물어보라니, 어떻게 그런 말을 하는 건지. 그러면 오늘 아침 개들도 네 눈을 핥겠다고 달려들 거다. 내 면전에서 말을 함부로 내뱉는 법을 도대체 언제 배운 거지?" 그들 모두를 휘둘러보던 에제울루의 태도가 웅크린 표범처럼 바뀌었다. "너희들, 누구라도 입을 열고 다시 한 번 흥 하는 소리라도 내 봐. 그럼 탈을 쓴 혼령이 말할 때 모두 침묵한다는 걸 가르쳐 줄 테니." 어느 누가 감히 입을 여는지 그는 다시 한 번 둘러보았다. 모두 침묵하자 그는 돌아서서 다시 자신의 오비로 돌아갔다. 어찌나 화가 났던지 어째서 소란이 일어났는가 알고 싶던 마음은 온데간데없이 사라졌다.

아쿠에부에가 성급하게 오두체의 문제에 뛰어든 건 결국 잘못된 판단이었다는 게 판명되었다. 더 많은 사람들이 도착하기 전에 그는 서둘러 끝내고 싶었다. 왜냐하면 의심할 여지없이 얼마 지나지 않아 세 집 모두 사람들로 가득 찰 것이기 때문이었다. 지난밤에 왔던 사람들 대다수가 다시 올 것이고 더 많은 사람들이 처음으로 방문할 것이었다. 대부분의 곳간이 종자 얌을 제외하면 텅텅 비어 버린 이런 배고픈 시기에 부잣집에 가서 밥 한 술, 술 한 모금 마실 수 있는 좋은 기회를 놓칠 사람이 어디 있겠는가. 아쿠에부에는 첫 번째 손님이 도착하는 순간 에제울루와의 대화는 더 이상 기대할 수 없다는 것을 알 수 있었다. 그래서 그는 시간을 낭비하지 않았다. 만일 그 순간 에제울루가 얼마나 화가 나 있었는지 알았더라면 아마도 그는 다른 날을 기다렸을 것이다.

에제울루는 속으로 치밀어 오르는 화를 꾹꾹 눌러 가며 아무 말 없이 친구의 말을 경청했다.

"자네는 할 말을 다 했는가?" 아쿠에부에가 말하기를 그치자 에제울루가 물었다.

"그래, 다 했네."

"자네에게 경의를 표하네." 에제울루는 손님을 쳐다보지 않고 막연하게 문지방만 보고 있었다. "자네를 비난하는 건 아닐세. 친구로서 말한 거니까 비난받을 만한 말은 한마디도 하지 않았단 말이지. 나는 장님도 아니고 귀머거리도 아닐세. 나는 말이지, 우무아로가 분열되어 있고 혼란에 빠져 있다는 것도 아네. 또 몇몇 사람들은 내가 말썽의 원인이라고 다른 사람들을 설득하고 싶어서 몰래 회합을 갖는다는 것도 잘 알고 있지. 하지만 그런 일로 인해 내가 잠을 못 잘 이유가 어디 있단 말인가? 이런 일은 새로운 것도 아니고 그것들도 다른 것들처럼 사라지겠지. 우기가 오면 오 년이 된다네. 다름 아닌 바로 그 사람이 자기 집에서 비밀 회합을 갖고 자신들이 책임져야 할 전쟁에서 울루 신이 싸워 주지 않는다면 신의 지위를 박탈하겠다는 말을 한 지도 오 년이 되었다니까. 울루 신과 나는 말일세, 그 사람이 와서 우리를 내몰아 주기를 아직도 기다리는 중이라네. 내가 골치 아픈 건 말일세, 빈 불알을 덜렁거리는 바보가 실수로 자기 집에 재물이 굴러 들어온 탓에 자기 분수를 잊고 잘난 척하는 게 아니야. 그것보다 내가 정말로 화나는 건 비겁한 이데밀리 사제가 그 사람 뒤에 숨어서 계속해서 그를 부추긴다는 걸세."

"그건 질투지." 아쿠에부에가 말했다.

"뭘 질투해? 나는 우무아로의 첫 번째 에제울루가 아니고, 그 사람도 첫 번째 에지데밀리가 아닌데. 그의 아버지 그리고 그 아버지의 아버지 그리고 그들보다 앞선 사람들이 모두 나의 선조들을 질투하지 않았는데 어째서 그 사람은 나에 대해 질투한다는 거지? 아니, 그건 질투가 아니라 어리석음일세. 머리통을 단지 속에 집어넣는 그런 우둔함 말일세. 하지만 그게 만약 질투라면 계속 그러라고 내버려 둬야겠지. 똥 무더기 위에 올라앉은 파리는 저 좋을 대로 활보하고 다닐지 모르지만, 똥 무더기를 치울 수는 없잖은가."

"모든 사람이 이 두 가지를 알고 있지. 그들이 만일 아니-음모로 가는 길을 안다면 울루 신의 사제직을 자신들의 마을이 아니라 우무아찰라에게 준 것에 대해 선조들에게 따지러 갈 거라는 사실을 우리 모두가 알고 있단 말이네. 나는 그런 사람들에 대해서는 걱정하지 않아. 내가 걱정하는 건 모든 부족 사람들이 떠들고 있는 얘길세." 아쿠에부에가 말했다.

"누가 부족 사람들에게 뭘 떠들라고 말해 주나? 부족 사람들이 뭘 알고 있지? 아쿠에부에, 자네는 이따금씩 날 웃긴다니까. 부족 사람들이 우리 것도 아닌 땅덩이 때문에 옥페리와 싸우기로 했을 때 자네도 여기에 있었잖아. 아니, 그때는 자네가 이 세상에 태어나기 전이었던가? 그때 내가 사람들 앞에 서서 우무아로에 어떤 일이 벌어질지 말해 주지 않았나? 결국 누가 옳았지? 내가 말한 일이 일어났는가, 안 일어났는가?"

아쿠에부에는 대답하지 않았다.

"내가 일어날 거라고 말했던 일이 하나도 빠짐없이 다 일어났잖아."

"그 점에 대해서는 의심하지 않네." 아쿠에부에가 말했다. 그러다가 갑자기 조바심도 나고 무모해져서 덧붙였다. "하지만 자네는 한 가지를 잊고 있지. 아무리 훌륭한 사람이라도 부족을 상대로 이길 수는 없는 법이야. 자네는 그 땅 문제에서 자네가 이겼다고 생각할는지 모르지만 그건 자네가 틀렸어. 우무아로는 자네가 백인 앞에서 부족을 배신했다고 항상 말할 걸세. 그리고 자네가 자네 아들을 그들에게 보내 그들과 함께 이 땅을 더럽히는 일에 앞장세웠다며 부족 사람들은 오늘도 또다시 배신을 말할 거야."

이 말에 대한 에제울루의 답변을 듣고서 아쿠에부에는 사제란 심지어 가장 친한 친구조차 이해하기 힘든 존재라는 생각을 다시금 하게 되었다. 심지어 에제울루의 아들들조차 아버지를 알지 못했다. 아쿠에부에가 어떤 답변을 기대했는지는 확실하지 않지만 분명 자신이 지금 보고 있는 저런 웃음은 아니었다. 사제의 그런 반응을 마주한 아쿠에부에는 마치 호젓한 길에서 깔깔대고 웃어 대는 광인을 마주치기라도 한 것처럼 겁도 나고 불안했다. 그의 마음속으로 스며드는 이런 기이한 두려움을 자세히 살펴볼 여유가 없었다. 하지만 장차 이런 감정을 또다시 느끼는 날, 그때 그는 비로소 그 의미를 알게 될 것이었다.

"제발 나 좀 웃기지 말게." 에제울루가 다시 말했다. "그러니까 내가 백인을 위해 우무아로를 배신했단 말인가? 그럼 자네한테 한 가지만 물어보세. 이곳으로 백인을 데려온 사람이 누군가? 그게 에제울루였나? 우리는 우리 것도 아닌 땅덩이를 놓고 피를 나눈 우리의 형제 옥페리를 상대로 싸움을 일으켰네. 그런데 자네는 그 문제에 개입했다고 백인을 비난하는군. 두 형제가 싸우면 이방인이 수확을 거두어들인다는 말도 들어보지 못했나? 아바메를 파멸시키는 데 몇 명의 백인이 들어간 줄 아는가? 자네는 그걸 아나? 다섯 명일세." 그는 다섯 손가락을 부채꼴로 펼치며 오른손을 번쩍 쳐들었다. "다섯 명이야. 그렇다면 말일세, 자네는 혹시 다섯 명, 비록 그들의 머리가 하늘에 닿을 정도로 키가 크더라도, 다섯 명이 부족 전체를 쳐부술 수 있다는 말을 들어 본 적이 있는가? 불가능하지. 백인들에게 아무리 큰 힘과 마술이 있다고 해도 만약 우리가 그들을 돕지 않았다면 그들이 올루와 이보 지역 전체를 전복하지는 못했을 거야. 누가 그들에게 아바메로 가는 길을 알려 주었나? 그들은 그곳에서 태어나지 않았잖아. 그렇다면 그들은 어떻게 그리로 가는 길을 찾았지? 우리가 그들에게 알려 주었고 아직도 그걸 알려 주고 있단 말일세. 그러니까 이제 나한테 와서 백인이 이것을 했고 저것을 했다고 불평하는 사람이 한 명도 없었으면 좋겠네. 개미가 잔뜩 붙은 장작더미를 자기 집으로 끌어들인 사람은 도마뱀이 그를 찾아오기 시작하더라도 절대로 투덜대서는 안 되는 법이지."

"자네 말에 나는 한마디도 반박할 수 없네. 과거에 우리는 많은 잘못을 저질렀지만 그렇다고 오늘날도 계속해서 똑같은 잘못을 저질러서는 안 되잖아. 이제는 우리가 어떤 잘못을 저질렀는지 알았으니 그것을 다시 바로잡을 수 있겠지. 이 비가 어디에서 우리한테 떨어지기 시작했는지 알게 되었으니……."

"글쎄, 난 그다지 확신이 안 서네." 에제울루가 말했다. "하지만 바로잡건 바로잡지 않건 간에 한 가지는 잊으면 안 되겠지. 우리는 백인에게 우리 집으로 가는 길을 알려 주었고 앉을 의자까지 내주었다네. 이제 와서 그 사람이 돌아가기를 원한다면 우리는 그 사람이 자신의 방문에 싫증을 느낄 때까지 기다리든 가 아니면 그를 몰아내야겠지. 자네는 에제울루를 비난하는 것 으로 백인을 몰아낼 수 있을 것 같나? 시도는 해 볼 수 있겠지. 그리고 자네가 성공했다는 소식을 듣는 즉시 나는 자넬 찾아가 악수를 청하겠네. 내 나름대로의 방식이 있으니까 나는 그걸 따 르겠네. 다른 사람들이 보지 못하는 때에 나는 상황 판단을 할 수 있지. 그러니까 나는 잘 알려진 사람인 동시에 알 수 없는 사 람인 거야. 자네는 내 친구니까 내가 도둑인지 살인자인지 아니 면 정직한 사람인지 알겠지. 하지만 자네는 에제울루가 어떤 장 단에 맞추어 춤을 추는지 그건 알 수가 없을 거야. 나는 내일을 볼 수가 있다네. 그렇기 때문에 우무아로를 향해 거기에는 죽음 이 있으니까 거기서 나오라든지 아니면 거기에는 이익이 있으니까 그걸 하라는 말을 할 수가 있는 걸세. 그들이 내 말에 귀를 기울 이면 오오이고, 그들이 듣기를 거부해도 오오지. 사람들에게 선 물을 받기 위해 춤추는 단계는 이미 지나갔네. 나보다 먼저 사제 직을 맡으셨던 우리 아버님을 자네도 알지? 어린아이의 눈으로 보긴 했겠지만 우리 할아버님도 보았고." 아쿠에부에는 그렇다 고 고개를 끄덕였다.

"우리 할아버님은 우무아로에서 이치를 중단시키지 않았는 가? 그는 위풍당당하게 자리에서 일어나 '우리 얼굴이 마치 오조 청호라도 붙은 문짝인 양 조각들을 했지만 앞으로는 더 이상 그 런 일을 하지 마시오.'라고 말씀하셨지."

"그러셨지." 아쿠에부에가 말했다.

"할아버님에 대한 우무아로의 반응이 어땠나? 모두 그분을 저주했다네. 그들은 부족의 남자들이 여자처럼 보일 거라고 했지. 그들은 물었다네. 사람들의 인내심을 시험하면 어떻게 될까, 하고 말일세. 그런데 오늘날 그런 질문을 내놓는 사람이 있는가?"

아쿠에부에는 에제울루의 견해에 대해 이미 충분히 동의했던 터라 다시 반대 의사를 표명할 수 있을 것 같았다. "자네 말에는 의심할 여지가 전혀 없지. 하지만 우리가 들은 이야기가 사실이라면 자네 할아버지는 그 싸움을 혼자 하신 게 아니지. 당시 우무아로에는 이치를 반대하던 사람들이 더 많았다더군……." 그는 말했다.

"자네 아버님은 그 이야기를 그렇게 설명해 주시던가? 나는 다르게 들었다네. 여하튼 중요한 건 대사제가 그런 사람들을 이끌었고 그들은 따랐다는 걸세. 좋네, 만일 그 이야기에 대해서 풍설이 떠돈다면, 우리 아버지 시대에 있었던 일들은 어떤가? 과부의 아이를 모두 노예로 삼던 관습을 아버님이 파기했을 때 자네는 갓난아기가 아니었잖아……."

"에제울루, 나는 자네가 말하는 것은 어느 것 하나 반박할 사람이 아닐세. 나는 자네 친구니까 내가 하고 싶은 말은 자네한테 얼마든지 할 수 있잖은가. 그렇다고 내가 자네의 반은 사람이고 나머지 반은 신이라는 사실을 잊고 있다는 뜻은 아니야. 자네가 자네 아버지나 할아버지에 대해서 하는 말은 모두 맞고말고. 하지만 그 시절에 있었던 일들과 오늘날 일어나는 일들이 똑같은 건 아닐세. 비슷한 거라곤 하나도 찾아볼 수 없잖아. 자네 아버지나 할아버님은 이방인을 기쁘게 하려고 그런 행동을 하신 게 아니지……."

이 말에 에제울루는 화가 무척 났지만 그런 마음을 겉으로 드러내지 않으려고 다시금 자제력을 발휘했다.

"제발 웃기지 좀 말게. 누군가 자네한테 와서 에제울루가 다른 사람의 비위를 맞추기 위해 자기 아들을 이상한 종교로 보냈다고 말한다면, 자네는 뭐라고 말할 건가? 제발 좀 웃기지 말라니까. 어째서 내 아들을 보냈는지 말해 볼까? 그럼 잘 들어 보게. 예전에 한 번도 본 적이 없는 질병은 흔한 약초로는 결코 치유될 수 없지. 부적을 만들고 싶을 때 우리는 그 질병에 대적할 만한 힘을 지닌 동물의 피를 찾지 않겠나? 만일 닭으로 안 된다면 염소나 양을 찾겠지. 만일 그것으로도 충분치 않다면 황소를 가져오라고 할 거야. 하지만 어떤 경우에는 심지어 황소조차도 감당할 수 없을 때가 있다네. 그럼 우리는 사람을 찾을 수밖에 없지. 자네는 우리가 듣고 싶어 하는 게 피가 꾸르륵거리며 흘러내리는 죽음의 비명 소리라고 생각하는가? 친구여, 그건 아닐세. 우리가 그런 일을 하는 것은 상황이 이미 최종 단계에 이르러서 수탉도 염소도 심지어는 황소로도 불가능하다는 걸 알기 때문일세. 불행한 세대는 심지어 한계선을 넘어설 때까지 밀려나는 바람에 등짝이 깨지고 불 위에 매달리는 그런 사태가 발생할 수도 있다고 우리의 선조들이 벌써 말했잖은가. 이런 일이 발생하면 사람들은 어쩌면 자신의 피를 제물로 바쳐야 할지도 모른다네. 손을 내밀어 도움을 요청할 곳이 하나도 없는 사람은 그 손을 자기 무릎에 놓게 된다는 현인들의 말씀이 바로 그런 뜻이지. 그렇기 때문에 우리의 선조들은 아밤의 전사들한테 밀려 한계 상황을 넘어섰을 때 이방인이 아니라 우리 부족의 한 사람을 제물로 바쳐 울루라고 하는 위대한 주술을 만들었던 게 아닌가." 에제울루가 말했다.

아쿠에부에는 손가락을 뚝뚝 꺾으며 머리를 아래위로 끄덕였다. "그럼 그건 제물이란 말이로군." 그는 혼잣말로 중얼거렸다. "그렇다면 결국 에도고의 말이 옳아. 그때는 그 아이가 무척이나 어리석어 보였는데." 그는 잠시 사이를 두었다가 큰 소리로 말했다.

"자네를 아무리 찾으려 해도 찾지 못할 때 만약 자네가 희생시키고 있는 그 아이가 울루 신이 선택한 아이로 판명나면 어떻게 하지?"

"그건 신에게 맡기게. 자네가 말하는 그런 시기가 오면 울루 신은 자네의 충고나 도움을 찾지 않을 걸세. 그러니 그런 일로 밤에 잠 못 이루고 고민하지 마시게."

"물론이지. 내가 왜 그러겠나? 내 집은 내 집안 문제만으로도 가득한데 무엇 때문에 내가 자네 집 문제까지 떠맡아야 하나. 그런 짐을 놓아둘 공간을 내가 어디서 찾겠어? 하지만 내가 방금 한 말을 반복해야겠어. 만약 듣고 싶지 않으면 자네 귀를 틀어막게나. 자네가 옥페리와의 싸움을 반대했을 때 자네는 혼자가 아니었어. 나도 역시 그걸 반대했고 다른 많은 사람들도 그랬지. 하지만 자네가 만일 이 땅을 더럽히는 일에 합세하라고 자네 아들을 이방인들에게로 보낸다면 자네는 혼자가 될 걸세. 내가 이 말을 했다는 걸 상기하기 위해 자네가 저 벽에다 표시해 두어도 좋네."

"우무아로의 땅이 더럽혀졌다고 말하는 사람이 도대체 누군가? 자네인가, 나인가?" 에제울루의 입 모양이 오만한 무관심을 나타내고 있었다. "혼자라는 건 말일세, 죽은 사체가 흙과 친숙한 것처럼 내가 낯설어하지 말아야 할 것인 듯한데? 친구여, 제발 좀 웃기지 마시게."

아쿠에부에가 에제울루에 대해 그가 반은 인간이고 반은 신이라고 말할 때 아버지의 움막에 들어온 은와포는 두 사람이 지금 벌이고 있는 논쟁을 이해할 수 없었다. 하지만 은와포는 예전에도 이처럼 험악해 보이던 장면들이 결국에는 아무것도 아닌 일로 끝나는 광경을 여러 차례 목격했다. 그러므로 그는 아버지가 어머니한테 가서 후춧가루를 뿌린 야자유를 얻어 오라고 심부름을 보낼 때도 전혀 놀라지 않았다. 그가 그걸 가지고 돌아왔을 때 에제울루는 이미 둥그런 바구니를 내려놓고 있었다. 이 바구니에는 꼭 맞는 뚜껑이 있었는데, 그것은 장작불 바로 위 천정에 매달려 있었다. 그것과 함께 에제울루가 의식을 거행할 때 입는 라피아야자 잎 치마, 호리병 두 개, 그리고 지난해 수확한 것 중 품질이 좋아 특별히 파종을 위해 골라 둔 몇 자루의 옥수수도 매달려 있었다. 바구니, 옥수수, 라피아야자 잎 치마는 모두 연기로 인해 새까맸다.

에제울루는 둥그런 바구니를 열고 삶아서 연기에 그을려 놓은 염소 다리를 꺼내더니 아쿠에부에를 위해서는 큰 조각을, 그리고 자신을 위해서는 아주 작은 조각을 잘랐다.

"이걸 어디다 싸 가지고 갔으면 좋겠군." 아쿠에부에가 말했다. 에제울루는 은와포에게 바나나 잎사귀를 잘라 오게 한 다음, 새로 따 온 잎사귀에 연기가 나는 장작불을 쪼여 풀이 조금 죽어 바삭바삭한 기운이 사라질 때까지 기다렸다가 그것을 아쿠에부에에게 건네주었다. 그러자 아쿠에부에는 고기를 두 토막으로 잘라 큰 조각은 바나나 잎사귀에 싸서 가방 속에 집어넣고 나머지 반 토막은 후추를 뿌린 야자유에 찍어서 먹기 시작했다.

에제울루는 자기 몫에서 작게 자른 것을 은와포에게 주고 나머지는 자기 입속에 집어넣었다. 그들은 한동안 아무 말 없이 먹기만 했다. 그들의 대화가 다시 시작되었을 때는 심각성이 떨어지는 문제들이 이야기되고 있었다. 에제울루는 가까이 놓여 있던 빗자루에서 이를 쑤실 가지를 하나 잘라 낸 다음 등을 벽에 기대었다. 그는 그런 자세로 자기 집과 두 아들의 집으로 들어오는 통로를 쉽게 내다볼 수 있었다. 그리하여 법원 전령과 그의 수행원이 들어오는 것을 제일 먼저 본 사람은 에제울루였다.

낯선 사람 둘이 에제울루의 문지방에 도착했을 때 수행원이 손뼉을 치면서 말했다. "주인장은 집에 계십니까?" 약간의 사이를 두고 에제울루가 대답했다. "들어와 보면 알게 될 거요." 수행원이 몸을 굽히고 나지막한 처마를 지나 앞장서서 들어왔고 그 뒤를 따라 또 한 사람이 들어왔다. 에제울루는 그들을 환영하며 자리에 앉으라고 했다. 법원 전령은 흙 침대에 앉았지만 수행원은 계속 서 있었다. 인사가 끝나자 수행원은 에제울루에게 경의를 표한 다음 자기는 우문네오라에 사는 은워디카의 아들이라고 말했다.

"자네가 들어서는 순간 자네 아버지의 얼굴이 떠올랐다네." 아쿠에부에가 말했다.

"정말로 그렇군. 누구든지 저 사람을 보는 순간 은워디카를 닮았다는 걸 알겠어. 자네 친구는 멀리서 온 사람 같구먼." 에제울루가 말했다.

"예, 우리는 지금 옥페리에서 오는 길입니다……."

"그럼 자네는 옥페리에 살고 있는가?" 에제울루가 물었다.

"그렇겠지." 아쿠에부에가 대답했다. "자네는 우리 젊은이 중한 사람이 옥페리에서 백인과 함께 살고 있다는 이야기를 듣지 못했나?"

사실 에제울루는 그런 말을 들은 적이 있었지만 일부러 모르는 척했다.

"그게 사실인가?" 그가 물었다. "요즘엔 듣지 못하는 이야기가 하도 많아서. 그러면 자네들은 오늘 아침 옥페리에서부터 그 먼 길을 걸어왔는데 벌써 이곳에 도착했단 말인가? 힘이 좋고 젊으니까 좋구먼. 내 어머니의 땅에서 살고 있는 사람들은 모두 잘 지내고 있는가? 우리 어머니는 옥페리 출신이라네."

"우리가 떠나올 때에 그곳은 행복과 웃음꽃이 피어나고 있었지요. 하지만 그 후로 무슨 일이 일어났는지는 저도 모릅니다."

"자네와 함께 온 사람은 누구인가?"

"저분은 총의 파괴자로 알려진 그 훌륭한 백인이 보낸 고참 전령이십니다."

에제울루는 손가락을 뚝뚝 꺾으며 고개를 끄덕였다.

"그러면 이 사람은 윈타보타의 전령인가? 저 사람도 옥페리 사람이고?"

"아닙니다. 그는 우무루 사람입니다." 수행원이 말했다.

"자네가 떠나올 때 윈타보타는 건강하던가? 이쪽 지역에 사니까 그를 못 본 지도 한참 되었다네."

"잘 지내고 계십니다. 여기 온 이분이 그의 눈입니다."

고참 전령은 대화의 흐름에 그다지 만족해하는 것 같지 않았다. 그는 마음속으로 오지에 사는 이 사람이 점잔을 빼면서 행정관과 아주 친한 척 행동하는 것에 대해 화가 나 있었다. 이것을 감지한 수행원은 그의 중요성을 확립하려고 필사적인 노력을 기울였다.

"이방인이여, 당신을 환영하오. 당신의 이름은 무엇입니까?" 에제울루가 말했다.

"저분은 제코푸입니다. 제가 말씀드린 대로 저분의 동의가 없으면 어느 누구도 총의 파괴자를 만날 수가 없습니다. 옥페리에서는 제코푸라는 이름을 모르면 간첩이지요. 그런데 저분은 이지역을 전혀 모르니 총의 파괴자가 나에게 이번 여행길에 저분과 동행하라고 말했답니다." 수행원이 말했다.

"그랬군." 에제울루는 아쿠에부가 있는 쪽으로 의미심장한 눈길을 보내며 말했다. "그렇게 해야겠지. 백인이 우무루 사람을 보내면 그 사람에게 우무아로 사람이 길을 알려 준단 말이로군." 그는 껄껄대고 웃었다. "내가 뭐라고 했나, 아쿠에부에? 아무리 많은 귀신들이 한 인간의 죽음을 모의하더라도 그의 개인신이 숙고 과정에 간여하지 않는다면 그 계획은 수포로 돌아갈 것이라고 말한 우리의 현인들이 옳았잖아."

두 사람은 당황스러운 표정을 짓고 있었다. 그때 은워디카의 아들이 말했다. "그 말은 맞습니다. 하지만 우리는 지금 죽음의 임무를 띠고 이곳에 온 건 아닙니다."

"아니야. 그런 뜻으로 말한 게 아닐세. 그건 단지 이야기하는 방식일 뿐이야. 뱀은 그 길이를 견주는 막대기만큼 절대로 길지 않다는 속담도 있잖은가. 윈타보타가 에제울루에게 죽음의 사절단을 보낼 리 없다는 걸 나도 아네. 우리는 좋은 친구니까 말일세. 내가 한 말은 이 땅의 아들이 길을 가르쳐 주지 않는 한 이방인이 우무아로에 올 수 없다는 뜻일세."

"그 말은 맞습니다." 수행원이 말했다. "우리가 온 것은……"

"이보게." 고참 전령이 끼어들었다. "자네는 자네에게 맡겨진 임무를 다했으니 나머지는 나에게 맡기게. 자네는 이제 혀를 입 안에 넣고 잠자코 있게나."

"죄송합니다. 저는 물러나 있겠습니다."

에제울루는 마테피에게 가서 콜라 열매를 가져오라고 은와포를 보냈다. 이때는 오비카와 에도고도 백인의 전령이 아버지의 움막에 와 있다는 소식을 듣고 들어와 있었다. 들고 온 콜라 열매는 모든 사람에게 보인 다음 깨트렸다.

"야자 술을 사 오라고 장터에 보낸 사람들은 아직 돌아오지 않았느냐?" 에제울루가 물었다. 오비카가 아직 오지 않았다고 대답했다.

"내 그럴 줄 알았다. 야자 술을 살 마음이 있는 사람은 장터에 있는 술이 모두 팔려나갈 때까지 집에서 빈둥대지 않는 법이다." 그는 아직도 한 다리를 약간 들고 두 손을 정강이 위에 놓고 깍지를 낀 채 벽에 등을 기대고 앉아 있었다.

법원 전령이 푸른색 터키모자를 벗어 무릎 위에 올려놓자 말끔하게 면도한 머리가 땀으로 번질거렸고 모자 테가 머리에 둥그런 자국을 남겨 놓은 게 보였다. 그는 목청을 가다듬더니 거의 처음으로 입을 뗐다.

"여러분 모두에게 인사를 드립니다." 그는 백인의 방식대로 가슴팍 호주머니에서 아주 조그만 책을 꺼내더니 그것을 펼쳤다. "당신들 중 누가 에제울루입니까?" 그는 책을 보며 묻더니 얼굴을 치켜들고 움막을 둘러보았다. 아무도 대답하지 않았다. 모두가 너무나 놀랐기 때문이었다. 아쿠에부에가 제일 먼저 정신을 차렸다.

"사방을 둘러보며 당신의 혀로 치아가 몇 개나 있는지 세어 보시구려." 그가 말했다. "오비카, 앉아라. 이방인들은 코로 말할지도 모르니까 그걸 예상하고 있어야 한단다."

"자네는 우무루 사람이라고 했는가? 그곳에는 사제나 원로들이 있는가?" 에제울루가 물었다.

"내 질문을 오해하지 마시오. 백인에게는 일을 처리하는 자신들만의 방식이 있습니다. 백인은 무엇보다 제일 먼저 당신의 이름을 물을 것이고 그 답변은 당신의 입에서 직접 나와야 합니다."

"만일 당신 배 속에 낱알만큼의 분별력이라도 있다면 말이죠, 당신은 지금 백인의 집이 아니라 우무아로에 있는 울루의 대사제 집에 와 있다는 걸 알 거요." 오비카가 말했다.

"오비카, 입 다물어라. 이방인들은 코로 말한다고 아쿠에부가 방금 전에 말했잖느냐. 저 사람의 땅이나 백인의 땅에 대사제가 있는지 없는지 네가 아느냐?"

"내게 조심해서 말하라고 저 청년에게 일러 주시오. 나에 대해 들은 바가 없다면 그는 내가 누군지 알고 있는 사람들한테 물어보는 게 좋을 거요."

"가서 똥이나 먹어라."

"입 다물어!" 에제울루가 고함쳤다. "이 사람은 내 어머니의 땅에서부터 내 집까지 그 머나먼 길을 걸어 왔다. 누구든 저 사람을 욕하지 마라. 게다가 저 사람은 단지 전령에 불과하잖니. 만일 그의 전갈이 우리 마음에 들지 않으면 우리가 싸워야 할 사람은 저 사람이 아니라 저 사람을 보낸 사람이어야 한다."

"참으로 맞는 말일세." 아쿠에부가 말했다.

"더 드릴 말씀이 없습니다." 수행원이 말했다.

"자네가 내게 질문을 했지." 에제울루는 다시 전령 쪽으로 몸을 돌리고 계속해서 말했다. "내가 이제 답하겠네. 내가 바로 자네가 말한 그 에제울루일세. 이제 됐는가?"

"고맙습니다. 여기 있는 우리 모두가 남자지만 입을 열 때 누가 어른인지 아이인지 분명해지는 법이죠. 우리는 벌써 많은 말을 했는데, 어떤 말은 유익했고 또 어떤 말은 그렇지 못했고, 어떤 말은 제정신에서 나온 말이지만 어떤 건 술김에 나온 말이기도 했소. 이제는 내가 여기에 무엇 때문에 왔는지 말할 때인 것같군요. 두꺼비는 뭔가에 쫓기지 않으면 대낮에는 뛰지 않는 법입니다. 나는 산책이나 하려고 옥페리에서 그 먼 길을 온 게 아니오. 윈타-바-텀 대위님이 나한테 그의 많은 일들을 맡겼다는 걸 여기 있는 당신네 동족이 벌써 말했잖소. 그는 이 지역에서 모든 백인들의 우두머리입니다. 나는 그분을 십 년 이상 알고 지냈지만 그 사람 앞에서 떨지 않는 백인을 아직까지 보지 못했소. 그는 나를 이곳에 보내면서 우무아로에 친구가 있다는 말은 하지 않았소." 그는 비웃는 마음으로 미소 지었다. "하지만 당신의 말이 사실이라면, 내가 내일 당신을 데려가서 백인을 만나면 알 게 되겠죠."

"자네 지금 무슨 말을 하고 있는가?" 깜짝 놀란 아쿠에부에가 물었다.

법원 전령은 위협하듯 계속해서 미소를 짓고 있었다. "그렇소. 당신의 친구 윈타보타(전령은 자기 말을 듣고 있는 사람들과 똑같이 그 이름을 바보스럽게 발음했다.)가 내일 아침 자기 앞에 출두하라는 명령을 당신에게 내렸단 말이오." 전령이 말했다.

"어디로요?" 에도고가 물었다.

"어디긴 어디겠소, 옥페리에 있는 그의 사무실이지."

"저 작자가 단단히 미쳤군." 오비카가 말했다.

"이보게, 그렇지 않소. 미친 사람이 있다면 그건 바로 당신일 거요. 여하튼 에제울루는 당장에 갈 준비를 해야 하오. 다행스럽게도 새 도로가 생겨서 심지어 절름발이라도 걷고 싶다는 마음이 들 거요. 오늘 아침 우리는 첫닭이 울 때 길을 떠났는데 어디쯤인가 알아보기도 전에 벌써 이곳에 도착했단 말이오."

"저 작자가 단단히 미쳤다고 했잖아. 누가……"

"저 사람은 미치지 않았다. 저 사람은 전령이니까 자기에게 맡겨진 전갈을 전해야만 하겠지. 그의 말을 끝까지 들어 보자." 에제울루가 말했다.

"내 말은 다 끝났소. 그런데 이 청년의 부모가 누군지는 모르겠지만 그를 위해 충고를 해 주었으면 좋겠군." 전령이 말했다.

"당신이 갖고 온 전갈을 모두 전한 게 확실합니까?"

"그래요. 백인은 흑인들과는 달라요. 쓸데없는 말은 하지 않는답니다."

"자네에게 경의를 표하네. 그리고 다시 한 번 자네를 환영하는 바이네. 은노!" 에제울루가 말했다.

"한 가지 사소한 걸 빼놓은 게 있소이다." 법원 전령이 말했다. "백인을 보기 위해 기다리는 사람들이 많아서 옥페리에 가더라도 당신 차례가 돌아오려면 사나흘은 기다려야 할지도 모르겠소. 하지만 내가 알기에 당신 같은 사람은 자기 마을을 떠나 여러 날 지내는 걸 원치 않을 거요. 나한테 잘만 하면 내가 내일이라도 백인을 만날 수 있게 주선해 보겠소. 모든 게 내 손에 달려 있단 말이오. 백인이 이 사람을 만날 거라고 내가 말하면 백인은 그 사람을 만난다 이 말이오. 당신네 동족이 내가 어떤 걸 즐겨 먹는지 알려 줄 거요." 전령은 미소를 지으며 터키모자를 머리 위에 다시 얹었다.

"그거 정말 사소한 일이로군." 에제울루가 말했다. "그런 걸로 다툼이 일어나진 않을 게요. 자네가 그 자그마한 배통에 집어넣을 게 내 능력을 벗어날 것 같지는 않구려. 만일 벅차다면 우리 동족들이 기꺼이 도와줄 거요." 그는 말을 멈추고 전령이 자신의 자그마한 체구를 언급한 것 때문에 분노하는 모습을 재미있게 지켜보는 것 같았다. "그렇지만 자네는 먼저 돌아가서 자네의 주인에게 전하시오. 에제울루는 자기 움막을 떠나지 않는다고 말이오. 만약에 나를 보고 싶다면 백인이 이리로 와야 한다고 전해 주시오. 자네에게 길을 알려 준 은워디카의 아들이 백인에게도 길을 가르쳐 줄 수 있을 테니까."

"여보쇼, 당신이 지금 무슨 말을 하고 있는지나 아시오?" 전령은 전혀 믿지 못하겠다는 듯이 물었다.

"자네는 전령인가 아닌가?" 에제울루가 물었다. "어서 집으로 돌아가 내 답변을 자네 주인에게 전하기나 하시오."

"우리 이 문제로 다투지 맙시다." 웬일인지 위험이 가득한 상황을 감지한 아쿠에부에가 어떻게든 재빨리 수습해 보려고 끼어들었다. "만일 백인의 전령이 시간을 주면 우리끼리 상의해 보리다."

"우리끼리 상의할 게 뭐가 있단 말인가?" 에제울루가 화가 나서 물었다. "나는 더 이상 할 말이 없네."

"그저 우리에게 시간을 조금만 주시게." 아쿠에부에의 요구를 받아들인 전령이 밖으로 나갔다. "자네도 저 사람과 함께 나가 있는 게 좋겠군." 그가 수행원에게 말했다.

에제울루는 그다음에 이어진 대화에 일체 참여하지 않았다. 법원 전령과 그의 수행원이 다시 거처로 돌아왔다. 백인에 대한 배려로 에제울루는 아들 에도고를 보내 아버지한테 전할 전갈이 무엇이건 간에 그걸 갖고 돌아오게 하겠다는 의견에 동의했다고 아쿠에부에가 그들에게 말했다. "부름에 응하지 않는 게 우무아로의 관습은 아닐세. 하지만 부르는 사람이 요청하는 걸 들어주지 않을 수는 있다네. 에제울루는 백인의 부름을 퇴짜 놓고 싶지 않아서 아들을 보내는 걸세."

"그게 당신의 답변이오?" 법원 전령이 물었다.

"그렇소." 아쿠에부에가 답변했다.

"그런 답변은 받아들이지 않겠소."

"그럼 당신은 저기 있는 저 숲에 들어가 똥이나 먹으쇼. 내 손가락이 어디를 가리키는지 보이지? 저기 저 숲 말이오." 오비카가 말했다.

"이 세상에 똥을 먹을 사람은 없단다." 아쿠에부에가 말했다. 그런 다음 그는 전령에게로 몸을 돌리고 덧붙여 말했다. "전령이 자기에게 떨어진 전갈을 골라서 전한다는 말은 이 세상에 태어나서 한 번도 들어 본 적이 없소. 그러니 어서 돌아가서 에제울루의 말을 백인에게 전하시오. 아니면 당신 자신이 백인이란 말이오?"

에제울루는 다른 사람들로부터 약간 돌아앉았고 빗자루로 만든 이쑤시개로 다시 이를 쑤시기 시작했다.

13

전령과 그의 수행원이 옥페리로 돌아가기 위해 에제울루의 움막을 떠나자마자 대사제는 거대한 이콜로를 두드리는 노인에게 해질 무렵 원로들과 은디치에들을 소집해 긴급한 회합을 갖겠다는 전갈을 보냈다. 곧이어 이콜로가 여섯 마을을 향해 울려 퍼지기 시작했다. 도처에서 원로들과 직함이 있는 사람들이 그 신호를 듣고 회합에 참석할 채비를 했다. 어쩌면 전쟁의 위협일 수도 있었다. 하지만 백인이 지배하는 요즈음에는 어느 누구도 더 이상 전쟁 이야기를 하지 않았다. 그보다는 우무아로의 신이 예언을 통해 신속하게 제거되어야만 하는 노여움을 표출했을 가능성이 더 높았다······. 하지만 전쟁 준비를 위한 것이든 아니면 공동의 속죄제 거행을 위한 것이든 간에 이번 소환은 긴박했다. 왜냐하면 속담이 말하듯 은테보다 더 강력한 동물이 은테의 덫에 잡혔을 때처럼 상당히 위급한 경우를 제외하면 이콜로는 시기에 맞지 않을 때는 절대로 울리는 법이 없기 때문이었다.

회합은 닭들이 보금자리로 들어갈 때 시작되어 밤이 깊도록 계속되었다. 낮에 열린 회합이었다면 아버지의 의자를 들고 온 아이들이 회합이 끝나면 의자를 다시 집으로 들고 가려고 장터 주변에서 놀면서 기다렸을 것이다. 하지만 자기 아이를 밤 회합에 데려온 아버지는 한 명도 없었다. 장터 근처에 사는 사람들은 의자를 직접 들고 왔고 다른 사람들은 염소 가죽을 돌돌 말아 겨드랑이에 끼고 왔다.

에제울루와 아쿠에부가 제일 먼저 도착했다. 하지만 그들이 자리에 앉기도 전에 우무아로의 모든 마을에서 다른 원로들과 직함 있는 사람들이 은코로 속속 모여들기 시작했다. 처음에는 각자 들어오면서 자기보다 먼저 도착한 사람들 모두에게 인사를 했지만 사람들이 많아지자 가까이 있는 사람들에게만 인사를 하고 서너 사람하고만 악수를 했다.

이날의 회합은 수 세대에 걸쳐 우무아로의 원로들이 서로 뒤엉켜 드러나 있는 뿌리 위에 앉아 중대한 결정들을 내린 바로 그 영원한 오그부 나무 아래에서 개최되었다. 오래지 않아 회합에 참석할 만한 사람들은 거의 다 도착했으며 새로 도착하는 사람들의 행렬은 끊어지다시피 했다. 에제울루는 가까이 앉아 있는 사람들과 재빨리 협의했고 그들 모두가 무슨 일로 소집이 이루어졌는지 우무아로에 말할 때가 되었다는 점에 동의했다. 대사제는 자리에서 일어나 입고 온 토가를 단정하게 매만진 다음 우무아로에게 한목소리로 말할 것을 요청하는 인사말을 외쳤다.

"우무아로 크웨누!"

"헴!!"

"크웨누!"

"헴!!"

"크웨주에누!"

"헴!!"

"나의 부름에 응답하기 위해 열 일 다 제쳐 놓고 이 자리에 나오신 여러분 모두에게 감사드립니다. 때로는 누군가의 부름에 아무도 응하지 않을 수도 있으니까요. 그러면 마치 악몽이라도 꾸고 있는 기분이 들 겁니다. 내가 악몽을 꾸며 발버둥치는 사람처럼 헛된 부름을 하지 않게 해 주신 여러분께 감사를 드립니다." 에제울루 가까이에서 누군가 잡담을 하고 있었다. 에제울루는 이리저리 둘러보다가 그가 다름 아닌 우문네오라의 은와카라는 걸 알았다. 에제울루는 잠시 말하는 걸 중단하더니 은와카에게 말을 건넸다.

"오그부에피 은와카, 경의를 표합니다." 에제울루가 말했다.

자기 옆에 있던 사람들에게 무슨 말을 하고 있었는지는 모르지만 은와카는 목청을 가다듬더니 말하던 걸 중단했다. 에제울루는 계속해서 말했다.

"여러분이 나와 주신 것에 대해 나는 감사를 표하고 있었습니다. 만약 누군가에게 그가 행한 일에 대해 감사를 표하면 그에게 더 많은 일을 할 수 있는 힘이 생길 거라는 말이 있습니다. 하지만 이 자리에 한 가지 중요한 게 빠졌는데 그 점에 대해 여러분께 용서를 구합니다. 사람들 앞에 야자 술 한 단지도 차려 놓지 않고 우무아로를 소집하는 일은 없잖습니까? 한데 나는 너무나 깜짝 놀랐답니다. 여러분도 잘 알다시피 용감한 사람도 예상치 못했던 일로 어리둥절해질 수 있잖습니까……." 그런 다음 그는 법원 전령이 그를 방문한 사실을 그들에게 말했다. "나의 동족들이여." 그가 결론적으로 말했다. "그건 바로 오늘 아침 잠에서 깨어나 겪은 일입니다. 오그부에피 아쿠에부에가 마침 나와 함께 그 자리에 있다가 그 일을 목격했지요. 한참 동안 그 문제를 숙고한 후 우무아로가 모두 함께 내가 보고 들은 것을 알아야 한다는 결정을 내린 겁니다. 왜냐하면 어떤 사람이 자기 혼자 뱀을 보았을 때는 그게 보통 뱀인지 아니면 건드릴 수 없는 비단뱀인지 잘 모를 수 있기 때문입니다. 그래서 내일 우무아로를 소집하여 그들에게 알려야겠다고 나는 마음속으로 생각했습니다. 그런데 마음 한구석에서 밤이나 새벽에 무슨 일이 일어날지 어떻게 알아? 하는 생각이 떠오르더군요. 그래서 여러분들 앞에 내놓을 야자 술이 없는데도 여러분을 한자리에 불러 모아야겠다고 생각한 겁니다. 우리에게 목숨이 붙어 있다면 야자 술을 마실 시간은 분명 있을 겁니다. 음경이 일찌감치 죽지 않는 한 분명 털을 뽑아 낸 고기를 먹게 되겠죠. 사냥하는 날이 오면 우리는 풀 베는 사람의 뒤뜰에서 사냥하게 될 겁니다. 여러분 모두에게 경의를 표합니다."

오랫동안 누구 하나 응답하려 자리에서 일어나지 않았다. 그 대신 한자리에 모인 우무아로의 지도자들 사이에서 전반적인 이야기 소리만(때로는 웅성웅성 떠드는 소리처럼) 들렸다. 에제울루는 자기 의자에 앉아 눈을 땅에다 고정했다. 자네는 할 말을 모두 다 했다고 아쿠에부에가 그에게 말했을 때도 그는 아무런 대꾸도 하지 않았다. 마침내 우문네오라의 은와카가 자리에서 일어섰다.

"우무아로 크웨누!"

"헴!!"

"우무아로 크웨누!"

"헴!!"

"크웨크와누 오조!"

"헴!!"

은와카는 왼쪽 어깨에서 거의 흘러내리다시피 한 토가를 바로 했다.

"우리 모두가 에제울루의 말을 다 들었습니다. 그것은 좋은 말이었고 그가 우리를 한자리에 불러 모아 놓고 그 이야기를 해 준 것에 대해 감사하고 싶습니다. 내가 우무아로의 마음을 잘 전하고 있습니까?"

"계속해서 말하시오." 사람들이 대답했다.

"아버지가 자식들을 불러 모을 때는 그들 앞에 야자 술을 차려 놓는 문제를 염려할 필요가 없습니다. 오히려 자식들이 아버지에게 야자 술을 들고 와야 하니까요. 다시 한 번 울루의 사제에게 감사하다는 말을 전합니다. 우리를 불러 놓고 이런 말을 해 줄 필요가 있다고 생각했다는 것은 사제가 우리를 깊이 배려한다는 걸 말해 주는 것이니까요. 그 점에 대해 우리는 감사를 드리는 바입니다.

그러나 이 소집에서 나로서는 분명치 않은 게 한 가지 있습니다. 어쩌면 다른 사람들한테는 분명할지 모릅니다. 만일 그런 분이 계시면 내게 설명해 주시면 고맙겠습니다. 백인 지도자가 에제울루에게 옥페리로 올 것을 요구했다고 그는 우리에게 말해 주었습니다. 그런데 친구에게 놀러 오라고 하는 게 잘못인지 아닌지가 나로서는 분명치가 않군요. 잔치를 벌이면 우리는 다른 부족 친구들에게도 와서 함께 즐기자고 초청하지 않습니까? 그리고 그들 또한 우리에게 그들의 잔치에 놀러 오라고 초청하지 않을까요? 백인은 에제울루의 친구이고 그에게 오라고 사람을 보냈습니다. 그게 뭐가 그렇게 이상합니까? 백인은 나를 부르려고 사람을 보낸 것도 아니고 우데오조에게 오라고 한 것도 아니며 이데밀리의 사제에게 오라고 하지도 않았습니다. 그는 이루의 사제에게 오라고 한 것도 아니고 우도의 사제를 부른 것도 아닙니다. 또한 그는 오구구의 사제에게 오라고 요청한 것이 아니고 오로지 에제울루만 불렀습니다. 왜 그랬을까요? 두 사람이 친구이기 때문입니다. 아니면 에제울루는 그들의 우정이 상대방의 문턱을 넘어가는 것까지 이어지면 안 된다고 생각하는 걸까요? 그는 백인이 단지 입으로만 친구이기를 원하나요? 우리가 문둥이의 손을 잡고 악수하는 순간 그는 포옹도 원할 것이라고 우리의 원로들이 말씀하지 않았습니까? 내 생각에 에제울루는 문둥이처럼 몸이 하얀 사람과 악수를 나눈 것 같군요."

이 말을 성원하는 나지막한 속삭임과 심지어 웃음소리까지 터져 나왔다. 사람들은 그들이 겁을 먹고 몸을 사리게 되는 수많은 강력한 것들에 대해 얘기할 때 그런 것처럼 문둥병을 얘기할 때 거의 언제나 좀 더 고상하고 안심하게 하는 단어인 하얀 몸이라는 말을 사용했다. 성원의 소리와 웃음소리가 은와카를 향한 언어의 귀재라는 찬사와 함께 뒤섞였다. 그는 웃음소리가 가라앉기를 기다렸다가 계속해서 말했다. "웃음이 밀려들면 그냥 웃으세요. 그런데 나한테는 웃음이 밀려들지 않네요." 에제울루는 자신의 연설을 끝내고 앉았을 때와 똑같은 자세를 유지하고 있었다.

은와카는 계속 말을 이어 나갔다. "내 말의 요지는 이겁니다.

그러니까 개미가 잔뜩 붙은 장작 다발을 집 안으로 끌어들이는 사람은 도마뱀이 찾아올 것을 예상해야 한다는 거지요. 하지만 만약 에제울루가 지금 백인과의 우정에 싫증이 났다고 우리에게 말하는 거라면 우리가 그에게 주어야 할 충고는 당신이 매듭을 지었으니 푸는 법도 당신이 찾아내야 한다, 그리고 냄새가 풀풀 나는 똥을 쌌으니 당신이 그걸 치워야 한다, 라는 말이지요. 다행스럽게도 부적이 막대기 끝으로 끌어들인 해악은 다시 밖으로 내보내는 데 그다지 어렵지가 않단 말입니다.

울루의 사제가 자기 집을 떠나 그토록 먼 곳까지 여행하는 게 관습에 어긋난다고 한두 사람이 중얼거리는 소리를 들었습니다. 그런 분들께 나는 이렇게 묻고 싶군요. 에제울루가 옥페리에 가는 게 이번이 처음인가요? 우리가 우리의 땅을 위해 싸운 그해에── 우리가 패했지만요── 누가 백인의 증인이었죠?" 은와카는 사방에서 웅얼거리는 소리가 멈추기를 기다렸다. "이제 내가 할 말은 다 했습니다. 여러분 모두에게 경의를 표합니다."

다른 사람들도 나서서 말했다. 은와카처럼 가혹하게 말한 사람은 단 한 명도 없었지만 은와카의 생각과 반대되는 말을 분명히 표명한 사람은 단 두 명뿐이었다. 어쩌면 그렇게 생각하는 사람들이 더 많았을 수도 있지만 그들은 의사 표시를 하지 않았다. 앞에 나서서 자기 의사를 표명한 대부분의 사람들은 백인의 소환을 무시하는 것이 무모한 짓일 거라고 말했다. 백인과 사이가 나빠진 부족에게 어떤 일이 일어났는지 벌써 잊었단 말인가? 은워케케 은나벤니는 거친 말을 한층 더 부드럽게 표현하려고 애를 썼다. 그는 에제울루와 함께 갈 여섯 명의 원로를 선출해야 한다고 말했다.

"자네 발이 걷고 싶어 안달이 났으면 자네가 함께 가면 되겠군." 은와카가 소리쳤다.

"오그부에피 은와카, 제발 내가 말하는데 끼어들지 마시게. 자네는 이 자리에서 일어나 충분히 이야기하지 않았는가. 그리고 당신이 말할 때 누구 하나 말대꾸한 사람은 없었다네." 그는 우무아로의 여섯 명의 원로들이 대사제와 함께 옥페리에 가야 한다는 제안을 되풀이해서 말했다.

그때 에제울루가 자리에서 일어섰다. 약간 떨어진 곳에서 타고 있던 커다란 불빛이 그의 얼굴을 비춰 주었다. 그의 말이 시작되자 숨소리조차 들리지 않았다. 그의 말에는 가슴속 분노가 담겨 있지 않았다. 언제나 그렇듯이 에제울루의 분노는 은와카가 연설을 통해 보여 준 것과 같은 공개적인 적대감이 아니라 은나벤니와 같은 사람들의 달콤한 말 때문에 일어났다. 그들은 마치 잠자는 사람의 발바닥을 갉고 물어뜯다가 상처를 진정시키겠다고 바람을 일으켜 피해자가 다시 깊은 잠에 빠져들게끔 만드는 쥐와도 같았다.

에제울루는 우무아로에게 경의를 표한 다음 거의 경쾌하다고까지 볼 수 있는 목소리로 말하기 시작했다.

"여러분을 이곳으로 불러 모았을 때 그것은 내가 당황했다거나 아니면 내 두 눈이 내 두 귀를 보았기 때문은 아니었습니다. 나는 단지 여러분들이 내 이야기를 어떻게 받아들이는지 알고 싶었던 겁니다. 이제 그걸 알게 되었으니 나는 만족합니다. 때때로 우리는 어린아이에게 얌 한쪽을 주고는 그 아이에게 한 입만 달라고 구걸할 때가 있습니다. 그것은 실제로 그게 먹고 싶어서가 아니라 아이를 시험해 보고 싶기 때문에 하는 행동입니다.

우리는 그 아이가 성장해 베풀 줄 아는 사람이 될는지 아니면 모든 것을 혼자 움켜쥐는 그런 사람이 될는지 알고 싶은 겁니다.

백인이 전갈을 보냈다고 해서 에제울루가 도망칠 그런 위인인지 아닌지는 여러분들이 잘 알 겁니다. 혹시 내가 백인의 염소를 훔쳤다든지 아니면 그의 형제를 죽였다든지 아니면 그의 아내를 범하기라도 했다면 그의 목소리가 들릴 때 나는 숲 속으로 도망갈지도 모릅니다. 하지만 나는 결단코 그의 비위를 건드릴 일을 한 적이 없어요. 내가 어떻게 할 것인가는 이콜로를 쳐서 여러분을 모아 달라고 요청했을 때 이미 결정되어 있었습니다. 하지만 만약 내가 여러분들에게 먼저 알리지도 않고 무슨 일을 행했다면 여러분들은 뒤돌아서서 어째서 그 사람은 우리에게 말하지 않았지? 라고 할지도 모릅니다. 이제 여러분에게 모든 걸 말하고 나니 내 마음에 행복감이 밀려드는군요. 지금은 말을 많이 할 때가 아닙니다. 때가 되면 우리 모두 지쳐 떨어질 때까지 말합시다. 그날이 오면 어쩌면 우무아로에 은와카 외에도 많은 웅변가들이 나타날지 모르겠군요. 지금은 나의 부름에 응해 주신 것에 대해 경의를 표하는 바입니다. 우무아로 크웨누!"

"헴!!"

그날 밤 에제울루를 따라 집까지 오면서 다음 날 아침에 옥페리까지 동행하겠다고 제안한 사람들 중에 그의 이복동생이자 유명한 주술사인 오케케 오네니이가 있었다. 하지만 에제울루는 그의 친구 아쿠에부에를 비롯해 다른 모든 사람들의 제안을 거절했듯이 이복동생의 제안도 사양했다. 에제울루는 혼자 가겠다는 결정을 내렸고 그 마음을 바꿀 생각은 눈곱만큼도 없었다.

오케케 오네니이는 형에게 내놓은 제안이 단숨에 거절되자 호우를 몰고 올 것 같은 빗방울이 산발적으로 떨어지기 시작하는데도 가겠다고 일어섰다.

"조금 기다리면서 하늘의 모습을 살펴보지 그러세요?"에도고가 그를 말렸다.

"아니다, 얘야." 오케케 오네니이가 대답했다. 그런 다음 그는 마음이 편안한 척 가장하고 덧붙여 말했다. "몸에다 불길한 부적을 지니고 다니는 사람만이 비를 두려워하는 법이란다." 그는 폭우가 쏟아질 것 같은데도 밖으로 걸어 나갔다. 어두운 가운데 번개가 칠 때마다 불규칙적으로 잠깐잠깐 환해졌다. 때때로 그것은 강하고 지속적인 빛이기도 했지만 어떤 때는 격렬한 바람이 불꽃을 흔들기라도 하는 것처럼 깜빡거리다 사라졌다.

오케케 오네니이가 어둠 속을 동행해 줄 노래를 부르고 휘파람을 불 때 그의 목소리는 바람과 천둥을 거스르며 힘차게 솟아올랐다.

에제울루는 그에게 빗속에 가지 말라는 말을 한마디도 하지 않았다. 하지만 형은 동생에게 다른 말도 거의 한 게 없었다. 그들을 형제로 생각하기란 쉽지 않았다. 혹시 두 사람이 더 친근한 사이였다 하더라도 에제울루는 아마 여전히 아무 말도 하지 않았을 것이다. 왜냐하면 그의 마음이 그들과 함께 그곳에 있지 않았기 때문이었다. 사실 에제울루가 한동안 입 밖에 내놓은 말이라고는 이 비가 초승달의 전조라는 것뿐이었다. 그렇지만 그가 하는 말이 무슨 뜻인지는 한 사람도 알지 못했다.

에제울루와 그의 이복동생은 적은 아니었지만 그렇다고 친구도 아니었다. 에제울루는 대부분의 주술사들이 욕심 많은 돌팔이라고 말하며 모든 주술사들에 대해 악감정을 품고 있다고 알려져 있었다. 진정한 주술은 아버지 세대와 함께 사라졌고, 오늘날 주술을 행하는 사람들은 그저 난쟁이들에 불과하다고 그는 말했다.

에제울루의 아버지는 정말이지 대단한 주술사이자 마술사였다. 그는 셀 수 없을 정도로 수많은 마술을 보여 주었지만 사람들의 입에 가장 많이 오르내리는 마술은 사람들이 볼 수 없도록 눈앞에서 사라지는 능력이었다. 우무아로와 아닌타 부족 간에 전쟁이 맹위를 떨치는 바람에 한쪽 부족민이 다른 부족에 감히 발도 들여놓지 못하던 때가 있었다. 그렇지만 대사제는 원할 때면 언제라도 아닌타 마을을 지나다녔다. 그는 당시 아주 어렸던 오케케 오네니이를 항상 데리고 다녔다. 그는 어린 아들의 왼손에 짤막한 빗자루를 쥐어 주고 누가 지나가더라도 절대로 말을 걸거나 인사를 하지 말고 길의 오른쪽 끝으로 바짝 붙어서 걸으라고 말했다. 대사제는 소년을 앞장세우고 계속 지켜보며 어느 정도 간격을 두고 멀찍이서 따라갔다. 그들에게 가까이 다가오는 행인은 누구든지 그들과 마주치기 전에 갑자기 발걸음을 멈췄고 바스락거리는 동물의 소리를 들은 사냥꾼처럼 반대쪽 길에 있는 숲 속을 뚫어져라 들여다보았다. 행인은 소년과 아버지가 자기 등 뒤로 지나갈 때까지 그렇게 숲 속을 응시하고 있다가 그들이 지나간 다음에야 다시 돌아서서 가던 길을 계속해서 걸어갔다. 때때로 어떤 행인은 두 사람이 가까이 다가오면 우회전을 계속해 오던 길로 되돌아가기도 했다.

오케케 오네니이는 아버지에게서 수많은 약초와 안완시, 즉 마술을 배웠지만 오티-안냐 아푸-우조라고 하는 이 특별한 마술은 끝내 습득하지 못했다.

우무아로의 역사상 지난번 에제울루만큼 혼자서 사제의 직분을 주술, 마술과 잘 조화시킨 예는 거의 없었다. 상황이 그렇게 되자 그 사람의 힘은 엄청났다.

오케케 오네니이는 이복형인 현재의 에제울루와 자신의 사이가 냉랭한 까닭이 그런 능력들을 두 사람이 나눠 갖게 된 것에 대해 에제울루가 분개하기 때문이라고 항상 말했다. "형님은 약초와 안완시에 대한 지식이 날 때부터 인간의 손금에 새겨져 있다는 걸 잊고 있단 말입니다. 아버지가 고의로 자신에게서 그 지식을 빼앗아 나한테 주셨다고 생각하신다니까요. 형님은 사제직이 형한테 돌아갔다고 내가 한 번이라도 불평하는 소리를 들어보셨답니까?"

예상할 수 있는 일이었지만 에제울루를 좋아하지 않는 사람들은 그와 오케케 오네니이의 사이가 소원한 까닭을 말할 때 동생이 주술로 누리는 명성을 에제울루가 그토록 경멸하는 것이 그의 자부심과 질시 때문이라고 쉽게 지적했다. 그러면서 그들은 최근에 오비카의 아내를 위해 땅속에 죄악을 묻어 버리는 은폐의 제사를 드릴 때 에제울루가 동생에게 부탁하지 않고 주술을 통해 하루 세끼 밥도 제대로 먹을 수 없는 시시한 주술사를 불렀다고 야유했다.

하지만 누구보다 에제울루를 잘 알고 있는 아쿠에부에 같은 사람들은 오케케 오네니이가 에제울루에게 행한 짓거리가 있다고 반박했다. 그게 어떤 행동이었는지는 분명하지 않았다. 알려진 거라곤 단지 오케케가 형제 사이에 해서는 안 될 짓을 했고 그건 용서할 수 없는 행동이었다는 것뿐이다. 문제는 에제울루가 이 일에 대하여 심지어 친구들에게도 심중을 털어놓으려고 하지 않는다는 점이었다. 그래서 에제울루의 옹호자들이 내놓을 수 있는 건 단지 짐작뿐이었다. 어떤 사람은 오케케 오네니이가 에제울루의 첫 번째 부인이 자식을 세 명밖에 낳지 않았는데 그녀의 자궁을 묶어 버렸다고 말했다.

"하지만 그건 있을 수 없는 일이야."라는 말이 이런 추측에 대해 흔히 나오는 답변이었다. "우무아로에 있는 모든 사악한 주술사들을 알고 있는데 오케케 오네니이는 그런 사람은 아니잖아. 자기한테 아무런 해도 끼치지 않은 여자에게 저주를 내릴 그런 사람이 아니라니까. 더군다나 형의 부인한테 그랬겠어?"

"하지만 오케케 오네니이가 에제울루에 대해 크나큰 원한을 품고 있다는 걸 잊지 말게나."라고 다른 사람들은 말할지도 모를 일이었다. "그들이 어렸을 때 오케케는 부친의 편애로 인해서 훗날 자신이 사제직을 이어받을 거라고 생각했잖아. 그래서 노인이 죽었을 때 오케케는 하마터면 신탁의 결정에 이의를 제기할 뻔했지."

"그럴 가능성도 있겠군."하고 상대편은 말할 수도 있었다. "하지만 우리는 모든 주술사들을 알잖아. 그리고 다시 한 번 말하지만 오케케 오네니이는 지금까지 누구한테서도 자기 아내의 자궁을 막아 버렸다는 비난을 받은 적이 없단 말일세. 게다가 사람 고기를 탐닉하는 사람들처럼 그런 사악한 주술을 행하는 주술사는 절대로 자손을 많이 보지 못하는 법인데, 오케케 오네니이의 집을 보면 아들들과 딸들로 넘쳐 나잖아!"

특히 에제울루의 집에서 오케케 오네니이와 제일 친한 사람이 에도고라는 사실을 지적할 때 이 마지막 주장에 대해서는 반

론의 여지가 없었다. 왜냐하면 에도고는 오케케가 괴롭혔다고들 말하는 바로 그 부인의 아들이기 때문이었다! 사실상 에도고와 삼촌의 이런 친밀한 관계에 대해 에제울루가 무척이나 불만스럽게 여긴다고 알려져 있었다. 에도고가 조각을 하는 것이나 삼촌이 주술을 하는 것이나 별반 다를 게 없다고 에제울루가 말했는데 어쩌면 홧김에 나온 말일 수도 있었다.

"그들 둘 말인가?" 언젠가 에제울루가 물었다. "버려진 절구와 썩은 야자열매지!"

요즈음 이삼 일 동안 윈터바텀 대위는 이상할 정도로 몸이 피곤하고 쇠약해진 것 같다는 느낌을 받았다. 기대와는 달리 비가 내려도 몸 상태는 나아지는 것 같지 않았다. 그의 잇몸이 어느 때보다 창백해 보였고 두 발도 차가웠다. 아직은 또 한차례 고열성 질환을 앓을 때가 된 것 같지 않은데 이 모든 게 그런 징후를 나타내고 있었다. 물론 그는 신참들처럼 두려운 건 아니었다. 연안에 머문 지 오래된 고참들에게 열병은 그저 또 다른 불편에 불과했다. 며칠 동안 일을 하지 못할 뿐 그게 다였다.

토니 클라크는 상당한 감동을 받았다. "어서 의사한테 가 보세요." 클라크는 이런 말이 신참들한테서 기대되는 부질없는 소리라는 걸 잘 알면서도 그렇게 말했다.

"의사? 아이고 맙소사! 이깟 열병으로? 아니, 괜찮네. 이제야 처음으로 조심해야겠다는 생각이 들겠군. 불쌍한 맥밀런은 내가 그토록 경고했는데도 조심하지 않았어. 나는 지난 십 년 동안 한 해도 빠짐없이 열병을 앓았다네. 그리고 그토록 자주 앓다 보면 더 이상 주의를 기울이지 않게 되지. 아닐세, 지금 나한테 필요한 건 일주일 동안 분위기를 바꿔 보는 거야. 그러고 나면 다시 온전해질 걸세. 에누구로의 여행이 해결해 주겠지."

윈터바텀 대위는 이틀 후에 본부를 방문할 계획이었다. 그에게는 본부에 가서 사람들을 만나기 전에 우무아로의 임명 족장 문제를 정리해 놓으려는 분명한 이유가 있었다. 어쩌면 그는 이 문제를 이틀 내에 종결짓지 못할 수도 있지만 그래도 첫 번째 조처는 취해 놓았다고 말할 수 있기를 원했다. 그는 여행에서 돌아왔을 때 발견하기를 기대하는 모습으로 집을 정리해 놓고 떠나야 한다고 굳게 믿는 사람이었다. 그래서 그는 토니 클라크에게 넘겨줄 상당량의 메모를 작성했다. 대 족장 문제에 대해 자신이 제안한 사항들을 명확하게 작성한 것이었다. "오늘 나는 사전 논의를 위해 에제울루를 이리로 모시고 오라고 우무아로로 전령들을 보냈다. 이번 논의에서 이야기되는 대로 나는 원로들과 부족의 은디치에들이 있는 자리에서 그에게 대 족장 위임장을 수여할 적절한 날짜를 잡을 것이다." 윈터바텀 대위는 자신이 아주 유창하게 말한다고 주장하는 이보어의 단어들로 다른 유럽인들을 당혹스럽게 만드는 걸 무척 즐겼다.

에제울루를 위해 이토록 세세한 조처를 마련해 놓았던 윈터바텀 대위는 전령이 거만한 주물 사제의 모욕적인 답변을 들고 돌아왔을 때 당연히 격분했다. 그는 즉각적으로 사법권을 지닌 행정 지도자로서의 권한을 발동해 사제 체포를 위한 구속 영장에 서명한 다음 경찰관 두 명에게 다음 날 아침 제일 먼저 우무아로로 가서 그 친구를 잡아 오라는 지시를 내렸다.

"그가 이곳에 당도하면 그 즉시 감방에 가둬 놓도록 하게. 에누구에서 돌아올 때까지 그 친구를 보고 싶지 않네. 그때쯤 되면 그 친구도 바른 예의를 익히게 되겠지. 행정부를 우습게 여길 수 있다고 생각하게끔 토착민들을 그냥 내버려 두지는 않을 걸세."라고 윈터바텀 대위는 클라크에게 말했다.

이와 같은 일이 벌어진 것은 어쩌면 윈터바텀 대위의 격심한 분노 때문이었을 수도 있다. 어쩌면 그의 시종이 그 병의 원인에 대해 한 말이 옳았을지도 모른다. 하지만 두 명의 경찰이 에제울루를 체포하려고 우무아로를 향해 출발한 바로 그날 아침 윈터바텀 대위는 갑자기 쓰러져 혼수상태에 빠졌다. 그는 뭔가 계속해서 지껄였는데 유일하게 알아들을 수 있었던 말은 발이 차니까 발에다 뜨거운 물병을 대 줘! 였다. 그의 시종이 데운 물을 고무 통에 조금 넣어 대위의 발 위에 올려놓았다. 윈터바텀은 그게 충분히 따뜻하지 않다고 소리를 질러 댔다. 시종은 끓는 물을 집어넣었지만 그것 역시 충분히 뜨겁지 않다고 했다. 시종은 몇 분마다 계속해서 물을 갈아 댔지만 대위는 여전히 불평했다. 토니 클라크가(그는 운전을 못했다.) 웨이드를 찾아내 대위를 그의 낡은 포드 차에 싣고 10킬로미터 떨어진 곳에 있는 병원으로 데려갔을 때는 대위의 발이 심한 화상을 입은 뒤였다. 하지만 이런 사실도 병원에서는 그다음 날이 되어서야 알게 되었다.

병원을 책임지고 있는 엄격하고 비여성적인 선교 의사인 메리 새비지 여사는 윈터바텀 대위가 들것에 실려 들어가자 눈물을 터뜨리며 당황해 어쩔 줄을 몰랐다. 그 모습을 본 클라크와 웨이드는 깜짝 놀랐고 무척이나 당혹스러워했다. 그녀는 계속해서 "톰, 톰!" 하고 대위의 이름을 불러 댔고 마치 의사로서의 본분을 잊어버린 사람처럼 행동했다. 그렇지만 그녀를 사로잡았던 공포심은 그저 순간적인 것이었다. 곧바로 제정신을 차린 그녀는 자기 앞에 놓인 사태를 파악했다. 그러나 아주 짧았던 그 순간에 몇 안 되는 토착민 간호사들과 병동의 보조원들은 여의사의 마음을 충분히 간파했고 이 소문은 병원뿐만 아니라 자그마한 은키사 마을 전체로 퍼져 나갔다. 새비지 여사는 병원에서나 바깥 마을에서나 씩씩한 활동가라는 의미의 오메시케로 알려져 있었다. 그리하여 아무리 환자가 그들이 어쩌다가 짓궂게 그녀의 남편이라고 부르던 윈터바텀 대위였다 하더라도 그녀가 환자 때문에 눈물을 흘린다는 것은 도저히 상상조차 할 수 없었던 일이었다.

윈터바텀의 혼수상태는 사흘이나 지속되었고 그동안 새비지 여사는 내내 그의 침대 곁을 거의 떠나지 않았다. 심지어 그녀는 마을 전체에 창자를 절단하는 날로 알려진 수요일마다 반드시 수행하던 수술조차 연기했다. 그날은 언제나 슬픈 날이었으므로 멀리 떨어진 부족에서 찾아온 환자들에게 일용품을 공급하기 위해 병원 문 바깥쪽에 생겨난 조그만 일일 장터에는 다른 요일보다 수요일에 훨씬 적은 수의 여자들이 나타났다. 심지어 하늘조차 그날이 죽음의 날인 것을 알고 침울하게 애도한다는 말도 나돌았다.

새비지 여사는 수술할 환자 명단을 죽 훑어보더니 긴급하다고 할 만한 환자가 하나도 없는 걸 흡족하게 여기고 금요일까지 수술을 연기하기로 결정했다. 윈터바텀 대위의 상태는 아주 조금씩 호전되었고 약간의 희망이 생겼다. 하루 이틀이 고비였으므로 대위가 중대한 문턱을 넘어서도록 도와줄 숙련된 간호에 많은 것이 달려 있었다. 대위 혼자 특별 병동을 차지하고 있었고 새비지 여사와 그녀의 유일한 유럽인 간호사를 제외하고는 어느 누구도 그곳에 들어갈 수 없었다.

윈터바텀 대위의 시종인 존 은워디카는 전령에게 했던 것처럼 두 명의 경찰관도 우무아로까지 호위하라는 명령을 받았다. 하지만 그는 마음속으로 두 번 다시 '정부'의 대표를 고향 부족에게 데려가지 않겠다고 굳게 맹세했더랬다. 이번에는 경찰 두 명이 울루의 대사제를 체포할 구속 영장과 수갑을 가지고 간다는 걸 알게 되면서 그의 결심은 한층 더 굳어졌다. 하지만 은워디카는 주인에게로 몸을 돌이켜 죄송하지만 저는 가지 않겠습니다, 라고 말할 용기가 없었으므로 일단 가겠다고 약속은 해 놓고 다른 계획을 세웠다. 그 결과 경찰 두 명은 첫닭이 울기 전에 그를 부르러 왔을 때 그가 갑작스럽게 이바*에 걸려 몸을 부들부들 떨고 있는 모습을 보게 되었다. 존은 네 달 전 자신의 아내가 낳은 아이를 위해 윈터바텀 대위가 준 낡은 담요를 몸에 둘둘 말고서 경찰들에게 몇 가지 방향 지시만 속삭이듯 간신히 해 주었다. 일단 우무아로에 도착하면 젖먹이라도 에제울루의 집을 알려 줄 수 있다고 말해 준 것이다. 이 말은 실제로 사실임이 판명되었다.

두 사람은 아침 식사 무렵 우무아로에 접어들었다. 그들은 곧바로 야자 술 단지를 지고 가는 사람을 만났으므로 그를 멈춰 세웠다.

"에제울루의 집이 어디요?" 선임자인 매튜 은웨케 하사가 물

---

* 말라리아.

었다. 그 사람은 정복 차림의 이방인들을 의심스러운 눈으로 쳐다보았다.

"에제울루라." 그는 한참 동안 기억을 더듬는 것처럼 시간을 끌더니 말했다. "어느 에제울루 말이오?"

"당신이 아는 에제울루가 몇 명이나 됩니까?" 하사가 초조하게 물었다.

"내가 몇 명이나 아느냐고요?" 그 사람은 하사의 질문을 되풀이했다. "에제울루라는 사람을 나는 한 명도 모르는데요."

"하나도 모르면서 당신은 어째서 어느 에제울루냐고 물어본 거요?"

"내가 어째서 물었는가 하면……."

"시끄러워! 형편없는 바보 멍청이!" 경찰은 영어로 소리쳤다.

"내가 에제울루를 모른다고 한 건 나도 이 마을에 처음 왔기 때문이오."

다른 사람을 두 명 더 멈춰 세웠지만 그들도 대충 비슷하게 말했다. 심지어 그들 중 한 사람은 자신이 알고 있는 유일한 에제울루는 우무오피아 사람으로, 해가 뜨는 방향으로 하루를 꼬박 걸어가면 만날 수 있다고 말했다.

두 경찰관은 조금도 놀라지 않았다. 사람들이 말하게끔 만드는 유일한 방법은 그들에게 겁을 주는 것이었다. 하지만 그들은 유럽인 관리에게서 폭력이나 협박은 절대로 쓰지 말라는 경고를 받았고 특히 당사자가 저항하지 않는 한 수갑을 채우면 안 된다고 들었다. 그렇기 때문에 그들은 그토록 자제했던 것이었다. 하지만 이제는 어떤 과감한 조치를 취하지 않는 한 해가 질 때까지 에제울루의 집은 찾지도 못한 채 우무아로를 마냥 헤매고 다녀야 할지도 모른다는 생각이 들었다. 그래서 그들은 그다음 만난 사람이 그럴듯하게 얼버무리려고 할 때 그를 후려갈겼다. 뜻을 분명히 전하기 위해 그들은 수갑도 보여 주었다. 그러자 그들은 바라던 결과를 얻어 냈다. 그는 경찰관에게 자기를 따라오라고 했다. 그는 경찰들이 찾고 있던 집으로 통하는 골목까지 그들을 데려가더니 그 집을 손으로 가리켰다.

그는 경찰들에게 말했다. "우리의 풍습은, 우리 이웃의 빚쟁이에게 그의 움막으로 가는 길을 가르쳐 주지 않는 겁니다. 그러니까 나는 당신들과 함께 들어갈 수 없어요." 이것은 합당한 요구였으므로 경찰들은 그를 놓아 주었다. 그는 그 집에 사는 사람들이 혹시라도 도망치는 자신의 뒷모습이라도 볼까 두려워 가능한 한 있는 힘을 다해 쏜살같이 달아났다.

경찰들이 집 안으로 들어가니 어느 노파가 이 하나 없는 잇몸으로 뭔가를 씹고 있었다. 그녀는 누가 보기에도 분명할 정도로 잔뜩 겁에 질린 채 그들을 빤히 쳐다보았고 그들이 묻는 질문을 하나도 알아듣지 못하는 것 같았다. 심지어 그녀는 자신의 이름조차 기억하지 못하는 것 같았다.

다행스럽게도 바로 그 순간 조그만 남자아이가 그의 어머니가 불을 지피는 데 사용할 불붙은 석탄을 가지러 조그마한 질그릇 파편 조각을 들고 들어왔다. 조그만 골목길의 끝을 돌아 이 낯선 사람들을 에제울루의 집으로 데려다 준 사람은 바로 이 아이였다. 아이가 그들과 함께 집을 나가자마자 노파는 아이의 행보를 알려 주기 위해 지팡이를 집어 들고 놀라운 속도로 절뚝거리며 아이 엄마의 움막으로 급히 갔다. 그런 다음 그녀는 자기 움막으로 되돌아왔다—이번에는 훨씬 더 천천히 곧은 지팡이에 몸을 의지한 채 말이다. 노파의 이름은 은와니이에케로 자녀 하나 없는 과부였다. 집으로 돌아온 직후 노파는 남자아이인 오비엘루에의 울음소리를 들었다.

한편 경찰은 에제울루의 움막에 도착했다. 이제 그들은 더 이상 장난칠 기분이 아니었다. 그들은 단번에 무기를 내보이며 날카롭게 말했다.

"당신들 중 누가 에제울루요?" 하사가 물었다.

"어느 에제울루 말입니까?" 에도고가 물었다.

"나한테 두 번 다시 어느 에제울루냐고 묻지 마시오. 또다시 물으면 주둥아리를 갈겨서 오크로 씨앗이 우수수 쏟아져 나오게 만들 테니. 여기서 누가 에제울루냐고 묻잖아."

"그러니까 내 말은 어느 에제울루를 찾느냐는 겁니다. 아니면 당신들은 누굴 찾고 있는지도 모른다는 겁니까?" 움막에 있던 다른 네 명은 아무 말도 하지 않았다. 여자들과 아이들이 에제울루의 거처에서 안채로 통하는 문 주위로 몰려들었다. 그들의 얼굴에 두려움과 불안감이 가득했다.

"좋아." 하사가 영어로 말했다. "이제 곧바로 어느 에제울루인지 알게 해 주지. 그걸 나한테 주게." 이 마지막 문장은 자기 동료에게 한 말이었으므로 그 말을 들은 동료는 즉시 호주머니에서 수갑을 꺼냈다.

마을 사람들의 눈에 수갑, 그러니까 이가는 백인의 무기 중에서 가장 끔찍한 것이었다. 싸움을 하던 사람이 쇠로 만든 이 자물쇠 때문에 꼼짝도 못하고 무기력하게 되는 모습은 결정적인 굴욕이었다. 그것은 단지 격렬하게 날뛰는 미친 사람에게만 가해지는 조처였다.

그리하여 험상궂게 생긴 경찰이 수갑을 내보이며 에도고 쪽으로 다가갔을 때, 아쿠에부에는 집안의 어른으로 앞으로 나서서 조리 있게 말했다. 그는 경찰에게 에도고의 말에 화내지 말라고 호소했다. "그는 단지 젊은이라 그렇게 말한 것이오. 당신들도 알다시피 젊은이들의 말은 언제나 끌어내어 부숴 버리자, 잖소. 하지만 노인들은 화해를 말하지요." 아쿠에부에는 에제울루와 그의 아들이 백인의 소환에 응하기 위해 오늘 아침 일찍이 옥페리를 향해 출발했다고 말했다. 경찰들은 서로를 쳐다보았다. 아닌 게 아니라 그들은 실제로 아들처럼 보이는 사람과 함께 가던 노인을 만났더랬다. 경찰들이 그들을 기억하는 것은 반대 방향으로 가는 첫 번째 사람들이어서 그렇기도 했지만 그 노인과 아들의 용모가 상당히 기품이 있어 보였기 때문이었다.

"그 사람이 어떻게 생겼소?" 하사가 물었다.

"그는 이로코 나무처럼 키가 크고 피부는 태양처럼 희다오. 젊었을 때에는 은와-아냐누*라 불렸다오."

"그의 아들은요?"

"아버지를 닮았지. 다른 데가 하나도 없답니다."

두 경찰관은 마을 사람들의 감탄 속에서 백인의 언어로 상의했다.

"우리가 길에서 마주친 바로 그 두 사람인 것 같구먼." 하사가 말했다.

"맞아요, 그 사람들이에요. 그렇지만 이렇게 그냥 되돌아갈

---

* '햇살과 같은 아이'라는 뜻.

수는 없잖소. 이토록 먼 길을 걸어왔는데 그냥 돌아가다니, 그럴 수는 없지." 그의 동료가 말했다.

하사는 그것에 관해 생각해 보았다. 동료가 계속해서 말했다. "거짓말하는 사람들은 거짓말을 밥 먹듯이 하잖아요. 저 사람들 때문에 우리 목이 위태로워지는 건 싫단 말이오."

하사는 여전히 그 점에 대해 생각했다. 저 사람들이 진실을 말하고 있다는 확신이 들었지만 단지 그들에게서 제법 커다란 '콜라 열매'를 뺏어 내는 걸로 끝난다 해도 그들에게 어느 정도 겁을 줄 필요는 있었다. 그는 이보 말로 그들에게 말했다.

"당신들이 혹시 거짓말을 하고 있는지도 모른다는 생각이 드는군요. 그러니 우리는 백인한테 처벌받지 않도록 확실하게 해 두어야 하겠소. 그래서 당신들 중 두 사람을— 수갑을 채워— 옥페리로 데려가겠소. 그곳에 가서 에제울루가 있으면 당신들을 풀어 주겠소. 만일 그렇지 않으면……" 그는 하던 말을 마치면서 말보다도 더 분명하게 머리를 옆으로 움직여 자신의 의사를 분명히 표명했다. "누구를 데려갈까요?"

다른 사람들은 걱정스러운 얼굴로 상의했고 또다시 아쿠에부에가 나서서 '정부'의 대표자들에게 자기들의 이야기를 믿어 달라고 애원했다. "백인의 전령을 속여서 무슨 이득이 있겠소?" 그가 물었다. "나중에 우리가 어디로 도망칠 수 있겠느냐 말이오. 옥페리로 돌아갔을 때 에제울루가 그곳에 없으면 당신들은 얼마든지 다시 와서 그 두 사람이 아니라 우리 모두를 데려가도 좋소."

하사는 생각해 보더니 그 말에 동의했다. "하지만 생기는 것 하나 없이 그냥 왔다 갈 수는 없는 일이지. 탈을 쓴 귀신이 찾아와도 당신들은 선물로 그 발자국을 달래 줘야 하잖소. 백인은 오늘날 탈을 쓴 혼령이란 말이오."

"정말로 맞는 말이오. 우리 시대의 탈을 쓴 혼령은 다름 아닌 백인과 그의 전령들이오." 아쿠에부에가 말했다.

에제울루의 큰 부인은 두 경찰을 위해 닭을 넣고 얌 죽을 만들어야 했다. 그것이 다 준비되자 그들은 그걸 먹고 야자 술도 마셨다. 그런 다음 그들은 잠시 쉬었다가 갈 준비를 했다. 아쿠에부에가 그들의 방문에 대해 감사를 표했고 그들이 만일 집주인이 있을 때 왔더라면 더 많은 환대를 받았을 것이라고 말했다. 여하튼 그들은 그를 대신해서 내놓는 이 작은 '콜라'를 받을 것인가? 아쿠에부에는 살아 있는 닭 두 마리를 그들 앞에 내놓았고 에도고는 수탉 옆에 2실링이 담긴 나무 쟁반을 놓았다. 하사는 그들에게 감사하다고 말하면서 동시에 경고를 되풀이했다. 그러니까 그들이 만약 에제울루에 대하여 거짓말을 했다는 사실이 밝혀지면 '정부'는 잘라 낸 그들의 두 귀를 그들의 두 눈으로 직접 보게 할 것이라고 경고했다.

우무아로의 대사제를 체포하기 위해 경찰을 파견한 바로 그날 윈터바틈 대위가 갑자기 쓰러진 것은 분명히 중대 사건이었다. 그런 연관성을 처음으로 지적한 사람은 윈터바틈 대위의 제2급사인 존 은워디카였다. 그는 자신이 두려워했던 바로 그 일이 일어났다고 말했다. 그러니까 사제가 강력한 마술로 대위를 내리쳤다는 것이다. 그렇다면 이런 모든 상황의 변화에도 불구하고 힘은 여전히 그가 있던 자리에 있는 것이었다.

"내가 그렇게 말하지 않았어?" 은워디카는 주인이 병원으로 실려 간 후에 다른 시종들에게 물었다. "경찰들을 따라가는 걸 내가 공연히 거부한 줄 알아? 우무아로의 대사제는 당신들이 서둘러 핥아먹을 수 있는 수프가 아니라고 나는 그들에게도 말해 주었다고." 그의 목소리에서 자부심이 묻어났다. "우리 주인님은 자신이 백인이니까 우리 부족의 주술이 자기를 건드릴 수 없을 거라고 생각했겠지." 그때 마침 이보 말을 못하는 클라크의 시종이 들어오자, 은워디카는 그를 위해 잘하지도 못하는 영어로 말을 바꾸었다.

"흑인의 주술이 장난으로 취급할 것만은 아니라고 그분에게 말해 주곤 했거든. 하지만 내가 그렇게 말하면 그분은 그저 하하 웃기만 했다니까. 다 웃고 나면 그는 나를 존, 하고 부르고 그럼 나는 네, 주인님, 하고 답하지. 그분은 자네도 촌사람처럼 말하는군, 하고 말하지. 그럼 나는 오오, 언젠가 알게 될 겁니다, 하고 말하지. 자네들도 이제 알겠지?"

에제울루의 주술적 힘에 대한 이야기는 윈터바텀 대위가 수수께끼처럼 갑작스럽게 쓰러진 이야기와 함께 가번먼트 힐로 퍼져나갔다. 클라크가 병원에서 돌아왔을 때 그의 시종이 큰 주인님은 어떤지 물었다. 그는 고개를 가로 저으며 말했다. "상태가 아주 나빠서 걱정일세."

"큰일이네요, 주인님." 시종이 상당히 걱정스러운 얼굴로 말했다. "사람들이 그러는데 저기 와 있는 나쁜 주술사가……"

"어서 가서 목욕물이나 준비해 놓게, 알겠나?" 클라크는 어찌나 기진맥진했는지 시종들의 잡담을 들어 줄 기분이 전혀 아니었다. 그리하여 그는 단지 가번먼트 힐뿐만 아니라 곧바로 옥페리 전역까지 퍼져 떠돌고 있는 대위의 질병 원인에 대한 소문을 들을 기회를 놓치고 말았다. 라이트가 클라크에게 그런 이야기를 해 준 것은 이틀이 지난 후였다.

가번먼트 힐에서 일하는 다른 시종들은 클라크의 시종에게서 최근 소식을 듣기 위해 부엌에서 기다리고 있었다. 그는 목욕 준비를 하러 가서는 대위가 호전될 가망이 전혀 없어서 클라크가 걱정스러워했다는 이야기를 그들에게 속삭였다.

그날 저녁 늦게 클라크와 웨이드는 다시 병원으로 차를 몰고 갔다. 그들은 환자도 의사도 보지 못했지만 윈터바텀의 병세에 차도가 전혀 없다는 이야기를 워너 수녀에게서 들었다. 이 모든 일이 시작된 후 처음으로 토니 클라크는 불안감을 느꼈다. 두 사람이 자동차를 몰고 돌아오는 동안 차 안에는 침묵만 흘렀다.

클라크가 집에 도착했을 때 그의 방갈로 바깥에 법원 전령이 와 있었다.

"안녕하섭네까?" 전령이 엉터리 영어로 인사했다.

"자네도 잘 지내나?" 클라크가 대답했다.

"우무아로의 마법사가 도착했습네다." 마치 마을에 천연두가 돌기 시작했다고 보고하는 사람처럼 그의 목소리에는 두려움이 가득했다.

"뭐라고?"

전령이 좀 더 상세하게 말하자 그때서야 클라크는 전령이 에제울루에 대하여 이야기하고 있다는 것을 알았다.

"내일 아침까지 감방에 가둬 둬." 클라크가 방갈로로 들어가려고 했다.

"나보고 그분을 감옥에 집어넣으라는 말씀이십네까?"

"그래, 내가 그렇게 말했잖아. 자네는 귀가 먹었나?" 클라크가 소리쳤다.

"내 귀는 멀쩡한데요. 하지만……"

"어서 나가!"

전령은 손님용 침실처럼 보이도록 사람들을 시켜서 유치장을 쓸고 새 돗자리를 깔라고 말했다. 그런 다음 그는 그곳에 도착한 이래 오비카와 함께 계속해서 법정에 앉아 있는 에제울루에게로 가서 친절하게 말했다.

"큰백인은 몸이 아프십니다만 다른 백인이 당신에게 환영의 말을 전하셨습니다. 지금은 날이 어두우니 내일 아침에 만나겠답니다." 전령이 말했다.

에제울루는 전령에게 아무런 대꾸도 하지 않았다. 그는 전령을 따라 어두운 감방으로 들어가 돗자리 위에 앉았다. 오비카도 앉았다. 에제울루는 코담배 병을 꺼냈다.

"램프를 보내겠습니다." 전령이 말했다.

잠시 후 존 은워디카가 머리에 조그만 짐을 인 그의 아내와 함께 들어왔다. 그녀가 내려놓은 짐 속에는 으깬 카사바로 만든 엄청나게 커다란 떡 덩어리와 노박덩굴 수프 한 사발이 들어 있었다. 존 은워디카는 그 안에 독이 없다는 걸 보여 주기 위해 푸푸 덩어리를 하나 만들어 그것을 수프에 찍어 삼켰다. 에제울루는 존과 그의 아내(그녀는 우무아구에 있는 에제울루 친구의 딸이라는 게 밝혀졌다.)에게 고맙다고 말은 했지만 먹는 것을 사양했다.

"지금 나는 음식에는 관심이 없다네." 에제울루가 말했다.

"제발, 조금이라도 드세요. 한 덩어리만이라도요." 은워디카의 아들이 말했다. 하지만 노인을 설득하기는 힘들 것 같았다.

"오비카가 우리 두 사람 몫을 먹을 걸세."

"닭이 먹는 게 염소의 배 속으로 들어가지는 않습니다." 존 은워디카가 말했지만 노인은 여전히 먹기를 거부했다.

전령이 야자유 램프를 들고 다시 들어왔고 에제울루는 그에게 감사하다고 말했다.

다른 경찰과 함께 우무아로에 갔던 하사 매튜 은웨케가 집에 돌아와 보니 그의 아내들이 조용히 울고 있었고 많은 사람들이 그의 단칸방에 모여 있었다. 홍역을 앓고 있던 어린 아들에게로 생각이 미치자 그는 불안에 휩싸였다. 그는 성급하게 아들이 누워 있는 돗자리로 달려가 아이를 만져 보았다. 그 아이는 잠에서 완전히 깨어나 있었다.

"무슨 일이야?" 그제야 그는 물었다.

대답하는 사람이 한 명도 없었다. 그러자 '카플'이라 불리던 그 하사는 방 안에 있던 어느 경찰 쪽으로 몸을 돌리고 특별히 그를 향해 질문을 던졌다. 경찰은 목청을 가다듬더니 하사와 그의 동료가 살아서 돌아오리라고 기대하지 않았다고 대답했다. 특히 그가 체포하러 간 사람이 자기 발로 왔다는 말을 들었을 때 그랬다는 것이었다. '카플'은 그들의 길이 어떻게 서로 어긋났는지를 설명해 주고 싶었지만 그 경찰은 그럴 틈을 주지 않았다. 경찰은 아침부터 일어난 일들을 모두 상세하게 설명해 나갔고 마지막으로 은키사 병원에서 윈터바텀 대위의 목숨이 경각을 다툰다는 소식이 전해졌다고 말해 주었다.

바로 그 시점에 존 은워디카가 들어왔다.

"아니, 아침에는 몸이 온전치 못하다더니?" 카플이 물었다.

"그걸 말해 주려고 이렇게 찾아온 거라네. 내 병은 대사제에게서 온 경고였어. 그 말에 귀를 기울였던 게 얼마나 다행인지. 그렇지 않았더라면 지금 또 다른 이야기를 하고 있을 걸세." 그런 다음 존은 아무도 말해 준 사람이 없는데도 대사제가 윈터바텀이 아프다는 사실을 훤히 알고 있더라고 그들에게 말해 주었다.

"그분이 뭐라고 하셨는데?" 한두 사람이 동시에 물었다.

"그분은 그가 아프지만 곧 괜찮아질 걸세, 라고 말씀하셨어. 그게 무슨 뜻인지는 잘 모르겠네만 사제의 목소리에 조롱이 들어 있는 것 같았어."

'카플' 매튜 은웨케는 처음에는 그다지 우려하지 않았다. 그에게는 지난번 휴가 때 마을의 훌륭한 디비아*가 그를 위해 특별히 만들어 준 강력한 호신 부적이 있었다. 하지만 에제울루에 대해 더 많은 이야기를 들으면 들을수록 자신의 안전에 대한 믿음이 약해지기 시작했다. 결국 함께 우무아로에 갔던 경찰과 급하게 상의해, 두 사람은 안전한 쪽을 택하기로 하고 당장 이 지역의 디비아에게 가 보기로 했다. 그들이 디비아의 집에 도착한 것은 밤 10시가 지난 시간이었다. 이 사람은 온 마을에서 하늘을 향해 화살을 쏘는 사수라고 불렸다.

두 사람이 들어가자마자 그는 경찰들에게 그들이 맡았던 임무의 목적을 말해 주었다. "당신들이 곧바로 나한테 온 건 정말로 잘한 일이오. 당신네들은 정말이지 표범의 아가리 속으로 걸

---

* '주술사'라는 뜻.

어 들어갔더랬구려. 하지만 표범보다 더 큰 게 있소. 그렇기 때문에 나는 당신들을 환영하는 거라오. 당신들은 마지막 피난처로 온 겁니다." 그는 우무아로에서 가져온 것은 어느 것 하나 절대로 먹으면 안 된다고 했다. 그들은 큰길로 들고 가 파문을 두 마리의 수탉과 돈을 제물로 가져와야 했다. 그들이 벌써 먹은 것에 대해서는 약품을 만들어 줄 테니 집에 가지고 가서 마시고 또 목욕물에도 섞어 쓰라고 했다.

14

으깬 카사바와 노박덩굴 수프를 먹으며 곁눈으로 아버지를 살피던 오비카는 아버지에게 불안한 기색이 역력하다는 것을 알 수 있었다. 마음 상태가 그런 아버지에게 질문해 봐야 아무런 소용이 없을 것을 오비카는 잘 알았다. 에제울루는 심지어 최고로 기분이 좋을 때도 자신이 원할 경우에만 말했지 사람들이 묻는다고 대답하는 분이 아니었다.

에제울루는 자리에서 일어나 좁은 문 쪽으로 걸어가다 마음이 바뀐 것 같았다. 아니면 들고 가야 할 뭔가가 생각난 것 같았다. 염소 가죽 가방이 있는 데로 되돌아온 그는 코담배 병을 찾았다. 그는 병을 찾아들고 다시 문 쪽으로 발걸음을 옮겼고 이번에는 문간에 서서 소변보러 간다고 말하고는 바깥으로 나갔다.

에제울루는 옥페리에 있는 동안에는 절대로 초승달을 찾지 않겠다고 마음을 굳게 먹었더랬다. 하지만 탐욕스러운 그의 눈이 주인은 볼 마음이 전혀 없는 걸 슬쩍 훔쳐볼 터였다. 그리하여 에제울루가 감방 밖에서 소변을 보는 동안 그의 두 눈은 부지런히 초승달을 찾고 있었다. 그런데 하늘은 아주 낯선 모습을 하고 있었다. 손가락으로 하늘의 어느 곳을 가리키며 저기서 달이 나올 것이라고 말할 수가 없었다. 순간적으로 불안감에 사로잡힌 에제울루는 어찌할 바를 몰랐지만 다시 생각해 보니 놀랄 이유가 전혀 없었다. 어찌하여 옥페리의 하늘이 그에게 친숙해야 하는가? 땅마다 저마다의 하늘이 있으니 그럴 수밖에 없지 않은가.

그날 밤 에제울루는 꿈속에서 그가 며칠 전 모아 놓고 연설했던 바로 그 우무아로 원로들의 대집회를 보았다. 그런데 그들에게 연설하려고 자리에서 일어선 사람은 그가 아니라 그의 조부였다. 사람들은 듣기를 거부하며 다 같이 소리쳤다. 저 사람이 말하지 못하게 하시오. 우리는 그의 말을 듣지 않겠소. 대사제는 목소리를 높여 그들에게 제발 자신의 말을 귀담아 들으라고 호소했지만 그들은 물이 발목까지 찼을 때 퍼내야 한다며 계속해서 듣기를 거부했다. "어째서 우리는 저 사람이 알려 주는 계절에 의존해야 합니까?" 은와카가 물었다. "자기 집에서 달을 볼 수 없는 사람이 여기 한 명이라도 있습니까? 그리고 여하튼 오늘날 울루 신에게 무슨 힘이 있단 말입니까? 울루 신은 아밤의 전사들에게서 우리의 선조들을 구해 내긴 했지만 우리를 백인에게서 구해 낼 수는 없습니다. 오그바 신이 요청하는 일은 해 주지 않으면서 다른 일들만 행하고 적이 아니라 뒤돌아서서 아닌타 사람들을 죽이려고 했을 때 우리의 이웃인 아닌타 사람들이 오그바를 몰아내고 불태워 버렸듯이 우리도 울루 신을 내쫓읍시다." 그러자 사람들은 에제울루의 조부에서 자기 자신으로 바뀌어 있는 대사제를 사로잡더니 그를 이 무리에서 저 무리로 밀쳐대기 시작했다. 어떤 사람은 그의 얼굴에 침을 뱉으며 죽은 신의 사제라고 욕설을 퍼부었다.

에제울루는 아주 높은 곳에서 떨어진 사람처럼 깜짝 놀라 잠에서 깨어났다.

"왜 그러세요?" 오비카가 어둠 속에서 물었다.

"아무것도 아니다. 내가 무슨 말을 하더냐?"

"누군가와 싸우시면서 누가 누구를 몰아내는지 어디 두고 보겠다고 말씀하시던걸요."

"서까래에 거미들이 있는가 보다."

에제울루는 이제 돗자리에 일어나 앉았다. 그가 방금 본 것은 꿈이 아니라 환상이었다. 그 모든 일이 어슴푸레한 꿈이 아니라 청명한 대낮에 일어난 것이었다. 어린아이의 눈으로만 보았던 조부의 모습이 이제는 가물가물하고 확실하지도 않은데 그 할아버지가 한평생을 거슬러서 아주 선명하게 눈앞에 다시 나타났다.

에제울루는 생각에 몰두하기 위해 담배 가루를 꺼내 양쪽 콧구멍에 조금씩 집어넣었다. 오비카가 이제 다시 잠들었으니 에제울루는 혼자서 자유롭게 현 사태를 곰곰이 생각해 볼 수 있을 것 같았다. 대충 보긴 했지만 여하튼 초승달이 얼굴을 드러낼 문을 찾던 자신의 헛된 마음을 다시 한 번 생각해 보았다. 어린 소년이었을 때 그리고 청년이 되어서도 규칙적으로 방문했던 어머니의 친정 마을, 그리고 심지어 자신이 우무아로 다음으로 잘 알고 있다고 생각했던 바로 이 마을에서도 그는 낯선 이방인과 같은 존재였다! 이런 생각이 들자 그는 고통스러우면서도 상쾌한 상실감을 맛볼 수 있었다. 그는 일시적이나마 대사제로서의 지위를 상실했다는 사실에 고통스러워했다. 하지만 십팔 년 만에 잠깐 동안이지만 그런 직위에서 벗어나는 건 기분 전환의 기회였다. 울루 신에게서 떨어져 있는 그의 마음은 마치 엄격한 부모가 여행을 떠난 후 혼자 남겨진 어린아이와도 같았다. 그렇지만 장터에서 은와카의 말에 귀를 기울이며 앉아 있었을 때 갑자기 그의 마음속에 똬리를 틀고 앉은 복수심을 생각하니 크나큰 기쁨이 찾아들었다.

이런 생각들을 하고 있으려니 에제울루의 마음이 점차적으로 안정되었다. 골치 아픈 생각에서 벗어나자 어지러웠던 악몽도 털어 낼 수 있었다. 이제 좀 더 꼼꼼하게 다시 한 번 꿈을 살펴보니 한 가지 사실이 뚜렷해졌다. 백인과의 싸움은 동족들과 해결해야 할 문제에 비하면 그다지 중요한 게 아니었다. 여러 해 동안 그는 질투심 많은 사람들에게 미혹당해 숲으로 끌려들어 가지 않도록 조심하라고 계속해서 우무아로에 경고해 온 터였다. 그러나 사람들은 손가락으로 양쪽 귀를 다 틀어막았다. 그들은 위험한 발자국을 계속해서 한 걸음 또 한 걸음 찍는 바람에 이제는 너무나 멀찍이 가 버리고 말았다. 너무 많은 걸 빼돌리는 바람에 주인은 이제 알아차릴 수밖에 없었다. 이제는 싸움이 시작되어야 했다. 왜냐하면 자기 집을 가로질러 길을 만들고 있는 사람과의 싸움을 끝내지 못하면 다른 사람들이 계속해서 길을 만들 것이기 때문이었다. 에제울루의 근육이 싸움에 대한 기대감으로 욱신거렸다. 백인더러 하루가 아니라 일 년이라도 그를 붙잡고 있으라지. 그러면 울루 신은 에제울루가 제자리에 없는 것을 알게 되어 우무아로를 추궁할 테니까.

클라크는 에제울루가 제 분수를 알게 되어 행정부에 대해 공손해질 때까지 가르쳐야 한다는 윈터바텀 대위의 지시를 따라 고참 전령이 약속한 것과 달리 그다음 날에도 에제울루를 만나 주지 않았다. 사실상 그는 나흘 동안이나 그를 만나기를 거부했다.

둘째 날 아침에 클라크와 웨이드는 또다시 은키사 병원을 향해 자동차를 몰고 가던 중에 길가에 놓인 제물을 보게 되었다. 그들은 종종 길가에 놓인 제물들을 보았으므로 보통 때 같았으면 자동차를 멈추지 않았을 것이다. 그러나 이번에는 특별날 정도로 제물이 많아서 그들은 깜짝 놀랐다. 웨이드는 자동차를 한편에 세웠고 두 사람은 그걸 보려고 차에서 내렸다. 보통 때의 하얀 병아리 대신에 다 자란 수탉 두 마리가 있었다. 다른 제물들은 여느 때처럼 야자나무 꼭대기에서 잘라 낸 노르스름한 어린 잎사귀, 콜라 열매 알갱이 두 쪽과 백묵 조각 하나가 담긴 질그릇이었다. 하지만 이 제물들은 두 백인이 나중에야 본 것이었다. 그들의 눈길을 가장 먼저 사로잡은 것은 영국의 플로린 은화였다.

"아니, 이런 건 처음 보는데요!" 웨이드가 말했다.

"정말이지 이건 아주 기이하고 제물도 무척 많군요. 이게 다 뭔지 모르겠네."

"어쩌면 이건 영국 왕의 대리인이 회복되기를 기원하는 게 아닐까요." 웨이드가 가볍게 말했다. 그러다가 그는 무슨 생각이 떠오른 것처럼 진지하게 말했다. "여하튼 이건 꼴도 보기 싫은걸요. 자패나 엽궐련을 사용하는 건 상관없는데 조지 5세의 얼굴이 들어 있는 돈을 쓰다니 꺼림칙하네요!"

클라크는 껄껄대고 웃었다. 하지만 웨이드가 왼손을 그릇 속에 집어넣더니 은화를 꺼내 들고 그것을 잎사귀로 깨끗이 씻은 다음 자기 모직 바지에다 다시 문질러 주머니 속에 집어넣자 그는 곧바로 웃음을 멈췄다.

"맙소사! 지금 무슨 짓을 하는 겁니까?"

"영국 왕이 지저분한 주물 속으로 끌려 들어간 걸 가만 두고 볼 수는 없잖아요." 웨이드가 웃으며 대꾸했다.

이 사건으로 인해 클라크는 몹시 걱정스러워졌다. 그는 자신이 지나칠 정도로 심각하게 생각하는 일 없이 중요한 일을 해내는 것 같은 웨이드나 라이트 같은 사람들을 높이 평가한다고 확신하고 있었다. 그들은 언제나 사물의 밝은 면을 찾는 사람들이었다. 그런데 이런 감정의 결핍이, 그러니까 다른 사람의 제물을 모독하는 짓은 분명 소름 끼치는 감정의 결핍을 보여 주는 짓거리인데, 이런 게 인생의 밝은 면을 찾는 기질의 일부란 말인가? 만일 그렇다면 사람들은 결국 윈터바텀 대위 같은 사람들의 진지함(그리고 거기에 수반되는 거만함)을 선호하게 되지 않겠는가?

아직 진지하게 결심한 것은 아니지만 클라크는 윈터바텀이 죽을 경우에 대비해 행정부의 짐을 떠맡을 마음의 준비를 하고 있었다. 필요하다면 웨이드와 같은 백인들의 경솔한 행동들로부터 토착민을 보호하는 일을 그가 떠맡아야 할 것이다.

바로 그날 아침 에제울루는 가족들에게 여기 상황을 알려 주고 작은부인을 그곳으로 불러 자신의 식사 시중을 들게 하려고 오비카를 우무아로로 되돌려 보냈다. 하지만 그들과 같은 부족 사람인 존 은워디카는 그런 말을 들으려 하지 않았다.

"그러실 필요 없어요. 제 아내는 어르신 옛 친구의 딸입니다. 아내는 어르신이 또 다른 여인을 부르시는 걸 허락하지 않을 거예요. 물론 어르신이 댁에서 드시던 음식만은 못하겠지요. 그렇지만 만약 우리에게 야자열매 알갱이가 두 개밖에 없더라도 그 중 하나는 어르신께 드려서 물과 함께 드시게 할 겁니다." 은워디카가 말했다.

그렇게까지 말하니 에제울루는 그의 호의를 물리칠 수가 없었다. 혹시 은워디카의 아들한테는 좋지 않은 마음이 있을지라도 자신의 친구인 에고은완네의 딸을 속상하게 만들 수는 없었다. 다음 추수 때면 에고은완네가 죽은 지 꼭 삼 년이었다. 그래서 에제울루는 오비카에게 우고예는 보내지 말고 그 대신 얌과 다른 음식을 넉넉히 싸 보내라고 일렀다.

에제울루로서는 은워디카의 아들을 싫어할 이유가 충분했다. 그는 우무아로에서 에제울루의 눈에다 언제나 손가락을 찔러 대는 바로 그 마을 사람이었다. 그가 하는 일은 옥페리에 있는 백인의 부엌에서 접시나 핥아 대는 것이라고 알려져 있었는데 그건 우무아로의 자손으로서는 대단한 치욕거리였다. 게다가 다름 아닌 바로 그가 에제울루의 집으로 그 무례한 백인의 전령을 데려왔던 것이다. 그러나 옥페리에서의 첫날이 끝날 즈음 에제울루는 존에 대한 좋지 않은 마음들이 사그라지기 시작하면서 낯선 고장에서는 심지어 적대적이던 동족도 친구라는 사실을 깨닫게 되었다. 가번먼트 힐이 있는 옥페리는 에제울루에게는 정말이지 낯선 땅이었다. 그곳은 그가 어렸을 때 그리고 청년 시절에 어머니 은와니이에케의 친정 마을로 알았던 옥페리가 아니었다. 분명 그 오래된 옥페리의 일부가 아직도 남아 있겠지만 이런 치욕의 시기에 에제울루가 그런 곳을 찾아 나설 수는 없는 일이었다. 옛날에 보던 장소와 낯익은 얼굴들을 바라볼 수 있는 그런 뻔뻔한 눈을 어디서 찾는단 말인가? 에제울루의 심정이 그렇다는 것은 다행스러운 일이었다. 왜냐하면 당신은 죄수라서 당신 뜻대로 들락날락할 수 없다는 말을 듣는 굴욕을 당하지 않아도 되었기 때문이다.

에제울루는 그날 밤 식사를 하다가 초승달을 환영하는 아이들의 목소리를 들었다. "온와 아투-오-오-오! 온와 아투-오-오-오!" 하는 외침이 가번먼트 힐의 사방천지에서 울려 퍼졌다. 하지만 에제울루의 날카로운 귀는 기이한 억양으로 노래하는 몇몇 목소리를 식별해 냈다. 달이라는 단어를 제외하고는 그들의 말을 도통 알아들을 수가 없었다. 의심할 여지없이 그들은 코를 통해 이보 말을 기이하게 내보내는 그런 사람들의 자녀였다.

아이들의 목소리를 처음 들었을 때 에제울루의 마음속에서 분노가 솟구쳤다. 예상은 하고 있었지만 이런 일이 현실로 나타났을 때 그는 아직 준비가 되어 있지 않았다. 그는 순간적으로 잊고 있었던 것이다. 하지만 그는 거의 즉각적으로 정신을 되찾았다. 그렇다, 울루 신은 지금 분명 "그가 어디 있느냐?" 하고 묻고 있을 터였고 얼마 지나지 않아서 우무아로는 이에 대해 해명해야만 할 것이었다.

에제울루가 집을 비운 첫날은 물론 둘째 날에도 그의 집은 온종일 근심 걱정에 휩싸여 있었다. 지금은 한창 파종할 시기였는데도 어느 한 사람 일하러 나가지 않았다. 오비카의 아내 오쿠아타는 적적한 자기 움막을 놔두고 시어머니 방으로 거처를 옮겼다. 에도고는 자신의 거처는 비워 두고 소식을 기다리며 아버지의 오비에 앉아 있었다. 이웃 사람들, 심지어 행인들까지 들어와 물었다. "아직 돌아오시지 않았습니까?" 얼마 후부터는 이런 질문을 들으면 에도고는 분노가 치밀어 오르기 시작했다. 특히 남의 험담이나 캐고 다니는 게 주요 관심사인 사람들의 입에서 그런 질문이 나올 때에는 한층 더 그랬다.

그런 가운데 둘째 날 점심 무렵에 오비카가 돌아왔다. 처음에는 어느 누구도 감히 물어볼 수가 없었다. 몇몇 아낙네들은 울음이 터져 나올 것만 같았다. 심지어 그토록 심각하고 불안한 순간인데도 오비카는 그들을 더 많이 놀래 주고 싶은 유혹을 물리칠 수가 없었다. 집으로 통하는 골목길을 걸어오는 오비카의 얼굴은 진흙투성이 연못과도 같았다. 이제 그는 옥페리에서부터 줄곧 달려온 사람처럼 마루에 털퍼덕 주저앉았다. 그가 찬물을 달라고 하자 여동생이 얼른 가져다주었다. 물을 다 들이켠 다음 그가 바가지를 내려놓자 에도고가 제일 먼저 물었다.

"네가 모시고 간 분은 지금 어디 계시느냐?" 에도고는 걱정스러운 나머지 아버지의 이름을 언급하는 것조차 피하며 물어보았다. 아무리 오비카라 해도 그 말에는 감히 농담으로 대꾸할 수가 없었다. 그는 잠깐 주저하다 말했다. "내가 떠나올 때는 별일 없으셨어."

사람들 얼굴에 팽팽하게 서려 있던 불안감이 사라졌다.

"백인은 무슨 일로 아버지를 오라고 했어?"

"아버지는 어디 계셔?"

"아버지는 집에 언제 오신대?"

"어느 것부터 대답할까?" 오비카는 이전의 긴장감을 되찾으려 애썼지만 때는 이미 늦었다. "내 입이 일곱 개는 아니잖아. 오늘 아침 떠나올 때까지 백인은 우리한테 아무 말도 하지 않았어. 백인이 죽음의 문턱에 놓였다고 해서 그 사람 꼴도 보지 못했다니까." 이 소식을 듣고 사람들은 약간 놀랐다. 지금까지 백인에 대하여 들은 이야기로는 그가 보통 사람들처럼 아플 수 있다는 게 전혀 상상이 되지 않았다. "그렇다니까. 백인은 지금 반죽음 상태라는군. 하지만 그에게는 에제울루에게 전할 말을 맡겨 놓은 어린 동생이 있대. 그런데 이 동생도 형이 아프니까 너무 걱정스러워서 우리를 만나는 것도 잊었다는군. 그래서 에제울루가 나한테 어서 채비를 차리고 집으로 가거라. 그렇지 않으면 우리가 그들을 해치러 온 걸로 오해할지도 모르겠다, 이렇게 말씀하셔서 내가 돌아온 거야."

"식사는 누가 해 드려?" 우고예가 물었다.

"은워디카의 아들을 기억하시죠? 백인의 전령을 이곳으로 데려온 사람 말이에요." 오비카는 우고예뿐만 아니라 모든 사람을 향해 대답했다. "알고 보니까 그 사람의 아내가 우무아구에 살던 에제울루의 오랜 친구의 딸이었어요. 그분이 어제부터 계속해서 음식을 마련해 주었는데 그분 말이 자기가 살아 있는 한 집에서 다른 사람을 불러올 생각은 하지도 말래요."

지금까지 아무 말도 하지 않던 아쿠에부에가 물었다. "네 말을 내가 똑바로 들었는지 모르겠다만, 우문네오라 사람의 아내가 에제울루에게 음식을 마련해 주고 있다고 말했느냐?"

"예."

"제발 그런 이야기는 두 번 다시 하지 마라. 에도고, 어서 준비해라. 우리가 옥페리로 가야겠다."

"에제울루는 어린아이가 아니에요. 그는 누구와 함께 식사해도 좋다는 말을 다른 사람한테서 들을 분이 아니라니까요." 이웃에 사는 아노시가 말했다.

"에도고, 내 말을 듣고 있냐? 어서 준비하라니까. 물건을 챙기러 나도 집으로 가야겠다."

"가시는 걸 굳이 말리고 싶은 생각은 없지만요. 어르신 혼자만 분별력이 있는 것처럼 말씀하지 마세요. 아버지와 제가 두 눈은 감고 단순히 입만 벌린 것은 아니니까요. 어젯밤에는 은워디카의 아들이 우리 앞에서 음식 맛을 보았는데도 에제울루는 음식을 거부하셨어요. 하지만 오늘 아침이 되자 그의 마음을 충분히 살펴보신 에제울루는 그 사람에게 악의가 전혀 없다는 걸 알게 되신 거예요." 오비카가 말했다.

아쿠에부에는 다른 사람들이 무슨 말을 해도 전혀 흔들림이 없었다. 그는 우문네오라 사람들에 대해 충분히 알 만큼 알고 있었다. 에제울루가 어린아이가 아니라고 말한 사람들은 그의 마음속에 들어 있는 비통함을 알 길이 없었다. 아쿠에부에는 에제울루를 그의 자식들이나 아내들보다도 더 잘 알았다. 에제울루는 집에 있는 적들에게 고통을 주기 위해 외지에서 죽고도 남을 사람이라는 걸 아쿠에부에는 잘 알고 있었다. 은워디카 아들의 손이 깨끗할 수는 있었다. 하지만 그의 감정을 해치는 경우가 생기더라도 모든 것을 확실하게 해야만 했다. 어느 누가 다른 사람들의 감정이 상할까 봐 염려스러워 가래를 삼키겠는가? 더군다나 그게 독이라면 누가 삼키겠는가?

에제울루의 이웃인 아노시는 이런 저런 얘기가 오가는 중에 자기 의사가 일찌감치 묵살되자 계속해서 침묵을 지키고 있더니 또다시 반대 의견을 들고 나왔다.

"내 생각에 아쿠에부에의 말이 맞는 것 같군요. 아무 일이 없다는 걸 직접 보고 안심할 수 있도록 아쿠에부에가 에도고와 함께 가 보는 게 좋겠어요. 하지만 우고예도 얌과 다른 것들을 가지고 그들과 함께 가는 게 좋을 것 같구려. 그렇게 하면 그곳에 가는 게 다른 사람을 기분 나쁘게 하지는 않을 테니까."

"그런데 뭐 때문에 남의 감정을 해칠까 봐 이토록 걱정하는 거지?" 아쿠에부에가 못 참겠다는 듯 물었다. "나는 어린아이가 아닐세. 피를 흘리지 않고도 잘라 내는 방법을 안다니까. 하지만 에제울루의 생명이 달려 있다면 우문네오라 사람의 감정을 해치는 것 정도는 신경 쓰지 않겠어."

"맞아." 아노시도 동의했다. "정말로 맞는 말이오. 남의 감정을 상하게 하는 건 아닌지 걱정하다 독을 삼키게 된다고 우리 아버님은 늘 말씀하셨소. 나쁜 사람의 집에 들어갔는데 그가 콜라 열매를 내온단 말입니다. 그런데 주인이 그걸 내오는 태도가 영 마음에 들지 않아 마음속으로는 그걸 먹고 싶지가 않은 겁니다. 그래도 주인의 성의를 무시하고 싶지 않으니까 우크왈란타를 삼키게 되는 거죠. 나는 아쿠에부에의 말에 동의합니다."

어쩌면 에제울루가 집에 없다는 것을 은와포만큼 예민하게 느끼는 사람도 없을 것이었다. 그런데 이제 그의 어머니마저 떠날 참이었다. 하지만 이 두 번째 타격은 에도고가 함께 간다는 생각으로 인해 상당히 완화되었다.

에제울루가 집을 비우자 에도고로서는 노인의 총애를 독차지하던 은와포에게 적개심을 드러낼 기회가 생긴 것이었다. 에도고는 맏아들로서 아버지가 돌아오기를 기다리며 일시적으로 아버지의 움막을 차지했다. 아버지의 움막에서 살다시피 하던 은와포는 이제 그를 몰아내고 싶어 하는 이복형의 적개심을 느끼기 시작했다. 그는 비록 어리긴 했지만 어른스러운 면이 있었다. 누군가 자신을 바라볼 때 그게 선의의 눈초리인지 악의의 눈초리인지는 구별할 수 있었다. 혹시 에도고가 아무 말도 하지 않았더라도 은와포는 자신이 환영받지 못한다는 사실을 알 수 있었을 것이었다. 그렇지만 어제 에도고는 은와포에게 자기보다 나이 많은 사람들의 눈을 빤히 쳐다보면서 오비 주위에 앉아 있지 말고 네 어머니의 움막으로 들어가라고 말했다. 은와포는 오비를 나와서 울었다. 난생 처음으로 그는 아버지의 거처에 자유롭게 들어갈 수 없다는 소리를 들었던 것이다.

오비카가 돌아와 집안 식구들은 물론 이웃 사람들까지 소식을 듣기 위해 몰려들기 전까지 은와포는 오늘 하루 종일 아버지의 처소에서 멀찌감치 떨어져 있었다. 그는 도전적으로 늘 앉던 자리로 가서 앉았다. 하지만 에도고는 그에게 아무 말도 하지 않았다. 심지어 그는 은와포가 있는지조차 알아차리지 못한 것 같았다.

은와포의 누이인 오비아겔리는 어머니와 다른 사람들이 옥페리로 떠난 다음 한참 동안 울어 댔다. 이체쿠와 우달라 열매를 따 주겠다는 오두체의 약속도 그녀의 마음을 달래지 못했다. 마침내 오비카가 이첼레라는 탈을 쓴 무서운 혼령을 불러오겠다고 위협했다. 이 말은 즉각적인 효과를 가져왔다. 오비아겔리는 오비의 한 모퉁이에 앉아 조용히 훌쩍거렸다.

밤이 다가오자 은와포는 어제부터 그의 마음을 괴롭히는 생각으로 되돌아갔다. 초승달은 어떻게 될까? 아버지는 집을 떠나

시기 전에도 초승달이 떠오르기를 고대하고 있었다는 것을 그는 알았다. 초승달이 아버지를 따라 옥페리로 갈까? 아니면 아버지가 돌아오시기를 기다릴까? 만일 초승달이 옥페리에 나타나면 에제울루는 어떤 금속 징으로 달을 맞이할까? 은와포는 아가리 쪽으로 그걸 두들기는 막대기를 내보이며 벽에 기대어 있는 오게네를 바라다보았다. 최상의 해결책은 초승달이 아버지가 돌아오실 내일까지 기다리는 것이었다.

땅거미가 내려앉자 은와포는 아버지가 늘 앉던 자리로 가서 앉았다. 오래지 앉아 그는 가느다란 초승달이 나타나는 걸 볼 수 있었다. 달은 매우 가냘팠고 마지못해 나오는 것 같았다. 은와포는 오게네를 집어 들고 그것을 쳐 볼까도 생각했지만 겁이 나서 뻗은 손을 거두어들였다.

은워디카의 아들과 그의 아내가 저녁 식사를 가져왔을 때 에제울루는 여전히 마음속으로 가번먼트 힐의 아이들이 외쳐 대는 목소리를 듣고 있었다. 평소처럼 은워디카의 아들은 푸푸 덩어리 하나를 집어 그것을 수프에 찍은 다음 꿀꺽 삼켰다. 에제울루는 저녁 식사를 아주 맛있게 했다. 물론 그에게 선택을 하라고 한다면 에구시 수프를 먹지 않았겠지만 이번 것은 얼마나 맛있던지 그게 에구시라는 것도 거의 모를 지경이었다. 수프에 들어간 생선은 아사 아니면 그에 버금가는 좋은 생선이었고 그런 유형의 생선으로서는 최상의 요리라고 말할 수 있을 정도로 연기에 반쯤 말린 것이었다. 푸푸는 반죽이 아주 잘되어 너무 질지도 너무 되지도 않았다. 의심할 여지없이 카사바는 녹색 바나나를 첨가해 색깔을 엷게 했다.

그가 식사를 반 정도 끝냈을 때 그의 아들, 부인, 그리고 친구가 당도했다. 그들은 감방에 갇힌 죄수들을 감독하는 것이 임무인 고참 전령의 안내를 받으며 들어왔다. 에제울루는 그들을 처음 본 순간 집에 무슨 좋지 않은 일이라도 일어난 게 아닌지 염려했다. 하지만 그들이 가져온 얌을 보자 에제울루의 마음은 본래 상태를 회복했다.

"어째서 아침까지 기다리지 않았지?"

"아침이 되면 자네가 혹시 집으로 출발하지나 않을까 해서 그랬지." 아쿠에부에가 대답했다.

"집이라고?" 에제울루는 껄껄대고 웃었다. 그것은 울지 못하는 사람의 웃음이었다. "누가 집 이야기를 하는 건가? 나를 오라고 한 백인도 아직 만나지 못했는걸. 그는 지금 죽음의 문턱에 가 있다는구먼. 어쩌면 그는 자기 장례식 때 대사제를 제물로 드리고 싶은가 봐."

"우무아로의 땅이 가만있겠나! 그런 당치도 않은 소리는 하지도 말게." 아쿠에부에가 말했고 다른 사람들도 그 말에 합세했다.

"우리가 지금 우무아로에 있나?" 에제울루가 물었다.

"그 사람의 몸이 아픈데 아버님한테 아무런 전갈도 남겨 놓지 않았다면 아버님은 우선 집에 가 계시다가 그의 건강이 좋아지면 다시 오면 되잖아요?" 지금 이 자리는 아버지와 아버지의 친구가 말싸움을 벌일 자리가 아니라고 생각한 에도고가 끼어들었다.

"이런 여행은 두 번 다시 하고 싶지 않다. 아니다, 이 일의 자초지종을 모두 다 알 때까지 나는 여기에 꼼짝 않고 있겠다."

"그 사람이 다 나으려면 얼마나 걸릴지 아세요? 어쩌면 이곳
에……"

"야자수 잎사귀 끝에 매달린 열매가 무르익을 때까지 그 사
람이 아프다면 난 기다릴 생각이다……. 집안 식구들은 모두 잘
있소, 우고예?"

"우리가 떠나올 때 모두 잘 있었어요." 무거운 짐을 이고 오느
라 그녀의 목이 더 짧아진 것 같았다.

"아이들, 오비카의 아내, 그리고 다른 식구들도 모두 잘 지내
고 있지?"

"모두 잘 지내고 있었어요."

"자네 집 식솔들은 어떤가?" 그는 아쿠에부에에게 물었다.

"내가 떠나올 때 조용했네. 아픈 데야 없지만 다만 배들이 좀
고프지."

"그건 그리 큰 문제는 아니죠. 배고픈 게 아픈 것보다는 낫
잖아요." 은워디카의 아들이 말했다. 그는 이 말을 하고 밖으로
나가더니 코를 풀었다. 그는 손등으로 코를 문지르며 다시 들어
왔다.

"은웨고, 당신은 기다릴 필요 없어. 그릇은 내가 챙겨서 집에
갈 때 가져갈게. 어서 가서 이분들이 드실 만한 것 좀 찾아봐."

은워디카의 아내는 우고예가 머리에 이고 온 짐을 받아 들었
고 두 여자는 식사를 준비하러 갔다.

아쿠에부에는 여자들이 나가자마자 더 이상 참지 못하고 입
을 열었다.

"은워디카의 아들과 그의 아내가 자네를 보살피고 있다는 말
을 오비카가 해 주더군."

"자네도 두 눈으로 똑똑히 보았잖아." 에제울루의 입이 생선으로 가득했다.

"참으로 고맙구먼." 아쿠에부에가 존 은워디카에게 말했다.

"감사합니다." 에도고가 말했다.

"고맙다는 말을 들을 만한 일은 한 게 없습니다. 가난한 부부가 뭘 할 수 있겠어요? 에제울루 어르신이 댁에서는 고기와 생선을 드시겠지만 여기 계시는 동안에는 저희가 먹는 야자열매나 드실 텐데요. 저희의 능력이 닿는 데까지 해 드리려고요."

"오비카가 이 말을 해 줬을 때 이곳에 직접 와 보는 게 최상이라고 생각했다네."

"맞아." 에제울루가 말했다. "어머니가 어릴 적 살던 마을에 가 보지 않았다면 윗입술을 위로 쭉 내미는 법을 배우지 못했을 거라고 어린 염소가 말했다고 하잖나." 그는 혼자 웃었다. "나도 외가댁을 좀 더 자주 와 봤어야 했던 것 같네."

"자네 얼굴에서 어제의 어두운 모습이 많이 사라진 건 확실하구먼. 우문네오라 사람이 자네를 돌보고 있다는 말을 들었을 때 나는 거짓말하지 말라고 했다네. 고향 마을에서 벌어지고 있는 싸움을 보면 어떻게 그런 일이 가능할 수 있겠어?" 아쿠에부에가 말했다.

"그거야 고향에 있는 사람들 얘기죠. 저처럼 고향을 떠난 사람들한테는 그런 것 없어요. 먼 곳을 돌아다니는 사람이라면 절대로 적을 만들어선 안 된다고 지혜로운 사람들이 말했잖아요. 저는 그 말을 따르는 거예요." 은워디카의 아들이 말했다.

"정말이지 맞는 말이야." 아쿠에부에는 어떻게 하면 자신이 이곳에 온 목적을 제대로 말할 수 있을지 곰곰이 생각하며 젊은이의 말에 맞장구쳤다. 그는 잠시 뜸을 들이다가 은수그베 사람들이 코코넛을 단번에 깨트렸다는 말도 있듯이 자신도 단칼에 해치워야겠다고 마음먹었다. "우리가 여기에 온 데는 두 가지 목적이 있다네. 우고예를 데려와 은워디카 아내의 짐을 덜어 주는 것이고 또 은워디카에게 직접 고맙다는 말을 하면서 고향에서는 그의 친족들이 무슨 짓을 하더라도 지금은 그가 에제울루와 그의 가족들에게 형제나 진배없다는 말을 해 주는 것이었다네." 아쿠에부에는 이 말을 하면서 벌써 사람의 팔 만큼이나 깊은 그의 염소 가죽 가방에서 작은 면도칼과 콜라 열매를 찾고 있었다. 침묵이 흐르는 가운데 에도고와 존 은워디카 사이에 혈연관계를 맺는 절차가 간소하게 행해졌다. 에제울루와 아쿠에부에는 두 젊은이가 서로의 피가 묻은 콜라 열매 알갱이를 먹는 모습을 말없이 지켜보았다.

"자네는 어쩌다가 백인을 위해 일하게 되었나?" 그들이 다시 일상적인 대화로 돌아왔을 때 아쿠에부에가 물었다. 은워디카의 아들은 목청을 가다듬었다.

"제가 어떻게 백인을 위해 일하게 되었는가, 그 말씀이지죠? 저는 운명의 신인 치가 그렇게 되도록 계획해 놓은 것이라고 말씀드리고 싶어요. 당시에 저는 백인에 대해 아는 게 하나도 없었지요. 백인의 언어나 관습에 대해 배운 게 하나도 없었으니까요. 다음 건기가 되면 만 삼 년이네요. 저는 여러 해 동안 추수가 끝나고 건기가 되면 동갑내기 친구들과 함께 새 춤을 배우러 우문네오라에서 옥페리로 왔죠. 여기 올 때마다 저는 늘 에케메지에라는 친구 집에 머물렀고 그가 또 우리 마을에 놀러 오면 그때마다 그는 늘 저와 함께 지냈는데, 너무나 놀랍게도 그 친구가 더 이상 옥페리의 춤꾼들 사이에 끼어 있지 않은 거예요. 우리를 환영 나온 무리 중에서 아무리 그를 찾아보아도 허사였답니다. 그래서 그 친구 대신 오포딜레라는 다른 친구의 집으로 가게 되었는데 그 친구에게서 에케메지에가 백인을 위해 일하러 갔다는 소식을 듣게 되었죠. 그 소식을 들었을 때 어떤 기분이었는지 잘은 기억나지 않지만 마치 친구가 죽었다는 소리를 들은 것만 같았답니다. 저는 오포딜레에게서 이 백인의 일에 대해 좀 더 자세히 알아보려 했지만 오포딜레는 가만히 앉아서 끝까지 이야기를 해 주는 그런 사람은 아니거든요. 그런데 다음날 에케메지에가 저를 보러 와서는 저를 여기 가먼트 히일로 데려왔던 겁니다. 그는 제 이름을 불렀고 저는 대답했지요. 그는 모든 게 제철일 때 좋은 법이라고 말하더군요. 그러니까 춤추는 시절에 춤을 추는 것처럼 말이죠. 그러더니 분별력이 있는 사람은 동갑내기 친구들이 큰 사냥감을 쫓을 때 고작 작은 숲에 사는 다람쥐나 잡겠다고 출싹대는 게 아니라는 거예요. 그러면서 그는 저에게 춤추는 건 그만두고 백인의 돈을 함께 쫓자고 하는 겁니다. 저는 눈을 똑바로 뜨고 보았죠. 에케메지에는 저를 은와부에제라고 불렀고, 저는, 맞아, 그게 내 이름이야, 라고 말했어요. 그의 말로는 백인의 돈을 쫓는 경주가 내일까지 또는 우리가 준비될 때까지 기다려 주지 않을 거라는 겁니다. 만약 쥐가 빨리 뛸 수 없다면 결국 거북이한테라도 길을 비켜 줘야 한다는 거지요. 우리 부족 사람들은 심지어 그런 날이 펼쳐진 것도 까맣게 모르고 있는데 모든 작은 부족 사람들, 그중에는 우리가 무시하던 부족도 있지요, 그러니까 지금 그들은 모두 백인의 총애를 받고 있다는 거였어요.”

세 사람은 은워디카가 하는 말을 묵묵히 들었다. 아쿠에부에는 마음속으로 손가락을 튕기면서 혼잣말을 하고 있었다. 어째서 에제울루가 이토록 갑자기 저 사람을 좋아하게 되었는지 이제는 알 것도 같군. 두 사람이 생각하는 게 꼭 형제 같은걸. 하지만 사실상 에제울루는 백인에 대한 은워디카의 생각을 처음으로 듣는 것이었고 그 이야기가 타당하다고 생각되어 마음이 뿌듯했다. 단지 그는 흐뭇한 마음을 숨겼을 뿐이다. 왜냐하면 일단 어떤 문제에 대한 자신의 입장을 정한 다음에는 다른 사람들의 지지를 얻어 내려고 열심인 것처럼 보이고 싶지 않기 때문이었다. 그건 그의 관심사가 아니라 그들의 관심사일 뿐이었다.

"자, 나의 형제님들." 은워디카의 아들이 계속해서 말했다. "여러분의 형제는 그렇게 해서 백인을 위해 일하게 되었답니다. 백인은 처음에는 제게 자기 집 마당의 잡초를 깎으라고 했어요. 그런데 일 년이 지나자 그는 저를 불러 놓고 제 솜씨가 좋다면서 집안일을 하라더군요. 제 이름을 묻기에 은와부에제라고 알려 주었죠. 하지만 그 이름을 부를 수가 없었던지 그냥 조누라고 부르겠다고 하더군요." 이 말을 하는 그의 얼굴에 미소가 떠올랐지만 금방 사라졌다. "고향 사람들 중에서 제가 백인을 위해 음식을 만들고 있다는 소문을 퍼뜨리는 사람이 있다는 걸 잘 압니다. 하지만 저는 심지어 부엌에서 나는 연기도 보지 못해요. 저는 그저 그의 집 안을 정돈한답니다. 백인이 우리와 같지 않다는 건 아시죠? 백인이 만약에 접시를 이쪽에 놓았는데 저쪽에 가 있으면 그는 화를 낼 거예요. 그래서 저는 날마다 여기저기 돌아다니며 모든 게 제자리에 있는지 살핀답니다. 하지만 죽는 날까지 하인으로 지낼 마음은 추호도 없다는 걸 말씀드리고 싶어요. 돈이 조금 모이면 그 즉시 자그마한 담배 가게를 시작하려고 눈여겨보고 있답니다. 다른 데서 온 사람들이 이 장사나 옷감 장사로 많은 재물을 긁어모으고 있어요. 엘루멜루, 아닌타, 우무오피아, 음바이노 사람들이 새로 생긴 큰 시장을 지배하고 있답니다. 그 사람들이 시장 안에서 일어나는 일들을 결정하지요. 여기 있는 부자들 가운데 우무아로 사람이 단 한 명이라도 있습니까? 한 명도 없어요. 때때로 다른 사람들이 나한테 어디서 왔느냐고 물으면 창피할 때가 있어요. 시장에서 우리가 차지한 몫이 하나도 없으니까요. 백인의 사무실에서 일하는 사람역시 한 명도 없어요. 어디에서도 우리가 차지한 몫은 전혀 없답니다. 그래서 저번 날 백인이 저를 불러 놓고 우리 마을에 현명한 사람이 한 명 있는데 그의 이름이 에제울루라고 말해 주었을 때 얼마나 기뻤는지 몰라요. 저는 그의 말이 백번 옳다고 했지요. 그 사람이 아직도 살아 있느냐고 백인이 묻기에 저는 그렇다고 대답했어요. 그러자 그가 말했답니다. 그 사람이 현명하다는 걸 내가 잘 알기 때문에 그러는데 고참 전령과 함께 가서 에제울루에게 그의 부족민의 관습에 대해 내가 묻고 싶은 질문이 몇 가지 있다고 전해 주게. 저는 속으로 생각했죠. 이번이 백인 앞에 우리 부족을 내세울 수 있는 좋은 기회구나. 저는 일이 이런 식으로 돌아갈지 꿈에도 몰랐답니다." 그는 몹시 슬픈 나머지 고개를 숙이고 땅만 내려다보았다.

"이게 어디 자네 잘못인가. 일이란 게 늘 그런 법이지. 우리 눈이 뭔가를 보게 되면 돌을 집어 들고 그것을 겨냥하지. 하지만 돌은 눈과는 달리 목표를 제대로 맞추지 못하는 걸세." 아쿠에부에가 말했다.

"저한테 잘못이 있다고 생각해요." 은워디카의 아들이 슬프게 말했다.

"자네는 의심이 참 많구먼." 에제울루가 말했다. 조그만 감방에 아쿠에부에와 에제울루만 남겨 놓고 다른 사람들은 은워디카의 아들네 집에서 밤을 보내기 위해 떠났다.

"나는 운명의 신 치가 말하는 대로 죽어 가는 사람을 보호하려는 걸세."

"이 친구는 우문네오라 사람이긴 해도 해독을 끼치는 사람은 아니야."

"잘 모르겠어. 모든 도마뱀이 배를 깔고 엎드려 있으니 어떤 놈이 배앓이를 하는지 알 수가 없잖아." 아쿠에부에가 고개를 흔들며 말했다.

"모르지. 하지만 은워디카의 아들은 나를 진심으로 대한다는 걸 알 수 있어. 나는 문둥이 냄새뿐만 아니라 나를 해하려는 사람의 냄새도 분명히 맡을 수 있거든."

아쿠에부에는 여전히 고개를 흔들었다. 에제울루는 친구의 몸동작을 희미한 야자유 램프의 불빛으로 간신히 인식할 수 있었다.

"자네가 혈연 문제를 꺼냈을 때 그의 표정이 어땠는지 자세히 살펴보지 못했나?" 에제울루가 계속해서 물었다. "만약 그에게 사악한 생각이 있었다면 이마 한가운데 나타났을 걸세. 아니야, 그는 위험한 사람이 아니야. 오히려 그는 사람들이 의좋게 지내던 옛날처럼 행동하던걸. 오늘날에는 현명한 사람들이 너무나 많잖아. 게다가 그들에게 있는 건 좋은 지혜가 아니라 직감을 흐리게 하는 그런 것들이지."

"이렇게 모기가 많은데 어떻게 잠을 잔단 말인가?" 아쿠에부에가 파리채를 이리저리 마구 흔들어 대며 물었다.

"이게 다가 아닐세. 이 램프를 끈 다음이 가관이지. 은워디카의 아들에게 아리그베 잎사귀를 한 다발 구해 달라고 부탁하려던 참이었어. 시험 삼아 연기를 피워 저놈들을 몰아내 볼까 하고. 그런데 자네가 오는 바람에 정신을 놓았지 뭔가. 어젯밤에 모기떼한테 살점을 거의 다 뜯겼거든." 에제울루 역시 말꼬리를 흔들어 대며 모기를 쫓고 있었다. "자네 집 식구들은 모두 잘 있다고 했지?" 에제울루는 화제를 자신에게서 다른 데로 돌리려고 애썼다.

"다들 조용했다네." 아쿠에부에가 머리를 뒤로 젖히고 하품을 하면서 답변했다.

"우덴코 일은 어떻게 되었나? 그 이야기를 자세하게 들을 기회가 없었잖아."

"그렇구먼." 아쿠에부에가 흥이 다시 살아나 말하기 시작했다. "만일 내가 우덴코에 대해 만족스럽게 여긴다고 말한다면 그건 나 자신을 속이는 일이지. 그 애는 내 딸이지만 제 어미를 쏙 빼닮았다고 말할 수 있다네. 물동이를 이고 가는 여자처럼 고개를 빳빳이 쳐들고 사는 여자는 어떤 남자를 만나더라도 절대로 오래 살지 못할 거라고 그 애 귀에 못이 박히도록 말해 주었지. 사위 쪽 이야기는 한 번도 들어 본 적이 없지만 우덴코가 해 준 이야기를 미루어 볼 때 싸움의 원인은 아주 사소한 문제인 것 같더군. 사위에게 제물로 쓸 수탉 한 마리를 가져오라고 했던가 봐. 집에 돌아온 사위가 아무 닭이나 가리키면서 아이들에게 그걸 잡아 묶으라고 했는데, 그게 하필 우덴코의 닭이 었던 거야. 그래서 싸움이 시작된 거지. 이건 우덴코가 해 준 이 야기라네. 그래서 내가 물었지. 그럼 너는 아내들이 닭을 키우는 데 남편이 닭을 사러 장에 가기를 원하느냐고. 그러자 그 아이의 대답은 이렇더군. 어째서 그게 항상 내 닭이어야 해요? 다른 부인의 닭이면 안 돼요? 아니면 혼령들이 우덴코의 닭만 먹겠다고 했대요? 그래서 내가 말해 줬지. 그가 몇 번이나 네 닭을 가져갔는지, 어떤 게 누구 닭인지 네 남편이 어떻게 알겠니? 우덴코는 아무런 대꾸도 하지 않더군. 그 아이가 아는 거라고는 오로지 자기 남편이 제 물에 쓸 닭이 필요할 때마다 자기를 기억한다는 거야."

"그게 전부인가?"

"그렇다네."

에제울루는 미소를 지었다. "누가 들으면 자네 사위는 장이 설 때마다 제물을 바치는 줄 알겠네."

"나도 우덴코에게 똑같은 말을 해 주었지. 하지만 내가 말했 듯이 그 애는 자기 엄마를 쏙 빼닮았다니까. 우덴코가 진짜로 화가 난 건 자기 남편이 이마가 땅에 닿도록 빌지 않았기 때문이 라네."

에제울루는 즉각적으로 대답하지 않았다. 그 문제를 다시 생 각해 보고 있는 것 같았다.

"사람마다 자기 나름대로 집을 다스리는 방식이 있지." 마침 내 에제울루는 말했다. "나 같으면 말이지, 만일 뭔가 필요하면 부인 한 사람을 불러 말할 걸세. 제물로 쓸 이러이러한 물건이 필 요하니 가서 구해 오시오, 라고. 내가 그걸 가져올 수도 있겠지만 부인에게 가서 가져오라고 하는 거야. 내가 어렸을 때 우리 아버님이 친구한테 하시던 말씀을 한 번도 잊은 적이 없지. 우리 관습으로는 남편이 아내 앞에서 무릎을 꿇고 이마를 땅에 대고 용서를 빌거나 부탁을 해서는 안 되지만 현명한 사람이라면 남편과 아내 둘만 있을 때 아무도 모르게 아내한테 '부탁한다.'라는 말을 해야 할 필요가 있다는 걸 모를 수가 없지. 그런 말을 하더라도 다른 사람은 알 필요가 없고 부인도 분별력이 있다면 그 일을 결코 자랑하지 않고 심지어 입에 올리지도 않을 거야. 만일 부인이 그 일을 떠벌리고 다닌다면 남편이 저자세로 자신을 낮추었을 때 서 있던 그 땅이 그녀를 완전히 파멸시킨다잖아. 아버님은 자기 집에서 남편이 하는 일은 결코 틀린 게 없다고 생각하는 친구에게 그런 말을 해 주시더군. 우리 아버님 말씀을 나는 한 번도 잊은 적이 없네. 내 아내의 닭은 내 소유이기도 하잖나. 남편이 아내의 주인이라면 아내 것은 모두 남편의 것이겠지. 그렇지만 개를 죽이는 방법이 딱 한 가지만 있는 것은 아니잖은가."

"맞는 말일세." 아쿠에부에도 동의했다. "하지만 그런 말은 우리 사위의 귀에다 일러 줘야 할 말일세. 남편이 야! 하고 소리칠 때마다 어린놈은 등에 업고 조금 큰 놈은 걸려서 친정집으로 돌아와야 한다고 생각하는 우리 딸의 버릇이 깨끗이 사라질 수만 있다면 얼마나 좋겠느냔 말일세. 우리 어머니는 한 번도 그렇게 행동하신 적이 없었는데, 우덴코는 제 어미한테서 그런 걸 배웠다니까. 그리고 어미 소가 커다란 풀잎을 뜯어먹을 때 송아지들은 어미 입만 지켜볼 테니, 우덴코는 자기 자식들한테 그런 좋지 않은 버릇을 물려주겠지."

에제울루가 클라크에게서 갑작스러운 호출을 받은 것은 옥페리에 머무른 지 나흘째 되던 날이었다. 그는 명령을 받고 온 전령을 따라 백인의 사무실 앞 복도로 갔다. 그곳에는 다른 사람들도 많았는데 몇몇은 기다란 의자에 앉아 있었고 나머지는 시멘트 바닥에 주저앉아 있었다. 전령은 에제울루를 복도에 남겨 두고 많은 사람들이 책상 앞에 앉아 백인을 위해 일하는 백인 사무실에 딸린 방으로 들어갔다. 에제울루는 창문을 통해서 이 모든 근로자들의 지도자인 것 같은 사람과 이야기를 나누고 있는 전령을 보았다. 전령이 손가락으로 그가 있는 쪽을 가리키자 그의 말을 듣고 있던 상대방도 눈을 돌려 에제울루를 보았다. 하지만 그는 고개만 끄덕일 뿐 계속해서 큰 책에다 뭔가를 적어 넣었다. 쓰고 있던 걸 다 끝낸 다음 그는 사잇문을 열고 다른 방으로 사라졌다. 그곳에 들어간 지 얼마 지나지 않아 밖으로 나온 그는 에제울루를 손짓으로 불렀다. 그런 다음 그를 백인이 있는 방으로 안내했다. 백인도 역시 뭔가를 쓰고 있었는데 왼손을 사용하고 있었다. 백인을 보자마자 에제울루의 마음속에 제일 먼저 떠오른 생각은 혹시 흑인도 왼손으로 글을 쓸 수 있도록 저 기술을 똑같이 터득할 수 있을까 하는 것이었다.

"당신 이름이 에제울루입니까?" 백인이 말을 하자 통역이 물었다.

이런 거듭된 모욕은 에제울루로서는 정말로 받아들이기 힘들었지만 그는 애써 침착할 수 있었다.

"내 말을 못 들었소? 백인은 당신의 이름이 에제울루인지 알고 싶어 합니다."

"백인에게 자기 부모한테 가서 그들의 이름이 뭔지 물어보라고 하시오."

그러자 백인과 통역 사이에 말이 오갔다. 백인은 얼굴을 찡그린 다음 미소를 짓더니 통역에게 뭔가를 설명했고 통역은 에제울루에게 그 질문에는 모욕감을 주려는 의도가 전혀 없다고 말했다. "이건 단지 백인들이 사무를 처리하는 방식입니다." 백인은 재미있다는 표정을 지으며 에제울루를 지켜보았다. 통역이 말을 마치자 그는 얼굴을 긴장시키더니 다시 시작했다. 그는 정부 명령에 무례한 태도를 보인 것에 대해 에제울루를 힐책하면서 그가 만약 또다시 그런 무례한 태도를 보이면 엄벌을 받게 될 거라고 경고했다.

"백인에게 말하시오. 나는 아직도 그의 전갈을 듣기 위해 기다리는 중이라고 말이오." 에제울루가 말했다. 하지만 이 말은 통역되지 않았다. 백인은 화가 난 사람처럼 손을 흔들어 대면서 목청을 높였다. 두 번 다시 자신의 이야기가 중단되는 걸 원치 않는다는 백인의 말을 에제울루는 통역이 없이도 알아들을 수 있었다. 그런 다음 백인은 흥분을 가라앉히더니 영국 행정부가 베푸는 은혜에 대해 말했다. 클라크는 누군가 다른 사람이 이런 훈계를 했더라면 자기만족이라고 비웃으며 그런 말을 전하려 하지 않았을 터였다. 하지만 그는 어쩔 도리가 없었다. 다른 사람들보다 높은 위치로 올려 줌으로써 그에게 큰 은혜를 베풀려고 하는데 감사는커녕 조소를 보내는 이 주물 사제의 거만한 무관심에 직면했을 때 클라크는 다른 무슨 말을 해야 할지 알 수가 없었다. 그는 사제와 이야기를 나누면 나눌수록 점점 더 분노가 치밀었다.

결국 상당한 자제력을 발휘해 직접 말하는 대신 통역을 통해 말함으로써 숨 돌릴 공간을 확보한 클라크는 정신을 가다듬고 자신을 되찾을 수 있었다. 그리하여 그는 계획했던 제안을 에제울루에게 말해 주었다.

그 제안을 전해들은 후에도 에제울루의 얼굴 표정은 하나도 바뀌지 않았다. 그는 그저 아무 말도 하지 않고 잠자코 있었다. 클라크는 그가 이 제안을 완전히 이해하는 데 어느 정도의 시간이 걸릴 것이라고 생각했다.

"자, 이 제안을 받아들이겠소, 안 받아들이겠소?" 이 제안에 무척이나 감동받았겠지 하는 은인의 마음으로 클라크의 얼굴이 환히 빛났다.

"백인에게 말하시오. 에제울루는 울루를 제외하고는 어느 누구의 족장도 되지 않을 거라고 말이요."

"뭐라고! 이 친구가 미쳤나?" 클라크가 소리쳤다.

"그런 것 같은데요." 통역이 말했다.

"그렇다면 저 친구는 다시 감방으로 가야겠군." 클라크는 이제 정말로 화가 났다. 저렇게 뻔뻔스러울 수가! 일개 주술사가 감히 영국의 행정부를 공공연히 조롱하다니!

15

첫째 날이 지나고 둘째 날, 셋째 날이 지났는데도 윈터바텀 대위의 사망 소식이 여전히 들리지 않자 가번먼트 힐에서 에제울루의 평판은 급격하게 추락했다. 하지만 그가 백인이 임명하는 족장이 되기를 거절하면서 그의 명성은 다른 방식으로 다시 올라갔다. 그런 행동은 이보 지역 어디에서도 유례를 찾을 수가 없었다. 행운의 여신이 입안에 넣어 준 음식물을 내뱉는 것은 어리석은 행동으로 생각될 수도 있었지만 어떤 상황에서는 그런 사람이 존경심을 불러일으켰다.

에제울루 자신은 사태가 이런 식으로 흘러가는 것에 대해 매우 흡족해했다. 그는 백인에 대해서는 아무런 원한도 없었으므로 당분간은 그를 잊을 수 있었다. 하지만 완전히 잊는 것은 쉽지 않았다. 지난 며칠 동안 일어난 사건들을 반추해 보면서 그는 윈타보타라는 백인이 자신에게 호의를 갖고 있었다는 것을 거의 확신할 수 있었다. 하지만 그의 선한 의도는 중간 역할을

했던 고참 전령이나 젊고 버르장머리 없던 백인 애송이의 행동
으로 인해 왜곡되었다. 에제울루는 몇 년 전에 옥페리와 우무아
로의 모든 증인들 중에서 자신을 진실한 사람이라고 선포한 사
람은 결국 윈타보타였다는 사실을 다시 한 번 마음속에 떠올렸
다. 나중에 아들 하나를 보내 백인들의 지혜를 배우게 하라고
그에게 충고해 준 사람 역시 윈타보타였다. 이 모든 걸 볼 때 백
인은 분명 에제울루에게 호의를 갖고 있었다. 하지만 그에게 이
런 수치와 수모를 가져다준 호의가 무슨 가치가 있단 말인가?
인생의 공허함을 목격한 아내는 이렇게 울부짖었다고 했다. 남
편이 매일 오후 내가 먹을 얌만 가져다준다면 그가 나를 증오해도
상관없어요.

여하튼 윈타보타는 그가 보낸 전령들의 행동에 대해 책임져
야 한다고 에제울루는 혼잣말을 했다. 혼잡한 시장을 지나갈 때
는 극도로 조심해서 걷는다 해도 그의 옷깃이 다른 사람의 상품
을 뒤엎거나 깨트릴 염려가 있다. 그런 경우 손해를 벌충할 책임
은 옷이 아니라 옷을 입은 사람에게 있었다.

하지만 이 모든 것에도 불구하고 이제는 백인과의 관계가 어
느 정도 대등해진 것 같다는 생각이 에제울루의 마음을 지배하
고 있었다. 그는 아직 백인에게 최종적인 말은 하지 않았다. 하지
만 그가 당장에 맞서 싸워야 할 대상은 자기 부족 사람들이었으
며 백인은 자신도 깨닫지 못하는 사이에 그의 동지가 되어 있었
다. 그가 옥페리에 억류되어 있는 기간이 길면 길수록 그의 노여
움과 싸워야 할 근거는 한층 더 커져만 갔다.

우무아로에서는 에제울루가 대 족장이 되어 달라는 백인의
제안을 거부했다는 이야기를 믿는 사람이 처음에는 거의 없었

다. 어떻게 그는 자신이 내내 계획하고 책동해 온 바로 그런 것을 거절할 수 있단 말인가? 하고 에제울루의 적들은 자문했다. 하지만 아쿠에부에를 비롯한 다른 사람들이 도맡아서 우무아로의 구석구석까지 그 이야기를 퍼뜨렸으므로 얼마 지나지 않아 주변에 있는 모든 마을에도 그런 사실이 알려지게 되었다.

우문네오라의 은와카는 이 이야기를 들었을 때 무시해 버렸다. 하지만 그런 사실을 더 이상 믿지 않을 수 없는 상황에 이르자 그는 이야기를 교묘하게 왜곡했다.

"그 사람은 정신병자처럼 교만해. 이런 걸 보면 내가 항상 사람들에게 했던 말들이 증명되잖아. 그는 자기 어머니의 광기를 물려받았다니까." 은와카는 말했다.

은와카의 이 말은 악의에서 나온 다른 모든 말들과 마찬가지로 나름대로 근거가 있었다. 실제로 에제울루의 어머니 은와니이에케는 산발적이기는 했지만 맹렬한 광기의 공격을 받아 많은 고통을 겪었다. 만일 그녀의 남편이 약초에 대해 그토록 많은 지식을 가지고 있지 않았더라면 그녀는 끊임없이 미쳐 날뛰었을 것이라고 사람들은 말했다.

그렇지만 에제울루와 결코 화해할 수 없는 다른 무자비한 적들이나 은와카의 말에도 아랑곳없이, 우무아로에서는 에제울루가 지나칠 정도로 부당한 대우를 받고 있다고 생각하는 사람들의 숫자가 날마다 증가했다. 점점 더 많은 사람들이 옥페리로 에제울루를 찾아가기 시작했다. 어느 날에는 그날 하루만 아홉 명의 방문객이 다녀갔고 어떤 사람들은 에제울루에게 얌과 다른 선물들을 가져다주었다.

윈터바텀 대위는 은키사 선교 병원에 입원한 지 이 주일이 지난 후에야 토니 클라크에게— 단 오 분의— 면회를 허용할 정도로 회복되었다. 새비지 여사가 병실 문 앞에 회중시계를 들고서 있었다.

그는 놀랄 정도로 창백해서 미소를 짓고 있는 시체라고 해도 과언이 아니었다.

"요즘 어떻게 지내나?" 대위가 물었다.

클라크는 대위의 말이 끝나기가 무섭게 에제울루가 대 족장이 되기를 거절했다는 말을 서둘러 전했다. 그는 윈터바텀의 입이 영원히 닫히기 전에 답변을 얻어 내려는 사람처럼 허둥거렸다.

"그자가 우리 행정부와 협력하는 법을 알게 될 때까지 감방에 넣어 두게."

"말을 하시면 안 된다고 했지요." 새비지 여사가 부자연스러운 미소를 지으며 재빨리 두 사람 사이로 끼어들었다. 윈터바텀 대위는 두 눈을 감고 있었다. 그의 상태가 벌써 악화된 것 같았다. 죄책감을 느낀 토니 클라크는 곧바로 병실에서 나왔지만 무거운 짐 하나는 벗어 버린 것 같았다. 그는 가번먼트 힐로 돌아오면서 심지어 병상에서조차 적절한 말을 수월하게 찾아낼 수 있는 윈터바텀 대위의 능력에 감탄했다—행정부와 협력하기를 거부하다.

에제울루가 대 족장 자리를 거절한 후 클라크는 다시 한 번 수석 서기관을 통해 그의 마음을 바꿔 보려고 시도했지만 실패로 끝났다. 그리하여 그런 상황을 견딘다는 게 클라크로서는 아주 힘들었더랬다. 에제울루를 계속 가둬 둬야 하나 아니면 풀어 줘야 하나? 에제울루를 풀어 주면 행정부의 평판이, 특히 우무아로에서는 땅으로 추락할 판이었다. 그 땅은 행정부나 기독교에 대해 오랜 기간 품고 있던 적대감을 이제 막 버리고 우호적인 태도를 보이기 시작한 곳이었다. 클라크가 읽은 보고서에 따르면 우무아로는 전 지역을 통틀어 다른 어느 부족보다 변화에 대한 저항이 심했던 곳이었다. 첫 번째 학교가 세워진 지 이제 일 년 정도 되었는데, 불안정한 기독교 선교 단체가 여러 차례 실패를 거듭한 후에야 세워진 것이었다. 그런 지역의 주술사가 백인 행정부에 도전하고도 의기양양하게 돌아간다는 것은 그곳에 어떤 영향을 미칠 것인가?

하지만 클라크는 실제로 정의를 실천했을 뿐만 아니라 누가 봐도 정의가 실천되었다고 여길 수 있을 만큼 충분히 자신의 양심을 만족시키지 못한 채 사람을 감옥에 가둬 둘 수 있는 사람은 못 되었다. 이제 대위에게서 해답을 얻은 클라크는 이전에 느낀 양심의 가책이 다소 어리석게 생각되었다. 그러나 그가 느낀 양심의 가책은 실제적인 것이었다. 그를 괴롭힌 것은 바로 이런 거였다. 만약 이 친구를 계속해서 감방에 가둬 둔다면 그의 죄목을 뭐라고 할 것인가? 일지에 뭐라고 기록할 것인가? 행정부를 허수아비로 만들었다고? 족장이 되기를 거절했다고? 겉으로 보기에는 이토록 사소한 사항인데 낮잠 잘 때 달라붙는 파리처럼 클라크를 몹시도 괴롭혔다. 클라크는 그런 게 중요하지 않다는 걸 잘 알았지만 사태 해결에는 아무런 도움도 되지 않았다. 어느 편인가 하면 그것은 오히려 사태를 악화시킬 뿐이었다. 합당한 설명 없이 노인네(그렇다, 아주 늙은 사람이었다.)를 감방에 넣어 둘 수는 없었다. 이제 윈터바텀이 해답을 주고 나니 그토록 골치를 썩였다는 게 정말이지 얼마나 어리석은 짓이었는지. 이 모든 것에서 그가 얻은 교훈은 윈터바텀과 같은 노련한 식민 행정관들이 젊은 후배들보다 더 지혜롭다고 말할 수는 없지만 적어도 그들에게는 수완이란 게 있다는 것이었다. 그리고 이런 능력을 가볍게 보아 넘길 일은 아니었다.

윈터바텀 대위의 병세가 다시 악화되었고 또다시 이 주 동안 어느 누구에게도 면회가 허용되지 않았다. 가번먼트 힐에서 일하는 시종들이나 토착민 직원들 사이에 처음에는 대위가 미쳤다는 소문이, 나중에는 그의 온몸이 마비되었다는 소문이 나돌았다. 에제울루의 평판은 이런 소문들과 함께 계속 상승했다. 그가 감옥에 갇힌 이유가 모든 사람들에게 알려졌기 때문에 이제는 그를 동정하지 않는다는 게 불가능했다. 그는 백인에게 아무런 해도 입히지 않았으므로 백인의 공격을 막기 위해 당연히 그의 **오포**를 치켜들 수 있었다. 그런 상황에서는 에제울루가 앙갚음으로 무슨 행동을 했든지 간에 그것이 정당화될 뿐만 아니라 그 공로로 인해 영향력을 발휘하게 마련이었다. 존 은워디카는 에제울루가 일곱 개의 끔찍한 어금니를 하나씩 하나씩 모두 드러내기 전까지는 절대로 상대방을 공격하지 않는 아프리카의 커다란 독사와 같다고 설명했다. 독사가 그런 동작을 하는 동안 독사를 괴롭히던 자가 만일 지혜롭지 못해 힘을 다해 도망갈 생각을 하지 못한다면 그 책임은 모두 자신이 직접 져야 할 터였다. 감옥에 갇혀 장날이 네 번 지나가는 동안 에제울루는 백인에게 충분한 경고를 보냈다. 그러므로 이제 에제울루가 적의 분별력을 파괴하든지 아니면 완전한 죽음보다도 더 나쁘게 몸의 한쪽 부분만 죽이고 다른 한쪽은 살아 꿈틀거리도록 내버려 두는 그런 보복 행위를 감행한다 하더라도 그것은 에제울루가 책임질 일은 아니었다.

에제울루가 감옥에 갇힌 지 벌써 삼십이 일이 흘렀다. 클라크는 사람들을 보내 에제울루의 마음을 바꿔 보려고 했지만 본인은 염치가 없어 두 번 다시 그를 직접 만나지 못했다. 적어도 옥페리에 떠도는 소문은 그랬다. 그러던 어느 날 아침 갑자기 에제울루는 체포된 후 여덟 번째로 맞은 에케 장날에 이제는 집에 가도 좋다는 말을 듣게 되었다. 고참 전령과 수석 서기관이 이 소식을 전하자 너무나 놀랍게도 에제울루는 배 속 깊은 곳에서부터 울려 나오는 흔치 않은 웃음을 터뜨렸다.

"그러니까 백인이 지쳤다는 거요?"

소식을 가져온 그 두 사람은 동의한다는 듯 미소를 지었다.

"마음속으로 더 많은 싸움을 계획하고 있다고 생각했는데."

"백인이 그런 사람이에요." 수석 서기관이 말했다.

"싸우자고 떠들어 놓고는 막상 싸울 때가 되면 부들부들 떨면서 서둘러 끝장내는 그런 친구보다는 돌을 던져 놓고 그걸 받겠다고 머리를 들이미는 그런 친구와 나는 상대하고 싶었는데 말이오."

얼굴 표정을 볼 때 두 사람은 이 말에도 동의하는 것 같았다.

"고향 마을에 있는 내 적들이 나를 뭐라고 부르는지 아시오?" 에제울루가 물었다. 그 순간 석방 소식을 들은 존 은워디카가 너무 기쁜 나머지 축하해 주려고 들어왔다.

"저 친구에게 물어보시오. 그가 알려 줄 테니. 그들이 나보고 백인의 친구랍니다. 에제울루가 백인을 우무아로로 불러들였다고 말한단 말이오. 안 그렇소, 은워디카의 아들?"

"맞습니다." 이야기의 시작 부분은 듣지도 못했는데 이야기의 끝 부분만 듣고 확인해 달라니 조금은 당황스러워하면서도 존이 대답했다.

에제울루는 정강이에 앉아 있던 파리를 죽였다. 파리는 마룻바닥으로 떨어졌고 에제울루는 파리를 죽인 손바닥을 들여다보았다. 그는 얼룩을 없애기 위해 손바닥을 돗자리에다 쓱쓱 문지른 다음 다시 한 번 손바닥을 살펴보았다.

"사람들은 내가 백인에게 우리 부족을 팔아 넘겼다고 합니다." 그는 아직도 손바닥을 들여다보고 있었다. 그러더니 어째서 내가 알지도 못하는 이 사람들에게 이런 말을 하는 걸까? 하고 자문이라도 한 듯 입을 다물었다.

"그런 말 때문에 너무 골치 썩이지 마세요. 어르신을 조롱하는 마을 사람들 중에서 몇 분이나 어르신처럼 백인과 씨름해서 그의 등판을 땅바닥에 메다꽂을 수 있겠어요?" 존 은워디카가 말했다.

에제울루가 껄껄대고 웃었다. "자네는 이걸 씨름이라고 보나? 아닐세. 우리는 씨름을 한 게 아니었어. 우리는 단지 상대방의 손을 살펴보았을 뿐이네. 내가 다시 오게 되겠지만 그보다 먼저 나는 손바닥을 들여다보듯이 서로를 잘 아는 우리 부족 사람들과 씨름하고 싶다네. 이제 집으로 돌아가면 내 얼굴을 향해 손가락질하며 비웃던 그 모든 사람들에게 어서 집 밖으로 나와 한판 붙어 보자고 도전할 참일세. 누구든지 상대방을 쓰러뜨리는 사람이 상대방의 발찌를 벗기겠지."

"에네케 은툴루크파가 사람, 새, 짐승한테 도전하는 거네요." 존 은워디카는 어린애같이 신이 나서 말했다.

"자네가 그걸 아는가?" 에제울루가 즐겁게 말했다.

존 은워디카는 갑자기 에네케라는 새가 언젠가 온 세상을 향해 도전하며 불렀던 조롱의 노래를 부르기 시작했다. 그건 바로 은워디카다운 행동이었으므로 두 이방인은 껄껄대고 웃었다.

"누구든 이기는 사람이 상대방의 발찌를 벗길 걸세." 노래가 끝나자 에제울루가 말했다.

에제울루의 갑작스러운 석방은 클라크가 제일 처음 독자적으로 내린 중요한 결정이었다. 그것은 그가 에제울루의 위반 행위에 대해 만족스러운 의미를 확보하기 위해 은키사를 방문한 지 정확히 일주일이 지난 뒤였다. 그동안 그는 벌써 상당한 자신감을 획득했다. 그 사건이 있은 후 클라크는 고국에 있는 아버지와 약혼녀에게 보낸 편지에서 자신이 초기에 보였던 미숙함을 조롱했다. 이것은 분명 현재의 자신감을 나타내는 표시였다. 의심할 여지없이 이 새로운 자신감은 하루하루 결정을 내리고 윈터바텀에게 온 사적인 편지가 아닌 기밀 서류를 열어 볼 수 있는 권한을 그에게 부여하는 지사의 편지를 받은 후에는 한층 더 커졌다.

우편물을 돌리는 사람이 두 통의 편지를 가져왔다. 한 통은 붉은색 밀랍으로 봉인해서 보기만 해도 무시무시했다. 이건 하급 정치장교들 사이에서 가볍게 최고 기밀, 열기 전에 태우시오, 로 통하는 편지였다. 그 편지를 조심스럽게 살펴본 클라크는 이 편지가 윈터바텀에게 사적으로 온 게 아니라는 걸 알았다. 그는 중대한 비밀 결사대에 방금 입회한 것 같은 느낌이 들었다. 자그마한 편지부터 먼저 읽기 위해 그는 일단 그 봉투를 옆으로 밀어 놓았다. 두 번째 편지는 그저 80킬로미터 밖에 있는 가장 가까운 전신 취급소에서 보통 편지처럼 보내온 주간 로이터 통신문이었다. 전문에는 새 정권에 대항하여 반란을 일으킨 러시아 농부들이 경작하기를 거부했다는 소식이 들어 있었다. "그들에게 마땅한 대우를 해 줘야지." 클라크는 그런 말을 내뱉으며 통신문을 한쪽으로 밀어 놓았다. 하루 일과가 끝나면 그걸 가져다 연대 식당 안에 있는 게시판에 붙여 놓을 것이다. 그는 자리에 똑바로 앉아 다른 봉투를 집어 들었다.

이 봉인 편지는 동나이지리아에서의 간접 통치에 관한 토착민 담당 장관의 보고서였다. 부총독의 쪽지가 보고서와 함께 들어 있었고 최근 에누구에서 있었던 고위급 정치 장교들의 모임에서 이 보고서 사안들에 대해 충분한 논의가 이루어졌다고 적혀 있었다. 불행하게도 윈터바텀 대위는 중병으로 이 회의에 참석하지 못했다. 보고서 내용이 매우 부정적인데도 정책 변화에 대한 지시는 아직 받은 게 없다고 했다. 그것은 총독 소관이었다. 하지만 조만간 어떤 식의 결정이 내려진다 해도 임명 족장 제도를 새로운 지역으로 확장하는 일은 분명 현명하지 못한 처사였다. 비판을 위한 보고서에 옥페리의 대 족장 문제가 지목되었다는 것은 주목할 만한 일이었다. 결론적으로 부총독은 윈터바텀에게 이 문제를 재치 있게 처리해 행정부가 토착민들의 마음을 혼란시킨다든지 아니면 우유부단하고 방향 감각이 결여되어 있다는 인상을 주지 않도록 조심하라고 요청하고 있었다. 왜냐하면 그런 인상을 주면 엄청난 손해가 발생할 것이기 때문이었다.

며칠이 지난 후 클라크가 윈터바텀에게 보고서와 부총독의 편지에 대해 말할 수 있게 되었을 때 대위는 놀라울 정도로 아무런 관심도 보이지 않았다. 의심할 여지없이 열병 때문이었을 것이다. 그는 단지 낮은 목소리로 이렇게 중얼거렸다. 부총독 따위 알게 뭐람!

16

에제울루는 우기가 한창이었는데도 비가 오지 않는 희망찬 아침에 길동무와 함께 집을 향해 출발했다. 그의 길동무는 혼자서 그 먼 길을 가겠다는 에제울루의 말을 듣지 않고 따라나선 존 은워디카였다. 에제울루는 존에게 제발 번거롭게 만들지 말라고 간청했지만 아무 소용이 없었다.

"어르신 같이 훌륭하신 분이 혼자 가실 수 있는 길이 아닙니다. 어르신이 오늘 돌아가실 생각이라면 제가 꼭 모시고 가야합니다. 아니면 오비카가 내일 오기로 되어 있으니 그때까지 기다리시든가요." 존이 말했다.

"여기서 하루도 더 있지 못하겠네. 내 신세가 장날이 두 번이나 지나가도록 똥구덩이 속에 빠져 있던 거북이와 똑같아. 여드레가 되는 날 구조원들이 꺼내 주려고 왔더니 빨리, 빨리. 고약한 냄새 때문에 더 이상 못 참겠어!라고 소리쳤다잖아." 에제울루가 말했다.

그래서 두 사람은 길을 떠났다. 에제울루는 속에 아른아른 빛나는 노란 허리옷을 입고 그 위에 두껍고 올이 성긴 흰색 토가를 걸쳤다. 이 겉옷은 오른쪽 겨드랑이 밑을 통과해 양쪽 끝을 왼쪽 어깨 위로 엇갈려 걸친 것이었다. 그는 왼쪽 어깨에 끈이 기다란 염소 가죽 가방도 둘러멨다. 오른손에는 직위가 있는 모든 남자들이 중요한 일이 있을 때 갖고 다니는 끝이 날카롭고 창처럼 생긴 기다란 쇠 지팡이인 그의 알로가 들려 있었다. 머리에는 가죽띠를 두른 빨간 오조 모자를 썼는데 모자에 꽂힌 독수리 깃털은 살짝 뒤쪽을 향하고 있었다.

존 은워디카는 카키색 바지에 두꺼운 갈색 셔츠를 입었다.

옥페리와 우무아로의 중간 지점에 이를 때까지 날씨는 괜찮았다. 그러더니 비가 이렇게 말하는 것 같았다. 이제 쏟아질 시간이로군. 저 사람들이 은신처를 구할 집이 한 채도 없으니 말이야. 비가 오지 못하게 지탱하고 있던 두 손을 치우기라도 한 것처럼 비가 거리낌 없이 숨도 쉬기 어려울 정도로 엄청나게 쏟아졌다.

"잠시 나무 밑으로 들어가 빗줄기가 가늘어지기를 기다려 보죠." 존 은워디카가 말했다.

"이처럼 폭풍우가 몰아칠 때 나무 밑에 서 있는 건 위험해. 어서 계속 가세. 우리는 소금도 아니고 몸에 사악한 주술도 지니고 있지 않으니까 괜찮아. 적어도 나는 그렇다네."

그리하여 두 사람은 걸음을 재촉했다. 옷감이 겁에 질린 것처럼 몸에 찰싹 달라붙었다. 에제울루의 염소 가죽 가방도 물이 흠뻑 배어 가방 속에 들어 있던 코담배 가루도 이미 못 쓰게 되었을 터였다. 빨간 모자 역시 물을 좋아한 적이 한 번도 없었지만 이번 일로 한층 더 싫어할 것 같았다. 그렇지만 에제울루는 낙담하지 않았다. 오히려 억수같이 쏟아지는 빗물로 인해 기분이 흥겨워지는 것 같았다. 어린아이들이 벌거벗은 채로 노래하며 빗속으로 뛰어들 때의 그런 무모한 심정이라고나 할까.

밀리 조베 에조베!
카 마그바바 오그워그워!

하지만 에제울루의 고양된 기분에는 씁쓸함도 서려 있었다. 이 빗줄기는 그가 지금까지 겪었기에 앞으로 충분한 보상을 받아 내야 하는 고통의 일부였다. 그가 지금 겪는 고통이 크면 클수록 복수의 기쁨도 그만큼 더 클 것이다. 마음속으로 그는 다른 모든 불만 위에 쌓아 놓을 새로운 노여움을 찾고 있었다.

눈앞을 가리는 빗물을 닦아 내기 위해 그는 왼쪽 엄지손가락을 구부려 이마와 두 눈 위쪽을 쭉 잡아당겼다. 새로 만든 널따란 도로가 흥분해 요동치는 시뻘건 늪지와도 같았다. 에제울루의 지팡이는 땅바닥을 쳐도 더 이상 쿵 하는 둔탁한 소리를 내지 못했다. 뾰족한 지팡이 끝이 단단한 흙과 만나기 전에 획 하는 소리와 함께 손가락 길이만큼 빗물에 잠겼다. 비는 이따금씩 무언가 귀 기울여 듣기라도 하는 것처럼 갑자기 잠잠해졌다. 오로지 그런 순간에만 축 늘어져서 물을 뚝뚝 떨어뜨리는 나뭇잎이 달린 거대한 나무들이라든지 덤불들을 하나하나 분간할 수 있었다. 하지만 그런 소강상태는 일시적이었고 얼마 지나지 않아 곧바로 굵은 빗줄기가 새롭게 밀려들었다.

아주 오랫동안 계속되는 비는 깨끗하게 멈췄을 때만 몸에 좋은 것이었다. 비가 더 오래 지속되면 몸이 으슬으슬 추워지기 시작했다. 이번 비는 끝을 몰랐다. 에제울루의 손가락들이 쇠 발톱처럼 지팡이에 들러붙을 때까지 비는 계속해서 쏟아졌다.

"무엇 때문에 자네는 이 고생을 사서 하는가." 에제울루가 존은워디카에게 말했다. 목소리가 탁했으므로 그는 목청을 가다듬었다.

"저는 어르신이 걱정스러운걸요."

"나 말인가? 뭐 때문에 잠만 싫도록 잔 노인네를 걱정하나? 아들이여, 아닐세. 내 앞에 펼쳐진 여행길은 지금까지 걸어온 길에 비하면 아주 짧은 거라네. 그곳이 어디건 간에 불꽃이 꺼지는 곳에서 횃불을 내려놓을 걸세."

빗줄기가 또 한바탕 퍼붓는 바람에 존 은워디카의 대답은 빗소리에 파묻혔다.

에제울루가 감각을 잃고 부들부들 떨며 들어오자 집안 식구들은 걱정에 휩싸였다. 그들은 커다란 장작불을 피웠고 그의 아내 우고예는 재빨리 캠우드 연고를 준비했다. 하지만 무엇보다 그에게 필요한 것은 오조 발찌에 이르기까지 온통 시뻘건 진흙으로 뒤덮인 발을 씻을 물이었다. 그런 다음 에도고가 등을 문지르는 동안 에제울루는 코코넛 껍질에서 캠우드 연고를 찍어내어 앞가슴을 문질렀다. 그날 밤 에제울루의 식사를 준비할 차례(에제울루가 없는 동안에도 그들은 순서를 꼽고 있었다.)였던 마테피는 벌써 우타지 수프를 끓이기 시작했다. 뜨거운 국물을 마시자 딱딱하게 굳어 있던 에제울루의 몸이 서서히 풀리기 시작했다.

에제울루가 집에 도착했을 때 비는 이미 쏟아질 만큼 쏟아진 터라 곧바로 완전히 그쳤다. 에제울루는 우타지 수프를 마신 후 제일 먼저 자신의 귀가를 알리기 위해 은와포를 아쿠에부에한 테 보냈다.

은와포가 에제울루의 귀가 소식을 듣고 아쿠에부에를 찾아 갔을 때 그는 코담배 가루를 만들고 있었다. 소식을 듣자마자 그는 담배를 갈던 것도 멈추고 반쯤 갈린 코담배를 특별히 얄팍한 칼날을 이용해 조그만 병에 옮겨 담았다. 그런 다음 그는 깃털을 이용해 좀 더 고운 입자들을 회전 숫돌 한가운데로 쓸어 모아 그것들도 병에 담았다. 그는 또다시 깃털을 이용해 큰 돌, 작은 돌을 털어 가루를 남김없이 병에다 쓸어 담았다. 그러고는 담배 가는 돌 두 개를 치우더니 부인 중 한 명을 불러 자신의 행선지를 알려 주었다.

"만약에 오세니그웨가 담배 돌을 빌리러 오면 내가 아직 다 갈지 못했다고 말하구려." 그는 옷을 어깨 위로 넘기며 말했다.

아쿠에부에가 도착해 보니 소수의 사람들이 벌써 에제울루의 움막에 와 있었다. 이웃 사람들은 모두 와 있었고 에제울루가 돌아왔다는 소문을 들은 행인들도 모두 발걸음을 멈추고 그에게 인사하러 왔다. 에제울루는 말은 거의 하지 않고 대부분의 인사에 눈으로 답하며 고개를 끄덕였다. 아직은 무슨 말이나 행동을 할 때가 아니었다. 그는 우선 극도로 고통에 시달려야 한다. 왜냐하면 싸울 때 두려움을 주는 것은 먼저 극한에 이르기까지 고통을 감내하는 사람이기 때문이다. 그게 바로 아프리카 독사가 무서운 까닭이었다. 그것은 어떠한 도발도 견뎌 낼 것이고 심지어 적이 자신의 몸통을 짓밟아도 내버려 둘 것이다. 일곱 개의 어금니가 하나씩 하나씩 모두 다 드러날 때까지 기다려야 한다. 그런 다음 그는 자신을 괴롭히던 자를 향해 말할 것이다. 내가 여기 있노라!

에제울루를 대화 속으로 끌어들이려는 사람들의 온갖 노력은 수포로 돌아갔다. 아니, 그는 입을 열긴 했지만 아주 잠깐씩일 뿐이었다. 방문객들이 그가 백인이 임명하는 족장이 되기를 거부했다는 말을 했을 때도 그는 단지 미소만 지었다. 그를 둘러싼 손님들이나 그들이 이야기하는 주제가 싫어서 그러는 건 아니었다. 그는 그 모든 걸 느긋하게 즐겼고 심지어 은워디카의 아들이 좀 더 머무르며 이 사람들에게 그곳에서 일어난 일들을 모두 이야기해 주었더라면 얼마나 좋았을까 하고 생각했다. 하지만 존은 잠깐 동안 머물다가 다음 날 아침 옥페리로 돌아가기 전에 하룻밤을 지내려고 자기 마을로 갔다. 심지어 그는 발에 묻은 진흙을 씻어 내는 것조차 거절했다.

"다시 빗속을 걸어갈 텐데요. 지금 발을 씻어 봐야 똥을 누기 전에 밑을 닦는 것과 똑같을 거예요." 그는 그렇게 말했다.

바로 그 순간 에제울루가 무슨 생각을 하고 있는지 알기라도 하는 것처럼 방문객 하나가 말했다. "백인이 자네라는 호적수를 만난 거였어. 하지만 이야기 중에 납득이 가지 않는 부분이 있다네. 그러니까 우문네오라 마을 사람인 은워디카의 아들이 행한 역할 말일세. 이 사건이 진정되고 나면 그 친구가 한두 가지 질문에 답변해야 할 거야."

"나도 자네 말에 동의하네." 아노시가 말했다.

"은워디카의 아들은 벌써 설명해 주었다네." 아쿠에부에가 말했다. 그는 지금까지 에제울루의 입 노릇을 하고 있었다. "그는 에제울루를 돕는다는 생각으로 그렇게 한 걸세."

다른 사람이 껄껄대고 웃었다. "그랬다고? 그것 참 순진한 사람이로군! 그는 푸푸 그릇을 자신의 콧구멍에라도 넣을 것 같군. 또 다른 이야기는 없나!"

"우문네오라 사람을 절대로 믿으면 안 되지. 내가 하고 싶은 말은 그거라니까." 이 말을 한 사람은 에제울루의 이웃인 아노시였다. "우문네오라 사람이 나에게 서라고 하면 나는 달릴 것이고, 그가 나에게 뛰라고 하면 나는 있던 자리에 그냥 서 있을 걸세."

"이 사람은 다르다니까. 여행을 많이 해서 사람이 많이 달라졌어." 아쿠에부에가 말했다.

"히히히히." 이페메가 웃었다. "자기 엄마한테 배운 수법에다 밖에서 배운 걸 추가하겠지. 자네는 참 어린아이처럼 말하는구면, 아쿠에부에."

"어째서 오늘 오후 내내 비가 왔는지 아는가?" 아노시가 물었다. "그건 말이지 우덴두의 딸이 우리*를 열기 때문이라네. 그러니까 우문네오라의 기우사(祈雨師)들이 동족의 잔치를 망치려고 작정한 거였어. 그들은 다른 부족 사람만 싫어하는 게 아니라 자기 부족 사람은 한층 더 싫어하거든. 못돼 먹은 그들의 성질이 한몫 단단히 하는 거지."

"맞아. 그건 임신한 사람이 동시에 갓난아기에게 젖을 먹이는 거야."

"정말 그래. 우문네오라는 우리 어머니의 친정이지만 나는 그저 무서워서 몰래몰래 훔쳐볼 뿐이라니까."

---

* 약혼식 절차 가운데 신붓값을 치르는 의식.

이페메가 가려고 일어섰다. 그는 키가 작고 몸집이 단단한 사람이었는데 이야기를 할 때면 언제나 싸우는 사람처럼 목청을 높여서 말했다.

"난 이제 그만 가 봐야 할 것 같아, 에제울루." 그가 어찌나 큰 소리로 외쳤는지 여자들이 있는 안채에서도 그가 하는 말이 들렸다. "자네의 여행길에 나쁜 이야기가 하나도 따라붙지 않은 것에 대해 우리는 지금 위대한 신에게 감사하고 울루 신에게 감사를 드리네. 어쩌면 자네는 그곳에서 이런 생각을 했을지도 모르겠구먼. 이페메가 나를 보러 오지 않다니, 우리가 싸우기라도 했었나 하고 말일세. 에제울루와 이페메 사이에 싸움이란 건 전혀 없네. 에제울루를 만나러 가야 한다고 늘 생각하고 있었지. 내 눈은 항상 자네에게 가 있었네만 내 발이 따라 주지 않았던 걸세. 내일은 꼭 가야지 하고 늘 생각했네만 날마다 해야 할 일이 생기더군. 아까도 말했지만, 은노일세."

"그건 나도 마찬가지였어. 내일은 꼭 가야지, 내일은 꼭 가야지, 늘 그랬다네. 꼭 갈게, 꼭 갈 거야, 하다가 꼬리를 키울 기회를 놓쳐 버린 두꺼비처럼 말이지." 아노시가 말했다.

에제울루는 그때까지 벽에 기대고 있던 등을 움직거렸고 손자인 아메치에게 모든 관심을 기울이는 것처럼 보였다. 아메치는 헛되이 노인의 움켜쥔 주먹을 펴 보려고 안간힘을 쓰고 있었다. 하지만 에제울루의 마음은 여전히 그의 주위에서 오가는 대화에 있었으며 꼭 해야 할 때에는 한두 마디씩 말했다. 그는 순간적으로 위를 올려다보며 이페메에게 방문해 줘서 고맙다고 말했다.

아메치는 가만히 있지 못하고 점점 더 안절부절못하더니 에제울루가 그의 주먹을 펴게끔 해 주었는데도 결국 울음을 터뜨리고 말았다.

"은와포, 어서 와서 이 아이를 제 엄마에게 데려다 주렴. 아기가 졸린 것 같구나."

은와포가 가까이 다가와 두 무릎을 꿇고 아메치에게 등을 내밀었다. 하지만 아메치는 은와포의 등에 올라타는 대신에 울음을 그치더니 그 작은 주먹을 움켜쥐고 은와포의 등 한가운데를 때렸다. 그 모습을 보고 다들 웃음을 터뜨렸다. 그러자 아메치는 눈 밑에 눈물 자국을 단 채로 이리저리 사람들을 둘러보았다.

"그래 됐다, 너는 저리 가라, 은와포. 이 아이가 너를 좋아하지 않는구나. 네가 착한 사람이 아닌가 보다. 아기는 오비아겔리를 원하는가 보구나."

그리고 아메치는 정말로 오비아겔리의 등에 순순히 업혔다.

"정말 그러네." 두세 사람의 목소리가 동시에 나왔다.

오비아겔리는 간신히 두 발로 일어서서 몸을 약간 굽히더니 갑자기 휙 하니 허리를 움직였다. 그러자 아이가 등 위쪽으로 조금 더 올라갔고 오비아겔리는 밖으로 걸어 나갔다.

"살살 해라." 에제울루가 말했다.

"걱정 말게. 저 아이는 아이를 다룰 줄 안다네." 아노시가 말했다.

밖으로 나온 오비아겔리는 노래를 부르며 에도고의 움막 쪽으로 갔다.

아기가 울고 있다고 엄마에게 전하세요.
아기가 울고 있다고 엄마에게 전하세요.

그런 다음 우지자 죽을 만들어 봐요.

그리고 우지자 죽과 함께

싱거운 후추 국도 만들어요.

그러면 그걸 마신 작은 새들이

딸꾹질하다가 모두 죽겠죠.

엄마의 염소가 헛간에 있어요.

그러니 얌은 안전하지 못할 거예요.

아빠의 염소가 헛간에 있어요.

그러니 얌을 모두 먹어 버릴 거예요.

저기 사슴 한 마리가 다가오는 게 보이나요?

보세요! 한 발을 물에 담갔어요.

뱀이 그를 공격했어요!

사슴이 움찔하네요!

자─자, 자 쿨로 쿨로!

여행자 독수리,

집에 돌아온 걸 환영해요.

자─자, 자 쿨로 쿨로!

하지만 당신이 가져온 기다란

옷감은 어디에 있나요.

자─자, 자 쿨로 쿨로!

에제울루는 감옥에 가 있는 동안에는 우무아로를 하나의 적
대적인 집단으로 생각하기가 쉬웠다. 하지만 이제 집에 돌아와
보니 그 문제를 그토록 단순하게 생각할 수 없었다. 자신이 하던
일을 내려놓고 또는 가던 길을 멈추고 그에게 환영의 인사를 하

러 온 이 모든 사람들을 적이라고 말할 수는 없었다. 아노시와 같은 몇몇 사람은 별로 중요한 인물도 아니고 무능하며 어쩌면 잡담이나 즐기고 때로는 못된 짓이나 하는 사람일 수도 있지만 그 사람들은 옥페리에서 에제울루의 꿈에 자주 등장하던 적과는 달랐다.

둘째 날에는 여자들을 내놓고도 쉰일곱 명의 방문객이 그를 찾아왔다. 여섯 명은 야자 술을 들고 왔고 그의 사위 이베와 그 친척들은 닭 한 마리와 아주 좋은 술이 담긴 커다란 단지를 두 개나 들고 왔다. 그날 내내 에제울루의 거처는 잔칫집 같았다. 심지어 적대적인 우문네오라 마을에서도 두세 사람이 찾아왔다. 그날이 끝나갈 무렵 에제울루는 또다시 우무아로를 자기에 대해 호의적인 보통 사람들과 애써 여섯 마을의 중추적인 단합을 파괴하려는 야망을 지닌 사람들로 구분했다. 이런 구분을 하는 순간부터 희미하긴 했지만 화해의 생각들이 그의 마음속에 찾아들기 시작했다. 한 손가락에 기름이 묻으면 다른 손가락까지 번질 수밖에 없다고 그는 조리 있게 말할 수도 있었다. 하지만 그가 감옥에 들어가 있는 동안 그리고 그가 집으로 돌아온 이후에 그를 향해 이토록 많은 관심을 보여 준 이 모든 사람들에 대해 자신이 적대적인 태도를 취한다는 게 과연 옳은 일일까?

그의 마음속 갈등은 마침내 셋째 날 예상치도 못했던 쪽에서 해결되었다. 그날에 마지막으로 그를 찾아온 사람은 오그부에피 오포카였다. 그는 우무아로에서 존경할 만한 어른이었지만 에제울루의 집을 자주 찾는 사람은 아니었다. 오포카는 자신의 속마음을 솔직하게 표현하는 사람으로 널리 알려져 있었다. 그는 야자 술을 대접받았다고 해서 대접한 사람을 칭찬할 그런 사람이 아니었다. 오포카는 야자 술로 자신의 눈을 가리기보다는 차라리 술을 내동댕이치고 술잔을 염소 가죽 가방에 도로 집어넣은 다음 자신의 속마음을 솔직하게 표현할 인물이었다.

"자네에게 은노를 말하러 왔다네. 그리고 자네 발이 바위에 부딪치지 않고 무사히 돌아온 걸 보고 울루 신께 감사하고 추쿠 신에게도 감사하네. 자네가 자네 집에 다시 발을 들여놓게 된 날 우무아로 사람들이 모두 안도의 한숨을 내쉬었다는 걸 말해 주고 싶어서 이렇게 찾아왔다네. 자네한테 이런 말을 전해 달라고 나에게 부탁한 사람은 한 명도 없었지만 자네가 그런 걸 알아야 할 것 같아서 말일세. 내가 이런 말을 하는 게 이상한가? 왜냐하면 말이지, 그곳으로 떠날 때 자네 기분이 어땠을지 내가 잘 알기 때문일세." 그는 잠깐 동안 입을 다물더니 도전이라도 하는 사람처럼 에제울루 쪽으로 목을 쭉 내뻗었다. "나는 말일세, 자네가 직접 가서 백인과 말해야 한다고 우문네오라의 은와카가 말했을 때 그를 지지했던 사람이야." 오포카가 말했다.

에제울루의 얼굴에는 아무런 변화도 일어나지 않았다.

"내 말을 듣고 있나?" 오포카가 계속해서 말했다. "나는 말이지, 자네와 백인 사이에 끼어들지 않겠다고 말했던 사람일세. 자네가 원한다면 내 말이 끝난 다음에 두 번 다시 자네 집에 발도 들여 놓지 말라고 나한테 말해도 좋네. 자네가 이미 알고 있는지 모르고 있는지 잘은 모르겠네만, 우무아로의 원로들이 자네에게 대항하는 은와카의 편을 든 게 아니라는 사실을 자네가 알았으면 좋겠네. 우리 모두가 은와카의 배후에 누가 있는지 잘 안다네. 우리가 속은 게 아니란 말이지. 그렇다면 어째서 우리가 은와카의 말에 동의했을까? 그건 우리가 혼란스러웠기 때문일세. 내 말을 듣고 있나? 우무아로의 원로들은 당황했던 거야. 오포카가 자네에게 그렇게 말했다고 소문내도 좋아. 우리는 당황했다네. 속담에 나오듯 마치 두 군데서 부르는 소리에 동시에 대답하려다 턱이 부러진 강아지와도 같은 신세인 거지. 우선 에제울루, 백인에게 공공연히 반항하는 건 어리석은 짓이라고 자네가 오 년 전에 우리에게 말했잖은가. 그때 우리는 자네 말에 귀를 기울이지 않았지. 우리는 백인에게 대항했고 그는 우리의 총을 몽땅 가져다가 무릎에 대고 부러뜨렸지. 그래서 우리는 자네가 옳았다는 걸 알게 된 거지. 하지만 우리가 이제 막 뭔가를 터득하려는 때에 이번에는 자네가 입장을 바꿔 우리에게 가서 바로 그 똑같은 백인에게 도전하라고 말하는 거야. 그러니 우리가 어떻게 했겠나?" 그는 에제울루의 답변을 듣기 위해 잠시 입을 다물었지만 에제울루는 아무런 대답도 하지 않았다.

"혹시라도 나의 적이 진실을 말한다면 그게 적의 입에서 나온 말이니까 듣지 않겠다고 말하지 않을 걸세. 은와카의 말은 진실이었네. 백인은 당신을 잘 아니까 당신이 직접 가서 백인에게 말하시오, 라고 그가 말했지. 그 말은 맞는 말이었잖아? 악의에서 나온 말이었지만 그는 옳은 말을 한 거지. 우리 중에서 어느 누가 자네처럼 백인과 씨름할 수 있겠는가? 다시 한 번 은노이네. 내가 한 말이 자네 마음에 들지 않으면 자네 집에 두 번 다시 오지 말라는 전갈을 보내게. 그럼 나는 이만 가겠네."

이 말은 지난 사흘 동안 에제울루의 마음속에서 계속된 논쟁들을 모두 요약해 놓은 것이었다. 혹시 아쿠에부에가 똑같은 말을 했더라면 아마도 똑같은 힘을 발휘하지 못했을 것이다. 하지만 친구도 적도 아닌 사람에게서 나온 것이었기에 뜻밖에도 오포카의 말은 에제울루를 사로잡았고 감명을 주었다.

그렇다, 자기 부족 사람들에게 위험이 닥치기 전에 대사제가 먼저 나서서 그 위험과 맞서 싸워야 한다는 건 옳은 말이었다. 그게 바로 사제로서 그가 감당해야 하는 책임이었다. 곤경에 시달리던 여섯 마을이 함께 모여 에제울루의 선조에게 우리를 위해 당신이 이 신을 모셔 주십시오, 하고 부탁했던 첫날부터 지금까지 계속 그랬다. 처음에는 두려웠다. 그에게 어떤 힘이 있기에 그토록 무서운 위험을 떠맡을 수 있겠는가? 그렇지만 그의 부족 사람들은 뒤에 서서 그를 지지하는 노래를 불렀고 피리 부는 사람은 그를 으쓱하게 만들었다. 그래서 그는 양 무릎을 꿇었고 그들은 신을 그의 책임하에 맡겼다. 그는 자리에서 일어나 신령이 되었다. 그의 부족 사람들은 그의 등 뒤에서 계속해서 노래를 불렀고 그는 첫 번째 단호한 여행길에서 심지어 하늘에 있는 네날을 향해 그에게 길을 양보하라고 소리치며 앞으로 발걸음을 내디뎠다.

그런 생각에 단단히 사로잡혀 있던 에제울루는 머리를 식히기 위해 일시적으로 그런 생각을 제쳐 놓았다. 그는 오두체를 불렀다.

"무엇을 하고 있느냐?"

"바구니를 엮고 있습니다."

"앉아라."

오두체는 흙 침대에 앉아 아버지를 마주 보았다. 잠깐 동안 뜸을 들이던 에제울루는 직접적으로 요점만 말했다. 그는 백인의 것을 안다는 게 얼마나 중요한지 오두체에게 상기시켰다. "너를 그곳에 보낸 건 네가 나의 눈이 되어 주길 바라서다. 사람들의 말을 귀담아듣지 마라. 오른쪽, 왼쪽도 구분하지 못하는 사람들 말이다. 자기 아들에게 거짓말하는 아버지는 한 명도 없다. 내가 전에도 그런 말을 했지? 어째서 이런 새로운 걸 배우라고 너를 보냈느냐고 묻는 사람이 있거든 그에게 이렇게 말해 줘라. 사람이란 모름지기 자기 시대에 유행하는 춤을 춰야 하는 법이라고 말이다." 에제울루는 머리를 긁더니 느슨한 목소리로 계속해서 말했다. "옥페리에 있을 때 어느 젊은 백인을 보았단다. 그는 왼손으로 글을 쓸 수 있더구나. 그의 행동거지를 볼 때 그다지 영리해 보이지는 않았지만 그에게는 힘이 있었어. 내 얼굴에 대고 소리를 지를 수 있었으니 말이다. 자기 하고 싶은 대로 뭐든지 할 수 있었어. 어째서일까? 그 사람은 왼손으로 글을 쓸 수 있기 때문이란다. 그런 말을 해 주려고 널 부른 거다. 이 백인이 알고 있는 지식을 네가 완전히 습득했으면 좋겠다. 그래서 잠에서 갑자기 깨어난 너에게 어떤 질문을 하더라도 네가 답할 수 있었으면 좋겠다. 왼손으로 글을 쓸 수 있을 때까지 너는 배워야해. 난 너한테 이런 말을 꼭 해 주고 싶었단다."

에제울루의 귀가로 온통 들떴던 집안 분위기가 가라앉자 모든 것이 점차적으로 본래의 모습을 되찾아 갔다. 특히나 한 달 이상을 거의 초상집과도 같은 분위기 속에서 지낸 아이들은 그런 상태가 끝난 것을 무척이나 기뻐했다. "이야기해 줘요." 오비아겔리가 그녀의 어머니인 우고예에게 졸라 댔다. 사실 오비아겔리에게 그렇게 하라고 부추긴 사람은 은와포였다.

"설거지해야 할 그릇이 이렇게 사방에 널렸는데 이야기를 해달라고?"

은와포와 오비아겔리가 얼른 나서서 움직였다. 그들은 후추를 빻는 자그마한 절구를 집어다 뒤집어 놓았고 작은 그릇들은 대나무 시렁 위에 올려놓았다. 우고예도 삼발이 위의 거의 다 타버린 심지를 버리고 질그릇 조각 위에 놓아둔 야자유를 적신 심지 다발에서 새 것 하나를 꺼내 놓았다.

에제울루는 우고예가 그를 위해 지은 저녁밥을 한 알도 남기지 않고 다 먹었다. 남편이 이렇게 먹어 주면 어느 아낙네라도 행복해할 것이었다. 하지만 식솔이 많다 보면 언제나 다른 사람의 기분을 상하게 하는 일이 생겼다. 우고예에게는 남편의 큰부인인 마테피가 그런 존재였다. 우고예가 뭘 하든지 간에 마테피의 질투심 때문에 한 번도 그냥 넘어간 적이 없었다. 그녀가 밥상을 수수하게 차리면 마테피는 우고예가 상아 팔찌를 사려고 자식들을 굶기고 있다고 말했다. 그리고 오늘 저녁처럼 우고예가 닭이라도 잡으면 마테피는 남편의 환심을 사려고 별짓을 다한다고 트집을 잡았다. 물론 마테피는 이런 말을 우고예의 면전에서 한 적은 한 번도 없었다. 하지만 그녀가 쑤군대는 소리는 결국 우고예의 귀로 모두 들어왔다. 이날 저녁에도 오두체가 마당에 지핀 불로 닭을 손질하고 있는데 마테피는 목청을 가다듬으며 왔다 갔다 했다.

방을 모두 정돈한 다음 은와포와 오비아겔리는 돗자리를 깔고 어머니의 나지막한 의자 옆에 앉았다.

"어떤 이야기가 듣고 싶니?"

"오누에로 이야기요." 오비아겔리가 말했다.

"난 싫어. 그 이야기는 너무 자주 들었단 말이야. 다른 걸로 해 주세요……." 은와포가 말했다.

"좋아." 오비아겔리가 끼어들었다. "그럼 에네케 은툴루크파 이야기를 해 주세요."

우고예는 잠시 동안 기억을 더듬었고 그녀가 찾고 있던 이야기가 머리에 떠올랐다.

옛날에 어떤 남자에게 아내가 두 명이 있었어. 큰부인은 자식이 많은데 작은부인은 아들 하나밖에 없었지. 하지만 큰부인은 사악하고 질투가 심했어. 어느 날 남편이 자식들을 데리고 일을 하러 농장에 갔단다. 그런데 이 농장은 사람들의 땅과 귀신들의 땅 경계 지역에 있었단다…….

우고예, 은와포, 오비아겔리는 부엌 근처에 옹기종기 모여 앉아 있었다. 오두체는 조금 떨어져서 잠자는 방으로 들어가는 입구 근처에 앉아 새로 구입한 『아주 은두』라는 책을 노르스름한 불빛에 비추어 보고 있었다. 책을 판독하며 독본에 나오는 첫 단어들을 읽어 보려고 입술을 조용히 움직거렸다.

아 브 아 아바
에 그 오 에고
이 르 오 이로
아 즈 우 아주
오 므 우 오무

반면 에제울루는 또다시 다가오는 투쟁에 대한 자신의 생각을 추적하면서 달팽이의 촉각처럼 섬세하게 화해의 가능성에 대해, 아니, 그게 너무 과도하다면 갈등의 범위를 좁힐 수 있을

지 탐색해 보기 시작했다. 물론 그가 이런 생각을 하는 것은 앞으로 석 달이 더 흘러 추수의 시기가 오기까지는 싸움이 시작되지 않으리라는 걸 잘 알기 때문이었다. 그러니까 시간은 충분했다. 어쩌면 두 가지 대안을 놓고 저울질해 볼 수 있는 것은 서두를 필요가 전혀 없다는 걸 잘 알기 때문에 가능한 것이었다. 그러니까 처음 결심을 무효화하고 알맞은 때에 새로운 결단을 내릴 수도 있었다. 자기 손가락을 핥는데 무엇 때문에 서둘러야 한단 말인가? 손가락을 서까래에 올려놓을 작정인가? 어쩌면 화해하겠다는 생각에는 진정한 근거가 있는지도 몰랐다. 그러나 그게 무엇이든 에제울루는 더 이상 두 가지 생각으로 미적댈 수만은 없었다.

"타! 은와누!" 귀신이 버릇없는 어린아이의 귀에 대고 소리치듯 울루 신이 그의 귀에 대고 외쳤다. "이게 네 개인적인 싸움이라고 누가 너한테 말했느냐?"

에제울루는 시선을 마룻바닥으로 떨어뜨린 채 부들부들 떨면서 아무 말도 하지 못했다.

"네 마음에 맞는 방식으로 해결하려 들다니, 누가 너한테 이게 너의 개인적인 싸움이라고 말했느냐? 너에게 야자 술을 가져다 준 친구들은 구해 주고 싶으냐, 헤헤헤헤헤!" 오로지 정신이 온전치 못한 사람만이 메마르고 해골 같은 웃음을 웃어 대는 신들의 협박과 조롱에 때때로 다가갈 수 있었다. "나와 내 희생자 사이에 끼어들지 않도록 각별히 유의해라. 그렇지 않으면 너를 때릴 마음은 전혀 없는데도 네가 대신 주먹을 맞을 수도 있을 테니! 두 마리 코끼리가 싸울 때 어떤 일이 벌어지는지 모르느냐? 넌 어서 집에 가서 잠이나 자라. 이데밀리와의 싸움은 나한테 맡겨라. 시기심으로 가득한 이데밀리는 그의 비단뱀이 다시 한 번 권좌에 오르도록 나를 파멸시킬 방도를 찾고 있다. 이제 네 생각을 나한테 말해 보렴. 난 어서 가서 잠이나 자라고 했다. 나와 이데밀리는 끝장날 때까지 싸울 거란다. 누가 누구를 쓰러뜨리건 간에 승자가 상대방의 발찌를 벗길 것이다!"

그다음에는 더 이상 할 말이 없었다. 성스러운 비단뱀을 믿는 질투심 많은 종교 의식을 상대로 맞서 싸우는 방법을 인간에 불과한 에제울루가 어떻게 감히 자신의 신에게 알려 준단 말인가? 이건 신들의 싸움이었다. 에제울루는 신의 활시위에 걸려 있는 화살에 불과했다. 에제울루는 야자 술 같은 이런 생각에 취해 있었다. 새로운 생각들이 서로 뒤엉켰고 과거의 사건들이 새롭고도 흥미로운 의미를 갖게 되었다. 어째서 오두체는 상자 속에 비단 뱀을 가두었을까? 그것은 백인의 종교에서 저주받은 동물이었다. 하지만 정말로 그렇기 때문이었나? 오두체 또한 울루의 손에 들린 화살은 아니었을까?

그렇다면 백인의 종교 그리고 심지어 백인 자신은 어떠한가? 이런 생각은 불경스럽다고도 말할 수 있겠지만 이제 에제울루는 끝까지 추적해 보고 싶었다. 그래, 백인 자신은 어떠한가? 결국 그는 과거에 에제울루의 편을 들었더랬다. 그리고 최근에도 그를 감옥에 집어넣어 그의 적들과 맞서 싸울 무기를 그의 손에 들려 주었다는 것은 어떤 면에서 또다시 그의 편을 들어 준 게 아닌가.

만일 울루 신이 맨 처음부터 백인을 동지로 점찍은 것이었다면 많은 게 설명될 수 있다. 백인의 관습을 습득하도록 오두체를 보낸 에제울루의 결단도 설명될 것이다. 에제울루가 자신의 결정에 대해 다른 설명을 내놓은 것은 사실이지만 그것은 당시에 그의 머릿속에 떠오른 생각들이었다. 에제울루의 반은 인간이고 다른 반은 음모, 즉 신이었다. 그렇기에 그는 이 반쪽을 중요한 종교적 의식이 있을 때마다 백묵으로 칠하는 것이었다. 그리고 그가 여태껏 행한 모든 일의 반은 이 신령한 부분이 행한 것이었다.

17

우무아로 사람들의 속담에 아무리 소란스러운 사건이라 해도 두 번째 장날이 설 때가 되면 분명 잦아들게 마련이라는 말이 있었다. 에제울루가 감옥에 갇혔다가 집으로 돌아온 사건도 마찬가지였다. 한동안 사람들은 다른 이야기는 하지 않았다. 하지만 그것 또한 점차 여섯 마을 사람들의 삶 속에서 또 하나의 사건에 불과하게 되었다. 혹은 마을 사람들은 그렇다고 짐작했다.

심지어 에제울루의 집에서도 일상적인 일들이 다시 제 궤도를 찾았다. 새로 시집온 오비카의 아내는 임신을 했고 우고예와 마테피는 질투심 많은 여느 부인들처럼 처신했다. 에도고는 파종기가 한창일 때 한쪽으로 밀어 두었던 조각 일로 다시 돌아갔다. 오두체는 새로운 믿음과 읽고 쓰는 일에 더 많은 진전을 이루었다. 오비카는 잠시 끊었던 야자 술에 또다시 빠져 살았다. 잠시나마 술을 자제했던 것은 야자 술을 너무 많이 마시면 아내와 잠자리를 할 때 해롭다는 걸 알았기 때문이었다. 과음하고 난 뒤에는 이로코 나무에서 떨어진 도마뱀처럼 아내 위에서 헐떡거리는 바람에 아내 앞에서 위신이 서지 않았던 것이다. 하지만 이제 오쿠아타가 임신하면서 그는 더 이상 아내와 잠자리를 하지 않게 되었다.

심지어 에제울루 자신도 모든 불만을 제쳐 둔 것 같았다. 날마다 선조들에게 콜라 열매며 야자 술을 바치거나 초승달이 떠올라 간단한 의식을 치를 때 그런 기미는 전혀 나타나지 않았다. 게다가 그의 작은부인은 막내아이가 죽은 지 일 년 이상 지났으므로 또다시 수태할 시기였다. 그래서 그녀는 에제울루가 부를 때마다 남편의 움막에 와서 며칠 밤을 지냈다. 하지만 아이를 가질 나이가 훨씬 지난 마테피와의 관계는 개선되지 못했다.

연중행사인 소규모 잔치들과 축제들은 때맞춰 이루어졌다. 몇몇 축제는 여섯 마을이 공동으로 준수했고 또 어떤 것들은 개별적으로 지켜졌다. 우무아구는 음그바 아그보고라고 불리는 처녀들의 씨름 행사를 거행했고, 우문네오라는 비단뱀의 주인인 이데밀리 신에게 경의를 표하는 연례 잔치를 벌였다. 여섯 마을 공동으로는 전쟁에서 죽거나 아니면 다른 방식으로 우무아로의 대의를 위해 죽음의 고통을 겪어야 했던 동족들의 분개한 영혼들을 달래 주기 위해 오소 은와나디라는 고요한 은둔의 의식을 치렀다.

예년과 마찬가지로 폭우가 멈추더니 한 차례 건기가 찾아왔다. 이런 건기가 없으면 얌은 아무리 잎사귀가 무성해도 덩이줄기가 자라지 못했다. 간단히 말해서 마치 아무런 일도 없었던 것처럼 또는 앞으로 아무런 일도 일어나지 않을 것처럼 하루하루가 흘러갔다.

우기가 끝나갈 무렵 중요한 연중행사라고 할 수 있는 햇얌 축제가 있기 전에 에제울루의 마을인 우무아찰라에서는 소규모 잔치가 벌어졌다. 이 소규모 행사는 아쿠우 은로라고 불렸다. 그때 작은 의식이 거행되었는데, 그저 과부들이 죽은 남편에게 기념물을 바치는 정도였다. 우무아찰라의 과부들은 모두 아쿠우 은로 날 저녁에 푸푸와 야자열매 수프를 만들어 자신들의 움막 바깥에 내놓았다. 아니-음모에서 온 남편들이 그 음식을 먹었기 때문에 아침에 나가 보면 그릇들이 비어 있었다.

올해의 아쿠우 은로 날에는 오비카의 동년배 그룹이 마을에 새로운 조상 탈을 선보일 작정이었으므로 한층 더 흥미로울 터였다. 새로운 탈의 등장은 언제나 중요한 사건이었지만 이번처럼 지위가 높은 탈이 등장하는 경우는 특별했다. 지난 며칠 동안 오타카구 그룹의 청년들은 대단히 분주하게 돌아다녔다. 이번 제례에서 주역을 맡은 청년들은 당연히 심술과 시기의 대상이 될 것이므로 보호 마술로 '단단히 무장'되어야 했다. 하지만 그 밖의 다른 청년들 역시 팔에 난 얕은 상처에도 예방약을 조금씩 문질러 발라 줘야 했다.

이 모든 조처들이 신비로운 조상의 혼령들과 조화를 이루며 비밀스럽게 진행되었다. 최근 우무아로에서는 이런 신비감을 한층 더 보호할 필요성이 새롭게 부각되었다. 원로들이 생각하기에 탈을 봤더라도 감히 나서서 공공연히 떠들어 댈 여자는 한 명도 없겠지만 그래도 탈을 쓴 사람이 누군지 추측해 내는 게 그다지 어렵지 않다는 사실이 한층 더 분명해졌다. 그런 상황에서는 단지 탈 주위에 누가 있는지 살펴보고 그 자리에 없는 사람을 찾아내기만 하면 될 터였다. 이런 난제를 해결하기 위해 원로들은 최근에 어떤 그룹이나 마을이 탈을 선보이려면 탈 쓰는 사람을 그룹이나 마을 밖에서 찾아야 한다는 규칙을 정해 놓았다. 그래서 우무아찰라의 오타카구 그룹은 탈 쓸 사람을 찾기 위해 우무오구구까지 그 먼 길을 달려갔던 것이다. 그들이 선택한 사람은 아무메그부였다. 모든 준비가 이루어지는 동안 그는 우무아찰라에 와 있었지만 그의 존재는 비밀이었다.

에도고와 오비카, 두 사람 모두 이번에 공개될 탈에 깊이 연루되어 있었다. 그 탈이 오비카의 동년배 그룹에 속해 있기 때문이기도 했지만 그보다 더 중요한 건 오비카가 탈 앞에서 양을 도살할 책임을 맡은 두 사람 중 하나라는 사실이었다. 에도고는 그 탈을 직접 조각한 장본인이었으므로 이 일과 관계가 깊었다.

한낮이 조금 지났을 때였다. 오비카는 자신의 움막 마룻바닥에 두 발을 벌려 돌을 붙잡고 앉아서 그가 벌채할 때 쓰는 날이 넓은 칼을 갈고 있었다. 땀방울이 얼굴을 타고 내렸다. 그는 윗니로 아랫입술을 꽉 물고 있었다. 더 많은 힘을 발휘하도록 그는 벌써 돌에다 소금을 잔뜩 뿌렸고 이따금씩 칼날에다 라임즙을 조금씩 짜 발랐다. 즙을 다 짜낸 라임 열매 두 개가 아직 자르지 않은 라임 열매 서너 개와 함께 돌 근처에 놓여 있었다. 오비카는 지난 사흘 동안 틈만 생기면 이 새 칼을 갈아서 이제 칼날은 머리칼도 밀 수 있을 정도로 날카로웠다. 그는 칼을 햇빛에 비춰 보기 위해 자리에서 일어나 바깥으로 나갔다. 자기 앞에 칼을 치켜든 그는 손목을 비틀어 칼이 햇빛을 받아 거울처럼 번쩍이게 했다. 오비카는 만족스러운 듯 다시 방으로 들어가 칼을 치워 두었다. 그런 다음 그는 안채로 들어가 아내가 집 밖에 있는 커다란 단지에서 물을 퍼서 오목한 그릇에다 옮겨 담는 것을 보왔다. 지친 아내는 자리에서 일어나더니 요즈음 늘 그러듯이 침을 탁 뱉었다.

"이 노인네." 오비카가 아내를 놀렸다.

"당신이 나한테 어떤 짓을 했는지 안다면 어서 와서 본래 상태로 만들어 놓아야 한다고 했잖아요." 아내가 미소 지으며 말했다.

얼마 지나지 않아 곧 시작될 행사의 첫 번째 소리가 온 마을에 울려 퍼졌다. 여섯 명의 청년이 오게네를 두드리며 탈을 찾아 마을 이곳저곳으로 뛰어다녔다. 그것이 셀 수 없을 정도로 많은 우무아찰라의 개미구멍 가운데 어디에서 나타날지 아무도 모르기 때문이었다. 청년들은 오랜 기간 계속해서 수색했고 금속 징 소리와 청년들의 발소리가 가까이에서 들리자 온 마을이 흥분의 도가니로 변했다. 태양열이 사그라지기 시작하자마자 마을 사람들이 일로로 모여들기 시작했다.

우무아찰라의 일로는 우무아로에서 가장 큰 것 중 하나였고 정돈도 아주 잘되어 있었다. 그 길이가 얼마나 길던지 달리기를 아주 잘하는 사람들조차 겁을 먹을 정도였으므로 그것은 때때로 일로 아그바시오소라고 불렸다. 일로의 한 모퉁이에 오콜로 사당이 있었으며 신비스러운 조상의 혼령을 전수받은 사람들은 일로에서 벌어지는 행사를 거기서 지켜보았다. 오콜로 사당은 아주 높다랗게 지은 특이한 오두막으로 양옆과 뒤쪽에만 담이 있었다. 환히 트인 앞쪽에서 바라보면 사당의 한쪽 측면에서 다른 쪽 측면에 이르기까지, 지면에서부터 거의 지붕에 이르기까지 계단으로 이루어져 있었다. 마을의 원로들은 일로가 가장 잘 보이는 맨 아랫줄에 앉았고 다른 사람들은 뒤쪽 윗줄에 앉았다. 사당 뒤로 커다란 우달라 나무가 서 있었는데, 그 나무는 우무아로의 다른 우달라 나무들처럼 조상신에게 바쳐진 것이었다. 어쩌다가 잘 익은 나무 열매가 떨어지면 가장 가까이에서 놀던 운 좋은 아이나 그곳으로 재빨리 달려간 아이가 차지할 수 있었던 까닭에 지금도 수많은 아이들이 연갈색 열매를 기다리며 나무 밑에서 놀고 있었다. 나무에는 군침이 도는 열매가 잔뜩 달려 있었지만 나이가 많건 적건 간에 어느 누구도 나무에서 열매를 따면 안 되었다. 만일 이 규칙을 어기는 사람이 있다면 우무아로의 탈 쓴 혼령들이 모두 그를 찾아갈 것이고 엄청난 벌금과 제물을 들여 그들의 발자국을 지워 내야 할 것이었다.

에제울루와 아쿠에부에는 일찌감치 서둘렀는데도 그들이 도착했을 때는 이미 어마어마한 무리가 일로에 모여 있었다. 우무아찰라 사람들은 한 사람도 빠짐없이 그곳에 이미 와 있거나 혹은 오는 도중인 것 같았다. 그리고 우무아로에 속한 다른 모든 마을에서도 수많은 사람들이 몰려왔다. 부인들과 처녀들, 청년들과 소년들이 이미 일로에 도착해 커다란 원을 형성하고 있었다. 이곳저곳에서 점점 더 많은 사람들이 몰려드는 바람에 사람들이 만들어 낸 원은 한층 더 두꺼워졌고 소음은 한층 더 커졌다. 일로 한가운데로 사람들이 오지 못하도록 채찍을 들고 장내를 정리하는 청년은 한 명도 없었는데 그런 문제는 탈이 도착하면 곧바로 해결될 것이기 때문이었다.

한쪽에서 일기 시작한 커다란 소요와 혼란이 얼마 지나지 않아 전체로 퍼져 나갔다. 사람들이 가까이에 있는 사람들에게 무슨 일인지 묻자 그들은 뭔가를 가리켰다. 곧이어 수천 개의 손가락이 같은 방향을 가리키고 있었다. 비교적 한적한 일로 모퉁이에 오타케크펠리가 앉아 있었다. 이 사람은 우무아로 전역에 사악한 주술사로 알려져 있었다. 그는 자신이 죽음과 무관하다는 것을 맹세하기 위해 두 번 이상이나 죽은 사람의 손바닥에서 콜라 열매를 빼내야만 했다. 물론 그는 그런 맹세를 한 뒤에도 살아남았고, 그런 맹세는 그에게 죄가 없다는 것을 뜻했다. 하지만 사람들은 그것을 믿지 않았다. 사람들은 그가 맹세한 후 집으로 쏜살같이 달려가 중화 능력이 강한 마법의 약을 마셨다고 쑤군댔다.

그 사람에 대해 알려진 사실이라든지 다른 사람들에게서 멀찍이 떨어져 앉은 모습을 볼 때 그가 여기에 나타난 게 단순히 새 탈을 구경하기 위한 것이 아님은 분명했다. 사악한 인간들은 종종 이런 행사를 이용해 자신들이 지닌 마술의 효능을 시험해 보거나 아니면 다른 사람들의 힘에 자신의 힘을 견주어 보려고 했다. 준비 없이 밖으로 나온 탈들이 여러 날 동안 꼼짝 못 하고 한자리에 있었다거나 아니면 심지어 땅바닥에 쓰러졌다는 이야기들이 나돌았다.

오타케크펠리에게서 가장 수상했던 점은 아마도 그의 자세였던 것 같다. 그는 불구인 것처럼 양다리를 포개어 깔고 앉았다. 사람들은 그것이 근처에 표범이 있을 때 멧돼지가 취하는 전투 자세라고 말했다. 멧돼지는 땅에 구멍을 얕게 판 다음 구멍에다 불알을 숨기고 앉아 무쇠같이 단단한 머리털을 빳빳하게 곤두세우고 기다렸다. 그러면 표범은 대체로 염소나 양을 찾아 길을 떠나곤 했다.

군중은 못마땅한 표정으로 오타케크펠리를 지켜보았다. 하지만 그에게 도전하는 사람은 한 명도 없었다. 그에게 도전한다는 게 위험하기도 했지만 그보다 더 큰 이유는 강력한 두 세력이 맞붙어 싸우는 광경을 대부분의 사람들이 마음속으로 고대했기 때문이었다. 만약 오타카구 동년배 그룹이 무엇보다 먼저 자신들을 단단히 무장하지 않은 채 새 탈을 선보일 생각을 했다면 그건 그들의 잘못이었다. 사실상 이런 충돌들이 일어나더라도 눈에 보이는 어떤 결과가 없었던 것은 두 세력이 팽팽하게 맞섰거나 아니면 목표물이 공격자보다 더 강했기 때문이었다.

탈이 접근하자 사람들이 한꺼번에 우르르 도망쳤다. 여자들과 아이들이 사방으로 흩어져 반대 방향으로 도망치면서도 이런 위험이 즐겁다는 듯 소리를 질러 댔다. 하지만 탈의 모습이 아직 시야에 들어오지 않았으므로 그들 모두가 곧바로 제 위치로 돌아왔다. 단지 오게네 소리와 그 뒤를 따르는 무리의 노랫소리만이 들릴 뿐이었다. 금속성의 징 소리와 사람들의 목소리가 점점 커졌고 군중은 도망갈 길을 확인해 두기 위해 사방을 둘러보았다.

탈의 등장을 알리는 첫 번째 선발대가 탈이 출현할 좁다란 오솔길에서 일로로 한꺼번에 밀려들자 또 한바탕 소동이 일어났다. 라피아야자 잎 옷을 입은 이 청년들이 칼을 위로 던지자 빛을 받은 칼들이 번득였고 그들은 서로 인사를 나눈다는 의미로 칼을 왼쪽에서 오른쪽, 그리고 오른쪽에서 왼쪽으로 서로 부딪쳤다. 그들은 이리저리 뛰어다녔고 이따금 한 사람이 전속력을 다해 한 방향으로 내달리기도 했다. 그쪽에 있던 무리가 흩어지면 달리던 사람은 갑자기 발걸음을 멈추고 몸을 부들부들 떨며 발끝으로 서 있었다.

징 소리와 사람들의 노랫소리가 아주 가까웠는데도 군중들의 환호 소리에 묻히는 바람에 거의 들리지 않았다. 아마도 탈이 잠깐 발걸음을 멈춘 것 같았다. 그렇지 않다면 지금쯤 탈의 모습이 보여야 했다. 탈을 시중드는 젊은이들의 노랫소리는 계속 울려 퍼졌다.

오비카가 그의 뒤를 따르며 그의 위업을 노래하는 피리 연주자와 함께 들어오면서부터 그날의 첫 번째 구경거리가 벌어졌다. 오비카는 우무아찰라, 아니, 어쩌면 우무아로 전체를 통틀어 제일 잘생긴 청년이었으므로 군중들, 특히 여자들이 환호성을 질렀다. 그들은 오비카를 우고나촘마라고 불렀다.

일로에 발을 들여놓은 순간 오비카는 한쪽 구석에 웅크리고 앉아 있던 오타케크펠리를 발견했다. 두 번도 생각하지 않고 곧바로 전속력으로 달려간 오비카는 그 앞에 우뚝 서서 주술사에게 당장 일어나 집으로 가라고 소리쳤다. 주술사는 단지 미소만 지을 뿐이었다. 그 순간 탈을 생각하는 사람은 없었다. 임신 중인 오쿠아타는 사람들이 잔뜩 몰려 있는 곳에서 멀찌감치 떨어져 자리를 잡았다. 무리가 손뼉을 치며 자신의 남편을 맞아들일 때 그녀의 가슴이 부풀어 올랐다. 이제 그녀는 두 눈을 꼭 감았다. 대지가 그녀를 둘러싸고 빙글빙글 돌았다.

오비카는 손가락으로 오타케크펠리를 가리키더니 다음에는 자신의 가슴을 가리켰다. 그는 주술사에게 살아서 뭔가 쓸모 있는 일을 하고 싶다면 얼른 자리에서 일어나라고 소리치고 있었다. 상대는 껄껄대고 웃으며 오비카를 향해 계속해서 콧방귀를 뀌었다. 오비카는 또다시 그를 향해 달려갔지만 이전의 속도는 아니었다. 오른손으로 칼을 들고 왼팔에 가죽 부적을 매단 오비카는 표범처럼 배회했다. 에제울루는 입술을 깨물고 있었다. 저

게 바로 성급하고 어리석기 짝이 없는 오비카로구나. 그는 생각했다. 다른 젊은이들은 모두 다 오타케크펠리를 보고 눈길을 돌리지 않았는가? 그런데 저 녀석은 절대로 눈길을 돌릴 수가 없겠지. 오비카…….

에제울루는 도중에 생각을 멈추었다. 오비카는 번개처럼 재빨리 칼을 떨어뜨리고 앞으로 달려가 단숨에 오타케크펠리를 번쩍 들어 올리더니 모래 먼지가 일도록 근처 수풀 속으로 내동댕이쳤다. 오타케크펠리가 이미 자기에게 등을 돌린 오비카를 향해 허약한 손가락으로 손가락질하며 일어서 보겠다고 힘없이 버둥거리자 마을이 떠내려가도록 온 군중이 우레와 같은 환호성을 터뜨렸다. 오쿠아타는 다시 눈을 뜨고 한숨을 내쉬었다.

흥분이 절정에 달했을 때 때맞춰 탈이 도착했다. 정말로 무서워서인지 아니면 무서운 척하는 건지 사람들이 사방으로 흩어졌다. 탈은 한 번에 두세 걸음씩 접근했다. 걸음을 내디딜 때마다 허리와 발목에 매단 방울과 딸랑이에서 소리가 났다. 그의 몸은 주로 화사한 빨간색과 노란색 천으로 휘감겨 있었고, 얼굴에는 힘과 공포가 담겨 있었다. 드러난 치아 하나하나가 몸집이 커다란 사람의 엄지손가락만 했고 두 눈은 주먹만큼이나 커다랗게 뚫려 있었으며 머리끝에 달린 울퉁불퉁한 두 개의 뿔은 하나는 위쪽을, 다른 하나는 안쪽을 향하고 있었다. 그는 왼손에 가죽 방패를, 오른손에는 커다란 칼을 들고 있었다.

"코코코코코코오!" 탈을 쓴 자가 깨진 쇠붙이 같은 소리로 노래하자 뒤를 따르는 시종들이 신음 소리처럼 깊은 곳에서 울려나오는 단조로운 소리로 응답했다.

"흠흠흠."

"코코코코코코오!"

"오오요요오요요요요요오, 오오요오오. 흠흠."

그것은 노래라고 할 수는 없었다. 하지만 아가바는 노래하고 춤추는 탈이 아니었다. 그것은 청춘의 힘과 공격성을 상징했다. 탈은 계속 전진하며 지금까지 했던 것처럼 계속 노래를 불렀다. 일로의 중심에 이를 무렵 그것은 오녜 에부나 우조 초 아이 오쿠라는 노래로 바꾸었다. 이것은 너 나 할 것 없이 모든 사람에게 조상의 탈을 자극하는 첫 번째 사람이 되지 말라고 간청하며 이 충고를 무시하는 사람에게 떨어질 벌에 대해 조목조목 상세히 알려 주는 노래였다. 그런 사람은 의지할 데 하나 없이 처절하게 버림받을 것이다. 손가락, 발가락도 없이 쓸쓸한 움막에서 혼자 지내고 거지나 들고 다닐 가방을 어깨에 멘, 말하자면 문둥이가 될 것이다.

탈이 너무 빨리 또는 너무 위험하게 움직이려 들 때마다 땀을 뻘뻘 흘리며 시중드는 두 청년은 탈의 허리에 묶인 단단한 밧줄을 힘껏 잡아당겼다. 이건 다소 위태롭긴 했지만 꼭 필요한 동작이었다. 한번은 이런 제약에 너무나 분개한 탈이 칼을 들어 올리고 두 시종을 향해 달려들었다. 그들은 곧바로 밧줄을 내려놓고 걸음아 나 살려라 도망쳤다. 이번에는 군중들이 정말로 무서워하면서 이리저리 흩어지며 비명을 질러 댔다. 하지만 두 시종은 탈이 제 마음대로 행동하도록 마냥 내버려 두지는 않았다. 탈이 더 이상 그들의 뒤를 쫓지 않자 그들은 다시 자신들의 임무로 돌아왔다.

그러던 중 좀 더 심각한 일이 뒤따라 발생하지 않았더라면 아무도 기억하지 못할 아주 사소한 사건이 발생했다. 어느 청년이 칼을 위로 던졌다가 실수로 그것을 공중에서 다시 잡지 못했다. 그런 실수에 언제나 신이 나는 군중들이 거센 야유를 보냈다. 실수를 만회하고 싶은 나머지 오비크웰루는 칼을 다시 집어 들고 지나칠 정도로 자신의 민첩함을 과시하려 들었다. 하지만 그의 이런 행동은 더 많은 비웃음만 자아냈다.

반면 탈은 몇몇 원로들에게 경의를 표하기 위해 **오콜로** 사당으로 나아갔다.

"에제울루 데데데데데이." 탈이 말했다.

"우리의 조상이시여, 제 손이 땅바닥에 있나이다." 대사제가 응답했다.

"에제울루, 나를 알아보십니까?"

"인간의 지식을 초월하신 당신을 인간의 몸으로 어떻게 알 수 있겠습니까?"

"에제울루, 우리의 탈이 그대에게 경의를 표합니다." 탈이 노래했다.

"에제-야-음마-음마-음마-음마-음마-음마-에제-야-음마!" 탈을 따르는 청년들이 노래했다.

"오라-오보도, 아가바가 그대에게 경의를 표합니다!"

"에제-야-음마-음마-음마-음마-음마-음마-에제-야-음마!"

"거미의 노래를 들어 본 적이 있습니까?"

"에제-야-음마-음마-음마-음마-음마-음마-에제-야-음마!"

탈이 갑자기 노래를 중단하더니 빙그르 돌아서서 곧장 앞으로 달려갔다. 그쪽 방향에 있던 군중들이 우르르 흩어졌다.

에도고는 **오콜로** 사당의 뒷자리 하나는 차지할 수도 있었지만 다른 위치에서 탈을 보기 위해 군중들과 함께 서 있기로 작정했다. 탈의 얼굴과 머리가 완성되었을 때 그는 다소 실망스러웠다. 코에서 그의 마음에 들지 않는 뭔가가 엿보였다. 아가바보다는 처녀 혼령에나 어울리게 다소 섬세해 보였다. 하지만 이 일을 맡긴 사람들은 아무런 불평도 내놓지 않았다. 사실상 그들은 그의 솜씨를 매우 칭찬했다. 그렇지만 에도고는 그게 잘 만들어졌는지 아닌지 알고 싶으면 탈이 움직일 때 봐야 한다는 걸 알았으므로 군중들과 함께 서 있었다.

탈이 살아 움직이는 것을 보고 있자니 결점이 사라진 것 같았다. 심지어 코의 그런 섬세함이 얼굴의 다른 부분들을 한층 더 사납게 만들어 주는 것 같았다. 에도고는 누군가 자신이 듣고 싶어 하는 비교를 하지나 않을까 기대하며 군중 속을 이리저리 돌아다녔다. 하지만 그런 말을 하는 사람은 한 명도 없었다. 많은 사람들이 새 탈을 칭찬했지만 어느 한 사람도 자신의 탈을 그 유명한 우무아구의 아가바와 비교할 생각은 하지 않았다. 에도고는 이번 탈이 저번 것만큼 잘되지 못했다는 말이라도 듣고 싶었다. 누군가 그런 말을 해 준다면 얼마나 기쁠까! 우무아로의 최고 조각가를 능가하겠다는 마음은 없었지만 그래도 그는 누군가가 두 사람의 이름을 연결시켜 주기를 바랐던 것이다. 에도고는 오콜로에 앉지 않은 걸 후회하기 시작했다. 원로들 사이에서 그가 듣고 싶어 하는 그런 대화가 오갔을 가능성이 훨씬 더 컸을 것이다. 하지만 이제 그렇게 하기에는 너무 늦었다.

숫양을 도살하는 것이 그날 저녁의 절정이었다. 일로 한가운데 갖다 놓은 의자에 탈이 앉자 이전과 달리 침묵이 흘렀다. 두 시종이 의자에 앉은 탈 옆에 자리를 잡고서 부채질을 했다. 첫 번째 숫양이 앞으로 끌려나왔고 탈은 칼로 양의 목을 건드렸다. 그런 다음 양은 조금 떨어진 곳으로 끌려갔지만 여전히 주재하는 혼령의 시야 안에 있었다. 이제는 본래의 가늘고 섬세하던 소리 대신에 거칠게 폭넓은 소리를 내는 피리 소리뿐 주변은 철저하게 고요했다. 오비카가 앞으로 나와 칼을 빙그르르 돌리며 높이 던지자 회전하던 칼날이 저녁 햇살을 받아 번득였다. 그는 똑같은 동작을 두 차례 했고 매번 공중에서 완벽하게 칼을 받았다. 그런 다음 오비카는 앞으로 걸어 나와 칼을 한 차례 정확하게 내리쳐 양의 모가지를 베었다. 시종 하나가 모래 위로 굴러가는 양의 머리를 집어서 높이 치켜들자 군중은 우레와 같은 환호성을 질러 댔다. 탈은 표정 하나 바뀌지 않고 본디 그대로의 모습으로 그 광경을 지켜보았다.

시끌벅적한 흥분이 가라앉자 두 번째 숫양이 앞으로 끌려나왔고 탈은 또다시 양의 목을 건드렸다. 오비크웰루가 앞으로 걸어 나왔다. 조금 전에 칼을 떨어뜨렸던 터라 불안해 보였다. 그는 칼을 세 차례 위로 던졌고 완벽하게 붙잡았다. 그러고는 앞으로 걸어 나와 칼을 치켜들었다가 내리쳤다. 마치 바위라도 내리친 것 같았다. 숫양은 도망치려고 몸부림을 쳤다. 군중들이 야유하며 큰 소리로 웃어 댔다. 그날 오비크웰루는 운이 매우 나빴다. 마지막 순간에 양이 머리를 움직이는 바람에 그는 양의 뿔을 내리쳤다. 탈은 조금도 흐트러지지 않고 계속 지켜보았다. 오비크웰루는 다시 한 번 시도해 성공을 거두었지만 너무 늦었다. 군중의 비웃음 소리가 몇몇 사람들의 때늦은 환호성을 삼켜 버렸다.

18

장기간에 걸쳐 조용히 준비를 마친 에제울루는 궁극적으로 우무아로의 가장 취약한 시점인 햇얌 축제 때가 되어 우무아로를 혼내 줄 의도를 드러냈다.

이 축제는 묵은해를 마감하고 새해를 맞이하는 행사였다. 축제가 있기 전에 사람들은 가족의 배고픔을 달래기 위해 집 주변에 심어 놓은 얌 몇 개는 캘 수 있었지만 커다란 밭에서 얌을 거두어들이는 일은 누구도 시작하지 않았다. 여하튼 지위가 있는 사람이라면 축제 전에는 출처가 어디든 새로 수확한 얌의 맛을 보려 들지 않았다. 이 축제를 통해 우무아로의 여섯 마을은 그 옛날에 공동체를 이룬 것과 아밤의 약탈 행위에서 그들을 구해 준 울루 신의 은혜에 계속 감사해야 한다는 사실을 다시 한 번 상기했던 것이다. 해마다 햇얌 축제 때 여섯 마을이 화해하는 모습이 재연되었고 우무아로의 성인 남자는 누구나 울루 신의 사당으로 큼직한 종자 얌을 가져가 자기 머리 위로 한 차례 돌린 후에 마을 사람들이 쌓아 놓은 얌 무더기에 올려놓았다. 그런 다음 얌 무더기 옆에 있는 백묵 덩어리를 집어 들고 자기 얼굴에 표시했다. 원로들은 이 무더기를 세어 각 마을의 성인 남자수를 확인했다. 만일 지난해보다 수가 늘었으면 울루 신에게 감사의 제사를 드렸다. 하지만 수가 감소했으면 예언자에게 그 이유를 묻고 신의 마음을 달래 주는 제사를 준비했다. 에제울루가 해를 셀 때 사용하는 열세 개의 얌도 이 무더기에서 고른 것이었다.

축제의 의미가 단지 이 정도라고 해도 이것은 여전히 우무아로에서 최고로 중요한 축제일 것이지만, 이 축제일은 또한 여섯 마을에서 별도의 축일이 없는 모든 작은 신들의 날이기도 했다. 그날 작은 신의 수호자들이 각기 자기의 신을 모셔다 울루 신의 사당 밖에 일렬로 세워 놓으면 그 신에게서 은총을 입은 사람은 남자건 여자건 상관없이 누구든 조그만 예물을 바칠 수 있었다. 이 작은 신들이 사람들 앞에 그 모습을 드러낼 수 있는 건 일 년 중 단 한 차례, 바로 그 축제 때뿐이었다. 수호자의 머리나 어깨에 올라탄 그들은 장터로 나아가 한바탕 춤을 춘 다음 울루 신의 사당 입구에 나란히 섰다. 그들 중에는 너무 낡아 새로 조각한 신에게 그 힘을 넘겨주고 폐기해야 할 때가 된 것도 있었고 바로 전날 만들어진 것도 있었다. 아주 오래된 것은 그것을 만든 사람과 똑같은 얼굴 특징을 지니고 있었는데 그것은 에제울루의 조부가 그런 관습을 금지시키기 이전의 일이었다. 지난해 축제 때는 이토록 오래된 신상은 단 세 개뿐이었다. 이번 축제 때 어쩌면 신상 한두 개는 오래전 자기 형상대로 그걸 만들어 놓고 이 세상을 떠난 주인을 따라 영원히 사라질지도 모를 일이었다.

그러니까 이 햇얌 축제는 신과 인간을 한 무리로 묶는 행사였
다. 이것은 우무아로에서 오른쪽을 바라보면 이웃을, 왼쪽을 바
라보면 거기 서 있는 신을, 그러니까 개울의 소유주인 은게네 내
지는 광기와 한 형제인 아구우를 발견할 수 있는 유일한 모임이
었다.

에제울루의 보조원 여섯 명이 그를 만나러 왔을 때 에제울
루는 아쿠에부에의 집을 방문하느라 집에 없었다. 마테피가 그
들에게 에제울루의 행선지를 알려 주자 그들은 대사제가 돌아
올 때까지 오비에서 기다리기로 결정했다. 그가 돌아온 것은 저
녁이 다 되어서였다. 에제울루는 이 사람들이 무슨 일로 왔는지
잘 알면서도 짐짓 놀라는 척했다.

"만사가 형통한가?" 첫인사를 나눈 후 에제울루가 물었다.

"만사가 형통합니다."

뒤이어 어색한 침묵이 흘렀다. 그러자 우무오구구 마을을 대
표하는 은위시시가 말을 꺼냈다. 그는 천성적으로 불필요한 말
은 하지 않는 사람이었다.

"어르신께서 만사가 형통한가 물으실 때 우리는 그렇다고 답
했습니다. 하지만 두꺼비는 뭔가에 쫓기지 않는 한 대낮에는 뛰
지 않지요. 우리는 어르신께 의논드리고 싶은 문제가 있어서 이
렇게 찾아뵌 겁니다. 초승달이 뜨고 나흘이 되니까 달이 제법
크네요. 그런데 어르신께서 햇얌 축제날에 대한 말씀이 전혀 없
으셔서……"

오비에실리가 말을 이어받았다. "우리가 헤아려 보니까 이번

달이 지난번 축제 이후로 열두 번째더군요."

침묵이 흘렀다. 오비에실리는 언제나 요령 없이 말하는 사람이라 그에게 그런 예민한 문제를 말하라고 요청한 사람은 한 명도 없었다. 에제울루는 목청을 가다듬고 다시금 그들에게 환영의 말을 건넸다. 이것은 그가 서두르지도 흥분하지도 않는다는 것을 드러내는 행동이었다.

"자네들은 해야 할 일을 했구먼. 자네들이 임무를 소홀히 했다고 누군가가 말한다면 그건 거짓일세. 물어보는 사람은 길을 잃지 않는 법이지. 그걸 우리의 선조들이 가르쳐 주시지 않았는가. 자네들이 골치 아픈 이 문제를 들고 이렇게 나를 찾아와 묻다니 아주 잘한 일일세. 그런데 나로서는 충분히 납득할 수 없는 게 있구먼. 오비에실리, 자네는 방금 자네가 헤아려 보니 지난번 초승달이 떠올랐을 때 내가 올해의 햇얌 축제를 선포했어야 했다고 말했는가?" 에제울루가 말했다.

"그렇습니다."

"그렇군. 내가 혹시 자네 말을 잘못 들었나 생각했다네. 그런데 자네는 언제부터 우무아로를 위해 햇수를 따지기 시작했나?"

"오비에실리가 단어를 제대로 사용하지 못했습니다. 우리는 우무아로를 위해 햇수를 세지 않습니다. 우리는 대사제가 아니니까요. 하지만 최근에 어르신께서 이곳에 안 계셨기 때문에 혹시 세는 걸 잊으신 게 아닌가 생각했지요……." 추쿠로베가 말했다.

"뭐라고! 젊은이, 자네 제정신인가?" 에제울루가 소리쳤다. "도대체 요즘엔 못하는 말들이 없는 것 같군. 세는 걸 잊다니! 울루 신의 대사제가 달을 세는 걸 잊을 수 있다고 자네 아버지가 말해 주던가? 여보게, 그런 일은 절대로 없네." 에제울루는 놀랍게도 부드러운 어조로 계속했다. "에제울루라면 세는 걸 잊을 수가 없지. 오히려 자네야말로 손가락으로 헤아리니까 실수하기가 쉽겠지. 지난번에 어느 손가락을 꼽았는지 잊을 수가 있단 말일세. 하지만 아까도 말했듯이 자네들이 나를 찾아와 물은 것은 잘한 일일세. 이제 자네들은 각자 마을로 돌아가 내가 전갈을 보낼 때까지 기다리게. 지금까지 나는 사제의 의무에 대해 다른 사람에게 이런저런 말을 들어야 할 필요가 전혀 없었다네."

그들이 떠난 후 누구라도 에제울루의 움막에 들어갔다면 깜짝 놀랐을 것이다. 늙은 사제의 얼굴에 행복감이 넘쳐흘렀고 세월을 거슬러 올라간 약간의 젊음과 멋있었던 모습도 일시적으로 엿볼 수 있었다. 그의 입술이 움직거리며 이따금씩 속삭이는 소리가 나지막이 새어 나왔다. 하지만 곧바로 바깥세상이 그에게 달려들었다. 그는 속삭임을 중단하고 좀 더 세심하게 귀를 기울였다. 은와포와 오비아겔리가 그의 오비 바로 밖에서 뭔가를 암송하고 있었다.

"에케 네코 온예 우카!" 그들은 되풀이해서 암송했다. 에제울루는 한층 더 주의 깊게 귀를 기울였다. 그가 잘못 들은 게 아니었다.

"에케 네코 온예 우카! 에케 네코 온예 우카! 에케 네코 온예 우카!"

"저것 좀 봐, 도망치고 있어!" 오비아겔리가 소리치자 둘은 신이 나서 깔깔대고 웃었다.

"에케 네코 온예 우카! 네코 온예 우카! 네코 온예 우카!"

"은와포!" 에제울루가 소리쳤다.

"네, 아버지." 은와포가 겁에 질려 대답했다.

"이리로 오너라."

은와포는 개미 한 마리도 죽이지 못할 것 같은 발걸음으로 살금살금 들어왔다. 그의 머리와 얼굴에서 진땀이 흘러내리고 있었다. 오비아겔리는 에제울루가 오빠를 부르는 순간에 재빨리 사라지고 없었다.

"무슨 말을 하고 있었지?"

은와포는 아무 말도 하지 않았다. 그는 소리가 날 정도로 눈꺼풀을 껌뻑거렸다.

"귀가 먹었느냐? 무슨 말을 하고 있었는지 내가 묻지 않느냐?"

"사람들이 그러는데 그런 말을 외우면 비단뱀이 무서워서 도망간대요."

"나는 다른 사람들이 무슨 말을 했는지 묻지 않았다. 네가 무슨 말을 하고 있었느냐고 물었다. 아니면 네가 대답하기 전에 내가 자리에서 일어나랴?"

"'비단뱀, 도망가! 여기에 기독교도가 있어.'라고 말하고 있었어요."

"도대체 그게 무슨 뜻이냐?"

"아쿠바가 말해 줬는데 비단뱀은 그 말을 들으면 곧장 도망간대요."

에제울루는 한참 동안 소리 높여 웃었다. 먼지로 뒤덮인 은와포의 얼굴 전체로 안도감이 흘러넘쳤다.

"네가 그 말을 하니까 비단뱀이 도망가더냐?"

"예, 보통 뱀처럼 후딱 도망갔어요."

에제울루가 햇얌 축제의 소집을 거부했다는 소식은 마치 이 콜로를 두들겨 대기라도 한 것처럼 우무아로 전체로 급속히 퍼져 나갔다. 그 소식을 처음 접했을 때 사람들은 아연실색할 정도로 놀랐다. 과거에 이와 유사한 사건이 한 번도 없었기 때문에 이게 무슨 뜻인지 사람들이 그 의미를 완전히 파악하는 데는 상당한 시간이 걸렸다.

이틀 후 높은 직함을 가진 마을 사람 열 명이 에제울루를 만나러 왔다. 그들 중 세 개 이하의 직함을 지닌 사람은 한 명도 없었다. 에제퀘실리 에주칸마는 네 번째로 높은 직함을 지닌 사람이었다. 여섯 마을 전체에서 이런 명예를 지닌 사람은 두 명 더 있을 뿐이었다. 그중 한 사람은 나이가 너무 많아 참석할 수 없었고 다른 한 사람은 우문네오라의 은와카였다. 그가 이 대표단에서 빠졌다는 것은 이들 모두가 얼마나 절실하게 에제울루와 타협하기를 원하는지를 보여 주는 것이었다.

이들은 다른 곳에서 이미 모임을 가진 후에 온 것이라는 인상을 풍기면서 함께 들어왔다. 각 사람은 에제울루의 움막에 들어오기 전에 쇠 지팡이를 밖에다 꽂고는 그 위에 자신이 쓰고 온 빨간 모자를 얹었다.

그들의 토론이 계속되는 동안 움막에서 나누는 말소리가 들리는 곳에는 한 사람도 접근하지 않았다. 사람들 사이에 떠도는 소문을 그러모아 에제울루에게 전해 주며 이런 위기에 자신이 할 수 있는 일을 찾고 싶어 했던 아노시가 왼손에 코담배를 들고 자기 움막에서 나왔다가 이웃집 마당에서 모두 빨간 모자가 씌워진 알로 지팡이들을 보았다. 그는 돌아서서 다른 이웃집으로 갔다.

에제울루는 백묵 덩어리를 방문객들에게 내놓았고 각 사람은 수직선과 수평선으로 이루어진 자신의 개인적인 표상을 마룻바닥에 그렸다. 어떤 사람은 엄지발가락을 칠했고 다른 사람들은 얼굴에다 표시했다. 그런 다음 에제울루는 콜라 열매 세 개를 나무 쟁반에 담아 내왔다. 형식적인 논쟁이 짤막하게 시작되었다가 끝났다. 에제울루가 첫 번째로 콜라 열매 하나를, 에제퀘실리가 두 번째 것을, 오네니이 은나넬루고가 세 번째 것을 집었다. 각 사람이 짤막하게 기도드린 다음 자신이 들고 있는 열매를 깨트렸다. 은와포가 차례대로 쟁반을 들고 가면 그들은 하나를 고르기 전에 먼저 알갱이를 모두 쟁반에 올려놓았다. 그런 다음 은와포가 쟁반을 들고 다시 돌면 나머지 사람들이 알갱이를 하나씩 집었다.

그들 모두가 각기 집어 든 콜라 열매를 씹어서 삼킨 후에 에제퀘실리가 말했다.

"에제울루, 여기에 모인 우무아로의 지도자들이 콜라를 대접해 준 것에 대해 자네한테 감사하다는 말을 해 달라고 나한테 부탁했다네. 거듭거듭 감사하는 바이네. 자네의 곳간이 다시 채워지기를 바라네."

다른 사람들도 다 함께 말했다. "진심으로 감사하네. 자네 곳간이 다시 채워지기를 기도드리네."

"우리가 자네를 찾아온 까닭을 어쩌면 자네도 추측할 수 있을 걸세. 우리 귀에 들려온 어떤 이야기 때문이라네. 어느 게 진실이고 어느 게 진실이 아닌지 말해 줄 수 있는 유일한 사람을 직접 만나 보는 게 상책이라는 생각이 들더군. 우리가 들은 이야기로는 올해의 햇얌 축제와 관련해 사소한 의견 차이가 있다던데. 아까도 말했듯이 그게 사실인지 아닌지는 잘 모르지만, 지금 우무아로에는 두려움과 불안이 감돌고 있어서 그것이 계속 퍼져 나가도록 방치하면 뭔가를 망칠 게 뻔해서 말일세. 그런 일이 일어나는 걸 두고 볼 수만은 없잖은가. 암염소가 말뚝에 매여 새끼를 낳느라 고통 받는데 어른이 되어 가만히 앉아서 지켜볼 수만은 없지. 우무아로의 지도자들이여, 자네들의 소망을 내가 제대로 전했는가?"

"자네는 우리의 의사를 잘 전달했네."

"에제퀘실리." 에제울루가 불렀다.

"에에이." 방금 말을 마친 사람이 대답했다.

"자네를 환영하네. 자네 말이 내 귀에 쏙 들어왔다네. 에고은완네."

"에에이."

"은나넬루고."

"에에이."

에제울루는 인사할 때의 이름으로 한 사람 한 사람을 불렀다.

"자네들 모두를 진심으로 환영하네. 자네들의 임무는 대단한 것이고 나는 자네들에게 감사하네. 하지만 나는 햇얌 축제에 대해 견해 차이가 있다는 말을 들어 보지 못했는걸. 나의 보조원들이 이틀 전에 나를 찾아와 다음번 축제일을 발표할 때라고 말하기에 그런 걸 나에게 상기시켜 주는 게 그들의 직무가 아니라고 말해 주었을 뿐인데."

에제퀘실리는 고개를 약간 수그리고 머리털이 하나도 없는 정수리를 문질렀다. 오포카는 순백색 염소 가죽 가방에서 코담배 병을 꺼내더니 담배 가루를 왼쪽 손바닥에 조금 따랐다. 오포카 바로 옆에 앉아 있던 은나넬루고는 두 손바닥을 서로 비벼 깨끗이 한 다음 아무 말 없이 왼쪽 손을 오포카에게 내밀었다. 오포카는 자신의 손에 있던 코담배 가루를 은나넬루고의 손에 넘겨주고는 자신을 위해 조금 더 따랐다.

에제울루가 계속해서 말했다. "그렇지만 자네들과는 수수께끼처럼 말할 필요가 없겠지. 자네들은 우리의 관습을 잘 알잖아. 지난해의 얌이 딱 하나만 남으면 나는 새로운 축제를 예고하는데, 지금 나한테는 얌이 세 개 남았으니 아직 때가 되지 않았다는 것일세."

서너 명의 방문객이 동시에 말하려고 했지만 다른 사람들은 오네니이 은나넬루고에게 양보했다. 그는 말을 시작하기 전에 그곳에 있는 사람들의 이름을 하나씩 부르며 인사했다.

"내 생각으로는 에제울루가 말을 아주 잘한 것 같구먼. 그가 한 말이 모두 내 귀에 쏙쏙 들어왔거든. 우리 모두가 관습을 알고 있으니 에제울루에게 관습을 어겼다고 비난할 수 있는 사람은 한 명도 없지. 하지만 땅에 있는 작물이 다 영글었으니 이제는 거둬들여야 하겠지. 그렇지 않으면 햇볕에 말라 버리고 바구미가 파먹을 걸세. 그런데 에제울루는 아직도 세 개의 신성한 얌이 남았다고 방금 말하지 않던가? 그렇다면 어떻게 해야 할까? 허리가 부러진 사람을 어떻게 운반하지? 어째서 신성한 얌이 아직도 남아 있는지 우리는 잘 알잖아. 그건 백인이 한 짓 때문이지. 그렇지만 백인은 그가 더럽힌 공기를 우리와 함께 마시며 지금 여기 있는 게 아니란 말일세. 그렇다고 우리가 옥페리로 가서 백인에게 이리로 와서 우리와 추수 사이에 놓인 저 얌들을 먹으라고 강요할 수도 없지. 그렇다면 우리는 여기에 그냥 주저앉아서 우리의 농작물이 썩어 들어가고 우리의 자식들과 부인들이 굶어 죽는 꼴을 보고만 있을까? 그건 아니지! 나는 비록 울루 신의 사제는 아니지만 울루 신은 우무아로가 망하는 걸 원치 않는다고 말할 수 있네. 우리는 울루 신을 구원자라고 부르잖나. 그러니까 에제울루, 자네는 해결 방법을 찾아야만 하네. 만일 가능하다면 나라도 지금 당장 가서 남아 있는 얌을 먹겠네. 그렇지만 나는 울루 신의 사제가 아니잖은가. 에제울루, 우리의 수확물을 구해 낼 사람은 바로 자네란 말일세."

다른 사람들이 웅얼웅얼 그 말에 동의를 표했다.

"은나넬루고."

"에에이."

"자네는 말을 참 잘했네. 하지만 자네가 나한테 요청한 건 이뤄질 수 없는 일이네. 그 신성한 얌은 양식이 아닐세. 그건 배가 고파서 먹는 게 아니거든. 자네는 지금 나에게 죽음을 먹으라고 말하는 걸세."

"에제울루. 예전에는 이런 일이 한 번도 없었다는 것을 우리도 잘 아네. 하지만 과거에는 백인이 대사제를 끌고 간 적이 한 번도 없었지. 요즘은 우리가 알고 있던 그런 시대가 아닐세. 그런 시대가 걸어서 오건 먼지 속으로 굴러 오건 우리는 그것들과 대면해야 하지. 이 방을 한번 둘러보고 자네 눈에 들어오는 걸 말해 보시게. 자네는 지금 이 방 바깥에 또 다른 우무아로가 있다고 생각하나?" 아니체베 우데오조가 말했다.

"아니, 자네들이 우무아로지." 에제울루가 말했다.

"맞아, 우리가 우무아로일세. 그러니까 내가 하는 말을 잘 들어 보시게. 우무아로는 지금 자네에게 어서 가서 남아 있는 얌을 오늘 먹고 다음번 축제 날을 정하라고 요청하고 있네. 내 말이 잘 들리나? 어서 가서 내일이 아니라 오늘 당장 남은 얌을 먹으라는 거야. 울루 신이 우리에게 용서 못할 끔찍한 짓을 저질렀다고 말하면 그 벌은 여기 있는 우리 열 사람의 머리 위로 떨어지게 하시게. 우리가 자네에게 그렇게 하도록 시켰으니 자네한테는 아무런 잘못이 없는 걸세. 어린아이에게 뾰족 뒤쥐를 잡으라고 시킨 사람이 아이 손에서 나는 냄새를 씻어 낼 물도 찾아야겠지. 우리가 자네를 위해 물을 찾겠네. 우무아로, 내가 제대로 말했소?"

"자네가 모든 걸 속 시원하게 말해 주었소. 우리가 그 벌을 받겠네."

"우무아로의 지도자들이여, 내가 자네들 말을 비웃고 있다고 말하지 마시게. 그런 게 내 소원은 아니니까 말일세. 그렇지만 지금까지 한 번도 없었던 일을 행하라, 그러면 우리가 그 책임을 지겠다, 이런 말은 자네들이 할 수 없잖은가. 울루 신의 대사제는 나이고 내가 자네들에게 한 말은 신의 뜻이지 내 뜻이 아닐세. 나에게도 얌 밭이 있고 내 자식들, 내 친척들, 그리고 자네들을 포함하여 내 친구들도 역시 얌을 심었다는 사실을 잊지 말게. 이 모든 사람들을 파멸시키는 게 내 소원일 수는 없잖은가. 우무아로에서 가장 보잘 것 없는 사람이라도 고통 당하는 건 내 소원일 수가 없단 말일세. 그렇지만 이건 내가 하는 게 아닐세. 신들은 때때로 우리를 채찍으로 사용한다네."

"울루 신이 무엇 때문에 노했는지 말씀하셨소? 그를 진정시킬 제물이 전혀 없소?"

"자네들한테는 어느 것 하나 숨기지 않겠네. 초승달이 두 번

씩이나 나왔다 들어갔는데도 누구 하나 울루 신을 위해 콜라 열
매를 깨트리지 않았고 우무아로는 입 다물고 침묵하고 있었다
고 울루 신은 말했단 말일세.”

“울루 신이 우리한테 무슨 말을 기대했단 말이오?”오포카가
벌컥 화를 내듯 물었다.

“오포카, 신께서 자네한테 무슨 말을 기대했는지 나는 모르
오. 은나넬루고가 나한테 물어보기에 나는 답변한 거요.”

“그렇지만 만약에 울루 신이⋯⋯”

“오포카, 우리 그런 문제로 다투지 마세. 울루 신이 무엇 때문
에 분노했는지 우리가 에제울루에게 물었고 그는 우리에게 대
답해 주었잖아. 이제는 어떻게 하면 울루 신을 진정시킬 수 있을
지 거기에 우리의 관심을 집중시켜야지. 에제울루에게 어서 울
루 신한테 가서 그가 무엇 때문에 진노했는지 우리가 알았으며
그 점에 대해 보상할 준비가 되어 있다고 말해 달라고 부탁하세.
어떤 잘못이든 몇 개의 자패에서부터 암소 한 마리 혹은 사람에
이르기까지 그것을 속죄할 제물은 있는 법이니까. 우리는 이제
답변을 기다리기로 하세.”

“자네들이 울루 신에게 다시 가라고 한다면 나는 그렇게 하
겠소. 그렇지만 경고하는데 병아리 한 마리를 제물로 요구하던
신이 두 번째 가면 염소를 요구할 수도 있다네.”

“나한테 질문을 참 좋아한다고 말하지 마시게. 하지만 에제
울루, 자네가 도대체 누구 편인지 꼭 알고 싶구먼. 자네는 방금
자네가 우무아로를 매질하는 울루 신의 채찍이 되었다고 말한
것 같은데⋯⋯”오포카가 말했다.

“오포카, 자네가 내 말에 귀를 기울인다면 그 문제로 더 이상

다투지 마세. 오늘 우리의 임무는 끝난 것 같네. 이제 우리가 해야 할 일은 에제울루의 입에서 나오게 될 울루 신의 전갈을 지켜보는 걸세. 지금까지 우리는 아나바-은티의 밭에다 얌을 심었단 말일세." 에제퀘실리가 말했다.

이 말에 다른 사람들은 동의했고 은나넬루고는 능숙하게 변화의 문제로 화제를 돌렸다. 그는 사람들이 지킬 수 없을 정도로 너무 어려운 수많은 관습들이 바뀐 과거의 예들을 늘어놓았다. 다들 한창일 때 사라졌거나 아니면 생겨나지도 못한 채 사라져버린 이런 관습들에 대해 장황하게 이야기했다. 은나넬루고는 심지어 직함을 얻는 문제에도 변화가 있었다는 사실을 상기시켰다. 아주 오랜 옛날에 우무아로에 다섯 번째 직위로 왕의 직위가 있었지만 그것을 획득할 수 있는 조건들이 어찌나 엄격했던지 그것을 얻은 사람이 한 명도 없었다. 그중 한 조건은 왕이 되기를 열망하는 사람이라면 무엇보다 먼저 우무아로에 사는 모든 남자와 여자의 빚을 갚아야만 하는 것이었다. 에제울루는 이런 대화가 진행되는 동안 아무 말도 하지 않았다.

에제울루는 우무아로의 지도자들에게 약속한 대로 다음 날 아침 울루 신의 사당을 다시 찾았다. 텅 비어 있는 바깥방에 들어간 그는 멍하니 사방을 둘러보았다. 그런 다음 보조원들조차 감히 들어가지 않는 안방으로 통하는 문에 등을 기댔다. 그의 체중에 밀려 문이 열리자 뒷걸음쳐서 들어갔다. 그는 왼손으로 한쪽 벽을 짚어 가며 살금살금 걸었다. 벽 끝에 이르렀을 때 그는 몇 걸음 오른쪽으로 움직여 울루 신을 상징하는 흙더미 바로 앞에 섰다. 사방으로 서까래에 달아 놓은 과거 모든 대사제들의 해골이 흙더미와 그들의 뒤를 이은 후손을 내려다보았다. 머리를 맞대고 햇빛을 차단하는 사당 밖의 거대한 나무들 때문이기도 했지만 그보다는 특별히 거대하고 차가운 지하수가 흙더미 아래로 흘렀기 때문에 심지어 가장 더운 날에도 사당 안에는 언제나 축축한 냉기가 감돌았다. 사당으로 통하는 길조차 서늘했고 일 년 내내 고목 꼭대기에서 떨어지는 몇 가닥 눈물인 은투-난야-밀리가 있었다.

에제울루가 자패 띠를 던졌을 때 오두체가 다니는 교회에서 종이 울리기 시작했다. 한순간 슬프고도 정연하게 울리는 단조로운 소리에 마음을 빼앗긴 에제울루는 이토록 가깝게, 그러니까 집에서 들을 때보다 훨씬 더 가까이서 종소리가 들리다니 참으로 이상스럽다고 생각했다.

신과 상의했지만 아무런 결론도 얻지 못했기 때문에 여섯 마을은 달이 두 번 더 떠오를 때까지 지난해에 묶여 있을 것이라는 에제울루의 발표가 전해지자 우무아로에는 지금껏 유례를 찾아볼 수 없었던 불안감이 퍼져 나갔다.

반면 빗줄기는 점차로 가늘어졌다. 초승달을 맞이하는 비가 마지막으로 한 차례 억수같이 쏟아졌다. 비와 함께 하마탄도 끝났고 땅은 하루가 다르게 더욱더 단단해졌다. 그리하여 궁극적으로는 땅속에 남아 있는 작물을 파내는 작업이 나날이 다급해졌다.

의견 충돌이 우무아로에서 처음 있는 일은 아니었다. 부족의 통치자들은 종종 이런저런 일로 다퉜다. 얼굴 표장이 마침내 폐기되기까지 장기간의 지루한 논쟁이 있었고 그 일 전후로도 다소 비중 있는 다른 충돌들이 있었다. 하지만 그 어느 것도 이번 위기처럼 밑바닥까지 그러니까 여자들과 심지어는 아이들에게까지 침투한 적은 없었다. 이것은 이렇게 끝나든 저렇게 끝나든 밑바닥에는 아무런 영향도 미치지 못할 먼 데서 일어나는 그런 논쟁이 아니었다. 심지어 엄마 배 속에 있는 아이들조차 이 문제를 놓고 편이 갈라졌다.

어제 은와포는 친한 친구인 오비엘루에와 씨름해야만 했다. 그 모든 일은 그들이 두 그루의 이체쿠 나무 꼭대기에 송진으로 붙여 놓은 새덫을 살펴보러 간 순간부터 시작되었다. 은와포의 덫은 비어 있었던 반면 오비엘루에의 덫에는 조그만 은자 새가 들어 있었다. 예전에도 이런 일은 있었고 오비엘루에는 자신의 기술을 뽐내기 시작했다. 화가 난 은와포는 친구를 '코가 마를 날이 없는 코찡찡이'라고 놀렸다. 콧물이 끊임없이 흘러 코 주위가 빨갛고 쓰라렸던 오비엘루에는 이런 별명에 개의치 않았다. 대신 그는 은와포를 '개미탑 코쟁이'라고 놀렸다. 하지만 이 별명은 오비엘루에의 별명만큼 적합하지 않았고 노래로 바꾸어 부르는 것도 쉽지 않았다. 그래서 친구는 아이들이 우도 숫양을 볼 때마다 부르는 노래에 에제울루의 이름을 집어넣었다. 숫양은 우도 사당에 속하는 사나운 동물 중 하나였고 자기 마음대로 왔다 갔다 할 수 있었다. 아이들은 멀리 서서 숫양을 놀리며 좋아했다. 손뼉 치며 부르는 이 노래의 가사는 숫양에게 음낭 속에 들어 있는 보기 흉한 불알들을 치우라고 간청하는 내용이었다. 그러면 다른 아이들이(숫양을 대신해) 어떻게 얌의 덩이줄기를 없앨 수 있겠느냐는 노래로 응답했다. 아이들은 숫양의 불알이 흔들거리는 박자에 맞추어 요청과 응답을 노래했다. 오비엘루에는 에분누* 대신에 에제울루를 집어넣어 노래했다. 더 이상 참을 수 없었던 은와포는 친구의 입을 후려쳤고 한 방 맞은 친구의 앞니에서 피가 흘러내렸다.

거의 하룻밤 사이에 에제울루는 모든 사람들의 눈에 공공의 적 같은 존재가 되었다. 예상했던 대로 그의 가족 전부가 그 죄를 함께 뒤집어썼다. 자녀들은 개울로 가는 길에 그런 일을 당했고 부인들은 장터에서 적대감에 시달렸다. 마테피는 일전에 은코 장터에서 미리 손질해 놓은 조그만 카사바 바구니를 사기 위해 은둘루에의 부인인 오지니카한테 갔다. 그녀는 오지니카와 잘 아는 사이였고 지금까지 수만 번 그녀와 물건을 사고팔았다. 하지만 이날 오지니카는 마테피가 마치 처음 보는 다른 부족 사람인 것처럼 대했다.

"에고 나토**를 낼게." 마테피가 말했다.

"그것의 가격이 에고 네세라고 벌써 말했잖아요."

"에고 나토가 적당한 것 같은데 뭘 그래. 바구니가 작잖아." 마테피는 작다는 걸 보여 주려고 바구니를 집어 들었다. 오지니카는 마테피가 누군지 전혀 모르겠다는 듯이 돗자리에다 오크로를 작은 무더기로 갈라놓는 일에만 열중했다.

"어떻게 할 거야?"

"그 바구니를 당장 내려놔요!" 그런 다음 그녀는 어조를 바꾸어 한껏 비꼬기 시작했다. "남의 걸 공짜로 가져가고 싶으신가 본데 얌이 다 썩어 문드러질 때까지 기다렸다가 그때 와서 자패 열여덟 개를 내고 카사바 바구니를 사 가시구려."

---

* '숫양'이라는 뜻.
** 자패 세 개.

마테피는 다른 여자가 자기 치마끈에 묶어서 끌고 갈 수 있는 그런 사람이 아니었다. 그녀는 오지니카에게 받은 것 이상을 되돌려 주었다. 오지니카의 친정 엄마가 딸을 사위에게 넘겨주고 받은 신붓값을 말해 버렸다. 하지만 집에 돌아온 그녀는 사람들이 눈에 띌 정도로 에제울루의 식구들 모두에게 드러내는 적대감에 대해 생각하기 시작했다. 자신의 행동 때문에 누군가 다른 사람이 큰 희생을 치를 것 같은 불길한 예감이 들어 그녀는 두려웠다.

　"어서 가서 오비카를 불러오렴." 그녀는 자신의 딸 오지우고에게 말했다.

　오비카가 들어와 출입구 중앙에 세워 놓은 나무 기둥에 등을 기대고 맨 바닥에 앉았을 때 마테피는 수프를 진하게 하려고 코코얌을 준비하고 있었다. 오비카는 두 다리와 엉덩이 사이를 지나 허리를 감싸는 아주 얇은 천 조각을 걸치고 있었다. 그는 지친 사람처럼 바닥에 털썩 주저앉았다. 그의 어머니는 계속해서 코코얌을 손질하고 있었다.

　"오지우고가 그러는데 어머니가 나를 부르셨다면서요."

　"그래." 그녀는 하던 일을 계속했다.

　"어머니가 코코얌 다듬는 걸 보고 있으라고요?"

　그녀는 계속해서 일만 했다.

　"무슨 일이에요?"

　"아무래도 네가 아버지께 가서 말씀드려야 할 것 같다."

　"무슨 얘기요?"

　"무슨 얘기냐고? 그 양반의…… 넌 우무아로 사람이 아니란 말이냐? 지금 우리 앞에 닥쳐오고 있는 문제가 보이지도 않아?"

"어머니는 아버지가 어떻게 하시길 기대하세요? 울루 신을 거역해요?"

"네가 내 말을 듣지 않을 줄 알았다." 마테피는 어떻게든 이 말에 그녀의 모든 설움과 실망을 담아 보려고 했다.

"어머니가 외부인들과 힘을 합쳐 아버지한테 요리용 냄비에다 머리를 처박으라고 재촉하시는데 내가 어떻게 어머니 말에 귀를 기울일 수 있겠어요?"

"나도 가끔 그 사람이 자기 어머니의 광기를 물려받았다고 말하는 사람들에게 동의하고 싶을 때가 있다네. 그가 옥페리에서 돌아왔을 때 그의 집을 찾아갔더랬지. 그런데 그가 아주 멀쩡한 사람처럼 말하더군. 사람은 그 시대에 유행하는 춤을 추어야 한다던 그의 말을 상기시켜 주면서— 너무 늦긴 했지만— 우리도 그 말의 지혜를 받아들이게 되었다고 말해 주었지. 그런데 오늘 보니까 그는 얌 두 개를 먹느니 차라리 여섯 마을이 파멸되는 꼴을 보겠더군." 오그부에피 오포카가 말했다.

"나도 역시 똑같은 생각을 했다네. 대부분의 사람들보다는 내가 에제울루를 더 잘 알잖아. 자부심이 강하고 고집이 가장 세다는 사람도 그 친구 앞에서는 전령에 불과하지. 하지만 그는 울루 신의 결정을 속이지는 않을 걸세. 그러면 무엇보다 울루 신이 그를 그냥 내버려 두지 않을 게야. 그러니 나도 모르겠네." 그와 사돈 관계인 아쿠에부에가 말했다.

"나는 에제울루가 울루 신의 이름으로 거짓말을 하는지 안하는지를 말한 게 아닐세. 우리가 그에게 한 말은 가서 얌을 먹으면 그 결과에 대한 책임은 우리가 지겠다는 거였어. 하지만 그는 그렇게 하려 들지 않았다네. 왜일까? 백인이 그 사람을 끌고 가는 걸 여섯 마을이 허용했기 때문일세. 바로 그게 이유라니까. 그는 우무아로에 어떤 벌을 내릴 수 있을까 궁리하고 있었는데 이제 그 기회를 잡은 거지. 그가 허물려고 계획하던 집에 불이 붙어서 그의 수고를 덜어 준 꼴이야."

"그가 오랫동안 불만을 품고 있었던 건 의심할 여지가 없네만 노여움이 이토록 깊다고는 생각지 않아. 그에게도 우리처럼 얌밭이 있다는 걸 잊지 마시게……."

"그 사람도 그렇게 말하더군. 하지만 여보게, 그처럼 자부심이 큰 사람은 싸울 마음이 생기면 싸우다가 자기 머리가 진창에 굴러 떨어져도 개의치 않는다네. 게다가 수확이 나쁘건 좋건 우리는 여전히 울루 신에게 얌을 하나씩 바쳐야 한다는 말을 잊었는지 말하지 않더군."

"난 모르겠네."

"내 자네에게 한 가지만 말해 주지. 에제울루 같은 사제는 자신의 신을 파멸로 인도할 사람일세. 예전에도 그런 일이 있었다네."

"아니, 어쩌면 울루 같은 신이 사제를 파멸로 인도할는지 모르지."

우무아로에서 이토록 고조되고 있는 위기를 신이 보내온 축복이자 기회로 본 사람이 한 명 있었다. 그는 우무아로에 있는 성 마가 교회의 전도사 존 자자 굿컨트리였다. 그의 고향집은 수백 년 동안 유럽 및 세계 각지와의 접촉이 이루어진 니제르 강 삼각주에 있었다. 그는 우무아로에 단 일 년밖에 살지 않았는데도 다른 교사들이나 목회자들이 오 년 이상의 세월이 흐른 후에야 자랑스럽게 기록했을 성과를 교회나 학교에서 거둘 수 있었다. 열네 명에 불과하던 그의 초심자 반은 거의 서른 명으로 늘어났고 대부분이 학교에도 다니는 청년들과 소년들이었다. 성마가 교회는 자체적으로 세례식을 한 차례 거행했고 옥페리에 있는 교구 교회에서는 세 차례나 거행했다. 새로 생긴 굿컨트리의 교회에는 모두 합쳐 아홉 명의 세례 후보자들이 있었는데 그것은 이보 지방에서 가장 까다롭다고 알려진 사람들의 동네에 새로 세워진 교회로서는 정말로 놀라운 일이었다.

성 마가 교회의 발전은 다소 독특한 방법으로 이루어졌다. 명예롭게도 이미 조슈아 하트와 같은 토착민 순교자를 배출할 수 있었던 니제르 강 삼각주 교구에서 사역한 경력이 있는 굿컨트리는 신성한 동물 같은 그런 문제로 이교도들과 타협할 마음이 전혀 없었다. 우무아로에 몇 주 머물지 않아 그는 벌써 자신의 고향 사람들이 신성한 이구아나와 싸워 물리쳤던 것과 똑같은 정신으로 황제 비단뱀과의 작은 전쟁을 치를 준비가 되어 있었다. 하지만 그는 불행하게도 우무아로에서 가장 중요한 기독교도인 이 지역 출신의 모제스 우나추쿠라는 장애물을 맞닥뜨렸다.

처음부터 굿컨트리는 전임 선교사 몰로쿠의 통제를 전혀 받지 않은 우나추쿠가 모든 걸 다 안다는 식으로 구는 건방진 태도가 불만스러웠다. 목회자나 선교사가 나약할 때 어설픈 교육을 받고 어설프게 개종한 기독교도 하나가 전체 회중을 잘못된 방향으로 끌고 가기가 얼마나 쉬운지 굿컨트리는 이미 다른 곳에서 경험했다. 그래서 그는 처음부터 자신의 지도력을 확립하고 싶었다. 본래 그는 자신의 생각을 밝히기 위해 필요 이상으로 우나추쿠를 적대시하려던 의도는 없었다. 여하튼 우나추쿠는 쉽사리 대체할 수 없는 교회의 강건한 기둥이었다. 하지만 우나추쿠는 굿컨트리에게 기회를 주지 않았다. 비단뱀 문제로 굿컨트리에게 공공연하게 도전장을 던진 우나추쿠는 사람들 앞에서 책망과 굴욕을 당할 만했다.

굿컨트리는 자신의 생각을 분명히 밝혔으므로 모든 걸 없던 일로 치부할 생각이었다. 그는 자신이 지금 어떤 인간과 상대하고 있는지 전혀 몰랐다. 우나추쿠는 옥페리의 서기를 시켜서 이데밀리 사제를 대신해 니제르의 감독에게 탄원서를 제출했다. 말만 탄원서였지 그것은 일종의 협박이었다. 우무아로에서 일하는 감독의 추종자들이 황제 비단뱀을 그냥 내버려 두지 않으면 앞으로 그들은 이 땅에 발을 내디딘 날을 후회하게 될 거라는 경고였다. 가번먼트 힐에서 일하는 박식한 직원이 작성한 이 탄원서는 법과 질서 그리고 왕의 평화와 같은 아주 강력한 단어들을 넌지시 암시하고 있었다.

때마침 감독은 또 다른 지역에 있는 교구에서도 똑같이 비단뱀 문제로 골머리를 앓고 있었다. 의욕이 넘치는 젊은 성직자가 사람들을 이끌고 사당을 불태우는 모험을 감행하던 중에 비단뱀을 죽인 것이었다. 그러자 마을 사람들은 마을에서 모든 기독교도들을 추방하고 그들의 집을 불태웠다. 행정부가 무력시위를 위해 군대를 투입하지 않았더라면 사태가 걷잡을 수 없이 악화되었을지도 모를 일이었다. 이런 사건이 있은 후 부총독은 감독에게 강경한 편지를 보내 그의 추종자들에게 고삐를 잡아당기라는 지시를 내렸다.

이런 이유뿐만 아니라 감독 자신이 그런 과도한 열의를 좋아하지 않았기 때문에 그는 굿컨트리에게 단호한 편지를 써 보냈다. 그는 또한 에지데밀리의 탄원서에도 답변서를 보내 전도사가 비단뱀에 관여하지 않을 것임을 확인하면서 그와 동시에 사제와 모든 부족 사람들이 뱀과 우상 숭배에서 벗어나 진정한 종교로 돌아올 날이 멀지 않았기를 기도한다고 적었다.

멀리 있는 더 높은 백인 사제가 보낸 이 편지로 인해 백인을 다루는 최상의 방법은 모제스 우나추쿠처럼 백인이 알고 있는 것들을 잘 아는 부족민을 소수라도 확보하는 것이라는 견해가 한층 더 많은 지지를 얻게 되었다. 그 결과 수많은(몇몇은 아주 중요한) 사람들이 자식들을 학교에 보내기 시작했다. 심지어 은와카도 (자녀들 중에서 좋은 농부가 될 가능성이 가장 희박해 보이는) 아들 하나를 학교에 보냈다.

교회와 학교의 성장 이면에 숨어 있는 교활한 이교도들의 마음을 완전히 파악하지 못한 굿컨트리는 그런 성장이 자신의 효과적인 전도의 결과라고 생각했다. 그것은 어떤 면에서는 감독의 유화 정책에 맞선 그의 노력을 입증해 주는 것이었다. 그는 《서아프리카 교회 잡지》에 우무아로에서 놀라울 정도로 성공한 복음 전파에 관해 보고서를 기고했다. 물론 그는 보고서의 관습을 따라 그 모든 영광을 성령님께 돌렸다.

굿컨트리는 이제 햇얌 축제를 놓고 발생한 현재의 위기에서 좋은 결실을 맺을 수 있는 개입의 기회를 보았다. 그는 교회의 추수 감사 예배를 11월 둘째 일요일에 드리기로 계획했고, 그날의 헌금은 여호와와 우무아로에 한층 더 합당한 예배 처소를 건축하기 위한 기금으로 사용할 예정이었다. 그의 계획은 아주 단순했다. 햇얌 축제는 판단을 잘못한 이교도들이 만물을 주신 여호와께 감사를 표현하기 위한 시도였다. 지금은 여호와가 실수로 파멸 위기에 처한 그들을 구원해 낼 때였다. 그들이 만일 신께 감사의 예물을 드린다면 울루 신에 대한 두려움 없이 농작물을 수확할 수 있다는 말을 그들에게 반드시 해 줘야 했다.

"그러니까 우리의 이교도 형제들에게 얌을 울루 신에게 드리는 대신 교회로 하나씩 가져오라고 말할 수 있다는 건가요?" 굿컨트리의 교회 위원회에 새로 들어온 위원이 물었다.

"바로 그겁니다. 하지만 딱 한 개일 필요는 없겠지요. 올해 그들이 전능하신 여호와께 받은 은혜에 따라 원하는 만큼 가져오라고 하십시오. 그리고 얌 뿐만 아니라 다른 작물도, 가축도, 돈도, 뭐든지 다 괜찮습니다."

그 질문을 한 사람의 표정을 보니 만족해하는 것 같지 않았다. 그는 계속 머리만 긁적이고 있었다.

"아직도 이해되지 않으십니까?"

"이해는 됩니다만 사람들에게 어떻게 얌을 한 개 이상 가져오라고 말할 수 있을지 궁리하는 겁니다. 그러니까 우리의 관습, 아니, 그들의 관습은 울루 신에게 얌을 딱 한 개만 가져가는 것이거든요."

그 일 이후로 굿컨트리의 총애를 완전히 회복한 모제스 우나추쿠가 그 순간 상황에 딱 맞는 말을 했다. "만일 가짜 신인 울루 신이 얌 한 개를 먹을 수 있다면 온 우주의 주인이신 살아 계신 여호와는 당연히 한 개 이상 먹을 수 있는 것 아닙니까?"

그리하여 누구든지 가만히 앉아서 자기의 한 해 농사가 몽땅 헛수고가 되는 걸 보고 싶지 않으면 기독교도들의 신에게 자신의 헌물을 바치면 된다는 소문이 퍼졌다. 기독교도들은 울루 신의 분노로부터 자신들을 보호해 줄 힘이 자기네가 믿는 신에게 있다고 주장했다. 그런 이야기는 다른 때였더라면 비웃음을 자아냈을 것이다. 하지만 이제 사람들에게는 더 이상 웃을 힘도 남아 있지 않았다.

19

추수가 지연되는 바람에 제일 먼저 심각한 타격을 입은 것은 아루-음모로 인해 우기에 죽은 오그부에피 아말루의 가족들이었다. 아말루는 자산가였으므로 보통 때였다면 사망 후 이삼 일 내에 두 번째 매장 의식과 장례 의식이 거행되었을 터였다. 하지만 그의 죽음은 물자가 부족한 기근 때에 발생한 아주 몹쓸 죽음이었다. 아말루 자신이 그런 상황을 잘 알았으므로 이에 대한 준비가 되어 있었다. 그는 죽기 전에 큰아들 아네토를 불러놓고 매장 절차에 대한 지시를 내렸다.

"다른 때 같았으면 내가 땅속에 묻힌 후 하루 이틀 뒤에 장례식을 치르라고 했을 게다. 하지만 지금은 우가니인 만큼 나의 매장 의식을 네 침으로 마련하라고 요구할 수도 없으니 얌을 다시 거둘 때까지 기다려야겠구나." 아말루는 숨을 가쁘게 몰아쉬며 아주 힘겹게 말했다. 아네토는 아버지의 대나무 침상 옆에 무릎을 꿇고 앉아 병자의 텅 빈 가슴에서 나오는 시끄러운 숨소리 때문에 간신히 알아들을 수 있는 아버지의 마지막 유언을 한마디도 놓치지 않으려고 무진 애를 썼다. 셀 수 없을 정도로 여러 번 가슴에 문질러 댄 캠우드 연고는 딱딱하게 굳어 걷기 때의 시뻘건 흙처럼 갈라졌다. "그래도 내가 죽은 후 네 달이 넘도록 지연하면 안 된다. 황소 한 마리를 잡는 것도 절대로 잊지 마라."

다른 부족의 어느 청년도 어찌나 걱정스러웠던지 무녀를 찾아갈 마음을 먹었다는 이야기가 나돌았다. 청년의 죽은 아버지가 염소를 바치라는 유언을 남겼기 때문이었다. 젊은이는 무녀에게 "나한테 닭 한 마리라도 남기셨는지 우리 아버지께 물어봐 주세요."라고 부탁했다. 오그부에피 아말루는 그런 사람은 아니었다. 그는 황소 400마리라도 잡을 수 있는 사람이었고 아들에게 합당하지 않은 걸 요구한 게 아니었기 때문이었다.

햇얌 축제를 예상했던 아네토는 형제들, 친척들과 의논해 아버지의 두 번째 매장 날짜를 벌써부터 잡아 놓았고 온 우무아로와 이웃 부족에 있는 모든 친척들과 사돈들에게도 그런 사실을 미리 알려 놓았다.

이제 그들은 어떻게 해야 하나? 고집스럽게 계획을 밀고 나가 얌도 없이 아버지에게 가난한 사람의 매장 의식을 치러 드려 아버지의 분노를 감수해야 하나? 아니면 아말루가 정해 놓은 네 달의 기간이 넘어가더라도 매장 의식을 연기하여 또다시 아버지의 분노를 감수해야 할 것인가? 두 번째 선택이 더 낫고 덜 위험스러울 것 같았다. 하지만 아네토는 확실하게 하기 위해 죽은 아버지에게 선택의 여지를 드리려고 아파 신탁을 받으러 갔다.

신탁소에 이르렀을 때 아네토는 선택의 여지가 두 개가 아니라 단 하나밖에 없다는 사실을 알게 되었다. 그는 감히 아버지께 가난한 사람의 장례식을 받을 것인지 물을 수 없었다. 오히려 그는 우무아로에 얌이 생길 때까지 장례식을 지연시켜도 괜찮을지 물었다. 아말루는 안 된다고 말했다. 이미 너무 오랜 기간 비와 태양 속에 있었기 때문에 단 하루도 더 버틸 수가 없었다. 가난한 사람이라면 그의 친지들이 빈약한 자원을 긁어모으는 동안 몇 년이고 집 밖을 떠돌아다닐 수도 있었다. 그것은 살아서 성공하지 못했기 때문에 받는 벌이었다. 하지만 직함을 두 개씩이나 얻기까지 열심히 수고한 훌륭한 사람이라면 그토록 고생을 마다않고 일해서 모은 그의 재산을 물려받은 사람들이 하루 빨리 집 안으로 불러들여야 했다.

아네토는 친족 회의를 소집해 아버지가 명한 말을 전했다. 그 말에 놀란 사람은 하나도 없었다. "누가 아말루를 비난하겠소? 그는 이미 오랜 기간 바깥에 방치되어 있지 않았소?" 그들은 말했다. 그렇다면 잘못은 에제울루에게 있었다. 아말루의 친척들이 자신의 농작물은 땅속에서 캐내지 못한 채 이웃 부족에게서 얌을 사들이느라 재물을 낭비할 것임을 에제울루는 이미 알고 있었다. 수많은 이웃 마을 사람들이 우무아로의 불운 덕에 벌써부터 배를 불리고 있었다. 그들은 은코 장날마다 우무아로로 새 얌을 가져와 상아 발찌만큼 비싸게 팔았다. 처음에는 직함 없는 남자들, 여자들과 아이들이 타지에서 사들인 얌을 먹었다. 하지만 기근이 한층 더 심해져 상황이 긴박해지자 우무아로 관습에 직함 있는 사람은 낯선 토양에서 자란 새 얌을 먹으면 안 된다고 금지한 규정이 전혀 없다는 사실을 누군가가 지적했다. 게다가 얌을 캐냈을 때 그게 새 얌이라고 보증할 사람이 어디 있단 말인가? 이런 말을 들었을 때 사람들은 한편으로는 웃었지만 다른 한편으로는 울상을 지었다. 하지만 직함 있는 사람 중에 이 충고를 받아들여 타지에서 들여온 얌을 먹은 자가 있다면 그들은 아무에게도 들키지 않도록 무척 조심했다. 실제로 많은 사람들이 처자식을 먹이기 위해 집 주변에 심어 놓은 얌을 캐냈다. 예전의 관례를 보면 격심한 기근의 시기에는 언제나 집 주변에 심어 놓은 얌을 조금은 캐낼 수가 있었다. 하지만 올해는 단지 얌 몇 개가 아니었다. 게다가 시간이 지날수록 집 주변 텃밭의 범주가 점점 더 넓어졌다.

우무아로의 곤경은 다른 사람들이 생각하는 것보다 에제울루와 그의 가족에게는 훨씬 더 무겁게 돌아왔다. 이 지역 것이든 타지에서 들여온 것이든 다른 사람들은 이따금씩 새 얌을 먹기 위해 예전 방법과 새로 만들어 낸 수많은 회피 방법들을 이용할 수 있었지만 대사제의 집에서는 어느 누구도 그 어떤 방법도 생각할 수 없었다. 그들은 다른 대부분의 집들보다는 부유한 편이었으므로 비축해 놓은 묵은 얌이 더 많았더랬다. 하지만 이것들은 이미 오래전에 맛없는 섬유질로 쪼그라들었다. 그것들을 요리하려면 무거운 방앗공이로 두드려서 철사처럼 질긴 가닥들을 제거해야 했다. 얼마 지나지 않아서 이것조차 바닥나고 없었다.

그렇지만 가장 무거운 짐이 에제울루의 마음을 짓누르고 있었다. 그는 외로움에는 아주 익숙했다. 대사제로서 그는 종종 혼자서 우무아로 마을을 걸어 다녔다. 뒤를 돌아보지 않아도 그는 항상 땅을 뒤흔드는 부족 사람들의 피리 소리와 노랫소리를 들을 수 있었다. 왜냐하면 수많은 사람들의 목소리와 쿵쿵 밟아 대는 수많은 발걸음이 그런 소리를 만들어 내고 있었기 때문이었다. 옥페리와의 토지 분쟁에서처럼 목소리가 분열된 순간도 있었다. 하지만 여태까지 그 모든 소리가 한꺼번에 사라진 적은 한 번도 없었다. 이제 그의 거처를 찾아오는 사람도 거의 없었고 혹시 오더라도 아무 말도 하지 않았다. 에제울루는 우무아로 사람들이 무슨 말을 하는지 듣고 싶었다. 하지만 누구 한 사람 얘기해 주겠다고 나서지도 않았으며 그렇다고 다른 사람들한테 호기심 많은 노인네로 여겨지는 것도 싫었다. 그리하여 하루하루 지나갈수록 우무아로에는 점점 더 낯선 침묵만 흐르게 되었다. 그것은 야자열매 껍질이 타들어 가면서 조용히, 면도날같이 날카롭게 솟아오르는 파란 불꽃처럼 사람의 속을 태워 버리는 그런 침묵이었다. 집 밖에 나가거나 아니면 심지어 은코 장터로 나아가 우무아로를 향해 소리치고 싶은 마음이 들기까지 에제울루는 점점 더 커져만 가는 고통으로 몸부림쳤다.

그의 고뇌를 알아챌 수 있을 정도로 누구 한 사람 그의 곁에 가까이 다가오지 않았으므로—그리고 혹시 그의 고뇌를 알았다 해도 이해하지 못했을 것이므로—사람들은 에제울루가 자기 움막에 들어앉아 우무아로의 고통을 바라보며 남몰래 기뻐한다고 생각했다. 지금 그는 어떤 이유에서건 현재의 추세를 뒤집어 볼 생각은 하지도 않겠지만 여하튼 다른 사람들보다 더 많은 처벌과 더 많은 고통을 겪었다. 그를 가장 괴롭히는 것은—그리고 지금은 에제울루 혼자만이 그런 사실을 인식하는 것 같았다—이 처벌이 일시적인 것이 아니라 영원할 것 같다는 점이었다. 이것은 일 년 후에 희생자를 다시 찾아오는 오굴루-아로 질병처럼 우무아로를 괴롭힐 것이었다. 그의 마음속 깊은 곳의 온갖 분노 저 아래쪽으로는 우무아로를 향한 더 깊은 연민의 감정이 들어 있었다. 우무아로는 옛날 옛적에 도마뱀들이 하나씩 둘씩 살던 시절에 그들의 신을 섬기고 그들보다 앞서 나가 모든 장애물에 도전하며 그들을 대신해 모든 위험과 맞서 싸우라고 에제울루의 선조를 선택했던 것이다.

만약 에제울루를 사로잡고 있는 이 침묵이 완벽했다면 아마도 그는 조만간 이런 침묵에 익숙해졌을 것이다. 그러나 침묵에는 갈라진 틈이 있었고 그 틈을 통해 이따금씩 애가 타 들어가도록 찔끔찔끔 새어 나오는 소식이 본의 아니게 그의 귀로 들어왔다. 이런 것 때문에 침묵은 동굴 안에 던져진 조약돌과도 같이 한층 더 깊어지기만 했다.

오늘은 아쿠에부에가 그런 조약돌을 던졌다. 에제울루의 친구나 친척들 중 아직도 그를 보기 위해 이따금 찾아오는 사람은 아쿠에부에가 유일했다. 하지만 그는 찾아오긴 해도 잠자코 앉아 있거나 아니면 별로 중요하지 않은 일들에 대해 이야기했다. 그렇지만 오늘은 그를 괴롭히는 이 위기의 새로운 국면을 말하지 않을 수가 없었다. 어쩌면 아쿠에부에는 우무아로에서 에제울루가 여섯 마을을 의도적으로 벌주고 있는 것이 아니라는 사실을 알고 있는 유일한 사람인지도 몰랐다. 대사제도 속수무책일 수밖에 없다는 사실을 그는 알았다. 왜냐하면 은테보다 더커다란 게 은테의 덫에 걸려 있었기 때문이었다. 그러므로 아쿠에부에는 에제울루를 만나러 올 때마다 그들이 생각하는 문제들이 말할 단계를 넘어선 것들이기에 근처에도 가지 않고 회피했더랬다. 하지만 오늘은 우무아로의 농작물을 거두어들이려는 기독교도들의 움직임에 대해 침묵할 수가 없었다.

아쿠에부에가 말했다. "내가 걱정하는 것은 말이지, 현 상황이 형제가 죽기 살기로 싸우면 외부인이 아버지의 재산을 물려받는다는 우리 선조들의 말씀과 똑같기 때문이라네."

"자네는 내가 어떻게 했으면 좋겠는가?" 에제울루가 친구를 향해 양손을 펼쳐 보였다. "만일 우무아로에 그들과 힘을 합할 만큼 제 주제를 모르는 사람이 있다면 그렇게 하도록 내버려 둬야겠지."

아쿠에부에는 절망적으로 고개를 가로저었다.

친구가 돌아가자마자 에제울루는 오두체를 불러들여 교회 사람들이 울루 신의 앙갚음을 피하고 싶어 하는 사람들에게 피난처를 제공하고 있다는 게 사실인지 물었다. 오두체는 무슨 말인지 모르겠다고 대답했다.

"무슨 말인지 몰라? 네가 다니는 교회에서 누구든지 너희 사당으로 제물을 가져오면 얌을 안전하게 추수할 거라고 우무아로 사람들에게 말하고 있느냐는 말이다. 이제 무슨 말인지 알아듣겠어?"

"예. 우리 선생님이 그들에게 그렇게 말했어요."

"너희 선생님이 그들에게 그렇게 말했다고? 너는 나한테 그 말을 전했냐?"

"아니요."

"어째서 안 했지?"

침묵이 흘렀다.

"어찌하여 그 말을 나한테 전하지 않았느냐고 물었잖느냐."

아버지와 아들은 한참 동안 아무 말 없이 계속해서 서로를 쳐다보았다. 에제울루가 다시 입을 열었을 때 그의 어조는 차분했고 비탄에 잠겨 있었다.

"오두체, 너를 그 사람들한테 보낼 때 내가 한 말을 기억하고 있느냐?"

오두체는 앞으로 조금 나와 있는 오른발의 엄지발가락으로 시선을 돌렸다.

"네가 벙어리가 되었으니 다시 한 번 말해 주마. 아버지가 아들을 부르듯이 나는 너를 불러서 말했다. 그곳에 가서 내 눈과 귀가 되어 달라고 내가 부탁하지 않았느냐. 나는 오비카나 에도고를 보내지 않았다. 네 어머니가 낳은 은와포도 나는 보내지 않았다. 나는 너의 이름을 불렀고 너는 나한테로 왔다. 바로 이 오비에서 나는 너를 보내며 나의 눈과 귀가 되어 달라고 부탁했다. 그때 나는 내가 바보 멍청이 같은 염소 해골을 보내고 있다는 걸 몰랐구나. 그만 나가라. 네 어미의 움막으로 돌아가거라. 이제는 더 이상 이야기할 기운도 없다. 다시 이야기할 마음이 생기면 그때 가서 내 생각을 너한테 말해 주마. 그만 나가고 네 아버지가 너를 믿을 수 없다는 사실을 기뻐하렴. 어서 여기서 나가라. 제 어미의 장례식을 망친 도마뱀 같은 녀석."

오두체는 터질 것 같은 눈물을 참으며 밖으로 나왔다. 에제울루는 가벼운 안도감을 느꼈다.

마침내 또다시 초승달이 떠올랐고 그는 열두 번째 얌을 먹었다. 다음날 아침 그는 보조원들에게 전갈을 보내 앞으로 이십팔 일 후에 햇얌 축제가 열릴 것을 선포하라고 지시했다.

다음 날 장례 의식이 거행될 터라 그날 하루 종일 아말루의 집에서는 북소리가 울렸다. 북소리는 우무아로의 모든 마을로 퍼져 나가 그 사실을 상기시켜 주었다. 하지만 사람들이 메뚜기처럼 굶주려 있던 그런 때에 사람들에게 그런 걸 상기시켜 줄 필요는 없었다.

그날 밤 에제울루는 보통 때 꾸던 꿈과는 다른 이상한 꿈을 꾸었다. 잠에서 깨어났을 때 예전에 옥페리에서 꾼 꿈과도 같이 모든 게 대낮같이 상세하고 분명하게 눈앞에 떠올랐다.

그는 오비에 앉아 있었다. 들려오는 소리로 보아 조문객들이 높다란 빨간색 담장 너머 그의 집 뒤로 지나가는 것 같았다. 그쪽으로는 길이 전혀 없었기 때문에 그는 대단히 걱정스러웠다. 그의 집 뒤로 길을 낸 이 사람들은 도대체 누구인가? 자기 집 뒤로 걸어가는 사람들과 맞붙어 싸우지 않으면 그 길은 결코 폐쇄되지 않는다는 말이 있기에 그는 어서 나가 그들과 맞서 싸워야 한다고 자신을 채근했다. 그렇지만 결단력이 부족한 그는 그 자리에 그냥 서 있었다. 반면 사람들의 목소리와 북소리, 피리 소리는 점점 더 커졌다. 사람들은 시신을 땅에 묻기 위해 숲으로 나르며 노래를 불렀다.

조심해! 비단뱀이야
조심해! 비단뱀
그래, 비단뱀이 길 한가운데 누워 있어.

노랫소리는 여느 때와 다름없이 돌풍이 서로서로 뒤를 이어 획획 몰아치듯이 서로 다른 여러 곡조로 들렸다. 앞에 선 조문객들은 시신 가까이 서서 가는 중간 무리 사람들보다 조금 빠르게 노래했고 또 중간 무리는 맨 뒤에 선 사람들의 노래보다 조금 빨리 노래했다. 북소리는 이 마지막 곡조에 맞추어 터져 나왔다.

에제울루는 함께 나가 이 불법 침입자들과 맞서 싸우자고 소리 높여 가족들을 불러 댔지만 그의 집은 텅텅 비어 있었다. 그의 우유부단함은 경악으로 바뀌었다. 그는 마테피의 움막으로 뛰어 들어갔지만 그의 눈에 들어온 것은 이미 오래전에 꺼진 재뿐이었다. 그는 서둘러 밖으로 나와 이번에는 우고예와 그녀의 자식들을 불러 대며 그녀의 움막으로 달려 들어갔다. 하지만 우고예의 거처는 이미 무너져 내리고 있었고 푸른 풀 몇 포기가 지붕 위로 돋아나 있었다. 그가 오비카의 거처를 향해 마구 달려가는데 집 뒤에서 새로운 목소리가 들렸다. 에제울루는 깜짝 놀라 갑자기 발걸음을 멈추었다. 시끄럽던 매장 행렬은 멀리 사라지고 없었다. 하지만 그들의 뒤를 따르며 슬프게 울부짖던 외로운 목소리와는 상관없이 어쩌면 그들은 새색시를 데리고 돌아오고 있는지도 몰랐다. 외롭게 노래하는 목소리에 담겨 있는 달콤한 고뇌가 머리 위로 이슬처럼 내려앉았다.

도마뱀이 하나씩 둘씩 살던 시절에 나는 태어났네.
이데밀리의 아이로. 하늘이 처음으로 울며 힘들게 떨어뜨린
눈물방울이 내 몸에 반점을 만들었다네. 하늘에서 태어난
나는 당당한 발걸음으로 이 땅을 걸어 다녔고
조문객들은 그들이 가는 길에 똬리를 틀고 있는 나를 보았네.
하지만 최근에는
기묘한 종소리가
처량한 노래를 불러 대고 있다네.
　당신의 얌과 코코얌을 내려놓고

학교로 오시오.

이제 나는 서둘러 달아나야 한다네.

아이들이 장난으로 또는 진지하게 소리치네.

조심해! 기독교도가 온다.

하하하하하하하하하하하하하……

노래를 부르던 사람이 갑자기 미친 사람처럼 터뜨린 웃음소리가 에제울루의 집 안을 가득 채웠고 그는 잠에서 깨어났다. 차가운 하마탄이 부는데도 그는 땀을 흘리고 있었다. 하지만 잠에서 깨어나 그게 꿈이었다는 것을 알게 되자 그는 엄청난 안도감을 느꼈다. 뭔지 모를 경각심과 생사를 다투는 긴박감이 잠에서 깨어나는 순간 떨어져 나갔다. 하지만 비단뱀의 목소리가 마지막에 에제울루의 어머니가 광기에 사로잡혔던 때의 목소리로 바뀌었던 까닭에 막연한 두려움이 계속해서 그를 사로잡았다. 우무아로에서 은와니 옥페리라고 불렸던 에제울루의 어머니는 젊었을 때는 대단한 가수였다. 일부 사람들이 쉽게 말하는 것처럼 그녀는 마을을 위한 노래들을 별 고민 없이 눈 깜짝할 사이에 만들었다. 그녀가 광기에 사로잡혔던 말년에 이 오래된 노래들과 어쩌면 그녀가 만들었을지도 모르는 다른 노래들이 희한하게도 그녀의 정신 틈새로 단속적으로 튀어나왔다. 어린 시절 에제울루는 초승달이 떠오르던 날 어머니의 두 발을 차꼬에 채워 두던 그런 순간들을 두려워하며 지냈다.

그 순간 옥바줄로보도가 지나가는 바람에 에제울루는 자신이 꿈에서 깨어났다는 사실을 더욱 분명하게 확인할 수 있었다.

어쩌면 꿈 때문이었는지 모르나 에제울루는 평생토록 밤의 혼령이 이토록 격렬하게 지나가는 소리를 한 번도 들어 본 적이 없었다. 마치 일단의 달리기 선수들이 각기 목에서부터 발목까지 딸랑대는 에크필리 줄을 휘감고 지나가는 것 같았다. 그것은 일로 쪽에서 와서 은코를 향해 사라졌다. 누군가의 집에서 나오는 불빛을 감지했던 것 같다. 그가 발걸음을 멈추고 에워 오쿠오! 에워 오쿠오! 하고 외치는 것 같았기 때문이었다. 여하튼 그 위반자는 재빨리 불을 끈 게 분명했다. 마음이 진정된 혼령은 질주를 계속했고 곧바로 어둠 속으로 사라졌다.

에제울루는 혼령이 그의 집 근처를 지나갈 때 어째서 그에게 경의를 표하지 않았는지 이상스러웠다. 아니면 그가 잠에서 깨어나기 전에 했는지도 몰랐다.

꿈에서 깨어난 에제울루는 옥바줄로보도가 소란스럽게 지나간 다음에 다시 한 번 잠을 청해 보았지만 허사였다. 그때 아말루의 집에서 대포를 쏘기 시작했다. 에제울루는 에크웨*를 두드릴 때까지 아홉 번의 굉음을 들었다. 그때가 되자 잠은 완전히 달아났다. 자리에서 일어난 그는 조각된 문고리를 손으로 더듬더듬 찾아서 문을 열었다. 그는 침대 머리에 있던 칼과 코담배병을 집어 들고 바깥쪽 방으로 더듬더듬 걸어갔다. 그곳에 이르자 하마탄의 건조한 냉기가 느껴졌다. 다행스럽게도 커다란 우쿠와 장작 두 개에 붙어 있던 불이 아직 꺼지지 않았다. 그는 불을 돋우어 자그마한 불꽃을 일으켰다.

---

* 나무로 만든 북의 일종.

마을에서 오비카만큼 옥바줄로보도의 역할을 잘할 수 있는 사람은 없었다. 다른 사람이 그 역할을 시도할 때는 오비카와 커다란 차이가 있었다. 속도가 너무 느리든가 아니면 말이 입 밖으로 나오지 않았다. 이케-아구우-아니의 힘이 아무리 대단하다 해도 느릿느릿 기어가는 노래기를 영양으로 바꿀 수 없고 말 못하는 사람을 웅변가로 만들 수는 없기 때문이었다. 그리하여 아말루의 가족이 에제울루와 그의 가족에 대하여 커다란 불만을 품고 있음에도 아네토는 어쩔 수 없이 오비카를 찾아와 자기 아버지의 두 번째 매장을 앞둔 날 밤에 옥바줄로보도로 달려 줄 것을 간청했다.

"자네에게 못 하겠다는 소리를 하고 싶지는 않아. 하지만 이건 몸이 말을 듣지 않을 때에는 할 수 없는 일이잖아. 실은 내가 어제부터 몸에 열이 좀 있다네." 오비카는 아네토의 부탁을 들은 후 말했다.

"왜 그런지는 잘 모르겠지만 요즘엔 만나는 사람마다 깨진 항아리 같은 소리를 내는군." 아네토가 말했다.

"자네를 위해 뛰어 달라고 은웨케 우크파카에게 부탁해 봐."

"자네한테 왔을 때에는 벌써 은웨케 우크파카에 대해 알아보지 않았겠나. 그의 집을 거쳐 왔다네."

오비카는 그 문제를 곰곰이 생각해 보았다.

"이 일을 할 수 있는 사람은 많아. 하지만 사나운 황소를 잡겠다고 헛되이 애쓰는 사람들이 반복해서 거론하는 이름이 있다면 그 사람만이 황소를 다룰 수 있는 어떤 기술이 있다는 거잖아." 아네토가 말했다.

"그건 맞는 말이야. 자네 말에 동의는 하네만 어쩔 수 없이 동의하는 걸세." 오비카가 말했다.

오비카는 속으로 생각했다. '내가 만일에 거절하면, 저 사람들은 에제울루와 그의 가족이 그들에게 아무런 해도 입힌 적이 없는 마을 사람의 매장 의식을 망쳐 놓겠다는 마음을 거듭 드러냈다고 말할 거야.'

오비카는 저녁 식사를 할 때까지 그날 밤 외출할 거라는 말을 아내에게 하지 않았다. 오비카는 식사할 때는 언제나 아내의 거처로 갔다. 친구들이 오비카의 그런 행동을 놀려 대며 여자가 그의 이성을 마비시켰다고 말했다. 오비카가 외출한다는 말을 할 때 오쿠아타는 대접에 남아 있던 수프를 후딱 먹어 치웠다. 그녀는 한 번 더 집게손가락을 구부려 대접을 훑어 낸 다음 손가락을 다시 펴서 자기 혀 밑에 집어넣었다.

"이렇게 열이 나는데 나간다고요? 오비카, 당신 몸 좀 돌보세요. 장례식은 내일이잖아요. 아침까지 당신이 없으면 무슨 큰일이라도 난답니까?" 아내가 물었다.

"오래 있지는 않을 거야. 아네토는 나의 동년배 친구인데 어떻게 진행되고 있는지 그 집에 가 봐야지."

오쿠아타는 시무룩하여 아무 말도 하지 않았다.

"문단속 잘 하고 있어. 당신을 데려갈 사람은 한 명도 없으니까 걱정하지 말고. 오래 있지는 않을 거야."

에크웨-옥바줄로보도는 콤, 콤, 코콤, 콤, 코콤 하고 북을 치며 아직도 깨어 있는 사람들에게 서둘러 잠자리에 들고 불을 모두 끄라고 한참을 경고했다. 왜냐하면 빛과 옥바줄로보도는 불구대천의 원수였기 때문이었다. 사람들이 모두 들을 수 있을 정도로 오랫동안 두드려 대던 소리가 그치고 마침내 아무 소리도 나지 않았다. 침묵과 벌레들의 날카로운 울음소리가 또다시 밤을 사로잡았다. 오비카와 혼령의 아야카 합창을 할 다른 청년들이 오콜로 계단 맨 아랫줄에 앉아 이야기를 나누며 껄껄대고 웃고 있었다. 에크웨를 두드리던 사람도 희미하게 야자유 횃불이 비치는 곳에다 북을 내려놓고 그들과 합세했다.

에크웨가 다시금 마지막 경고를 울리기 시작했을 때 오비카는 그게 자신과는 아무런 관계도 없다는 듯이 여전히 다른 청년들과 이야기하고 있었다. 밤의 혼령들이 입는 복장을 지키는 늙은 오줌바는 고수 가까이에 자리를 잡았다. 그러더니 그는 쉰 목소리를 높여서 거미줄이라도 제거하는 것처럼 우골리*를 네다섯 차례 불렀다. 그런 다음 그는 오비카가 그 자리에 와 있는지 물었다. 오비카는 오줌바가 있는 쪽을 바라보았고 희미한 불빛 속에서 어렴풋이 그의 모습을 확인했다. 천천히 신중하게 자리에서 일어난 오비카는 오줌바에게로 다가가 그 앞에 섰다. 오줌바는 허리를 굽혀 그물 모양으로 짜서 딸랑거리는 에크필리를 촘촘히 매달아 놓은 치마를 집어 들었다. 오비카는 양팔을 머리 위로 올려 오줌바가 아무런 방해도 받지 않고 그의 허리에 치마를 묶을 수 있게 해 주었다. 이 일이 끝나자 오줌바는 장님처럼 두 팔을 휘저어 쇠 지팡이를 찾았다. 그는 땅바닥에서 지팡이를 집어 들어 오비카의 오른손에 쥐어 주었다. 에크웨는 희미한 야자유 횃불을 받으며 계속해서 울려 댔다. 오비카는 손으로 지팡이를 꼭 쥐고 이를 악물었다. 오줌바는 오비카가 완전히

---

* 고함을 지르는 소리.

준비될 때까지 조금 더 시간을 주었다. 그런 다음 그는 아주 천천히 이케-아구우-아니 목걸이를 치켜들었다. 에크웨 소리가 점점 더 빨라졌다. 오비카는 머리를 앞으로 내밀었고 오줌바는 이케-아구우-아니를 그의 목에 걸어 주었다. 목에 걸어 주면서 그는 이렇게 말했다.

툰-툰 젬-젬
오소 메그바다 부 은우그우
발 빠른 사슴이
언덕 위에 나타났네.

오줌바의 입에서 이 말이 떨어지기 무섭게 옥바줄로보도는 한번 획 돌더니 외쳤다. 에워 오쿠오! 에워 오쿠오! 고수는 북을 치던 막대기를 내던지고 서둘러 방해가 되는 불을 꺼 버렸다. 혼령이 지팡이를 땅에 꽂자 그것이 부르르 떨었다. 그는 다시 지팡이를 뽑아 들고 강력한 말을 허공에 남겨 놓은 채 바람처럼 은코 쪽으로 사라졌다.

똥 더미 위를 활보하는 파리는 시간을 낭비하는구나. 똥 더미는 언제나 파리보다 더 클 텐데. 은궤시를 위해 북을 치는 것이 땅속에 있네. 어둠이 어찌나 대단한지 개도 조심하게 만드네. 다른 집 앞에 집을 짓는 사람은 깨진 단지가 더 많다고 자랑할 수 있지. 오포 때문에 빗물은 마른 땅을 깨트릴 힘이 생기지. 친구들보다 앞서 걷는 사람은 가는 길에 혼령을 보는 법. 박쥐는 자신의 흉한 몰골을 알기에 밤에만 날기로 작정했다네. 야자나무 꼭대기에 올라앉은 사람이 공기를 더럽힐 때 파리는 어쩔 줄 몰라 하네. 운이 나쁜 사람은 물을 마셔도 잇새에 끼는군…….

오비카는 하나도 볼 수 없었지만 동시에 모든 게 시야에 들어왔다. 그는 나무나 움막 같은 표지물은 하나도 보지 못했지만 그의 두 발은 어디를 향해 달려가고 있는지 훤히 알았다. 그는 늘 도는 순회로에서 심지어 조그만 골목길 하나도 빼놓지 않았다. 두 눈을 사용하지 않아도 그는 길을 알았다. 그는 단 한 차례, 불빛의 냄새를 감지할 때만 발걸음을 멈추었다…… 사람들이 여전히 쥐한테 물려 죽은 사람에 대해 이야기를 하는 때에도 도마뱀은 이를 갈기 위해 돈을 가져가네. 노파가 쪼그리고 앉아 있는 모습을 보면 그녀를 혼자 있게 내버려 둬야 해. 그녀의 숨결이 어떤지 누가 알까? 이그베굴루가 땅바닥에 누워 있으니 흰개미는 그것을 씹고 있구나. 야자나무 위로 올라가 씹어 먹게 흰개미를 그냥 내버려 두게. 우둘라 씨앗을 삼키는 사람은 제 똥구멍이 얼마나 큰지 생각해 봐야 할걸. 충고해 주는 사람 하나 없는 파리는 시체를 따라 땅속으로 들어가네…….

가슴속에서 불길이 맹위를 떨치기 시작하더니 오비카의 입으로 메마른 씁쓸함이 치솟아 올랐다. 하지만 그는 멀찍이서 또는 그의 입속에 있는 입에서 그 맛을 보았다. 마치 한 사람 위에서 또 한 사람이 달리는 것처럼 그는 자신이 별개의 두 사람인 것만 같았다.

……악수할 때 손이 팔꿈치를 지나가면 그것은 다른 뜻이 되는 법. 한 장날에서 또 다른 장날까지 계속해서 잠을 자니 죽음이 되어 버렸네. 장례식의 숫양 고기를 좋아하는 사람, 어째서 그는 병이 들어도 회복하는가? 거대한 나무가 쓰러지고 작은 새들은 수풀 속으로 흩어지네…… 땅에서 팔짝 뛰어 개미 언덕 위로 올라간 작은 새

는 어쩌면 그런 것도 모른 채 여전히 땅 위에 있다고 생각할지도 몰라……. 홀로 있는 사람의 눈에는 보통 뱀도 비단뱀으로 보일 수 있다네……. 어미 쥐를 잡아먹은 바로 그놈이 아직 새끼 쥐들이 눈을 뜨지 않은 걸 확인하려고 언제나 그 자리를 지키는군……. 복수할 힘도 충분치 않은 소년이 아버지한테 무슨 일이 일어났는지 계속 묻는다면 그건 아버지의 운명을 묻고 있는 거지……. 원숭이가 앓은 병을 과소평가하는 자는 죽어 가는 불을 불다가 멀어 버린 간호사의 눈을 보여 달라고 부탁해야 할 거야……. 죽음이 자그마한 강아지를 데려가고 싶으면 강아지가 똥 냄새를 맡는 것조차 막는다지…….

아야카 합창을 하던 여덟 명의 청년들은 오비카가 어느 지점에서 사라졌는지에 대해 아직도 이야기하고 있었다. 오줌바는 그들과 함께 앉아 오비카가 돌아오길 기다리고 있었다. 벌써 돌아오고 있는 그의 목소리가 들렸을 때 그들은 아말루의 자식들이 아버지의 장례식을 위해 사들인 커다란 소에 대해 이야기하고 있었다. 아야카 대원들은 앞다퉈 자리에서 일어나 옥바줄로보도가 일로로 다시 들어오자마자 노래를 부를 채비를 갖추었다. 그들은 오비카가 벌써 돌아오고 있다는 사실에 모두 깜짝 놀랐다. 그가 길을 빼놓고 돌았나?

"오비카가 아니야." 오줌바가 의기양양하게 말했다. "그는 예리한 친구야. 서두르는 바람에 그릇은 깰지 모르지만 그래도 나는 예리한 친구가 좋더라."

그의 입에서 이 말이 채 나오기가 무섭게 옥바줄로보도가 뛰어 들어오더니 오콜로의 발밑에 쓰러졌다. 오줌바는 그의 목에서 목걸이를 빼내고 그의 이름을 불렀다. 하지만 오비카는 대답하지 않았다. 그는 다시 그의 이름을 부르며 그의 가슴을 만져 보았다.

그들은 언제나 갖고 다니는 찬물을 그의 얼굴과 몸에 조금 끼얹었다. 아야카 합창은 시작만큼 끝도 갑작스러웠다. 그들 모두가 입도 떼지 못한 채 오비카를 둘러싸고 서 있었다.

첫닭이 아직 울지 않은 때였다. 에제울루는 아직도 그의 오비에 있었다. 커다란 장작더미에 아직 불기가 남아 있었지만 불꽃은 오래전에 잦아들었다. 그의 귀에 들려오는 저 소리가 발소리인가? 그는 조심스레 귀를 기울였다. 그렇다, 발소리가 점점 더커졌고 사람들의 말소리도 들렸다. 그는 더듬더듬 칼을 찾았다. 도대체 이게 무슨 일일까?

"누구냐?" 그가 외쳤다. 발소리가 멈췄고 사람들의 목소리도 중단되었다. 바깥 어둠 속에 낯선 사람들이 있었으므로 한순간 무거운 침묵이 흘렀다.

"사람들입니다." 한 사람이 말했다.

"사람들이라니 누구요? 사람들에게 경고하는데 내 총은 장전되어 있소."

"에제울루, 납니다. 오줌바예요."

"오줌바란 말이지."

"예."

"이 시간에 무슨 일로 왔는가?"

"우리에게 끔찍한 일이 일어났습니다. 염소가 내 머리에 있던 야자나무 잎사귀를 먹어 치웠습니다."

에제울루는 단지 목청을 가다듬고 나서 천천히 불을 지피기 시작했다. "자네들 얼굴을 볼 수 있도록 우선 불부터 지피겠네."

장작개비 하나가 너무 길어 그는 장작개비를 무릎에 대고 분질렀다. 몇 차례 입김을 불어 대자 불꽃이 환하게 일어났다.

"어서 들어와 자네들이 무슨 말을 하려는 건지 들어 보세."

오비카의 시신이 낮은 처마 밑으로 들어오는 것을 보자마자 에제울루는 자리에서 벌떡 일어나 칼을 집어 들었다.

"이게 무슨 일이지? 누가 이랬어? 누가 이런 짓을 했어?"

오줌바가 설명하기 시작했지만 에제울루는 듣지 않았다. 그의 손에서 칼이 떨어졌고 그는 시신 옆에 두 무릎을 꿇고 주저앉았다. "아들아." 그가 울부짖었다. "울루 신이여, 이런 일이 나한테 생겼을 때 당신은 그곳에 계셨나요?" 그는 오비카의 가슴에 얼굴을 파묻었다.

동이 텄을 때 죽음을 알리기 위한 거의 모든 조처가 이루어졌다. 죽음을 알리는 마을의 북들이 벽에 기대어 있었다. 화약통도 하나 찾아서 옆에다 놓았다. 에제울루는 바쁜 사람들 사이로 이리저리 돌아다니며 도움을 주려고 애썼다. 그러다가 그는 집을 쓸기 위해 사용하던, 노처럼 생긴 기다란 빗자루를 발견했다. 그는 그 빗자루를 집어 들어 쓸기 시작했다. 하지만 누군가 그에게서 빗자루를 빼앗더니 그의 손을 붙잡고 움막으로 데려갔다.

"사람들이 여기로 곧 올 텐데. 그런데 아직 마당을 쓸지 않았어." 에제울루가 힘없이 말했다.

"그 일은 나한테 맡겨요. 다른 사람을 찾아내 당장 마당을 쓸라고 할게요."

오비카의 죽음은 우무아로를 뿌리째 흔들어 놓았다. 이 세상에 오비카와 같은 사람은 그토록 흔하게 태어나는 법이 아니었다. 에제울루에게 아들의 죽음은 자신이 죽은 것과 매한가지였다.

몇몇 사람들은 에지데밀리가 환성을 지를 것으로 예상했다. 그런 사람들은 그가 어떤 사람인지 알지 못했다. 그는 그런 종류의 인간은 아니었다. 게다가 그는 그렇게 기뻐 날뛰는 게 얼마나 위험한 짓인지 너무나 잘 알았다. 그의 입에서 조용히 흘러나온 말은 이것이었다. "이 일을 통해 그가 다음번에는 얼마만큼 위험을 무릅써야 할는지 알아야만 하는데."

하지만 에제울루에게 다음번은 없었다. 자신보다 못한 사람들과는 달리 방패도 없이 항상 싸우러 나가는 사람을 생각해 보라. 그는 총알이나 칼날도 주술로 단단하게 무장된 자신의 피부를 스치고 지나갈 것임을 잘 알기 때문에 그러는 것이다. 그러던 사람이 한창 싸움이 치열할 때 갑자기 아무런 경고도 없이 그 힘이 자신에게서 떠나가고 없다는 사실을 알게 되었다고 생각해 보라. 그런 상황에 다음번이란 게 어디 있겠는가? 그가 총과 화살과 칼에게 이런 말을 하겠는가? 잠깐! 나는 얼른 내 마법의 움막으로 달려가 냄비를 휘저어 무엇이 잘못되었는지 알아보고 싶구나. 어쩌면 우리 집의 누군가가, 아마 어린아이겠지, 뜻하지 않게 내 마법의 금기를 위반한 것 같군. 절대로 그건 아니다!

너무나 기가 막힌 에제울루는 땅바닥에 주저앉았다. 오비카의 죽음이 가져온 타격도 대단했지만 단순히 그것만은 아니었다. 더 큰 충격을 감수한 사람들도 많았다. 그런 것이 사람을 사람답게 만들어 냈다. 인간은 아무리 심한 매질을 당하더라도 입한 번 열지 않고 그 모든 걸 감내해야 하는 희생양과 같다는 말도 있지 않은가? 그의 몸을 통해 조용히 흘러내리는 고통스러운 전율만이 그가 당하는 괴로움을 말해야 한다고 하지 않던가?

다른 때 같았으면 에제울루는 그의 슬픔을 능히 이겨 내고도 남았을 것이다. 굴욕과 뒤섞이지 않은 고통이라면 그게 어떤 것이든 충분히 감당했을 것이다. 하지만 울루 신은 어째서 자기를 이런 식으로, 그러니까 그를 때려눕힌 다음 진흙으로 덮어 버리는 식으로 그를 다룬단 말인가? 그는 자꾸자꾸 되물었다. 그가 무슨 죄를 저질렀던가? 신의 뜻을 알아차리지 못하고 복종하지 않았던 것일까? 자신의 어머니가 손바닥에 놓아준 얌 조각 때문에 어린아이가 손을 데었다는 이야기를 도대체 들어 본 적이 있는가? 세상에 어떤 사람이 자기 아들에게 질그릇 조각을 들려서 불을 가져오라고 이웃의 움막으로 보내 놓고 그에게 비를 내리겠는가? 도대체 어느 누가 자기 아들을 야자나무 위로 올려 보내 열매를 따라고 한 다음 도끼로 나무를 베어 넘어뜨리겠는가? 그런데 오늘날 그런 일이 모든 사람들의 눈앞에서 벌어졌던 것이다. 그것이 의미하는 게 모든 것의 붕괴와 파멸이 아니라면 무엇이란 말인가? 그렇다면 자신의 무능함을 발견한 신은 도망치면서 버림받은 그의 숭배자들을 마지막으로 힐끗 돌아보며 외칠지도 몰랐다.

만일 쥐가 재빨리 도망칠 수 없다면
거북이한테 길을 양보하라고 해!

어쩌면 궁극적으로 에제울루의 마음에 금이 가게 된 것은 이런 쓸모없는 생각들이 끊임없이 고동쳤기 때문일지도 모른다. 아니면 무자비한 공격자가 잠시 동안 그의 앞에 우뚝 서 있다가 마치 벌레나 되는 것처럼 그를 발꿈치로 짓밟고 올라서서 먼지 속으로 밀어 넣었는지도 모른다. 하지만 심술에서 나온 이 마지막 행동이 결국에는 자비로웠다는 게 증명되었다. 그로 인해 에제울루는 죽는 날까지 미쳐 버린 대사제로 거만하고 영광스럽게 살았고 최후의 결과를 알지 못한 채 지낼 수 있었다.

반면 윈터바텀은 건강을 회복하기 위해 영국에서 휴가를 보낸 후 자기 자리로 돌아와 그 여의사와 결혼했다. 그는 두 번 다시 에제울루에 대한 소식을 듣지 못했다. 에제울루에 대한 소식을 가번먼트 힐로 전해 줄 만한 사람은 윈터바텀의 시종이었던 존 은워디카 밖에 없었지만, 그때 이후로 존은 윈터바텀의 시종 노릇을 그만두고 조그마한 담배 가게를 차렸다. 이것은 마치 가까이에서 윈터바텀을 발견한 신들과 특별한 사건의 힘이 그를 활용한 다음 그들이 그를 처음 발견했을 때의 상태로 되돌려 놓은 것과도 같았다.

그리하여 궁극적으로는 우무아로와 그곳의 지도자들만이 최후의 결과를 보았다. 그들에게 이 문제는 단순했다. 그들의 신은 고집스럽고 야망에 찬 사제에 대항하는 부족민들과 한편이 되었다. 그러니까 개인은 아무리 훌륭하다 해도 부족민들보다 훌륭할 수 없으며 어느 누구도 부족민의 의견에 반하는 결정을 절대로 얻어 낼 수 없다는 조상들의 지혜를 확인시켜 주었다.

만일 상황이 이렇다면 울루 신은 아주 위험한 시기를 선택해 이런 진리를 확인했던 것이었다. 왜냐하면 울루 신은 어머니의 장례식을 자기 손으로 망친 우화에 나오는 도마뱀과도 같이 사제를 파멸시키면서 자신에게도 재난을 불러왔기 때문이다. 신이 자신의 사제를 징벌하거나 적들 앞에서 그를 포기하기 위해 이와 같은 순간을 선택했다면 그는 버릇없이 굴라고 사람들을 선동한 것이었다. 그리고 우무아로는 그런 행동을 실행에 옮길 준비가 되어 있었다. 오비카가 죽고 며칠 지나지 않아 거행된 기독교도들의 추수감사절에 굿컨트리가 기대했던 것 이상으로 수많은 사람들이 나타났다. 곤경에 처한 수많은 사람들이 자기 아들에게 얌을 하나둘씩 들려 보내면서 새로운 종교에 그것을 바치고 약속된 면제부를 받아오게 했다. 그 후로 밭에서 수확한 얌은 모두 자기 아들의 이름으로 거두어들였다.

신은 화살을 어디로 쏘았는가?
식민지 나이지리아의 전통 토착 종교와
서구 기독교의 갈등과 비극

나는 보편성이나 그 범주에 해당되는 개념들도 문제시하는 사람이다. 땅 위의 인간에 대해서 구체적으로 논의하기를 좋아하는 편이기 때문이다. (중략) 나는 아프리카 문학을 다루는 유럽의 비평가가 자신들의 제한된 아프리카 경험을 인정하고 보다 겸손해질 필요가 있음을 강권했다. 또한 역사가 알게 모르게 그들에게 전수한 우월성과 거만함을 벗어 버릴 필요가 있음을 주장했다. (중략) 그러므로 나는 아프리카 문학에 관한 논의 과정에서 "보편적"이라는 말의 사용을 금해야 한다고 생각한다.*

지난 2008년은 아체베의 첫 소설이자 출세작인 『모든 것이 산산이 부서지다』가 출간 50주년을 맞은 해였다. 아체베는 2007년에 이 소설과 여러 편의 후속 소설들로 영어권 최고의 문학상인

---

* 이하 본문 외 치누아 아체베의 글은 『제3세계 문학과 식민주의 비평』(치누아 아체베 저, 이석호 역, 인간사랑, 1999)에서 인용한 것이다.

401

부커 상을 뒤늦게나마 받았다. 그의 첫 소설은 아프리카 소설사에서 하나의 새로운 전기를 이룬 문제작이다. 이 소설은 19세기부터 서구 문화가 아프리카의 나이지리아 이보 부족에 미친 다양한 영향을 객관적으로 철저하게 고찰하고 아프리카 문화의 아름다운 가치와 아프리카인의 확고한 정체성을 확인하는 대장정을 이끌어 냈다. 아체베는 이 소설을 필두로 동일한 주제 아래 조금씩 다른 문제를 다룬 소설들을 계속 발표했는데, 아체베가 1964년 발표한 세 번째 소설 『신의 화살』은 나이지리아에 대한 영국의 식민 통치가 점점 안으로 심화되고 밖으로 강화되던 1920년대에 작은 마을에서 일어난 이야기다.

『신의 화살』은 아체베의 첫 소설 『모든 것이 산산이 부서지다』, 두 번째 소설 『더 이상 평안은 없다』와 함께 아프리카 3부작이라고 불린다. 이 3부작은 나이지리아에서의 영국 식민주의 초기 역사를 아프리카인의 시각으로 서술하여 아프리카 토착민들의 투쟁을 이해하는 데 좋은 사료가 된다. 앞서 나온 두 소설과 마찬가지로 이 작품은 서구 제국주의적 식민주의에 의해 남부 나이지리아 이보 부족의 전통 사회 질서와 가치가 무너져 가는 상황을 울루신의 대사제 에제울루라는 인물을 중심으로 전개해 나간다. 기독교와 토착 종교의 갈등 속에서 이보족 내부에서부터 백인 종교인 기독교가 받아들여지는 상황에서, 영국이 간섭하는 힘에 놀란 대사제는 아들에게 백인의 비밀을 배울 것을 지시하며 그 아들은 곧바로 열렬한 기독교도가 된다. 여기서 작가 아체베는 전통 종교의 가치와 지혜를 일방적으로 편들지 않고 객관적으로 역사의 흐름을 관조하듯 묘사한다. 작가의 중립적인 태도는 식민지 수탈론과 식민지 근대화론이라는 두 개의 극단적인 주장 '사이'에 있다. 그는 이 작품에서 아프리카의 전통 사회가 서구 문화와 가치관의 영향을 받아 사회적, 정신적으로 방향 감각을 잃게 된 상태를 담담하게 그려 내어 갈채를 받았다. 그의 관심은 아프리카 신생 독립국이 처한 위기에 관한 것들이지만, 이 소설의 암시와 상징을 볼 때 대사제 에제울루의 비극적 몰락을 통해 기독교의 급속한 전파가 점쳐진다는 점에서 절망적인 식민지 지식인의 탈식민에 대한 고뇌를 엿볼 수 있다. 탈식민이란 식민 상태를 전적으로 벗어나는 것은 아니다. 이 것은 실제로 불가능하다. 필연적으로 변화를 가져오는 이입과 수용의 불가피성은 시공간의 이동과 교류로 점철된 모든 인류 역사의 진로가 아니던가? 소설의 결말 부분에서 이보 족의 대사제 에제울루가 맞는 갑작스러운 파멸은 어떻게 보면, 아베체가 《작가와 사회》라는 글에서 직접 언급한 것처럼, 그가 이보족의 전통을 어겼기에 발생한다.

그가 아무리 위대한 지도자요, 사제일지라도 그 역시 엄격한 의미에서 공동체 속에 소속되어 있는 한 구성원일 따름이다. 그러나 그보다 더 중요한 것은 에제울루는 우주 속에 있는 인간을 포함한 범자연적인 어떤 힘에 종속되어 있는 존재라는 사실이다. (중략) 이보인들은 균형을 잡기 위해 즉각적으로 한 개인이 누릴 수 있는 무소불위의 범속성을 제한한다. (중략) 1차적인 제한은 민주적인 것으로서 개인을 실천적, 사회적 문제와 관련하여 집단 밑에 종속시킨다. 2차적인 제한은 특권의 남용을 경계하는 도덕적인 터부로서 개인의 야망을 제한한다.

이런 의미에서 대사제 에제울루의 비극은 부족적인 전통 속에서 나온 대사제 자신의 개인적인 비극이기도 하며, 전적으로 외방 세계 행정의 힘이나 기독교의 힘에 의한 불가항력적인 비극만은 아니다.

에제울루와 경쟁 관계에 있는 은와카는 우무아로에서 권력을 휘두르는 에제울루의 권위를 인정하지 않고 그를 다음과 같이 비판한다.

신을 받드는 사람은 왕이 아니오. 그는 단지 신의 의식을 거행하고 신에게 제물을 바치기 위해 있는 겁니다. 나는 여러 해 동안 이번 에제울루를 유심히 지켜보았는데, 이 사람은 야망이 크더군요. 그는 왕, 사제, 예언자 그 모든 걸 원해요. (중략) 하지만 우부아로는 이보족에게 왕이 전혀 필요 없다는 걸 그에게 알려주었지요.

대사제 에제울루는 "아무리 강하고 훌륭하다 해도 그는 절대로 자신의 치[개인 신]에 도전해서는 안" 되며 부족이 모시는 울루 신과 부족민들의 뜻을 거슬러서는 안 된다. 에제울루는 식민지 시대를 살아가는 우무아로 부족의 대사제로서뿐 아니라 한 가정의 가장으로, 나아가 전환기를 살아가는 한 개인으로 부족의 오랜 전통과 급변하는 새로운 피식민의 근대적 상황에서 자신의 생각과는 달리 유연하게 적응하지 못했다고 볼 수 있다. 어떤 의미에서 격변기 식민지의 종교 지도자로서 자존심이 강하며 소통하지 못하는 에제울루는 필연적으로 소외되고 실패할 수밖에 없는 운명이었는지도 모른다. 부족의 집단적 열망과 개인의 욕망을 전통과 변화 사이에 끼인 시대에 조화시키지 못하고 갈등과 긴장 속에서 불협화음을 낼 수밖에 없는 슬픈 식민지의 필연적인 비극은 아니었을까? 결국 아프리카의 커다란 독사와도 같던 대사제 에제울루는 가족의 와해도 막지 못하고, 자신의 종교도 지켜내지 못하며, 심지어 정신마저 혼란에 빠져 철저하게 패배당한다.

"이 사람들[이보 주민들]이 어린아이들처럼 대단한 거짓말쟁이"라고 믿는 영국인 식민지 행정관 윈터바텀 대위 역시 대사제 에제울루를 특별한 사람으로 인정했다.

유일하게 한 사람, 그러니까 우무아로의 사제이자 왕이라고 할 수 있는 단 한 사람만이 마을 사람들과 반대되는 증언을 했다네. 그게 뭔지는 밝혀내지 못했지만 내 생각에 그 사람한테 커다란 영향을 미치는 어떤 강력한 금기사항이 있는 게 틀림없네. 하지만 그 사람은 상당히 인상적인 인물이었어.

그래서 윈터바텀은 에제울루를 우무아로의 대 족장으로 임명하고 싶어 한다. 하지만 식민지 행정관 앞에서 마을 사람들에게 불리한 증언을 한 에제울루는 결국 부족민들의 신뢰를 상실해, 그들과 대립각을 세우게 된다.

그들의 신은 고집스럽고 야망에 찬 사제에 대항하는 부족민들과 한 편이 되었다. 그러니까 개인은 아무리 훌륭하다 해도 부족민들보다 훌륭할 수 없으며 어느 누구도 부족민의 의견에 반하는 결정을 절대로 얻어 낼 수 없다는 조상들의 지혜를 확인시켜 주었다.

피식민지의 토착민 대사제 에제울루는 식민지 상황에서 정체성을 찾지 못하고 주체가 분열하는 비극을 맞았다. 에제울루는 자신의 아들 오두체를 백인의 종교로 보내면서 "이 세상은 탈춤과도 같단다. 네가 만약 그것을 잘 보고 싶어 한다면 한 자리에 머물러 있어서는 안 된단다."라고 말한다. 만일 에제울루가 철저하게 우무아로의 전통에만 매달렸다거나 아니면 윈터바텀의 제안대로 식민지 행정관의 대리인이 되었다면 어떻게 되었을까? 피식민지 공간에서 "북으로 어떤 음악을 연주하든지 간에 그 장단에 맞추어 춤을 출 수 있는 사람"이 되어 양자택일을 한다거나 두 가지 선택을 적당히 타협하는 것은 쉬운 일이 아니다. 결국 대사제 에제울루의 비극은 어떤 선택도 완전할 수 없는 식민지 상황이 그의 성격과 결합한 결과다. 식민지 주체인 영국을 위해 친영파가 될 수도, 철저한 부족주의자가 될 수도 없었던 에제울루는 개인적인 결함과 역사적인 상황이라는 두 개의 덫에 동시에 걸린 필연적 결과를 맞이한다. 제 아무리 상상력이 뛰어나다 한들 역사적 굴레를 벗기 힘들고, 역사적 상황이 아무리 순조롭더라도 개인적인 욕망을 제어하기란 쉽지 않다.

여기에 어려서부터 기독교를 접해 세례까지 받은 작가 아체베의 모습이 보인다. 할아버지는 기독교 장로였고 아버지는 목사였으며, 어려서 존 버니언이 쓴 『천로역정』의 이보어 개역판까지 읽은 그는 자신을 "신실한 기독교인"이라고 부른다. 그러나 작가 아체베는 《빅토리아라 불리는 영국 여왕》이라는 글에서 밝힌 것처럼 어려서부터 고유한 종교 전통("이교도 축제")과 기독교

예배 사이("교차로")에서 당황하지 않았다고 밝혔다.

당시 내 양가적인 입장 때문에 극심한 정신적 고뇌에 시달렸던 적은 없다. 근거 없는 불안에 떨었던 적도 없다. 내게 기억나는 것은 그 교차로에서 다른 한 팔로 우상에게 떡을 바치던 사람들이 행했던 제식과 삶의 아름다움이었다. 나는 당시 두 가지 것에 매혹되어 있었다. 하나는 호기심이었고 다른 하나는 짧은 거리감이었다. 그들의 삶과 내 삶 사이에 존재하던 거리감, 나의 특별한 탄생 배경으로 인해 조성된 거리감. 그 거리감이 분리나 단절을 의미하는 것은 아니었다. 오히려 캔버스를 보다 정확하고 충분하게 보기 위해 한 발 물러서 있는 한 명민한 관객의 거리감, 다시 말해 흩어져 있는 것의 종합을 위해 반드시 필요한 거리감 같은 것이었다.

작가 아체베는 자신이 유창하게 읽고 쓸 수 있는 토착어 이보어와 식민 언어인 영어를 모두 자신의 언어로 '양자택일의 갈등' 없이 받아들인 것처럼 정신 분열증적인 이분법에 빠지지 않았다. 아체베는 《작가와 사회》라는 글 말미에서 "내겐 이것 아니면 저것이라는 이분법의 논리가 통하지 않는다. 나는 항상 양자의 동시 추구를 시도하기 때문이다. 그것이 때론 내 삶을 어렵게 하고 깔끔하지 못하게 하는 것이 사실이지만, 그래도 나는 이렇게 사는 것이 좋다."라고 선언했다.

영어로 작품을 쓰는 아체베는 아프리카 고유의 문화가 지닌 가치만을 절대시하는 네그리튜드(Negritude) 운동을 지지하지 않는다. 네그리튜드 운동은 지난 수백 년 동안 이어진 서구 식민주의에 대한 아프리카 작가들의 무조건적인 거부인데, 사실상 문화란 일단 전달되면 문화의 높낮이에 관계없이 서로 영향을 주고받을 수밖에 없다. 모든 상황은 그 이전 상황으로 온전히 돌아갈 수도 없고 평온한 상태로 남을 수도 없다. 결국 역사의 움직임은 문화의 교류와 혼합에서 다시 시작할 수밖에 없는 것이다. 식민주의 침입자들의 일방적인 승리가 아니라, 침입자들 역시 파괴된 것처럼 보이는 토착 문화에 불가피하게 오염(전이)된다. 이것이 탈식민의 고민거리이고 여기서 '대화'의 절대적인 필요성이 대두된다. 식민주의와 근대성은 결국 동전의 양면과 같은 것이기 때문이다.

서로 다른 신을 섬기던 여섯 개 마을이 모두 위대한 신 울루를 함께 믿기로 하면서 형성된 우무아로 지역에서 에제울루는 각 부족의 사제들을 대표하는 대사제가 되었다. 소설의 도입부에서 에제울루와 우무아로는 이웃 마을 옥페리와의 토지 문제가 발단이 되어 신성 모독, 살인 사건에 직면한다. 이때 영국의 식민지 감독관 윈터바텀의 개입으로 갈등은 갑작스럽게 끝나게 되고 에제울루는 백인 때문에 마을 사람들과 맞서게 된 자신의 처지에 분개한다. 이후에 니제르 델타 지역 출신으로 영어를 모국어처럼 구사하는 기독교 선교사 존 굿컨트리가 우무아로에 들어와 포교하는데, 이 토착민 선교사는 이곳 주민들에게 나이지리아의 전통적인 '나쁜' 습관들을 버리고 기독교로 개종한 다른 지역 사례들을 말해 준다. 대사제 에제울루는 부족민들의 많은 원성에도 아랑곳없이 기독교에 대해 이중적인 태도를 취하며 백인들의 종교를 습득하라고 자신의 아들 오두체를 선교사에게 보낸다.

그는 이 종교를 어떻게 생각해야 할지 갈피를 잡을 수가 없었다. 처음에는 백인이 엄청난 힘을 앞세워 정복해 들어왔으므로 일부는 백인의 신에 대해 배울 필요가 있다고 생각했다. 그렇기에 그는 아들 오두체가 새로운 의식을 배울 수 있도록 그곳에 보내는 걸 찬성했던 것이다. 그는 또한 아들이 백인의 지혜를 습득하기를 원했다.

에제울루는 백인을 알 필요를 절실하게 느꼈다. 처음에는 거부하던 아들 오두체는 재빨리 백인 종교에 적응해 교회 사람들에게 인정을 받았고, 굿컨트리 선교사는 15세의 오두체에게 "때가 되어 세례를 받게 되면 너는 베드로라는 이름으로 불릴 것이다. 이 반석 위에 내가 나의 교회를 세울 것이다."라고 말하게 된다.

윈터바텀 대위는 현지인 통치 정책(간접 지배 방식)에 따라 가장 정직하다고 생각되는 에제울루에게 식민지 행정을 맡기려 하지만 에제울루는 자신이 울루의 대사제일 뿐이라며 행운의 자리일 수도 있는 대 족장 임명을 단호히 거부한다. 이에 화가 난 식민지 감독은 에제울루 대사제를 한 달 이상 투옥한다. 감옥에서 지내며 백인보다 부족민에 대한 노여움과 분노가 깊어진 에제울루가 화해의 상징인 햇얌 축제를 승인하지 않자, 얌은 밭에서 썩어 가고 마을 주민들은 기근으로 고통을 당한다. 배고픈 주민들의 불평은 커져만 가고 대사제의 신뢰도는 땅에 떨어진다. 에제울루는 이제 식민 감독자와 마을 주민들뿐만 아니라 가족, 친지 모두에게 인정받지 못하고 소외된다. 자신의 고집과 오만과 분노를 통제하지 못한 채, 부족민들에게 위험이 닥치기 전에 먼저 나서서 그 위험과 맞서 싸워야 하는 사제로서의 책임까지 망각한 에제울루는 자신의 경고에 귀 기울이지 않았던 우무아로를 서서히 파멸시키고 있었다. 부족민에 대한 사랑보다 분개, 원망, 오만으로 가득한 에제울루는 사제로서의 책무보다 사제가지난 힘을 강조한다. 그는 대사제인 자신을 신의 화살에 비유하면서 자신이 마을에 가져온 고난이 울루 신의 의지라고 주장한다. 그러나 재앙은 시작되었다. 그의 분신, 그의 잘생긴 외모를 가장 많이 닮은 자랑스러운 오비카가 전통적인 장례 의식 중에사망하자, 에제울루는 아들의 죽음을 자신의 죽음으로 받아들인다. 하지만 마을 주민들은 이미 에제울루에 대한 신뢰를 잃었고 울루 신이 사제를 버렸기 때문에 이런 불행이 생긴 거라고 생각한다. 결국 신의 화살은 어디로 날아갔는가? 이보족의 속담처럼 한 사람 또는 한 사건은 신의 의지를 나타낸다. 그렇다면 사제의 아들이 죽고 사제 자신은 부족민들에게 버림받은 것이 신의 뜻이던가? 모든 것의 붕괴와 파멸을 본 수많은 마을 주민들은 전통적인 신앙을 버리고 기독교로 개종한다. 전통적인 햇얌축제 문제로 야기된 마을의 위기가 외부 종교에는 오히려 포교의 기회가 된 것이다. 오비카가 죽고 나서 며칠 후 맞은 기독교인들의 추수 감사절에 심지어 굿컨트리도 예상하지 못했을 정도로 많은 사람들이 나타난다. 곤경에 처한 많은 사람들이 새로운 종교에 바치고 약속된 면죄부를 가져오라고 자기 아들에게 얌을 하나둘씩 들려 보낸 것이다.

아체베의 모든 소설에서 반복되는 언어와 서사 기법의 문제가 『신의 화살』에도 대체로 적용된다. 아체베는 아프리카 전통구전 문학인 이보족의 속담, 구전 가요, 민담 등을 과감하게 작품 속에 인용한다. 아체베는 비록 영어라는 언어를 매개로 소설을 쓰지만 그 밑바닥에 아프리카의 영혼과 지혜를 깔아 놓는다. 또한 이 소설에는 이보족의 전통적인 결혼, 상례, 농사, 천문 등 여러 가지 세시 풍습이 다양하게 묘사되며, 아체베는 본문에서 그 의미를 추측할 수 있는 이보어 단어들을 전략적으로 사용한다. 이러한 이보족의 생생한 모습들이 소설을 읽는 재미를 더해 준다. 『신의 화살』은 하나의 탁월한 창작 소설이지만 동시에 나이지리아 이보족의 전통과 역사에 대한 귀중한 자료이기도 하다. 이것은 확실히 아프리카 작가로서 아체베의 정체성 문제와 결부되어 있다. 아체베는 서구에서 세계 7대 단편으로 인정받은 조셉 콘래드의 『암흑의 핵심』(1902)에 대해 신랄하게 비판한 바 있다. 아프리카인을 서구의 영원한 이성과 논리로 풀 수 없는 신비스러운 비실재의 존재로 만드는 아프리카 식민지 담론을 거부하는 것이다. 그는 서구인들이 인정하지 않는 아프리카인의 정체성은 물론 서구인들에게는 '보이지 않는(invisible)' 아프리카 문화가 진정 독립적으로 존재함을 보여 주고자 하는 심원한 의도를 가지고 있다. 그는 작가가 가지는 교사로서의 의무란 자신의 지역과 시대에 대한 '기억'을 기록하고 고유 '문화'를 전경화함으로써 서구인들에 의해 잃어버린 검은 노예 아프리카인의 정체성과 그들의 주인인 백인들과 동등한 인간으로서의 존엄성을 보존하는 것이라고 생각한다.

따라서 이 소설에서 '보편성'의 문제는 상당히 중요하다. 아프리카인인 아체베가 자기 출신지의 특수한 상황을 구체적으로 그린 것이 자신들뿐 아니라 다른 모든 사람들에게도 의미 있는 보편성을 가질 수 있겠는가? 문학이 어떤 지역의 지방색을 넘어서서 인간의 보편적인 의미를 가지기 위해서는 소위 '구체적인 보편(concrete universal)'을 가져야 하기 때문이다. 보편성 문제는 이 후기의 제사에서 인용한 바와 같이 아체베 문학의 중심적 관심사 중 하나이다. 아프리카 작가인 아체베를 읽는 한국 독자들은 『신의 화살』에서 '구체적 보편'을 느끼는가? 만약 느끼지 못한다면 이 소설은 한낱 나이지리아의 특정 지역에 사는 이보족의 기이한 이야기에 지나지 않는 실패작일 것이다. 한 사람의 한국 독자로서 역자는 인물이나 사건에 대한 아체베의 공들인 구체적인 묘사를 통해 이해하고 공감하는 바가 크다. 뿐만 아니라 미지의 세계에 대한 배움의 과정에서 삶의 기쁨을 새롭게 발견했다.

마지막 문제는 『신의 화살』이 소설로서 궁극적으로 성취한 것은 무엇인가 하는 것이다. 아체베는 소설을 포함한 모든 글쓰기에 대한 욕망을 아래와 같이 피력하고 있다.

어떤 상황하에서도 현실을 개선해야 한다는 욕망, 그리고 이 세상에서 내가 기존에 허락받았던 공간보다 더 확장된 공간을 획득해야 한다는 욕망이 그것이다. (중략) 우리의 세계는 지금 과거에도 그랬던 것처럼 변화의 기로에 서 있다. 우리의 작가들도 지금 그들의 작품에 이 변화의 문제를 반영하고 있다. (중략) 이 작가들의 주된 관심은 역사가 전혀 다른 방식으로 취급한 특정 인물들, 다시 말해 자신들만의 경험과 운명적 가치 외엔 그 어떤 타당성도 인정하지 않았던 사람들을 흔들어 놓는 것이다.

번역은 반역이라지만 이번에도 역자는 번역 작업에서 반복되는 갈등을 겪었다. 이 소설에는 이보어가 가끔 등장하여 당황스럽기도 했지만 의식의 흐름이 많은 고급 모더니즘 소설보다는 비교적 읽기가 쉬운 편이었다. 그럼에도 역자는 직역과 의역 사이에서, 다시 말해 나이지리아의 식민 지식인 작가 아체베의 영어를 느끼게 하기 위해 번역 투를 살릴 것인가 아니면 영어의 생경함과 기이함을 완전히 죽이고 매끈한 한국어 질서로 편입시켜 한국 독자들의 가독성을 극대화할 것인가에 대해 고민했다. 물론 이 두 작업 모두 어려운 과제이다. 대부분의 경우에는 이것도 저것도 아닌 얼치기 번역이 되기 일쑤다. 이 둘 사이에서 균형을 맞추고자 노력했으나 모든 것은 독자들의 현명한 판단에 맡기고자 한다.

2011년 8월
이소영

작가 연보

1932년   11월 16일 나이지리아 동부 이보족 마을인 오기디에
          서 출생. 본명은 앨버트 치누아루모구 아체베(Albert
          Chinualumogu Achebe). 목사인 아버지가 영국 빅토리
          아 여왕의 남편 이름을 따 아들의 세례명을 앨버트
          라 함.
1944년   우무아히아에 있는 중고등학교에 입학.
1948년   이바단 대학교(당시 런던 대학교 소속)에 입학해 영문
          학, 사학, 신학을 공부.
1954년   라고스의 나이지리아 방송국에서 프로듀서로 근무
          하기 시작하면서, 아프리카 여러 지역과 미국 등지를
          여행.
1956년   영국 런던의 BBC에서 방송 관련 업무를 연수.
1958년   『모든 것이 산산이 부서지다』 출간.
1960년   『더 이상 평안은 없다』 출간.

1961년   크리스티 친웨 오콜리(Christie Chinwe Okoli)와 결혼. 국제 방송인 나이지리아 소리 방송을 창설.

1962년   단편집『계란 제물』출간. 하이네만 출판사의 아프리카 작가 시리즈 초대 편집자가 됨.(이 시리즈는 오늘날까지도 아프리카 작가, 이후 서인도 제도 작가들을 가장 체계적으로 방대하게 소개하는 중요한 역할을 하고 있음.)

1964년   『신의 화살』출간. 이 작품으로 뉴 스테이츠먼 족 캠벨 상 수상.

1966년   『민중의 사람』출간. 우무오피아를 떠나 도시로 이주한 소년의 경험과 성장을 다룬 아동 도서『치케와 강』출간.

1967년   방송국 직책을 사임하고, 비아프라 공화국의 외교관으로 활동. 시인인 크리스토퍼 오킥보와 함께 비아프라의 중심지인 에누구에서 출판사 시타텔 북스 설립. 나이지리아 대학교 선임 연구원으로 활동.

1971년   시집『경계하라, 동포여』출간. 나이지리아 문예지《오키케》창간을 주도.

1972년   미국 매사추세츠 주 애머스트 대학교에서 객원교수로 초빙. 미국의 흑인 작가 제임스 볼드윈(James Baldwin)과 교류. 미국 다트머스 대학교에서 명예박사 학위 받음.『경계하라, 동포여』로 영연방 시상 수상. 아동 도서『표범은 어떻게 발톱을 갖게 되었나』(존 이로아가나치 공저) 출간.

1973년   시집『비아프라의 크리스마스』출간. 나이지리아의 이상과 현실 사이의 괴리를 다룬 단편집『전쟁의 소녀들』출간.

1975년 　미국의 코네티컷 대학교에서 객원교수로 초빙. 산문
집『창조일의 아침』출간. 아동 도서『피리』출간. 로
터스 어워드(Lotus Award) 아시아·아프리카 작가 부
문 수상.

1976년 　나이지리아 대학교 영문학 교수가 됨.

1977년 　아동 도서『북』출간.

1978년 　비아프라 내전에서 숨진 동료 시인 크리스토퍼 오킥
보의 시를 모은『그를 묻지 마라 : 크리스토퍼 오킥
보 추모 시집』(두벰 오카포 공편) 출간.

1982년 　이보 시선집『아카 웨타』(공편) 출간.

1984년 　나이지리아의 무질서, 종족 분쟁, 부패 등과 함께 특
히 지도력의 부재를 비판한 시평(時評)『나이지리아
의 문제점』출간.
이보 문화를 다루는 격월간지《우와 은디 이보》창간.

1985년 　1960년에서 1985년 사이에 발표된 아프리카 대표 단
편 스무 편을 선정하여 수록한『아프리카 단편집』
(C.L. 이너스 공편) 출간. 나이지리아 대학교 명예교수
로 임명.

1987년 　미국의 메사추세츠 대학교 교수(1987~1988)로 임명.
『사바나의 중심가』출간. 이 작품이 부커 상 후보에
오름. 나이지리아 최고 문화훈장인 국가 공로상 수상.

1988년 　산문집『희망과 장애물』출간.

1990년 　교통사고로 하반신 마비의 중상을 입음. 미국 뉴욕
주 바드 대학교 언어문학 석좌교수로 임명.

1992년	1980년대 아프리카 여러 지역을 대변하는 단편을 모은 『하이네만 현대 아프리카 단편소설집』(C. L. 이너스 공편) 출간.
1996년	미국 하버드 대학교에서 명예박사 학위를 받음.
1997년	인터뷰 모음인 『아체베와의 대화』 출간.
1998년	『또 하나의 아프리카 : 로버트 라이언스 사진집』(로버트 라이언스 사진, 아체베 글) 출간. 미국 브라운 대학교에서 명예박사 학위를 받음.
2000년	1988년 하버드 대학교에서의 강연을 묶은 『고향과 유배지』 출간.
2002년	독일 출판협회가 수여하는 평화상 수상. 남아프리카 공화국 케이프타운 대학교에서 명예박사 학위를 받음.
2004년	비아프라 내전의 상흔을 기록한 시집 『시선집』 출간. 나이지리아의 정치 상황에 대한 항의로 나이지리아 연방공화국 지도자 훈장을 거부함.
2007년	부커 국제상(Man Booker International Prize) 수상.
2008년	메이슨 어워드(Mason Award) 수상.
2010년	도로시 앤드 릴리언 기시 상(Dorothy and Lillian Gish Prize) 수상. 나이지리아 대학교 명예교수이자 바드 대학교의 언어문학 석좌교수이며, 브라운 대학교 아프리카 문헌학 교수로 재직 중.

세계문학전집 **276**

신의 화살

1판 1쇄 펴냄 2011년 9월 2일
1판 12쇄 펴냄 2023년 6월 12일

지은이 치누아 아체베
옮긴이 이소영
발행인 박근섭, 박상준
펴낸곳 (주)민음사

출판등록 1966. 5. 19. (제 16-490호)
서울특별시 강남구 도산대로1길 62(신사동) 강남출판문화센터 5층 (우편번호 06027)
대표전화 02-515-2000 팩시밀리 02-515-2007
www.minumsa.com

한국어 판 © (주)민음사, 2011, 2016. Printed in Seoul, Korea

ISBN 978-89-374-6276-4 04800
ISBN 978-89-374-6000-5 (세트)

* 잘못 만들어진 책은 구입처에서 교환해 드립니다.

세계문학전집 목록

세계문학전집은 계속 간행됩니다.